EVERY SECOND,
EVERY THOUGHT

De la même autrice chez Addictives

Dark Initiation
Games of Desire
H.A.R.D. Hot, Arrogant, Rebelle, Déterminé
Italian Boss
Sulfurous Bad Boy

LAURA BLACK

EVERY SECOND,
EVERY THOUGHT

addictives

« La vie pouvait blesser, laisser des marques
et des cicatrices indélébiles,
mais elle était faite pour être vécue. »
Nalini Singh, *Psi-Changeling*, tome 11

« – À moi, dit-elle, d'esprit à esprit. Tu es à moi.
Chaque souffle, chaque cicatrice, chaque perfection,
chaque défaut, chaque part de lumière, chaque part
de ténèbres. Ça fait partie de toi, et c'est à moi. »
Nalini Singh, *Psi-Changeling*, tome 13

1

Thaddeus

– Ils sont là !

– Je ne vois pas l'intérêt de cette visite, grommelé-je entre mes dents.

– On n'est pas rentrés à la maison pour l'arrivée de Julia, me rappelle North, le nez collé à la fenêtre du salon. Papa veut probablement nous présenter sa fille avant de partir en croisière.

Je pousse un grognement d'ours mal léché, sans relever la tête de mon bouquin. Il n'y a pas moyen que j'accorde plus d'attention à cette sale garce qu'à mes cours d'architecture amérindienne. Ce n'est pas pour rien que j'ai trouvé une excuse pour ne pas quitter le campus quand Joe, mon beau-père, l'a ramenée à Cascade.

De plus en plus irrité, je me concentre sur les photos du parc national Mesa Verde, tout en continuant de prendre des notes. Mon voyage vers ce site inestimable se rapproche, et j'ai bien l'intention d'être à la hauteur de la confiance de mon professeur.

– Elle ne ressemble pas du tout à ce que j'imaginais, ajoute North d'un ton qui m'arrache une grimace.

– Quoi ? relève Détroit avec un air narquois. Elle n'a pas une tête, deux jambes et deux bras ?

– Crétin ! Je pensais juste qu'elle ressemblerait à papa enfin au moins un peu…

– La barbe et le poil aux pattes, c'est pas hyper glamour chez une nana, noté-je, incapable de me retenir.

Détroit, installé de travers sur notre vieux fauteuil en cuir, ricane entre ses dents, puis se lève avec cette nonchalance tranquille qui le fait passer pour un type qui se branle de tout. Ce n'est pas le cas, mais les apparences font tourner le monde, aujourd'hui. Peu importe la vérité ou les nuances ! Tout est dans ce jeu de dupes qui enthousiasme les foules… et les naïfs.

Tout mon être se durcit subitement, comme le rappel de cet hier où je n'étais qu'une putain de marionnette. D'instinct, ma main se porte à mon œil droit, ou plutôt au bandeau qui le dissimule. Les cicatrices ont beau s'être estompées, une ligne plus lisse que le reste de ma peau guide mon doigt jusqu'à ma tempe.

Oublie ça, me seriné-je mentalement. *Joe t'a sorti de cet enfer…*

– Elle est plutôt jolie, constate Détroit en rejoignant North. Petite, bien balancée et rousse ! Hum ! Et elle n'est pas venue seule… Merde ! Elle débarque avec une véritable ménagerie !

– Une ménagerie ? C'est quoi ce délire ?

Cette fois-ci, il n'y a pas moyen que je demeure dans mon coin. Je me lève en grondant plus fort. Julia Hartman n'a pas encore franchi le seuil de notre tanière qu'elle sème déjà le trouble !

North se décale pour que je puisse jeter un coup d'œil sur l'allée qui mène au garage. Joe est occupé à sortir des cartons de son coffre, pendant que sa fille le regarde, l'air renfrogné. Mais ce n'est pas elle qui retient mon attention. Non ! Ce sont les deux cages de transport pour animaux qui s'entassent à ses pieds, en plus d'un terrarium et de la boule de poils pelotonnée dans ses bras.

– C'est bien une visite de courtoisie, hein ? dis-je en refusant d'assimiler ce que mon cerveau me braille avec une folie furieuse.

Détroit me décoche un regard lourd de sens. De tension, surtout.

Ici, c'est chez nous ! Une tanière, qui est autant notre repaire sacré qu'un repère immuable. C'est aussi et surtout l'un des seuls endroits au monde, avec la maison de nos parents, où nous nous sentons libres d'être nous-mêmes et de tomber le masque. Joe a acheté cette demeure dans ce but quand North, Détroit et moi avons intégré l'université de l'Idaho pour poursuivre nos études.

– Attends, c'est un perroquet dans la plus grande des cages ? s'exclame North, partagé entre excitation et sidération. Et dans le terrarium, on dirait… Putain ! Oui, un caméléon ! J'en ai toujours voulu un !

Je lui décoche un regard torve, qui ne l'impressionne même pas un peu. North a beau avoir un look d'intellectuel sage, il a subi assez de trucs moches dans l'existence pour ne pas s'émouvoir face à mon irritabilité. D'habitude, ça me fait ricaner. Parce qu'ils ne sont pas nombreux à me renvoyer à ma connerie. Mais aussi et surtout parce que j'ai connu le gamin prostré et brisé. Celui qui a lutté à mes côtés le jour où mon monde s'est écroulé. North a gagné mon respect !

– Un truc froid et qui fait fuir les filles, t'en as déjà un dans le pantalon ! le nargue Détroit avec un sourire insolent.

North pousse un glapissement outré, avant de lui sauter sur le dos. Détroit est d'humeur indulgente, car il le laisse le renverser à terre et lui asséner de faux coups de poing dans les côtes. Un exercice difficile alors que les deux gloussent comme des gonzesses.

Je réalise que Détroit a compris avant moi que North avait besoin d'évacuer son stress. L'arrivée de Julia, ou plutôt de ses valises et de ses cartons, me perturbe peut-être, mais mes frères ne sont pas en reste. Ils ont, comme moi, intégré que notre monde, celui que nous avons bâti, ici, à Moscow, est sur le point d'imploser.

Je grince des dents, incapable de demeurer stoïque. Quand ma mère nous a annoncé que Joe ramenait sa fille à la maison, après la mort de son ex-femme, nous avons tous encaissé la nouvelle à notre façon. Détroit a accusé le coup, comme d'habitude, en allant se soûler la gueule dans un bar, avant de déclencher une bagarre. Moi, je me suis jeté à fond dans la préparation de mon futur stage, oubliant même jusqu'à l'existence de Julia Hartman. Mais North, lui, a toujours eu du mal à expulser ses angoisses.

L'erreur que nous avons commise, c'est que nous pensions être à l'abri au sein de notre tanière.

– Temps mort, réclame North, le souffle coupé lorsque Détroit le cloue au sol, l'immobilisant sous son corps massif.

J'ai beau être plus costaud que North, je serais tout aussi incapable que lui de me dégager de cette prise sournoise. Et il ne s'agit pas seulement d'une question de gabarit : même si Détroit est le plus musclé de nous trois, il déborde d'une énergie sauvage qui lui donne le dessus dans chacune de nos bagarres. J'imagine que grandir dans les rues a renforcé ses aptitudes naturelles pour le combat. Ou son goût immodéré pour les coups tordus.

Détroit bascule sur le côté, un large sourire barrant son visage.

– J'ai besoin de baiser, moi ! déclare-t-il comme s'il parlait d'aller s'enfiler une bière.

– Putain ! gronde North en roulant sur lui-même pour se relever. Dis pas ça après m'avoir grimpé dessus, c'est carrément…

– Dégueulasse ? T'inquiète, mon petit Padawan, ce ne sont pas tes charmes qui m'ont mis au garde-à-vous. Cindy était pas d'humeur hier, alors Popol est putain de frustré…

– Ça ne t'arrête pas d'habitude, mentionné-je, amusé. Tu files à l'Underground et tu sautes la première nana qui te dit oui.

– Joe a pas apprécié mon dernier passage au club, me répond Détroit avec un haussement d'épaules désinvolte. J'aimerais autant éviter une nouvelle beuglante !

Je rigolerais bien de voir un mec de 22 ans aussi rebelle que lui fermer sa gueule après une engueulade de son père, mais je sais qu'il s'agit avant tout de loyauté. Joe n'a pas sauvé que ma mère ou ma sœur et moi ; en réalité, il nous a tous sauvés ! Et c'est d'ailleurs sur cette base que se fonde notre famille.

De fait, il n'y a aucun lien de sang entre North, Détroit et moi. Joe a épousé ma mère quand j'avais 14 ans et May 11 ans. Cette année-là, il a également adopté North, échappé du même enfer que moi. Détroit, lui, était déjà présent dans la vie de Joe. Mon beau-père l'avait recueilli, deux ans plus tôt, alors qu'il errait dans la rue et était sur le point d'être recruté par un gang.

Ce qui nous lie va pourtant au-delà d'un putain de bout de papier. Notre reconnaissance envers Joe a cimenté notre relation, mais ce sont bien nos passés, mélange de sordide et d'atrocités, qui ont fini le boulot. Des passés qui portent bien trop d'ombres pour des mecs de notre âge. Mais ce fardeau, on l'assume. Et on l'assume d'autant mieux que notre famille est soudée et forte.

Cette pensée me ramène à la silhouette esseulée au bord de notre pelouse. Julia pourrait se fondre dans le décor, ou paraître à sa place au milieu des rosiers plantés par ma mère, mais ce n'est pas le cas. Elle est… l'intruse ! Celle qui n'a jamais voulu faire partie de notre tableau familial et qui a fait souffrir Joe en le rejetant à chaque fois qu'il tentait un rapprochement. Et des tentatives, il y en a eu des tas, ces dernières années ! Joe n'a jamais perdu espoir, mais j'ai vu son sourire disparaître à chaque non de la part de cette garce. Mon beau-père ne réclamait pas grand-chose pourtant, juste une visite, l'occasion de partager un repas ou même une simple communication en visio. Mais, non, Julia n'a jamais été capable de lui accorder ne serait-ce qu'un bref regard.

Je la hais ! Il n'y a pas d'autres mots ! Je la hais pour ce qu'elle a infligé à cet homme au cœur généreux qui a transformé ma vie. Sans lui… je me renfrogne, pas prêt à rouvrir cette porte ! Cet enfer est derrière moi, à jamais !

– Il y a vraiment beaucoup de cartons. Vous croyez réellement qu'elle va s'installer, ici ? lâche North, le nez collé à la fenêtre.

La tension raidit de nouveau ses épaules. Détroit lui file une tape amicale, l'air rassurant alors que je devine sa colère. Lui aussi n'a pas envie qu'une inconnue débarque chez nous. Mais quel autre sens donner aux nombreux cartons qui s'accumulent devant notre maison ?

– On n'a que quatre chambres, insiste mon frère. Et May doit emménager après les vacances d'été ! Il n'y a plus de places !

– Joe a toujours dit qu'il comptait aménager le grenier, rappelle Détroit à voix basse. Et May veut intégrer une sororité…

– May va s'installer avec nous ! déclaré-je d'un ton

impatient. Pas question qu'elle rejoigne l'une de ces sec…

Je me tais, juste à temps pour ne pas énoncer le mot qui hante encore certaines de mes nuits.

– On ferait mieux d'aller les accueillir, mentionne Détroit sur une longue inspiration. Et pas de déductions hâtives, les mecs ! De ce que j'ai compris, Julia vient de terminer sa deuxième année à l'université de l'Utah. Elle n'a aucune raison de s'installer ici !

Qui essaie-t-il de convaincre ? Pas lui, vu son air renfrogné. Je lance un dernier coup d'œil dehors, ulcéré. La voiture déborde tellement que Joe en a pour des heures à tout sortir si on ne l'aide pas. Je n'ai pas envie de tendre la main à sa fille, mais il n'y a pas moyen que je laisse mon beau-père en plan.

– Fait chier ! pesté-je.

– Pour Joe, me renvoie Détroit d'un ton fataliste qui me ramène pourtant à l'essentiel.

– Attendez ! s'exclame soudain North en se frappant le front. Ce sont probablement les affaires de May !

J'ai envie de souscrire à sa théorie. Putain ! Oui, j'en ai envie ! Après tout, ce ne serait pas si illogique que ça. May doit emménager dans trois mois pour entamer son cursus en sciences de l'éducation, et maman est du genre à anticiper. Mais les caisses des animaux ne collent pas avec ce postulat. Et, vu l'attitude de Détroit, je ne suis pas le seul à en douter.

Nous nous dirigeons vers la sortie, comme un seul homme. J'ai le ventre noué de rage à l'idée que notre tanière soit bientôt envahie par cette sorcière.

– Hey ! Les garçons, nous accueille Joe avec un large sourire.

Ma colère descend d'un cran, comme à chaque fois que je me retrouve en sa présence. Joe a beau avoir l'apparence d'une armoire à glace, il a un effet apaisant sur la plupart des personnes. C'est peut-être pour ça qu'il est aussi doué dans son job de flic. Loin du côté rigide et sévère de certains de ses collègues, il incarne une générosité brute et une bienveillance absolue.

– Julia, viens que je te présente mes garçons, ajoute-t-il avec cette pointe de fierté qui me réchauffe le cœur à chaque fois.

Ses pas crissent sur le gravier tandis qu'elle se rapproche de nous. Je me refuse pourtant à regarder dans sa direction. Je sais déjà que cette fille, ce sont des emmerdes en perspective. Je le sens dans mes tripes, comme j'ai su, autrefois, que mon âme était au bord d'un précipice dont elle ne se relèverait pas si je ne me révoltais pas.

– Les garçons, voici ma Julia !

De la fierté, là aussi… Je l'encaisse mal. Parce que cette nana ne l'a pas méritée. Ni gagnée. Mais Joe n'a jamais été du genre rancunier. Le jour où il a appris que son ex était mourante, il a filé à Salt Lake City pour soutenir celle qui l'avait ignoré pendant des années. La surprise a été de découvrir qu'il la ramenait avec lui, chez nous.

Je tourne enfin la tête vers cette intruse, inapte à dissimuler mon amertume derrière un sourire avenant. Je ne sais pas mentir, je n'ai jamais su.

– Julia, voici North, Détroit et Thaddeus.

Les gars répondent à son salut timide ; moi, j'en suis incapable. Je la dévisage sans me soucier de paraître grossier, impressionné malgré moi par son impassibilité. Face à mon bandeau et aux cicatrices qu'il ne parvient pas tout à fait à cacher, la plupart des gens ont un léger mouvement de recul, la première fois qu'ils me voient.

Pas Julia ! Elle soutient l'intensité de mon œil unique avec une moue pincée qui empeste l'obstination.

Cette petite chose n'est pas aussi fragile qu'elle le paraît. Un paradoxe alors que, dans les faits, elle n'est pas très grande et affiche une minceur plus que prononcée. Tout le contraire de Joe !

Pour le reste, je m'attendais à mieux au regard de ce que j'ai observé de la fenêtre. Ses cheveux sont d'un joli roux lumineux, impossible de le nier, mais son visage est dévoré de taches de rousseur. Rien ne rehausse le sentiment d'uniformité qui émane d'elle, pas même ses yeux d'un marron presque aussi clair que les éphélides sur sa peau. Ouais, sans son gloss à lèvres orange, d'une brillance parfaite, je ne me serais pas arrêté sur elle dans la rue.

Pas mon style, pas ma came !

– Bienvenue à Moscow, lui lance Détroit, brisant un silence qui commence à devenir gênant.

– Merci, se force-t-elle à répondre, si figée que je me demande si elle lutte contre les larmes ou la colère.

En tout cas, la nana est à cran. Une idée qui me déride légèrement : c'est une contrepartie juste pour le désordre qu'elle amène chez nous. Pour ce sentiment de perte de contrôle qu'elle me fait ressentir, alors que je pensais être au-delà de cette faiblesse-là.

– C'est un caméléon ? s'exclame North.

À ma grande surprise, il brave son habituelle réserve face aux inconnus et s'agenouille devant le terrarium.

– Oui. C'est un caméléon calyptratus.

– Un casqué du Yémen, s'extasie mon frangin, s'attirant un léger sourire de la part de Julia.

– Tu t'y connais ?

– Un peu. J'adore ces reptiles. Ils sont si beaux… et

leurs capacités à se dissimuler en changeant de couleurs, c'est si… extraordinaire.

North se tait, comme s'il en avait trop révélé. Le regard de Joe pèse sur sa nuque, perspicace, de quoi accentuer la rougeur sur son front. Je suis étonné qu'il ne détale pas pour aller s'enfermer dans sa chambre.

– Moi, je préfère les chiens, mentionne Détroit en attirant volontairement l'attention sur lui. C'est quoi cette petite chose ? Un gremlin à poils ?

– Tu n'es pas loin, ricane Julia, amusée. Paillette est un Yorkshire-terrier.

– Un yorkshire-terrier, un caméléon et un perroquet… Et il y a quoi dans cette cage ?

– Basile, mon lapin.

– Et tu as d'autres potes ? continue mon frère, dont le ton sarcastique pourrait échapper à un mec moins attentif que moi.

– Julia veut devenir vétérinaire, intervient Joe, les yeux étrécis en guise d'avertissement. Elle travaillait dans un refuge à Salt Lake City et elle a recueilli quelques-uns de ses pensionnaires.

Le « travaillait » n'échappe à aucun d'entre nous.

– Tu étudies là-bas, c'est ça ? soulève Détroit fort à-propos.

– Je viens d'y obtenir mon *Associate*[1], rétorque-t-elle, la bouche ourlée d'un sourire factice.

Mon soulagement concurrence celui de mes frères. Sérieux, si May n'a pas décidé de nous envahir de ses affaires avec trois mois d'avance, c'est maman qui nous envoie un tas de je-ne-sais-quoi. Elle nous a déjà fait le coup, l'année dernière, quand on a dû rester confinés. On s'est retrouvés avec des cartons pleins de conserves

---

1. Diplôme obtenu en deux ans d'études supérieures, équivalent d'un DUT ou d'un BTS.

et de couvertures, genre « si les zombies débarquent, les mecs, vous serez armés ». Cela dit, qui aurait pu prévoir que le monde s'arrêterait de tourner face à un putain de virus ? Alors, finalement, les zombies…

– Julia intègre l'I[2] à la prochaine rentrée, précise Joe, sans savoir qu'il anéantit tous nos espoirs. Elle va donc s'installer avec vous. C'est une chouette nouvelle, non ?

Difficile de le contredire alors qu'il ne m'a jamais paru aussi heureux. Aussi lumineux.

Difficile de le contredire alors qu'il espère l'amour de sa fille depuis des années.

Difficile de le contredire alors que je baigne dans une fureur telle qu'elle me coupe la voix…

2. Surnom de l'université de l'Idaho.

2

Julia

Je suis arrivée à Moscow depuis une heure seulement, et j'ai déjà envie de fuir... Je ravale un grognement irrité, furieuse d'être ramenée au sentiment indigeste de ne pas être à ma place. Il n'y a qu'auprès des animaux, finalement, que je me sens en phase. Une vérité qui me tire une nouvelle grimace. Que je sois acceptée ou pas par les fils de Joe, ça ne me fait ni chaud ni froid. Je ne suis pas là pour copiner avec des mecs qui me voient probablement comme une intruse. Mais je ne vais pas vivre seule, dans leur maison. Non, j'amène avec moi mes petits rescapés. Pas question que mes protégés encaissent la rancœur de ces types.

Ces types... Trois inconnus qui ne devraient pas l'être, pourtant. Ces mecs font partie de la famille de mon père, bien plus que moi, en réalité. Je pourrais les maudire, ou maudire plutôt le sort pour ce tour pendable, mais j'ai cessé de me triturer les méninges pour ce qui est hors de mon contrôle. Ce qui implique presque toute mon existence.

J'aspire une profonde bouffée d'air, la tête à moitié inclinée en arrière. Aussi difficile soit ce jour, je suis libre ! Enfin libre ! Une pensée qui me ramène à ma mère. Je l'ai pleurée, évidemment, mais j'ai surtout été soulagée.

Que ça fasse de moi un monstre, peu importe, c'est la stricte et triste vérité.

– Tu vas être bien, ici, m'informe Joe avec ce sourire ravageur qui me noue la gorge.

Cet homme est mon père, mais je ne le connais pas. Je n'ai de lui que quelques souvenirs épars et quelques mots échangés au téléphone. Et je ne peux le lui reprocher, je suis seule responsable de cette situation. En tout cas, la « moi » d'avant, celle qui ne pouvait pas être elle-même sans craindre un cataclysme.

Libérée, me répété-je mentalement.

– Je n'en doute pas, me forcé-je à dire, les coins de ma bouche se soulevant avec difficulté. Merci encore.

– Tu es ma fille, me répond-il, l'air soudain plus sérieux. Je sais que, ces dernières années, nous n'avons pas été très proches, mais c'est justement l'occasion de rectifier le tir.

Cette fois, mon sourire se pare de plus de spontanéité. De plus de franchise, également. Je n'aspire qu'à ça : mieux connaître mon père et développer une relation saine avec lui. Plus rien ne nous en empêche, aujourd'hui.

À l'instant où je formule cette pensée, je croise l'œil réfrigérant de l'un des fils de mon père. Si aucun n'a eu l'air ravi d'apprendre que je m'installais avec eux, un seul m'a littéralement foudroyé du regard. Un regard qui continue de m'examiner comme si j'étais une ennemie. Un regard d'autant plus glacial qu'il se compose d'un seul œil. L'autre est dissimulé derrière un cache en cuir noir. Et j'ai le sentiment que l'enfoiré joue de son côté « pirate » pour renforcer son aura hostile.

Je redresse les épaules, pas impressionnée. J'ai bravé assez de tempêtes pour ne pas être désarçonnée par ce genre de réactions !

– Thaddeus, l'interpelle Joe, à mon grand déplaisir. Va montrer sa chambre à Julia, tu veux, pendant que North et Détroit m'aident à transporter ses affaires.

– Sa chambre ? relève ce dernier avec une pointe de sarcasme.

Peut-être que Joe ne détecte pas l'ironie, ou qu'il a décidé de l'ignorer, car il lui adresse un sourire massif, comme si rien ne pouvait perturber son bonheur du moment. Mon cœur se crispe à l'idée de la peine que je lui ai infligée au fil des années. D'autres que lui auraient abandonné, mais mon père n'a jamais renoncé. Une vérité qui accentue les battements dans ma poitrine.

– Le temps que j'aménage le grenier, Julia s'installera dans la chambre de May, lui explique-t-il. Ta sœur a même proposé de continuer cette cohabitation après la rentrée si les travaux durent trop longtemps, mais j'ai trois mois devant moi. Ça devrait le faire si vous me filez un coup de main.

– Et ta croisière avec maman ? lui demande Thaddeus, son unique sourcil apparent froncé de mécontentement.

– On a décidé de la repousser à la fin de l'année.

– En parlant de maman, intervient Détroit, elle et May ne vous ont pas accompagnés ? D'habitude, elles ne ratent pas une occasion de s'incruster, ici !

– Kate avait un rendez-vous important, aujourd'hui. Elle nous rejoindra en fin d'après-midi pour qu'on dîne tous ensemble. May aurait aimé venir avec nous, mais la voiture était pleine. Du coup, elle a décidé de cuisiner en prévision du repas. Elle va probablement débarquer avec une tonne de beignets.

– Miam ! s'exclament les garçons d'une seule voix.

Contrairement à ses frères, May m'a accueillie à bras ouverts. Tout comme sa mère, d'ailleurs. Kate a même organisé une fête pour mon arrivée à Cascade, avant de m'expliquer que je devais considérer leur maison comme la mienne. Joe me l'avait déjà affirmé, évidemment, mais l'entendre de la bouche d'une femme que ma mère a vilipendée pendant des années m'a déstabilisée pendant une fraction de seconde. Même si je n'ai jamais accordé beaucoup d'attention aux délires de ma mère, je crois que j'avais fini par m'en imprégner à mon corps défendant.

– Pour les travaux du grenier, je ne pourrais pas t'aider. Je pars pour Mesa Verde, rappelle Thaddeus en croisant les bras sur son torse.

– Ton stage, oui, c'est vrai ! North, Détroit, je peux compter sur vous ?

– L'après-midi, ouais, répond le mec à l'air d'intello sexy. Je dois finir mon projet de jardin autosuffisant avec Bran.

North, si je ne me trompe pas.

– Et, moi, je suis disponible pendant trois semaines seulement, en août, mentionne Détroit.

Des trois, c'est celui qui m'impressionne le plus avec ses yeux vert émeraude et sa peau cuivrée. Tout est intense chez ce mec, du regard au sourire rebelle. Pourtant, c'est aussi celui qui, étrangement, me paraît le plus accessible.

North a beau afficher l'apparence d'un gars bien sous tous rapports avec sa crinière blonde et ses lunettes à monture noire, il reste distant, refusant le contact visuel, comme s'il avait envie d'être ailleurs. Ou qu'il voguait dans un autre monde.

Quant à Thaddeus, il est un condensé des deux : s'il semble sûr de lui et indiscipliné, il y a quelque chose en lui qui hurle d'une dangerosité primaire. Son œil d'un bleu arctique incite à demeurer à distance, tel un avertissement à la saveur de glace.

Je n'ai pas l'intention de le provoquer sur ce terrain-là. Enfin, sauf s'il m'attaque ! Je suis très mauvaise dans le rôle de victime. Je l'ai toujours été, même si la vie m'a obligée à pincer les lèvres plus d'une fois.

– Je croyais que tu avais renoncé à ta virée à moto, réagit mon père, un sourcil rehaussé de perplexité.

– Je pars bien à moto, confirme Détroit, mais pour rejoindre Thad. Son prof est OK pour que je participe à leurs travaux pendant un mois. Ça me fera gagner des points pour l'obtention de mon *Bachelor*.

– Détroit et Thaddeus suivent le même cursus en architecture, m'explique Joe. Ils entament leur quatrième année à la rentrée prochaine. La rénovation, c'est donc dans leurs cordes.

Son clin d'œil est un condensé de complicité qui me réchauffe le cœur. C'est pour ces émotions que je l'ai accompagné jusqu'à Cascade.

– Je pourrais filer un coup de main, proposé-je, ravie d'avoir l'occasion de me rendre utile.

– Pas question ! s'insurge Joe. Tu dois te concentrer sur tes cours d'été.

Ces cours, c'est le prix à payer pour avoir changé d'université. Mais je n'ai pas eu le choix. C'était accepter l'offre de Joe ou abandonner mes rêves les plus chers. J'ai hésité, pourtant, parce que je sais l'image que ça peut renvoyer : la fille opportuniste qui renoue avec son père pour qu'il lui paie ses études. Et, sur le fond, il y a une part de vérités là-dedans. Pas sur mes motivations à reprendre contact avec lui, mais sur le fait que je lui serai à jamais redevable.

– Il faut aussi que je trouve un job…

– Tu n'en as pas besoin ! me coupe-t-il, l'air indigné.

Je sourirais bien devant cet excès de paternalisme protecteur si deux paires d'yeux et demi ne me jaugeaient pas avec un dédain manifeste.

– Bien sûr que si, riposté-je, déterminée. Ne serait-ce que pour étoffer mon C.V. Les places sont chères en école de véto et une expérience au contact des animaux est exigée. Je vais tenter les cabinets de véto et les refuges.

– Les refuges ? relève Thaddeus, visiblement anxieux.

– Ne t'inquiète pas, ricané-je. Je ne ramènerai pas d'autres… bestioles.

– Moi, j'aime bien les animaux, lance North, les yeux rivés sur Ryo, mon perroquet partiellement déplumé.

– Tous mes petits pensionnaires sont des rescapés de l'euthanasie, expliqué-je. Personne n'en voulait.

Comme toi, ma vieille ! ironise une voix acerbe dans ma tête.

– Ils seront bien, ici ! m'assure-t-il tout en soulevant la cage de Ryo.

Mes poumons se vident d'un soulagement que je ne cherche pas à cacher. Peu importe que ces mecs m'apprécient ou pas, s'ils acceptent mes animaux, je prendrai sur moi. Mieux, je commence à penser que je pourrais m'entendre avec North. Sa réserve n'est peut-être que de la timidité, après tout, et sa curiosité le place loin devant ses frères en matière d'amabilité.

– Parfait ! déclare Joe comme s'il était arrivé à la même conclusion que moi.

– Je te montre ta chambre, me lance Thaddeus d'un ton agacé tandis que North et Détroit vont aider mon père à vider sa voiture.

Je le suis avec réticence, Paillette pressée contre ma poitrine. La maison a beau ne pas être récente, l'intérieur a été rénové, de sorte qu'il offre une décoration moderne et des pièces fonctionnelles. La cuisine s'ouvre sur un salon de belle taille et meublé avec goût si on aime le côté épuré et le bois noir.

S'il règne un joyeux capharnaüm avec des bouteilles de bière et paquets de chips à moitié vides échoués sur la table basse devant la télé, le reste est ultra propre. Une alcôve discrète permet d'accéder à un espace dédié à la musique : un piano côtoie des guitares et une batterie. Des platines et de grosses enceintes complètent un décor où s'affichent des posters de grands groupes de rock, dont la fameuse bouche rouge des Rolling Stones et le bébé sous l'eau des Nirvana. Mais, ma préférence va, sans conteste, au portrait en pied de Freddy Mercury sur la scène du *Live Aid* de 1985.

– Vous êtes musiciens ? demandé-je.

– Ouais, me répond Thaddeus, avant de me désigner deux portes au pied de l'escalier. Là, c'est l'accès au sous-sol et à notre studio d'enregistrement. À côté, tu as un bureau qu'on a converti en salle de jeux. On a un billard, un flipper et un vieux juke-box que Détroit est en train de réparer. N'y touche pas, si tu veux pas d'ennuis, il aime pas qu'on abîme ses affaires.

Si je me fie à son ton, il n'y a pas que le juke-box que je ferais mieux de ne pas approcher. Je hausse un sourcil narquois et écope d'un regard provocateur en retour. Si je n'avais pas compris que je n'étais pas la bienvenue, ce serait maintenant chose faite.

Ma gorge se serre d'une envie de me tirer, mais mon esprit logique et obstiné me ramène à mes priorités. J'observe le décor autour de moi, ignorant avec dessein mon guide. Ouais, on est bien dans une garçonnière, même si pas un grain de poussière ne traîne. J'avoue que je suis impressionnée par la maniaquerie des frères, moins par l'idée que je vais vivre avec des mecs qui ont transformé les lieux en un espace dédié à tous les clichés de la virilité. Et la vue que m'offrent les immenses baies vitrées vient confirmer mon analyse : le jardin est propret, mais occupé en grande partie par une terrasse où l'on a installé un barbecue et… plusieurs tables.

– Vous invitez souvent des gens ?

L'un de mes plus grands défauts, même si, pour ma part, j'estime que c'est une qualité, c'est que ma bouche a tendance à s'ouvrir avant que j'aie évalué les conséquences de mes paroles. Quant à mon ton âpre, pas de doute sur ce que je pense des fêtes à gogo…

Je suis à l'université pour bosser et obtenir mon diplôme, pas pour m'éclater avec une bande de crétins.

– Nous sommes des étudiants, me raille Thaddeus en se parant d'un rictus coquin.

– Et ?

– Va falloir que tu apprennes à te détendre, mon p'tit écureuil, me lance-t-il en s'appuyant contre le montant de l'escalier, l'air plus nonchalant que jamais.

Thaddeus me dévisage avec un sourire qui se creuse de malice. Bon sang ! Je n'ai jamais croisé un mec aussi tête à claques ! J'ignore pourquoi, mais ma patience légendaire fond comme neige au soleil devant son attitude de défi.

– Mon petit écureuil ? répété-je, ulcérée. Je ne suis le « petit écureuil » de personne, et surtout pas le tien !

– C'est bien ce que je dis, ricane-t-il, tout en grimpant les marches deux à deux. Tu dois vraiment te détendre du string ! C'était juste une référence ironique à ta crinière de… feu. Les chambres sont en haut. Tu montes ou pas ?

Son regard impérieux est la goutte de trop. Je le suis en ronchonnant. Sérieux ! Je vais réellement devoir cohabiter avec cet abruti ? Je m'arrête sur le palier et écarquille les yeux.

– Vos noms sur les portes, c'est au cas où vous oublieriez comment vous vous appelez ? le nargué-je.

– Ça, c'est une idée de ma mère, mais j'avoue que c'est pratique pour que les filles s'orientent facilement.

– D'où les plaques « occupé », j'imagine ? continué-je sur un ton plus rude.

– Ouep ! Faudrait pas que quelqu'un entre dans nos chambres pendant qu'on… enfin, tu vois ce que je veux dire !

Bien trop clairement ! D'autant que l'enfoiré me détaille de la tête aux pieds, tout en s'attardant sur mes seins, son petit rictus en coin s'ornant d'une sensualité à la limite de l'insulte. Je me renfrogne, lucide sur le fait que j'ai perdu trop de poids, ces derniers mois. Je ne devrais pas me soucier de l'image que je renvoie, mais je n'ai que trop conscience de mes joues creusées et des cernes de fatigue qui assombrissent mes yeux.

– Mais tu peux toujours aller t'installer ailleurs si ça ne te convient pas, renchérit-il, dévoilant enfin son jeu.

– Ça t'arrangerait, hein ! riposté-je dans un sursaut de colère.

Son visage se durcit, menaçant, tandis qu'il se rapproche de moi. Je ne recule pas ! Je refuse même d'afficher la plus petite faiblesse. Je me redresse et soutiens son regard torve, déterminée à lui montrer que je n'ai pas peur de lui. Une vérité qui est à peine un mensonge…

– Ce qui m'arrangerait, siffle-t-il entre ses dents, c'est

que tu n'utilises pas Joe pour tes propres intérêts. Si tu espères l'amadouer avec ton air de sainte-nitouche, fais-toi plaisir, mais je te promets que si tu le blesses ou le déçois, tu auras affaire à moi. Et, ça, à ta place, j'éviterais ! Parce que, crois-moi, je suis capable de transformer ta vie en enfer !

3

Thaddeus

Le barbecue allumé, je m'installe sur la table du jardin pour surveiller les flammes. L'air commence doucement à se rafraîchir après une journée de plein soleil, mais je bouillonne. De rage et de frustration.

– Tiens, me lance Détroit en m'offrant une bière.

Tandis qu'il s'assoit à côté de moi, je décapsule ma bouteille d'un geste nerveux et la porte à mes lèvres pour en avaler une longue gorgée. Je ne peux pas dire que ça atténue mon irritation, cependant, ça me permet de regarder l'intérieur de la maison sans gronder.

Ma mère, fidèle à elle-même, est en train de s'affairer dans la cuisine, secondée par Joe et les filles. May et Julia semblent déjà être devenues les meilleures amies du monde, ce qui n'a pas échappé à mes parents. Mon père rayonne littéralement, alors que ma mère arbore un sourire paisible de contentement.

L'image parfaite de la famille recomposée…

Un grognement fuse de ma gorge lorsque North apparaît dans le tableau et se lance dans la préparation de ses portions de maïs grillé pour l'apéro. C'est sa grande spécialité, mais surtout un rituel auquel il ne déroge jamais. Du moins quand on est tous ensemble.

Et, surprise absolue, il autorise Julia à l'aider. J'en reste bouche bée. Parce que North et ses petites manies, pour ne pas dire ses troubles compulsifs, tolèrent assez mal les changements trop brutaux. Une vérité qui vaut pour moi aussi, bien que je m'adapte un poil plus facilement que mon frangin. Mais, si nous avons, autrefois, été éduqués en devant obéir aux mêmes règles strictes et idiotes, j'ai joui d'une liberté plus large.

– Les garçons ! nous appelle Joe en agitant la main dans notre direction. J'ai besoin de votre avis !

– Allez, tu vas survivre, me nargue Détroit.

Je lui emboîte le pas et me campe derrière l'îlot qui sépare la cuisine du salon. Joe se tient au-dessus d'une cargaison de légumes frais. Maman n'a pas lésiné sur les courses, comme d'habitude quand elle vient nous rendre visite. Et, sans surprise, elle a privilégié des trucs verts qui, s'ils sont censés nous garder en bonne santé, ont tous une apparence peu avenante.

– Votre mère pense qu'on devrait choisir des crudités pour accompagner les hamburgers, alors que, moi, j'opterais tout simplement pour des chips.

– Tu crois que je ne sais pas qu'ils se nourrissent quasiment que de junk food, râle ma mère en désignant nos placards. Un peu de légumes ne leur fera pas de mal !

Un combat récurrent qui m'extorque un sourire amusé.

– Les garçons vont trancher, lui oppose Joe avec un air de mauvaise foi qui, cette fois, déclenche carrément un éclat de rire général.

Ma mère roule des yeux, habituée à cet argument qui les positionne toujours, elle et May, comme des perdantes. La solidarité masculine a de beaux jours devant elle dans notre famille !

– Pas question ! s'insurge ma sœur.

– La ferme, boubounette, lui renvoie North avant de

lui emprisonner la tête sous son bras pour lui ébouriffer les cheveux.

Le jeu dure quelques secondes, sous l'air amusé de nos parents. Julia les observe avec plus de circonspection, comme si elle craignait que mon frangin se montre trop brusque. Je ricane intérieurement : on a beau être trois mecs, May nous a toujours menés par le bout du nez !

– Moi, ce que j'en dis, ajouté-je d'un ton paresseux, c'est qu'il est hors de question que tu cuisines alors que tu es notre invitée, maman !

Nouvelle œillade assassine de la part des filles. Grillé ou pas, je leur décoche un sourire éclatant de charme, sous les rires étouffés de mes frangins.

– Complètement d'accord, renchérit Détroit. Je m'occupe des accompagnements, pendant que Thad gère le barbeuc. Vous, papa et maman, vous vous détendez !

– Écoute nos garçons, ma chérie ! s'extasie Joe en saisissant la main de ma mère pour la faire tournoyer au milieu de la cuisine.

Il conclut sa démonstration du pas de deux en plaquant un baiser sonore sur ses lèvres. Ma mère pouffe de rire, les joues rougies d'une émotion qui illustre parfaitement à quel point elle aime ces petites manifestations d'amour.

– Sérieux, à votre âge ? s'exclame May, faussement outrée.

– Ma fille, lui répond Joe, si, un jour, je ne fais plus danser ta mère, c'est qu'il y aura un problème !

Je secoue la tête, sincèrement amusé. Avant Joe, ma mère ne souriait jamais. Ou, du moins, quand elle essayait de paraître joyeuse pour nous rassurer, je savais ce qu'il y avait derrière. Et ce n'était certainement pas du bonheur ! Auprès de mon père biologique, elle a souffert comme aucune femme ne devrait jamais souffrir !

Quant à moi, j'ai découvert, avec Joe, ce que devait être un homme, un mélange de fiabilité, de générosité et d'écoute. Je me demande parfois ce que je serais devenu s'il n'avait pas surgi un matin pour nous tirer de notre enfer, mais, en vérité, je le sais parfaitement, et le spectre de ce tableau suffit à me dresser les poils sur les bras.

Je ne peux m'empêcher de lancer un regard à Julia. Qu'elle le veuille ou non, elle est exclue de la tendresse qui nous enveloppe. Légèrement en retrait, elle nous observe d'ailleurs avec une certaine perplexité. Elle ne peut pas comprendre, et pas uniquement parce qu'elle n'appartient pas à notre famille. Non, ce qui nous a forgés est imprégné de trop de lambeaux cauchemardesques pour qu'elle puisse saisir le sens profond de notre attachement.

– Allez donc danser dans le salon, ordonné-je d'un ton bourru. Nous, on se charge de tout !

Je me dirige vers le frigo et sors la viande.

– May, tu m'aides avec la préparation pour les burgers ?

– Certainement pas ! m'oppose cette petite chipie. Je suis une invitée, tout autant que papa et maman. Et ça tombe bien, car j'ai un coup de fil à passer.

Elle m'adresse un infime rictus en coin et déguerpit vers le jardin, son popotin roulant de provocation.

Merde ! Elle a grandi trop vite.

– Je peux t'aider, moi, me propose Julia en apparaissant devant moi. Après tout, je n'ai pas l'excuse d'être une invitée, puisque je vis ici maintenant.

Malheureusement pour moi ! Je lui balance le paquet d'oignons, puis désigne la salade et les tomates.

– Tu sauras gérer ?

– Quelque chose me dit : mieux que toi ! me renvoie-t-elle tout en m'observant, les yeux ronds, tandis que je bazarde un mélange d'herbes et d'épices dans un bol.

– Bien envoyé, ça ! ricane Détroit. Occupe-toi de sortir les buns, frangin, je vais préparer la marinade.

– J'en suis parfaitement capable ! me rebellé-je, à moitié vexé.

– Ouep, intervient North, plié en deux au-dessus de son maïs. La dernière fois, ta préparation arrachait tellement qu'on a eu le cul en feu !

– Vous êtes des petites natures ! déclaré-je en me rengorgeant.

– On est pragmatiques, me rétorque Détroit, narquois. On est sept, et on a que deux chiottes. Alors, si ça dégénère, c'est toi qui nettoieras les dégâts !

– Vous savez que les blagues pipi-caca, c'est du niveau maternel, nous interrompt Julia, le front plissé de dégoût.

– On aime épater notre monde ! répliqué-je avec un sourire provocateur. Si tu es sage, on t'apprendra comment faire !

Détroit glousse, tandis que Julia me fusille du regard. Taches de rousseur ou pas, ses joues se colorent d'un rose flamboyant quand elle est en colère… et ça illumine ses yeux. Je dois rester une seconde de trop mutique, car mon frère me dévisage avec une intensité pétrie de reproches.

Pour dissimuler ma gêne, je lui saute sur le poil et lui balance mon poing dans l'épaule. Un coup léger qu'il encaisse avec agilité, tout en explosant de rire. Cette ruse ne fonctionne pas tout à fait. Pas avec Détroit, en tout cas. Son sourire m'éblouit de sarcasme, preuve que mon frangin a repéré mon état d'énervement excessif.

C'est facile pour lui. La rue lui a appris à s'adapter à toutes les situations. Moi, comme North d'ailleurs, je reste en apnée dès qu'on touche aux miens, comme si mon âme avait gardé des stigmates qui nécessitent l'assise d'un clan soudé et immuable.

– Vas-y, fais-toi plaiz, mec ! dis-je en lui fourrant le bol d'herbes entre les mains. Moi, je vais surveiller le feu, tiens !

Je me barre, non sans avoir récupéré au passage un pack de bière. Ma mère ne peut s'empêcher de rouler des yeux quand je m'enfile une première cannette d'une lampée. Je la rassure d'un sourire serein, alors que tout mon être est figé et réclame que je m'oublie dans les brumes de l'alcool.

– Hé ! Détends-toi, mec, me lance Détroit en me rejoignant.

– Comment tu peux me dire ça, putain !

– OK, j'ai compris que tu ne l'aimais pas et…

– Parce que toi, si ? le coupé-je en le toisant méchamment.

Détroit lève une main en guise de paix. Puis il prend le temps d'attraper une bière et d'avaler une longue gorgée.

– Je n'aime pas l'idée qu'elle utilise Joe, me confirme-t-il, l'œil rivé sur nos parents pour s'assurer qu'ils ne nous entendent pas.

– Sauf que c'est exactement ce qu'elle fait ! Elle n'a jamais voulu le rencontrer, mais, maintenant qu'elle a besoin qu'on paie ses études, hop ! Elle se transforme en fille dévouée !

– Mate Joe, me dit-il pour toute réponse. Vois comme il est heureux !

Julia l'a rejoint et elle discute avec lui, avec animation, sous le regard attentif et ravi de ma mère. Oui, mon beau-père paraît heureux. Plus que ça, même : il est rayonnant. J'ai toujours su qu'il nous aimait à la folie, mais qu'une part de lui pleurait après ce morceau de son cœur qui lui avait été arraché au moment de son divorce. Pourtant, pudique, Joe n'en parlait jamais. Cette douleur-là, il la garde pour lui, comme si nous pouvions être dupes de l'air peiné qu'il affiche parfois.

– Sauf que ce n'est que du vent ! me renfrogné-je.

– Pour nous, oui, mais, lui, il voit son souhait le plus cher se réaliser. Et, putain ! Il le mérite ! Tu le sais aussi bien que moi ! Joe ne nous a jamais rien demandé. Toutes ces années, il s'est dévoué pour qu'on grandisse dans un foyer équilibré et aimant et, toi comme moi, on a assez encaissé pour mesurer parfaitement ce que ça représente. Alors, aujourd'hui, c'est à nous de prendre soin de lui. Et la meilleure façon de le faire, c'est d'accepter sa fille sous notre toit.

– Elle me casse les couilles !

– Ouais, j'ai remarqué, ricane mon frère, un rictus malicieux sur les lèvres. Évite de la baiser, celle-là, c'est terrain miné !

– La baiser ? Tu débloques sérieux, là !

Détroit m'observe, sans ajouter un mot, de quoi me filer des envies de le frapper. Cette sale garce ne m'intéresse pas ! Ni de près ni de loin ! Je lui décoche un nouveau coup d'œil à la dérobée et grimace en la voyant rire à gorge déployée. Cette petite opportuniste a planté ses serres dans le cœur tendre de Joe, usant de son sourire hypocrite pour endormir son habituelle vigilance.

Si je le pouvais, là, maintenant, je flanquerais ses affaires sur le trottoir, heureux à l'idée qu'elle sorte de nos vies. Nous n'avons pas besoin d'elle ! Joe croit peut-être le contraire, mais je suis persuadé qu'il va vite déchanter. Qu'il va découvrir que le pseudo-intérêt de sa fille n'est que du vent.

Et moi, au milieu de tout ça, je ne ressens que du mépris pour cette gonzesse. Un mépris mêlé de rage ! Alors, la désirer ? Certainement pas !

4

Julia

Je consulte ma montre et gronde en réalisant que je suis à la bourre. J'aspire une profonde bouffée d'air, histoire de me booster, et m'élance à petites foulées le long du Hello Walk, le sentier qui serpente au milieu du campus de l'université. Pas moyen de louper le Lionel Hampton Building Music avec sa façade altière et ses briques rouges. Je pénètre dans le bâtiment en haletant comme une locomotive. Ça fait des mois que j'ai abandonné mes séances de footing et je le ressens dans mes muscles d'une façon qui réveille ma culpabilité. J'ai renoncé à tant de choses pour m'occuper de ma mère que j'ai l'impression d'avoir la tête à l'envers rien que d'y songer.

Mais ce n'est pas le moment de m'attarder là-dessus ! Je prends un nouveau départ, libérée de toutes contraintes, et c'est tout ce qui compte. Je me précipite vers l'amphi, sans voir la nana qui surgit sur ma droite. La collision est inévitable. Je finis sur les fesses, abasourdie, mon sac de cours échoué à plusieurs mètres de moi. Je me frotte le bas des reins, surprise de ne pas m'être blessée. Ou de ne pas avoir mal, même un peu.

C'est toujours mieux que l'autre fille qui a plongé tête la première vers le mur. Affalée au sol, sur le ventre, elle ne bouge pas, ce qui m'incite à me relever rapidement pour vérifier comment elle va. Manquerait plus qu'elle se soit assommée !

– Hey ! Ça va ? l'interpellé-je en lui secouant le bras.

– Au nom du Père, du Fils et du Saint-Esprit, amen !

– Heu… Tu pries vraiment, là ?

Un visage mince, à la peau diaphane, se soulève du sol, auréolé d'un sourire espiègle.

– Prier est un bien grand mot, en fait ! Je ne connais que cette partie-là, mais elle est fort utile quand tu cumules les galères depuis des mois, voire des années. Vu que je suis arrivée ici en un seul morceau et que je ne me suis pas fendu le crâne en atterrissant contre ce mur, j'estime que c'est la moindre des choses que de remercier le Seigneur, ou le truc qui veille tout là-haut !

D'un bond leste, elle se remet sur ses pieds et, ignorant ses affaires étalées sur le sol, incline la tête vers le plafond. Paupières mi-closes, elle lève les paumes vers le haut en une sorte d'offrande révérencieuse.

– Et, sérieux, Monsieur le Tout-Puissant, si tu pouvais me laver de mes péchés, ce serait cool ! scande-t-elle avec une conviction passionnée. Parce que, là, j'en ai un peu marre du mauvais œil que tu m'as flanqué au cul. Moi, je suis une fille sage. Innocente, même. Et ne me parle pas de Tobias Fletcher : la langue, ça ne compte pas ! Pas plus que la soirée avec Jonathan Ewart, j'étais soûle et tu sais à quel point ça me rend curieuse. Quand je vois un truc hors norme, forcément, j'ai envie de vérifier si c'est vrai ou… un rembourrage chaussettes.

Ses cils se mettent à papillonner, comme ceux d'une biche en mode séduction, puis elle se redresse de façon à croiser mon regard. Je crois que je suis bouche bée, partagée entre le désir de m'esclaffer et celle de dégager fissa. Une attitude qu'elle doit souvent inspirer, vu son brusque rictus d'excuse.

– Salut, moi, c'est Madison, se présente-t-elle. Et, non, je ne suis pas folle. Je suis juste en mode désespérée de chez désespérée ! Je cumule les galères. Tiens, rien que cette semaine, mon fer à repasser s'est enflammé, pile-poil évidemment quand je repassais mon plus beau chemisier. J'ai perdu mes clés d'appart pour la deuxième fois en un mois et, le pire, j'ai pété mon ordi en trébuchant sur la prise. Sérieux, là, j'arrive à saturation !

– Et, donc, tu comptes sur Dieu pour régler tes problèmes ? la questionné-je, amusée malgré moi.

Madison est peut-être légèrement timbrée, son regard pétille d'intelligence. Un regard qui s'agrémente d'un physique de guerrière avec une longue silhouette filiforme et des cheveux noirs coupés très court. Avec les traits charbonneux autour de ses yeux bridés, elle affiche un air dur qui la rend impressionnante. Enfin, tant qu'elle n'ouvre pas la bouche pour discuter de malchance et de Dieu…

– Bah ! J'ai d'abord essayé les cristaux sous mon oreiller, mais c'est tout sauf une bonne idée quand tu as la peau sensible. Je me suis réveillée avec un mal de crâne carabiné et un torticolis. Du coup, j'ai testé la fumigation de sauge. Sauf que ce truc, ça pue, c'est une horreur. J'ai fini par me rabattre sur un rituel de purification avec des runes nordiques. Pas mieux, ça m'a tellement soûlé que j'ai envoyé valser les pierres par la fenêtre. Au final, il ne me reste pas beaucoup d'options. Alors je me suis dit qu'une petite prière, ça ne pouvait pas faire de mal !

– J'imagine, oui, à ce stade, noté-je, dubitative.

– Ouais, tu es aussi convaincue que moi, c'est ça ? me lance-t-elle d'un ton désabusé. L'autre solution, c'est que j'aille me bourrer la gueule pour oublier mes malheurs, mais, la dernière fois, j'ai fini au milieu de la piste, couverte de bière après avoir malencontreusement bousculé une serveuse…

– Je débattrais bien du sujet, mais, là, je suis déjà en retard, la coupé-je un peu abruptement.

Madison décoche un coup d'œil à sa montre et pousse un gémissement plaintif.

– Tu vois bien que j'ai la poisse ! Moi aussi, je suis à la bourre. Putain ! Charko va me passer un savon.

– Le professeur Charko ?

– Ouais, pourquoi ? me demande-t-elle en ramassant rapidement ses affaires.

– C'est le responsable de mes cours d'été.

Madison se fige, puis un large sourire barre son visage.

– On va dans la même direction, alors, m'explique-t-elle avec excitation. J'ai manqué un trimestre cette année, à cause d'une putain de jambe cassée. Rapport à ma malchance, tu vois le lien ? Bref, j'avais le choix entre refaire ma deuxième année ou suivre ces cours. C'est par là…

Elle m'indique de larges portes juste derrière nous.

– Si on se glisse dans l'amphi sans l'ouvrir et qu'on se cale au fond, ça peut le faire, suggère-t-elle. Tu ne m'as pas dit ton nom, au fait.

– Julia Hartman, la renseigné-je en lui emboîtant le pas, après avoir récupéré mon sac.

– Nouvelle ?

– Oui.

– Bah écoute, si tu as le temps après la présentation du professeur Charko, je t'emmène faire le tour du campus.

J'acquiesce machinalement. Mais, après tout, pourquoi pas ? L'université est immense, et je me suis perdue dès mon arrivée.

Lorsque je pénètre dans l'amphithéâtre, derrière Madison, je manque me pétrifier d'admiration. L'espace, pourvu de fauteuils rouges, arbore de magnifiques boiseries, en plus de fenêtres à vitraux. La lumière naturelle du jour se teinte de nuances juste sublimes. Je m'assois en m'efforçant d'être la plus discrète possible. Par chance, le professeur Charko a lancé une vidéo et regarde l'écran avec autant de concentration que la trentaine d'étudiants déjà installée dans la pièce.

– Le Rinker Rock Creek Ranch, me chuchote Madison. C'est un super endroit. On s'y rend régulièrement pour des stages. Tu verras, ce coin est carrément dément, même s'il est perdu au milieu de nulle part. Sûr que là-bas, tu fais le plein de bonnes ondes !

– Trois semaines, mentionne le professeur, une fois le film de présentation terminé. C'est le temps que nous passerons au ranch, en priorité pour étudier la faune locale. Nous observerons les vaches, les moutons et les chevaux dans un habitat suffisamment sauvage pour qu'on puisse tirer des enseignements de leurs comportements naturels. Mais si vous êtes vigilants et curieux, vous aurez également l'occasion d'apercevoir des rapaces et des petits rongeurs. Le rapport que vous me remettrez à la fin de l'été servira à la validation de cette session de rattrapage. Donc, soyez attentifs et proactifs sur le terrain !

– Avec lui, j'irai au bout du monde, soupire Madison en le dévorant d'un air énamouré. J'adore ce type ! Il est brillant et carrément sexy. Toutes les étudiantes sont raides dingues de lui, mais, lui, il préfère Mlle Jenkins, la vieille bibliothécaire. Quel dommage !

Je réprime un sourire. Le professeur Charko est certes pas mal, mais il sait qu'il plaît. Grand et bien balancé, il promène une silhouette de sportif assidu sur la scène de l'amphithéâtre. Une mèche châtain clair est savamment placée sur son front intelligent, alors qu'il mordille la branche de ses lunettes argentées avec une certaine langueur. Logique que les filles s'émoustillent devant tant de… bogossitude.

Personnellement, je ne suis pas sensible à ce genre de charme affecté. En même temps, Marlon, mon dernier (et seul) petit ami n'arrêtait pas de me rabâcher que j'étais un spécimen à part, aussi asocial que froid dans mes relations aux autres, ce qui incluait les hommes. L'abruti avait raison dans le sens où, ayant été élevée par une malade mentale, j'ai appris à me protéger. Sans distinction de sexe.

Cependant, en ce qui concerne la gent masculine, il n'avait peut-être pas tort. Mais, en réalité, si Marlon ne m'avait pas trompée le soir où j'avais prévu de lui offrir ma virginité, je serais peut-être un peu plus indulgente.

– Voilà, maintenant que vous avez le programme complet de cette session de cours d'été en sciences animales et vétérinaires, on se retrouve demain matin à neuf heures tapantes, conclut le professeur Charko. Pas de retard, je vous prie (est-ce une impression née de ma culpabilité ou son regard s'attarde-t-il vraiment sur moi et ma voisine ?), nous plongerons directement dans la pratique en passant la journée dans l'un de nos centres animaliers, donc optez pour une tenue qui ne craint rien. Mercredi, en revanche, retour en salle pour des cours sur les principes de chimie et le thème que vous connaissez déjà tous : « cellules et évolution de la vie ».

Je sors de l'amphi, un sourire épanoui sur les lèvres. Ces cours, c'est exactement ce dont j'ai besoin pour me changer les idées après des mois pénibles occupés au chevet de ma mère. Ma fatigue mentale se disperse aux quatre vents en quelques secondes, me laissant plus légère que je ne l'ai été depuis longtemps.

– Prête pour un tour du campus ? me ramène au présent Madison.

– Oui, bien sûr. Il y a plusieurs endroits que j'aimerais voir. J'ai notamment repéré le Rec Center sur la brochure d'accueil.

– Bah écoute, pas de soucis, on pourra s'y arrêter. J'y vais au moins deux fois par semaine, je suis fan d'escalade.

– J'imagine que c'est le genre de coin très fréquenté…

– Ouais, mais, entre juin et août, c'est plus calme. Ça te permettra de t'approprier les lieux en toute tranquillité. Tu verras, il y a des appareils de musculation, des vélos d'appartement, des tables de billard et… plein d'autres trucs. Enfin, tout ce qu'il faut pour canaliser une bande d'étudiants bouillonnant d'énergie.

J'ai besoin de me remettre au sport, ne serait-ce que pour évacuer la tension dans mes épaules. Parce que la vie en coloc, avec les fils de mon père, ne va pas être de tout repos !

– Tu habites où ? me questionne Madison. Dans les résidences du campus ?

– Non, je suis sur Greek Row, dis-je en remarquant aussitôt la raideur de sa colonne vertébrale.

– Tu dépends d'une sororité, donc…

Vu son ton, elle n'apprécie pas le principe, ce que je ne peux pas lui reprocher, car je ne suis pas, moi-même, très fan. Ma réserve naturelle va déjà devoir composer avec trois mecs pas franchement accueillants, alors toute une bande de filles surexcitées ? Pas question !

– Non, j'habite chez…

Quoi dire ? Les fils de mon père ? Ça devrait positionner North, Détroit et Thaddeus en frères, ce qu'ils ne sont pas, Dieu merci ! Mais expliquer ma situation familiale à une inconnue, ce n'est pas mon genre. Je biaise, avec le sentiment de m'arracher la langue.

– J'habite chez mes demi-frères.

Madison étrécit les yeux, puis les écarquille, la bouche ouverte sur un « oh ! » massif.

– Ne me dis pas que tu vis avec les frères Ellis ?

– Heu… si, pourquoi ?

– Merde, alors ! siffle-t-elle entre ses dents. Ce sont des stars, ici !

– Des stars ? ricané-je, acide.

– Ils font partie de l'équipe de baseball, m'explique Madison sans relever le ton de ma voix. Et ils sont de loin les meilleurs joueurs qu'on a eus depuis longtemps. Les Vandals n'ont pas perdu un match depuis leur arrivée et… ce sont des musiciens du feu de Dieu. Ils se produisent dans une salle du centre-ville et parfois dans les fêtes qu'ils organisent.

Sportifs et musiciens, c'est un combo surprenant, mais qui ne me déroute pas. Pourquoi être de simples étudiants quand on peut être les rois du campus ? C'est bien ma veine, tiens !

– Et ce sont tes demi-frères, s'extasie-t-elle un peu plus. Je ne suis pas ultra fan des grands ténébreux ni des mecs flippants, mais North… Merde ! Quand il ouvre la bouche sur scène, il est juste…

– North chante ? m'étonné-je en revoyant son air fuyant.

En deux jours, je n'ai pas réussi à lui extorquer plus de quelques mots. La plupart du temps, quand je débarque dans le salon, il déguerpit comme s'il avait le feu aux fesses. Il n'y a que lorsque j'aborde le sujet des animaux qu'il se déride un peu.

– Il a une voix sublime, me confirme-t-elle. Tu n'as pas l'air de bien le connaître…

– Je vivais avec ma mère, riposté-je, laconique. Et toi, tu loges dans l'une des résidences du campus ?

– Ouep ! Mon objectif était de me prendre un appart, mais les prix exorbitants m'ont remis les idées en place. Et c'est pas mon job au refuge des petites pattes qui me permettra de payer, un jour, un loyer. Cela dit, je suis bien installée : ma chambre est sympa et ma coloc, souvent absente.

– Le refuge des petites pattes ? Je leur ai envoyé ma candidature et j'ai rendez-vous samedi matin.

– Génial ! Je te brieferai, si tu veux, parce que Manuel, le responsable en chef, est hyper sélectif. Il n'a pas le choix, en vrai. Avec la section pré-véto de l'université, il reçoit chaque année des dizaines de demandes et, crois-moi, pas toujours de personnes hyper motivées. Non mais, sérieux, ils pensent quoi ces abrutis en optant pour une filière animale s'ils ne supportent pas de ramasser les crottes et de nettoyer les saletés en tout genre ?

– Ouais, je vois ce que tu veux dire. Je bossais déjà dans un refuge à Salt Lake City et on avait ce problème avec certains bénévoles qui imaginaient que leur rôle se limiterait à promener les chiens ou caresser les chats.

– C'est tellement ça ! valide-t-elle avant d'éclater de rire. Le dernier a tenu deux jours. Il était en première année et nous a pété une durite quand il a compris qu'il devait nettoyer les box.

Sans même reprendre son souffle, elle m'énumère plusieurs situations toutes plus drôles les unes que les autres. C'est étonnant de découvrir que cette fille au physique de Viking est une véritable pipelette. Mon visage doit exprimer mon effarement, car elle s'arrête soudain au milieu d'une phrase, l'air gêné.

– Ouais, je sais, je suis bavarde. Je blablate à tort et à travers, et… je suis désolée, je fais souvent fuir les gens… Avec les animaux, je n'ai pas ce souci-là.

Sa tentative de dérision lui arrache une pâle grimace d'excuse. Je comprends un truc tout bête la concernant ; en dépit de nos différences, nous nous ressemblons sur quelque chose de fondamental : la solitude. Une surprise au regard de ce qu'elle dégage d'emblée, un mélange de confiance et de force.

Alors, au fond, peut-être que notre rencontre-choc est une bénédiction pour nous deux.

– En fait, ça ne me dérange pas qu'on me demande de me la fermer, ajoute-t-elle avec un haussement d'épaules désinvolte. Ce qui m'agace, en revanche, ce sont les gens qui se barrent sans un mot, simplement parce que je les soûle. Je sais me taire, en vrai. Seulement, je ne me rends pas compte quand je dépasse les bornes. Enfin, là, j'ai peut-être été trop cash en te racontant ça. Tu vas juste avoir envie de me fuir direct. Bravo, Madison, tu es une…

– La ferme, Madison, la coupé-je en esquissant un sourire espiègle. Et montre-moi cette fameuse salle d'escalade, OK !

5

Julia

Tandis que nous avançons, en silence, vers le Rec Center, je me repais de la vision verdoyante du campus. La balade est d'autant plus agréable que les allées sont quasiment désertes. La majorité des étudiants ont quitté les lieux fin mai, laissant derrière eux un calme appréciable.

Je lance un coup d'œil à la dérobée à Madison et pouffe de rire en la voyant tordre les lèvres pour tenir son engagement de ne plus parler à tort et à travers. Cette fille me plaît de plus en plus !

– Allez, raconte-moi tout : il y a des endroits sympas où se réunir en dehors du campus ?

– Carrément, oui ! Bon, moi, je suis ultra gourmande, donc, déjà, il y a le salon de thé de Miss Marple.

– Miss Marple ? Comme la série ?

– Ouep ! La propriétaire est fan de séries policières. Tu peux jouer au Cluedo pendant qu'elle te sert du thé dans des tasses en forme de pipes. Et, certains soirs, elle anime des enquêtes où tu dois venir déguisé, pour revisiter les *cold case*[1] les plus célèbres. Moi, j'adore, d'autant qu'elle te cuisine des petits gâteaux carrément succulents.

---

1. Enquêtes non résolues.

– Jamais vécu ce genre d'expériences, dis-je, les sourcils froncés de perplexité.

– Ça vaut le coup, crois-moi. Cela étant, en plus conventionnel, tu as le bar, le Red Lounge. Bonnes bières et ambiance sympa. Tous les samedis, tu as droit à un concert. Les Ellis's Demons y jouent régulièrement, d'ailleurs.

Je revois leurs instruments… dans le salon. S'ils répètent là, je sens que je vais passer plus de temps à la bibliothèque du campus que dans ma chambre. Génial ! Je n'ai pas fini de pester. Paillette, en revanche, va adorer. Ma chienne a dû être danseuse dans une vie antérieure, car elle trémousse son popotin dès qu'elle entend de la musique.

– Et il y a un lieu où on peut trouver des produits bio ? demandé-je en changeant volontairement de sujet.

– Tu as le marché, tous les mercredis matin. J'aime bien y aller, moi aussi. C'est…

– Julia ! s'écrie une voix dans notre dos.

May accourt vers nous, pantelante. C'est une surprise pour moi puisqu'elle est repartie avec sa mère avant-hier soir et qu'il n'était pas prévu qu'elle revienne avant la fin août.

– May, l'accueillé-je, contente malgré tout de la voir.

– Il me semblait bien que c'était toi, bafouille-t-elle en se penchant pour recouvrer son souffle. Merde ! J'avais oublié à quel point c'est chiant de porter des talons.

Ses sandales ne sont pas très hautes, mais elles sont l'apparat idéal pour compléter sa jolie petite robe d'été. Je l'ai rencontrée en mode détente, la jeune femme qui me fait face est, cette fois, apprêtée et parfaitement maquillée. May a même lissé ses cheveux épais pour dompter ses boucles, de quoi renforcer son air assuré.

– Madison, je te présente…

J'hésite pendant de longues secondes, indécise.

– Je suis May, sa sœur, termine-t-elle pour moi. Bah, quoi ? On ne va pas couper les cheveux en quatre, si ?

Je lui souris, séduite par son naturel. Ouais, décidément, cette fille me plaît !

– Qu'est-ce que tu fabriques ici ? lui demandé-je.

– Je suis venue avec papa. On a filé au magasin de bricolage pour acheter de quoi commencer les travaux. Je me suis sauvée dès qu'il a commencé à me montrer comment planter un clou…

La robe n'est pas compatible avec l'idée de venir à Moscow pour aider Joe, mais je me garde de tirer la moindre conclusion. C'est l'un de mes pires défauts : j'analyse tout et n'importe quoi, jusqu'à me triturer les méninges.

– On va au Rec Center, mentionne Madison. Tu veux venir avec nous ?

– C'est gentil, mais non… J'ai un rendez-vous et…

May darde un regard nerveux par-dessus son épaule, puis m'offre de nouveau un visage détendu.

– Ne parle pas aux frangins de ma visite sur le campus, si tu les aperçois, me supplie-t-elle avec une grimace mutine qui m'incite à rire en retour. Ils pensent encore que je suis une gamine qu'ils doivent surprotéger.

Je ne sais pas pourquoi, mais je ne suis pas surprise. Et leur nouvel ennemi numéro 1, c'est moi !

– On se revoit tout à l'heure, alors ?

– Oui, et… si tu ne veux pas que papa t'embauche de force, traîne le plus longtemps possible ici. C'est un simple conseil, mais, quand il bricole, il se transforme en tyran. C'est pas beau à voir, crois-moi !

La note d'humour, empreinte de vénération, ne m'échappe pas. Mon père ne s'est pas seulement reconstruit une famille, il en est le piller central. Une vérité qui accentue mes regrets d'avoir dû, autrefois, le repousser. Mais que pouvais-je faire d'autre ? Ma mère était déjà une reine de la manipulation, et je refusais que Joe soit prisonnier de ses chaînes. Je connaissais trop bien le prix à payer…

– OK !

Elle s'éloigne sur un dernier signe de la main, la démarche un peu trop chaloupée, preuve qu'effectivement elle n'est pas à l'aise avec des talons.

– Ta sœur fait sa rentrée en septembre, c'est ça ?

– Oui, en sciences de l'éducation.

– Vous êtes proches ?

Je soupire longuement. J'imagine qu'habiter avec des célébrités comme les Ellis's Demons va m'exposer à la curiosité de certains. Je n'ai aucune envie d'attiser les plus folles rumeurs, alors autant être claire dès le départ. Même si, au fond, je déteste l'idée de parler de moi et de mon passé.

– Mes parents ont divorcé il y a longtemps et, comme je l'ai mentionné tout à l'heure, j'ai vécu avec ma mère. Je ne connais quasiment pas la nouvelle famille de mon père.

– C'est pour ça que vous n'avez pas le même nom ?

– Oui, je… je porte le nom de famille de ma mère. Hartman.

– Ouais, enfin quand même ! Si tu savais comme j'adorerais être liée aux frères Ellis et… à May, précise Madison, l'air envieux. C'est carrément palpitant ! Moi, j'ai une vie tellement ennuyeuse, comparé à toi !

– Vraiment ? la nargué-je. Je n'ai jamais brûlé de

sauge ni tenté de lire dans les runes, moi !

– Crois-moi, si mes parents savaient ça, ils me rapatrieraient direct à la maison, au fin fond du Wyoming. On n'est peut-être pas pieux dans ma famille, on est nés avec le cul serré. Pour te dire, ma mère pense que je suis encore vierge ! Je suis même persuadé qu'elle imagine que j'ai jamais laissé un garçon m'embrasser.

Elle écarquille les yeux, comme si l'idée était carrément ahurissante. Je rirais bien, mais les seuls baisers que j'ai échangés étaient… juste humides et maladroits. Pas de quoi se vanter ou croire qu'on puisse suffoquer de plaisir sous les lèvres d'un garçon.

– Ah ! Voilà, nous y sommes, m'indique Madison en mettant un terme à cette discussion bien trop personnelle à mon goût.

– Wouah ! m'exclamé-je en pénétrant dans le Rec Center. Ah ouais, carrément !

– Impressionnant, hein !

À l'abri d'une haute verrière, des murs d'escalade ornent l'intérieur du bâtiment, mais c'est le roc central, un large pilier à la silhouette incurvée qui monte jusqu'au plafond, qui retient toute mon attention. Pour les fanas de sport, cette zone est tout simplement une merveille. D'ailleurs, plusieurs étudiants sont à l'œuvre et grimpent le long de la paroi, leurs muscles luisants de sueur.

– Je n'imaginais pas quelque chose d'aussi grandiose, avoué-je.

– En tout cas, si tu as envie d'essayer, je pourrai te filer un cours. Je ne suis pas la plus douée de ceux qui s'entraînent ici, mais je me débrouille plutôt pas mal.

– Bah, écoute, je ne dis pas non. Je tenterais bien l'expérience.

– Samedi matin, ça te conviendrait ? J'ai réservé une séance à neuf heures.

– Carrément ! m'enthousiasmé-je.

– Tope là, me lance Madison, avant de me désigner une autre partie du bâtiment. On continue la visite ?

J'avance d'un pas pour la suivre et lâche un cri étouffé lorsqu'une pluie de poussière me dégringole sur la tête. En moins d'une seconde, mes cheveux et mes vêtements se retrouvent imprégnés d'une poudre blanche. J'éternue, gênée par cette matière qui s'infiltre dans mes narines et ma bouche.

Merde, c'est quoi ce bordel !

Un hurlement fuse de mes lèvres, plus perçant que le précédent quand une masse tombe du plafond et atterrit à moins d'un mètre de moi. Mon cœur s'emballe d'une peur qui n'est peut-être due qu'à la surprise, n'en demeure pas moins que j'ai l'impression qu'il cherche à s'échapper de ma poitrine. Le choc s'avère si brutal que des frissons continuent de sinuer sous ma peau alors que j'ai identifié la cause de cet… incident.

– Putain ! sifflé-je. Ça t'amuse, connard ?

– On en est donc aux petits noms doux, me susurre Thaddeus, un sourire faussement onctueux sur les lèvres.

– Ça va ? me demande Madison en le fusillant du regard. C'était dangereux, mec !

Je m'ébroue en pestant et secoue mes cheveux, sans grand espoir de parvenir à enlever toute la poudre. Un nouveau nuage se forme autour de mon visage, me faisant éternuer en boucle.

– Désolé, se repent Thaddeus d'un ton tout sauf sincère. Mon sac de magnésie s'est malencontreusement ouvert pendant que j'étais là-haut.

Je me redresse, histoire de lui prouver que je ne gobe pas sa charmante petite excuse, et le foudroie d'un regard chargé de colère quand je repère son sourire tordu. L'enfoiré !

Je me force à inspirer profondément et ferme les yeux pendant quelques secondes. Les années à encaisser les conneries de ma mère m'ont endurcie, mais je n'ai plus envie de subir. Cette époque est révolue, et ce n'est pas un emmerdeur de première qui va me ramener à ce passé abscons.

– Et tu trouves ça drôle, hein ? lui déclaré-je en me rapprochant de lui, jusqu'à empiéter sur son espace vital.

Thaddeus étrécit l'œil. Je peux presque lire en lui à cette seconde : il n'aime pas être aussi proche de moi, mais reculer serait un aveu de faiblesse. Il demeure donc stoïque, bien que j'aperçoive le durcissement évident de sa mâchoire.

– À ta place, je ferais gaffe, continué-je d'un ton qui s'apparente à un grondement.

– Ah ouais ? me renvoie-t-il, acerbe.

Je me rapproche encore, pas le moins du monde gênée de buter contre son torse moite et de me retrouver avec le nez à hauteur de son cou. Des gouttes de sueur serpentent sur sa peau, preuve qu'il ne fait pas semblant de se dépenser quand il vient ici. Je me demande s'il agit ainsi parce qu'il aime se challenger ou s'il ne pense qu'aux minettes qui s'extasient devant lui, les soirs de concert. Parce que je n'ai aucun mal à l'imaginer pavoisant devant un parterre de groupies hystériques. Pas de chance avec moi : je ne suis ni émoustillée par ses muscles ni admirative de son air de bad boy sexy. C'est même tout l'inverse !

– Ouais, insisté-je, ravie de le sentir se raidir un peu plus. Tu vois, je ne suis pas une petite chose inoffensive qui tend l'autre joue quand on l'emmerde. Si tu me cherches, tu vas me trouver, mais je te préviens : je peux devenir une putain de garce.

Je ne lui laisse pas le temps de répondre, je m'élance vers l'allée centrale du bâtiment, Madison sur les talons.

– Eh bah, merde ! glapit-elle dans mon dos. C'était…

– Sérieux, je vais finir par buter ce petit con ! m'énervé-je, d'autant plus furieuse quand j'entends des rires sur mon passage.

– Tu m'aiderais à creuser le trou si j'avais besoin d'enterrer un corps ? la nargué-je avec espièglerie.

– Seulement si le macchabée est un enfoiré !

J'explose de rire, abandonnant derrière moi ma fureur. C'est décidé, cette fille est ma nouvelle meilleure amie.

– Vendu ! Bon, il va falloir que je rentre chez moi pour me changer. Je suis… merde ! J'en ai même dans les oreilles…

– Il y a des douches, ici, m'explique Madison avant d'agiter son sac sous mon nez. Et j'ai une tenue de sport avec moi. Mon jogging sera un peu grand pour toi, mais c'est toujours mieux que de se balader dans les rues dans cet état. Désolée de te le dire, mais tu ressembles à une vieille harpie.

– Ça peut mettre la pâtée à un démon une harpie ? lui demandé-je en riant.

– J'ai dans l'idée que tu n'as pas besoin de ça pour écraser un connard. D'ailleurs, au passage, sache que je suis douée dans le rôle de complice. J'ai jamais expérimenté le côté psychopathe, mais garce teigneuse, c'est ma came. Alors si tu as envie de donner une leçon à ce crétin, je suis ta femme… enfin, ton homme… enfin, tu vois ce que je veux dire, hein !

– Madison, tu es officiellement ma nouvelle meilleure amie, asséné-je, extatique.

6

Julia

Joe est occupé à isoler le grenier lorsque je rentre à la maison. North, en cotte de travail, l'aide à fixer les panneaux en laine de verre, si concentré qu'il lui faut quelques secondes avant de me repérer. Son sourire est furtif, tout autant que le regard qu'il m'adresse. Timidité et froideur se mêlent chez lui sans que je sache ce qui l'emporte sur l'autre.

– Julia ! m'accueille mon père avec la chaleur qui manque à son fils. Alors, cette première réunion ?

– Super ! J'ai hâte d'être à demain, en fait. Et j'ai rencontré une fille qui bosse au refuge des petites pattes. Elle va me briefer pour mon rendez-vous.

– C'est encourageant tout ça ! approuve-t-il. De notre côté, on avance bien. J'avais déjà commencé à isoler le grenier, on aura terminé dans deux jours max.

– Un coup de main ? proposé-je.

– Demain, si tu veux, réplique-t-il après avoir consulté sa montre. J'ai promis à Kate d'être rentré tôt pour notre séance ciné hebdomadaire. Et May a une soirée de prévue avec ses copines. Il faut qu'on décolle d'ici une demi-heure. Ça te gênerait de me servir un truc frais pendant qu'on range avec North ? Je suis mort de soif !

– Non, pas du tout !

Je redescends au rez-de-chaussée en réprimant un soupir de lassitude. Joe et moi avons du mal à interagir en dehors de platitudes. En même temps, il est difficile de rattraper dix-huit ans d'absence en quelques jours. Je n'avais que trois ans quand mes parents ont divorcé. Que trois ans quand j'ai cru que mon père m'avait abandonnée. Une vérité qui m'a servi de boussole pendant dix longues années. Il m'a fallu comprendre ce qu'était ma mère pour enfin regarder les choses sous un autre angle.

Ô Capitaine, mon Capitaine ![1]

Ce que j'aimerais, aujourd'hui, c'est réussir à franchir cette espèce de gêne qui perdure entre nous. Une gêne qui a tout à voir avec mon incapacité naturelle à m'épancher. J'ai géré les secrets de ma mère pendant trop longtemps pour être en mesure de vider mon sac d'un coup. Ce qui est navrant, c'est que Joe ne mérite pas ces silences…

Je compense un peu en préparant un léger en-cas, en plus de sortir un assortiment de soda et de bières.

– Miam ! s'exclame May en débarquant, un air plus que satisfait sur le visage.

Une satisfaction qui vire à l'extase lorsqu'elle ôte ses sandales et masse rapidement ses pieds.

– Plus jamais je mets ces trucs ! lâche-t-elle avant de se précipiter sur mon plateau de douceur. Merde ! J'ai trop faim !

Elle avale une poignée de morceaux de fromage, vidant la moitié du bol. Je rouvre le frigo en riant, consciente qu'il va nous falloir plus de munitions, et récupère des carottes et des tomates cerises. Les amuse-gueules, c'est ma spécialité.

---

1. Référence au film *Le Cercle des poètes disparus.*

– Ton rendez-vous s'est bien passé ? lui demandé-je, tout en découpant les légumes.

– Je ne peux pas encore en parler aux garçons, me répond May, mais… ma candidature a été retenue par les Sigma Alpha ! Je suis méga contente ! Je rêvais d'intégrer cette sororité, sans y croire vraiment. Elles reçoivent tellement de dossiers à chaque rentrée.

– Génial ! dis-je avec un sourire tranquille.

Je ne suis pas fan de ce genre d'organisations, mais May paraît si heureuse que je n'ai pas le cœur à entacher sa joie. Surtout pas alors qu'elle est aussi cool avec moi.

– Chut ! me signale-t-elle quand North et Joe débarquent dans la pièce, avec un clin d'œil complice. Déjà terminé ?

– Pour aujourd'hui, oui, confirme mon père. Si tu veux être à l'heure pour ton rendez-vous, on ne doit pas tarder.

– Ben, on a au moins le temps de profiter des douceurs que Julia a préparées. Allez, papa, viens t'asseoir deux minutes, ajoute-t-elle en tapotant le siège à côté d'elle.

Joe se met à rire lorsqu'elle dépose un baiser sur sa joue et entoure ses épaules d'une accolade tendre. Je cligne des yeux, une façon d'étouffer la pointe d'envie qui se répand dans ma poitrine. Cette complicité père-fille, j'en rêve.

J'en rêve depuis le jour où j'ai compris que Joe avait tout tenté pour me récupérer.

J'en rêve depuis l'instant où j'ai intégré que j'étais prisonnière d'une relation malsaine. Toxique. Castratrice.

– Heu… elle est où la viande ? m'interroge North en examinant le plateau.

– Tu te rappelles que je suis végétarienne ? lui demandé-je avant de croquer dans un bâtonnet de carotte.

Il secoue la tête, dépité, puis se résout à tremper son morceau de concombre dans la sauce.

– Ouais, ça le fait, approuve-t-il finalement.

– Bon, eh bien, il est temps pour nous de partir ! déclare Joe en se levant. Je serai là demain à huit heures tapantes !

May saute sur ses pieds, mais, au lieu de le suivre, elle contourne l'îlot central et vient m'embrasser.

– Je reviendrai certainement au cours de l'été, m'annonce-t-elle. En attendant, ne laisse pas ces trois démons te mener la vie dure. Ils sont parfois têtus, mais c'est de la bonne pâte !

– Hey ! Boubounette, ne sois pas méchante, geint North d'un ton théâtral et plaintif. Je suis un ange, moi !

– Un ange déchu, ouais, ricane May tout en rejoignant Joe à la porte. Allez, soyez sages !

Comme toujours lorsque nous nous retrouvons seuls, North détale sans même m'accorder un signe. Ce type est bizarre. Gentil, mais bizarre. Le genre introverti. Je ne le juge pas. Je ne suis pas douée, moi non plus, avec les gens. Seulement, contrairement à Détroit et Thaddeus, il ne me fusille pas du regard toutes les trois secondes. Il semble juste… fuir ma présence, comme si je dérangeais ses habitudes.

Je hausse les épaules, désinvolte, et lance un coup d'œil vers le jardin. Paillette n'a pas bougé de la chaise longue, qui est devenue son second panier. Flattée par les rayons du soleil, elle dort en ronflotant doucement. Je secoue la tête, amusée. Si j'ai un peu de mal à trouver mes marques ici, ce n'est pas son cas. Hier, je l'ai carrément retrouvée pelotonnée sur le canapé, calée contre Détroit. Un sourire fend mon visage lorsque je revois l'air satisfait de mon « demi-frère » pendant qu'il caressait ma choupette. Évidemment, il a arrêté dès qu'il m'a aperçue, genre mec désabusé qui ne craque pas devant une boule de poils.

– Paillette, c'est l'heure de ta pâtée ! Ne traîne pas, je

dois encore nourrir Ryo, Basile et Crock !

Sortez de la bouffe, et la Miss déboule à la vitesse de l'éclair. Je vérifie que sa gamelle d'eau est pleine avant de rejoindre ma chambre. La pièce est un peu petite pour accueillir tous mes animaux, mais l'environnement est cosy et chaleureux, à l'image de May.

Depuis son perchoir, Ryo ouvre ses ailes avec frénésie, signe qu'il est heureux de me voir. Le pauvre ne peut plus voler. Le crétin qui l'a acheté lui a coupé une aile, allant jusqu'à l'estropier. Mal soigné, Ryo a fini par perdre presque toutes ses plumes, ce qui lui a valu d'être déposé comme un déchet devant le refuge où je bossais à Salt Lake City. Mon joli perroquet a failli ne pas s'en remettre, mais c'est un battant ! Si son plumage reste imparfait, il a recouvré une certaine joie de vivre.

– Bouhou ! Hou ! Hou ! chante-t-il lorsque je lui caresse le cou. Bouhou ! Hou ! Hou !

Je le récompense d'une gourmandise, puis remplis son écuelle de graines, avant de lessiver sa cage. Basile a compris que c'était l'heure de la pitance et racle contre les parois de son clapier. Je le libère et suis le même protocole qu'avec Ryo : j'enchaîne câlin, nourriture et nettoyage. Pas question de les enfermer de nouveau, sitôt leur repas pris : ces petits monstres ont besoin de se dégourdir les pattes. Ces tâches effectuées, je me rapproche du terrarium de Crock.

– Voilà, viens là, mon…

Je me tais lorsque les premiers accords de « Smells Like Teen Spirit » de Nirvana résonnent du rez-de-chaussée, assez fort pour me faire sursauter. Et je ne suis pas la seule à réagir un peu brusquement. Si Ryo est sourd comme un pot, Basile prend peur et se précipite sous mon lit.

Les Ellis's Demons, évidemment…

J'ouvre la porte de ma chambre pour leur hurler de baisser d'un ton, lorsqu'une rumeur jaillit en écho de la musique.

– Merde ! C'est une blague.

Je descends l'escalier pour découvrir le salon et le jardin remplis de monde. Des étudiants, pour la plupart, qui ne débarquent pas les mains vides. Entre les packs de bière et les paquets de chips, il y a de quoi nourrir un régiment. Et d'agrémenter une fête…

Je ne reste pas bouche bée longtemps. Détroit se dresse devant moi, Paillette dans les bras.

– Je te conseille de la garder dans ta chambre, Sister, me lance-t-il avec un clin d'œil insolent.

– Attends… je… c'est quoi, ce bordel ?

– C'est les vacances, me renvoie-t-il, un sourire de mauvais garçon sur le visage. Alors, on en profite !

– Un problème ? nous demande Thaddeus en se pointant aux côtés de son frère.

– J'ai cours, demain, leur rappelé-je, les lèvres pincées.

– Ah ouais, c'est vrai ?

L'enfoiré ! Il n'a pas oublié ce détail. Il est juste en train de m'expliquer que je suis quantité négligeable dans cette maison. Un élément rapporté qui ne mérite pas qu'on lui accorde le droit d'exister.

– Bah, écoute, on tâchera de ne pas faire trop de bruit.

Il plante son regard dans le mien, puis, plus impertinent que jamais, utilise la télécommande de la chaîne hi-fi pour monter le son. J'étouffe un grondement de colère. Mais, il n'est pas question que je lui fasse le plaisir d'afficher ouvertement mon irritation. Cet abruti ne cherche que ça !

– Une bière ? me suggère-t-il, provocateur jusqu'au bout.

Je l'ignore avec superbe et rejoins ma chambre en jurant intérieurement. S'il croit que mes menaces n'étaient que du vent, il va vite découvrir une facette de ma personnalité bien loin de la gentille étudiante innocente ! *Espèce de petit crétin arrogant !*

Je me laisse glisser au sol, le dos en appui contre mon lit, et caresse Paillette. Ma chienne se trémousse, histoire de se dégager de mes bras, et commence à chalouper des fesses. Je rirais bien si je n'étais pas aussi furieuse.

– Basile, n'aie pas peur ! Viens là, mon bébé !

Mon lapin sort le bout de son museau et se réfugie dans mes bras. Je lui donne quelques morceaux de carottes à la main, pour l'inciter à manger. Basile est né dans un laboratoire qui l'a exploité pendant des mois avant qu'une association ne réussisse à le tirer de sa cage minuscule. Je l'ai adopté il y a presque un an, mais mon joli bébé continue de trembler de peur au moindre signe de stress. Et, dans ces cas-là, il refuse d'avaler quoi que ce soit et perd ses poils par touffes. Pas question qu'il endure un nouvel enfer à cause de trois petits cons irresponsables !

– Tu vas voir, mon beau, on va leur apprendre à nous respecter ! lui garantis-je, mes lèvres s'ourlant d'une malice sournoise.

Occupée à réfléchir au sale tour que je vais jouer à ces abrutis, je réagis dans un sursaut quand ma porte de chambre s'ouvre violemment. Deux idiotes se figent sur le seuil, gloussant comme des bécasses lorsqu'elles aperçoivent Crock.

– Ohhhh ! hurle l'une d'elles, un doigt pointé vers le terrarium. C'est quoi ce truc ?

– Regarde le perroquet ! renchérit sa copine, tout aussi hystérique. On dirait un poulet déplumé !

Les aigus de leurs voix affolent Basile. Mon lapin rue hors de mes bras et, malgré mes efforts pour le rattraper, il s'échappe et bondit dans tous les sens, terrorisé. Il n'en faut pas plus pour déclencher un accès de panique chez les nanas en face de moi. Ces idiotes se mettent à cabrioler sur place en hurlant comme de mauvaises actrices de films d'horreur.

– Putain ! Refermez la porte ! grondé-je en sautant sur mes pieds.

Trop tard ! Les cris de ces greluches ont fini de terrifier Basile. Voyant une ouverture entre leurs jambes, il s'enfuit vers le palier et disparaît dans l'escalier qui monte vers le grenier.

– Dégagez ! ordonné-je d'un ton cinglant. C'est un espace privé, ici !

Leurs yeux s'arrondissent de stupeur tandis que je claque la porte et donne un tour de clé.

– T'es qui, toi ? me lance l'une des filles, le regard rempli de mépris.

Je ne perds pas de temps à leur répondre. Je me dirige vers l'étage au pas de course, priant pour que Basile se soit calé dans un coin facile d'accès. Ce petit chenapan est passé maître dans l'art de se dégoter des planques improbables.

Joe a divisé la surface en trois zones. La première est encore ouverte sur l'escalier et deviendra un bureau-bibliothèque, qui servira également à accueillir d'éventuels amis. Une salle de bains est prévue juste à côté, histoire de nous simplifier la vie. La troisième partie est déjà munie d'une porte, entrouverte, et va très vite se transformer en chambre. Ma chambre ! L'espace dévoile de belles dimensions, assez pour que je puisse installer tous mes animaux sans qu'ils soient les uns sur les autres.

Quant aux poutres apparentes, j'adore carrément !

– Il est là, me chuchote une voix surgie de la semi-obscurité.

Je repère une silhouette assise au bout du grenier, sous l'immense velux qui éclaire la pièce de lueurs douces. La nuit n'est pas encore complètement tombée, mais la pénombre s'invite progressivement. Un air tiède flotte dans ma future chambre, renforcé par la brise qui s'infiltre par la fenêtre entrouverte.

North observe le ciel qui s'assombrit, une expression de vulnérabilité peinte sur le visage. Basile est lové contre son torse, tremblant encore, même si son attitude me prouve qu'il trouve du réconfort dans les caresses que lui prodigue son nouveau pote.

– Il a eu peur, mentionné-je, intégrant dans un éclair que North dégage une émotion similaire, bien qu'elle soit étouffée.

– Il est en train de se calmer…

Je m'approche doucement et m'assois près de North, sans empiéter sur son espace vital. J'ignore d'où me vient cette idée, mais je *sais* qu'il a besoin de cette distance entre nous. Son regard hanté me survole pendant une fraction de seconde, puis il s'éclaire, comme si North reprenait le contrôle de ses émotions.

– C'est la musique qui l'a effrayé ? me questionne-t-il.

– Ça, et deux greluches qui ont débarqué dans la chambre de May en terrain conquis !

– Ouais, je vois, ricana-t-il d'un ton grinçant. Certaines filles sont envahissantes. Ne les laisse pas t'impressionner. Tu es chez toi, ici !

– Vraiment ? riposté-je avec insolence.

Ma remarque engendre un demi-sourire sur son visage, entre amusement et excuse. J'ai beau avoir du mal à cerner ce mec, il est, des trois, celui qui me paraît le plus à même de devenir un ami.

– Tu es la fille de Joe, bien plus que nous ne le serons jamais.

– Je crois que c'est tout l'inverse, le corrigé-je avec douceur. Ce qui vous lie va au-delà des liens du sang. Il n'y a que les imbéciles qui pensent que ça vaut moins que la génétique.

– Et… ça t'ennuie ?

– Que vous soyez proches de Joe, ou que moi, je ne le sois pas ?

Ma question lui arque un sourcil, sans que je perçoive dans sa réaction autre chose que de la curiosité.

– Je suis contente de savoir que mon père vit au sein d'une famille soudée, avoué-je en toute honnêteté. Il mérite d'être heureux. Ma mère… ma mère n'était pas douée pour ça. C'est même carrément un euphémisme.

Mon ricanement exprime plus d'aigreur que je ne le voudrais, mais ce sujet continue de me ronger. J'aimerais juste pouvoir oublier…

– OK ! note North d'un ton neutre. Et en ce qui concerne ta relation avec Joe ?

– Je suis ici pour que ça change… Pour que ça évolue dans le bon sens.

Je cale une jambe sous mes fesses, de façon à mieux observer North. Pour une fois, il me renvoie mon regard sans montrer la plus petite gêne ou timidité.

– Tant mieux, parce qu'il le mérite !

– C'est un avertissement ?

Il lâche un rire contenu, puis désigne la porte, par laquelle pulse la musique.

– Détroit et Thaddeus ont lancé les hostilités. Moi, je… je réserve encore mon jugement.

– Amen ! m'exclamé-je avec ironie.

– Tu dois comprendre que ton père n'est pas seulement l'homme qui nous a adoptés et offert un toit. Il nous a sauvés, Julia. Au sens littéral du terme. Sans lui…

Il se tait et déglutit nerveusement, tout en dissimulant une partie de son visage derrière la mèche qui balaie son front. J'ai trop souvent étouffé ma douleur pour reconnaître ce mal sur les traits d'un autre lorsque je le croise. Ma poitrine se contracte, à mesure qu'un sentiment de compassion me submerge.

– Je ne suis pas ici pour profiter de Joe ou… je ne sais quoi. J'ai vraiment envie de mieux le connaître.

– Je saurais te le rappeler si tu déconnes, lâche-t-il d'un ton légèrement caverneux.

J'aimerais tendre le bras pour effleurer le sien et le réconforter, mais je ne suis pas très à l'aise avec ce genre d'exercices, d'autant plus quand je me sais indésirable. En revanche, il existe d'autres façons de l'aider sans en avoir l'air.

– Si je déconne ? le défié-je. Là, les seuls qui se comportent comme des enfoirés, ce sont tes frères !

Ma petite provocation a fonctionné. Les ténèbres quittent son regard.

– Tu n'es pas fan de rock ? me demande-t-il, espiègle, alors que « Another Brick in the Wall » des Pink Floyd résonne depuis le rez-de-chaussée.

– Fais pas ton abruti ! le houspillé-je, un peu plus revêche. J'ai cours demain, et vous le savez tous. Ça vous amuse peut-être, mais je n'ai pas le droit de me planter. Cette session d'été, c'est mon sésame pour reprendre mes cours à la rentrée sans trimer une année de plus pour rattraper mon retard.

– Ton retard ? Tu dramatises pas un peu, là ?

Je me mords les lèvres. Je ne peux pas lui avouer que j'ai raté ma dernière année, occupée à gérer ma mère et ses « problèmes ». Mon *Associate* date en réalité de juin de l'année passée, contrairement à ce que j'ai laissé entendre. L'université de l'Idaho m'offre une chance de reprendre mes études sans avoir à recommencer complètement mon cursus, sous réserve que je prouve mon niveau pendant les cours d'été. Je ne peux pas me permettre d'obtenir une évaluation moyenne, ou de me montrer distraite parce que crevée.

– Ça va être ça, tous les soirs ? grommelé-je entre mes dents.

– Thaddeus et Détroit se barrent en stage dans une semaine, glousse North, mais je ne te garantis rien d'ici là.

Quelques jours de bordel pour un été de tranquillité… Ouais, c'est gérable, même si ma patience n'est pas au meilleur de sa forme ces derniers temps.

– Et toi, pourquoi tu n'es pas en bas, avec eux ?

– Je n'aime pas le bruit, réplique-t-il avec un haussement d'épaules faussement désinvolte.

– Heu… Vraiment ? J'ai ouï dire que tu chantais avec des frères dans un groupe plutôt réputé sur le campus.

Un sourire franc éclaire soudain son visage, le genre à réveiller le mâle sexy en lui. Intello ou pas, il y a en lui un charme explosif dès lors qu'il s'illumine. Il dégage, surtout, une assurance qui efface temporairement son embarras naturel.

– Ce n'est pas pareil. Et ne me demande pas en quoi ! Je n'en sais rien. Quand je suis sur scène… j'oublie tout. Je me contente d'ouvrir les lèvres, et les sons jaillissent. J'ai l'impression de flotter au-dessus du sol et… c'est débile, expliqué comme ça.

– Non, ça prouve que tu es passionné. J'aimerais beaucoup t'entendre, en fait.

– On arrête les concerts, cet été, mais, à la rentrée, si ça t'intéresse, je te filerai nos dates. On joue principalement à Moscow.

– Ça me plairait bien, oui.

Un léger silence s'installe entre nous, dénué de malaise. North est moins crispé. Mieux, une pointe de chaleur nimbe son regard marron.

– Je crois qu'il s'est calmé, mentionne-t-il en baissant la tête vers Basile.

Mon lapin s'est plus que détendu. Il s'est carrément endormi dans ses bras. Je souris, délestée d'un poids.

– Je vais le ramener dans ma chambre et… merci pour lui.

– J'aime bien les animaux, argue-t-il. Alors si t'as besoin d'un coup de main, n'hésite pas à me demander, OK ? En fait, j'adorerais que tu me montres comment tu t'occupes de ton caméléon…

Je me lève avec un soupir presque las à l'idée de retourner m'enfermer seule dans ma chambre et cale Basile contre ma poitrine. Le petit coquin s'agite pendant une seconde, puis replonge son museau contre mon épaule pour se rendormir illico. J'aime mes animaux à la folie, mais je réalise que j'ai besoin d'un peu de compagnie. D'avoir des gens, comme North ou Madison, avec qui échanger et rire. Pour moi qui suis plutôt solitaire, c'est une sacrée surprise. Mais devrais-je l'être après avoir traversé une année entière dans un enfer de solitude ?

– Pas de problème. Je lui ai commandé un terrarium plus grand. Je comptais l'aménager ce week-end, si je le reçois à temps. Je ne dirai pas non à un coup de main…

– Je suis carrément partant !

– Hey ! C'est là que tu te caches, mec ! nous interrompt Thaddeus depuis le seuil de la pièce. Brown est en bas, il veut te parler.

– Putain ! Il choisit bien son moment, celui-là ! ronchonne North tout en sautant sur ses pieds.

Il disparaît la seconde suivante, me laissant devant un Thaddeus au visage impénétrable. Ses mâchoires se crispent, preuve que, derrière cette façade trompeuse, une colère sourde bouillonne.

– Quoi encore ? attaqué-je la première.

– Je t'ai à l'œil !

– Ouais, ça, tu me l'as déjà dit : rien de neuf sous le soleil, donc !

– North est un mec bien, renchérit-il. Fous-lui la paix.

– Mon père, puis, maintenant, ton frère… Merde ! J'ai les dents sacrément longues, limite je concours dans la catégorie des veuves noires de l'année ! Tu as conscience d'être ridicule, là, ou tu as besoin d'un sous-titrage quand je te dis que le seul danger que je représente, c'est celui que je finisse par te faire bouffer tes couilles si tu continues de m'emmerder ?

Je le dépasse, hautaine, et l'ignore tandis qu'il me talonne en baragouinant un truc sur les meufs arrogantes et malhonnêtes. Et en parlant de ce genre de filles…

Je m'immobilise à quelques marches du palier du premier étage. Si ma porte reste bien close, celle de la chambre de Thaddeus est entrouverte. Et elle ne dissimule pas grand-chose de l'anatomie de la nana qui s'étire sensuellement sur son lit. Qu'elle soit nue me désarçonne moins que la position qu'elle adopte dès qu'elle aperçoit Thaddeus. Et ma présence ne semble pas l'indisposer. Non, elle creuse davantage les reins et écarte…

– Merde ! feulé-je, indignée. C'est une blague ?

– Choquée ? chantonne Thaddeus à mon oreille.

– Pourquoi ? Parce que j'assiste à un remake d'un mauvais film porno ?

Le sourire de cet enfoiré s'accentue, allant jusqu'à révéler une fossette du côté où son bandeau barre son œil.

– C'est juste du sexe, mon petit écureuil, me nargue-t-il. Mais peut-être que, cette fois, c'est toi qui as besoin de sous-titrages ? T'inquiète, tu vas vite comprendre…

Il me décoche un dernier regard, brûlant d'ironie, avant de filer vers sa copine et de claquer la porte derrière lui. Je suis presque déroutée de réaliser que je tremble de colère. Cette voix que j'ai muselée pendant des années, ces cris que j'ai étouffés, nuit après nuit, je les entends à chaque fois que Thaddeus me provoque, comme s'il parvenait à appuyer exactement au bon endroit pour les raviver.

Je regagne ma chambre en pestant entre mes dents. Basile, réveillé, couine doucement, exigeant que je le libère pour pouvoir courir librement. Je m'exécute, tout en vérifiant que mes animaux vont bien. Paillette a fini par se fatiguer. Elle s'est endormie dans son panier, alors que Ryo mâchouille l'un de ses jouets, balançant la tête comme s'il suivait le rythme entraînant de « Dream on » des Aerosmith. Crock s'est planqué sur une grosse branche, au milieu d'un feuillage qui le rend quasi indétectable.

Je me détends imperceptiblement, une détente qui ne dure pas longtemps…

« Tu vas vite comprendre… »

L'implication de cette répartie prend tout son sens lorsque des couinements lascifs commencent à résonner dans la nuit. La paroi entre ma chambre et celle de Thaddeus n'est pas assez épaisse pour me préserver de ce cinéma qui surpasse presque la voix de Steven Tyler.

– Putain ! sifflé-je, excédée. Je vais vraiment le buter, ce connard !

7

Julia

Sept heures plus tard, je me lève avec l'impression d'avoir un casque de plomb sur la tête. Après sa petite démonstration de rodéo de chambre, Thaddeus est redescendu au rez-de-chaussée pour s'assurer que la musique résonnerait encore longtemps dans la nuit. J'ai à peine dormi deux heures, ce qui est loin du minimum nécessaire pour que j'aie l'air d'autre chose que d'un zombie.

Je me précipite vers la salle de bains, pressée de m'abandonner sous le jet brûlant de la douche, et rugis de frustration lorsque j'agite la clinche en vain.

– C'est occupé ! beugle une voix étouffée.

Détroit…

– Tu en as pour longtemps ? pesté-je avec impatience.

– Putain ! J'peux être tranquille deux minutes !

Prends sur toi, ma fille ! Prends sur toi !

Une grimace crispée sur les lèvres, je descends au rez-de-chaussée. Mon estomac grogne, preuve que c'est finalement peut-être aussi bien que je commence par m'alimenter. Enfin, ça le serait si j'étais seule à avoir eu cette idée. Frais comme un gardon après une nuit à s'ambiancer, Thaddeus est attablé devant l'îlot central, en train de dévorer un bol de céréales. Alors que je m'approche à pas légers, il lève lentement la tête et m'examine de son œil impénétrable.

– Bien dormi ? me raille-t-il.

Je le snobe avec un grondement hostile. Merde ! J'escomptais mettre la musique à fond, ce matin, pour leur rendre la monnaie de leur pièce, mais mon plan tombe lamentablement à l'eau. Ma mauvaise humeur grimpe d'un cran. J'ouvre la baie vitrée pour permettre à Paillette de s'élancer dans le jardin et respire une profonde bouffée d'air afin de regonfler ma réserve de courage.

La coloc de l'enfer… Voilà à quoi va se résumer mon avenir, après des mois à encaisser les attaques perfides de ma mère ! Je lève les yeux au ciel, tentée, comme Madison, d'implorer la clémence d'un Dieu auquel je ne crois plus depuis longtemps. Cette impulsion m'extorque un rictus de dérision. J'ai bien d'autres armes pour me défendre. L'époque où j'étais impuissante est terminée !

– Hey ! Ho ! Bonjour ! Bonjour ! scande Joe en poussant la porte. Tout le monde va bien, ce matin ?

– La forme olympique, réplique Thaddeus, un sourire angélique sur les lèvres. Un café ?

– Ouais, je veux bien.

– Julia, je t'en sers un ? me propose-t-il, à ma plus grande surprise.

L'hypocrite ! Il va jusqu'à m'offrir une œillade provocatrice, avant de se diriger vers la cafetière. J'ai à peine le temps de venir m'asseoir que j'ai déjà une tasse pleine devant moi. Une assiette de pancakes apparaît dans la foulée, ainsi qu'un pichet de sirop d'érable.

– Miam ! clame Joe. Prête pour tes premiers cours, Julia ?

– Oui, je… Oui !

Si mon hésitation lui échappe, Thaddeus n'en loupe rien. Mais, sur le fond, je n'ai pas envie de mêler mon père à mes petits tracas. Je réglerai moi-même le problème. D'un regard sombre, pétri d'avertissements, je toise l'abruti qui continue de se comporter comme si tout allait le mieux du monde entre nous.

– Et toi, Thad, c'est quoi ton programme du jour ?

– On s'est levés tôt avec Détroit pour te prêter main-forte. North nous remplacera cet après-midi. On doit assister à une dernière réunion de préparation avant notre départ pour le parc Mesa Verde.

– Génial ! Si on la joue bien, on aura quasiment terminé l'isolation, ce soir. Et le plombier doit venir en fin de matinée pour raccorder la nouvelle salle de bains. D'ici une semaine, elle devrait être opérationnelle.

– Amen, grommelé-je, la bouche collée contre ma tasse.

Si Joe ne m'entend pas, ce n'est pas le cas de Thaddeus. À son petit rictus en coin, je comprends que Détroit ne descendra pas avant que je sois partie. *Adieu ma douche rêvée !*

J'avale une gorgée de café, maussade, et m'étouffe dès que le liquide touche mes papilles. Dans un juron sonore, je recrache illico la boisson chaude. Chaude et, surtout, salée.

– Merde, c'était trop chaud ? s'empresse de me demander Joe, inquiet.

– Je…

Le plan de travail est recouvert de mes crachats. Sympa ! Mais rien ne vaut le rictus sardonique de l'enfoiré en face de moi. Non seulement il est con, mais, en plus, il se comporte comme un sale gosse ! Ma colère enfle, dissipant mon mal de crâne sous une brume rouge.

– Attends, tiens, prends ça !

– C'est rien, vraiment, maugréé-je.

Je m'essuie les lèvres avec le Sopalin tendu par mon père et éponge un peu le café qui a giclé de ma bouche. Cette fois, j'en ai réellement marre de leurs petits jeux à la con.

Cette coloc avec les fils de mon père va me rendre folle ! À moins que je me décide pour de bon à leur montrer de quoi je suis capable… Une suggestion qui me redonne un semblant d'apaisement. Et je sais déjà qui je vais viser en premier !

Je redresse la tête et croise le regard insolent de Thaddeus. Lui offre un magnifique sourire perfide.

Mon vieux, tu es mort !

***

– Tu es sûre de toi ? me questionne prudemment Madison, tandis que nous traversons le campus.

L'air est encore frais à cette heure, mais je continue de bouillonner de colère. Et le fait que Détroit soit sorti de la salle de bains pile au moment où Madison frappait à notre porte n'a pas amélioré mon humeur. J'ai même été à deux doigts de lui balancer mon sac de cours à la figure quand il a proposé à ma copine de se joindre à lui autour d'un café. L'air béat de Madison n'est pas passé inaperçu, et surtout pas auprès de Thaddeus qui s'est empressé de lui coller une tasse dans les mains et de la pousser vers la cuisine, pour bien prouver à mon père à quel point il était un coloc parfait.

– Certaine ! J'en ai ras le bol de leurs conneries. Si je ne frappe pas fort, ils vont continuer à m'emmerder, pour le simple plaisir de me rappeler que je ne suis pas la bienvenue chez eux.

– Ouais, vu sous cet angle, admet-elle dans un petit soupir. Mais, autant que je sois franche, je ne suis pas très douée pour trouver des idées de vengeance… Et, surtout, je ne sais pas pourquoi, mais ça se retourne toujours contre moi. Tiens, une fois, j'ai voulu jouer un sale tour à un de mes ex. L'enfoiré a invité une autre fille pour la Saint-Valentin alors qu'il m'avait dit qu'il bossait. Le soir même, il a publié un statut sur ses réseaux pour annoncer qu'il était en couple avec cette petite pute et il a carrément fait comme si on ne se connaissait pas quand je suis venue lui réclamer des comptes. Je ne suis pas méchante, mais j'étais tellement en colère que j'ai dégonflé les pneus de sa moto. Pas de bol, je me suis gourée et j'ai touché à la bécane du proprio du Red Lounge. Je vais te dire, il est pas commode, ce mec ! Il a la taille d'un highlander et le caractère d'une vieille carne. Il m'a obligée à bosser gratuitement pendant trois mois dans son bar pour rembourser le prix de ces maudits pneus !

Je lâche un petit rire, qui me vaut un regard noir en retour.

– Madison, le secret, c'est la préparation, lui expliqué-je. Il ne faut jamais se lancer sur l'impulsion du moment. Non, il faut mûrir son plan et paf ! quand tu as prévu tous les risques, tu laisses le couperet tomber.

Elle s'arrête, le temps d'écarquiller les yeux, puis pointe un doigt accusateur vers moi.

– Tu es vraiment sûre que tu n'as pas de gènes de serial killeuse ? Non, parce que, sérieux, tu me files la chair de poule, là. Ou alors tu fais ça souvent, très souvent même…

– Non, rassure-toi, énoncé-je en m'esclaffant. Mais disons qu'en matière de préméditation et de manipulation, je suis allée à bonne école.

– Ouais, lâche-t-elle sans conviction. Préviens-moi quand même si je fais un truc qui te plaît pas, histoire que je vérifie mes arrières.

La pointe d'humour dans sa voix vire à l'éclat de rire lorsque je grimace, penaude.

– Tu trouves que j'en fais trop ?

– Sincèrement ? Non ! Le coup de la craie sur la tête passe encore, mais le sel dans ton café ? Merde ! Le café du matin, c'est sacré ! Alors, ouais, je suis partante pour t'aider. D'ailleurs, je te l'ai dit, face à des connards, j'assure dans le rôle de complice teigneuse. Simplement, je n'ai pas beaucoup d'inventivité et je trimballe ma poisse comme un fardeau…

– Côté imagination, ne t'inquiète pas, ce n'est pas un problème. J'ai déjà quelques idées.

– Oh ! J'en ai quand même quelques-unes. Par exemple, tu pourrais pourrir leurs fringues, genre ils n'auraient plus rien à se mettre, me suggère-t-elle, les yeux pétillants de malice.

– Pour que tu puisses mater leurs culs ? ricané-je.

– Y a pire comme spectacle ! Détroit vire souvent son tee-shirt sur scène et, crois-moi, ça vaut le détour ! Quoique j'aimerais assez voir ce que ça donne avec North…

– Choisis ton combat, ma vieille !

– Impossible ! s'insurge-t-elle, l'œil arrondi de stupeur. Tu apprendras, très chère, que je suis un véritable cœur d'artichaut ! Je suis capable de tomber amoureuse trois fois par jour. Et, avec tes frangins, je serais partante pour les trois en même temps !

– Tu oublies que ce sont des enfoirés. Enfin, à part North, peut-être… Et je croyais que Thaddeus te faisait flipper.

– Bah, ce matin, il a marqué des points. Puis, tu sais, au pieu, on se fout un peu de tout ça tant que les mecs sont capables de te faire grimper aux rideaux. Et c'est le genre d'expériences qu'il faut vivre au moins une fois dans sa vie. Sérieux, tu n'as pas ce fantasme ? Moi, j'avoue, je suis curieuse. Alors, tant qu'à faire, si je dois essayer le truc autant choisir des types qui me font baver. Et Détroit, avec ses tablettes de chocolat…

– Madison, la coupé-je, hilare. Concentration ! Rappelle-toi, on doit établir un plan de vengeance, pas chercher ce qui rend ces petits cons sexy.

Madison reprend sa marche, la ligne de ses sourcils ridée de réflexion. Elle n'est peut-être pas très douée pour élaborer des stratégies punitives, je dois lui reconnaître un enthousiasme à toute épreuve. Surtout, elle est encore là, alors que certains auraient déjà fui.

– Et si tu enregistrais leurs mails sur tout plein de sites de pub ?

– Pas assez explosif !

– Tu pourrais leur envoyer une poupée vaudoue à leur effigie, histoire qu'ils flippent leur race. J'ai l'adresse d'une boîte qui en crée à partir de photos. C'est hyper ressemblant.

– Je ne pense pas qu'ils soient sensibles à ce genre de rituels, riposté-je, en me retenant de lui demander d'où elle sort ces infos.

– Attends, je tiens un truc ! me lance-t-elle, le regard rivé sur l'écran de son portable. Alors, ce site propose de… ouais, c'est un peu dégueu, mais bon… Tu repères le moment où ils vont généralement aux chiottes, et tu fous des pétards sous la cuvette.

Je me suis parfois imaginée dans la peau d'une espionne, mais là… J'explose de rire, entre incrédulité et dégoût.

– J'aimerais autant éviter de faire le pied de grue derrière la porte des toilettes. Et, en termes de sexytude, ça casse tout de suite le mythe ! Manquerait plus qu'ils se pissent dessus de peur et sortent en hurlant, le pantalon sur les genoux…

– Arrête ! me gronde Madison, avant de joindre son rire au mien. J'ai l'image en tête maintenant ! Sérieux…

– Hey ! C'est ta proposition, je te rappelle !

– Ben, justement, c'est toi la cheffe des psychopathes et, pour le moment, tu ne contribues pas vraiment à ta stratégie de vengeance !

– J'ai une idée, mais…

Je grimace, avant de pouffer de rire.

– … c'est un peu sadique, mentionné-je.

– C'est-à-dire ? m'interroge-t-elle en s'arrêtant de nouveau, le visage suspicieux. Non, parce que vu ton air machiavélique, je me demande si je dois sortir les paratonnerres.

– Les paratonnerres ?

– Ça te parle l'histoire de la roue qui tourne et qui renvoie en boomerang le mal infligé ? Je te l'ai dit, je suis une pro sur le sujet, rapport à ma malchance. Tiens, ce matin encore, je me suis vautrée en descendant de mon lit. Ensuite, quand j'ai voulu prendre ma douche, il n'y avait plus que de l'eau froide au moment de me rincer les cheveux. Et je ne mentionne pas l'épisode où je suis allée à la laverie et où mon linge, mes sous-vêtements les plus sexy je précise, a fini étalé devant une bande de connards qui m'a sifflée pendant dix minutes en me pistant sur le campus.

Madison extirpe une pochette de son sac à main et l'ouvre pour que je puisse voir ce qu'elle contient. Je cligne des yeux, histoire de vérifier que je n'ai pas la berlue : un fer à cheval, une étrange poupée à la tête patibulaire et un porte-clés en forme de trèfle à quatre feuilles traînent au milieu de pierres de différentes couleurs. Un bâton de bois séché, noirci à l'une de ses extrémités, repose au milieu de ce fatras, tout en dégageant une légère odeur rustique, mélange de lavande et d'une herbe que je n'arrive pas à identifier.

– Bilan des courses : j'ai la guigne et je lutte toujours pour conjurer le mauvais sort. Alors j'aimerais autant éviter d'accroître ma dette envers l'univers. Putain ! Je ne sais pas ce que j'ai fait au Tout-Puissant, mais j'ai dû salement déconner ! Peut-être dans une autre vie, tiens ! Je n'avais pas pensé à ça… Je devrais creuser cette piste, tu ne crois pas ?

Je secoue la tête, noyée sous ce flot d'informations qui me chatouille les côtes, tant je me retiens de rire. Pourtant, après des mois à endurer un silence hostile, j'apprécie la fraîcheur de Madison. Sincèrement !

– Tu as un fer à cheval en rab ? réclamé-je, amusée. Ça peut valoir le coup que je me protège, moi aussi.

– Mais, sérieux, oui ! Je vais te préparer ton propre sachet à paratonnerres. Comme ça, tu pourras passer à l'attaque sans risque. Alors, ton plan, c'est quoi ?

8

Thaddeus

Assis à califourchon sur une chaise, j'écoute d'une oreille attentive le morceau que nous venons d'enregistrer. North a su parfaitement capter les émotions du texte et, côté musique, bah, ouais, on a assuré !

– C'est top ! dis-je, une fois les dernières notes éteintes.

– J'avoue, c'est l'une de nos meilleures compos, admet Détroit, ses doigts pianotant sur le synthé pour reproduire les notes du refrain.

– Ouais, c'est pas mal, valide North. Mais on pourrait peut-être intégrer plus de…

– Non ! le coupé-je, ulcéré. Ça fait trente fois qu'on la refait. Elle est parfaite comme ça, pas besoin d'en ajouter des caisses. Imagine ce que ça rendra sur scène ! Les nanas vont toutes hurler pour que tu leur entonnes un nouveau « *I hate you, babe, as much as I love you !* ».

– Je ne rêve que de ça, ronchonne mon frangin.

– Tu sais que certaines d'entre elles sont sympas, précisé-je avec sérieux. Ça pourrait être cool de…

– Non ! Suis pas intéressé, me rabroue-t-il, l'œil noir.

Je lève les mains en guise de paix, réellement navré pour lui. North ne vit qu'à moitié, engoncé dans des cauchemars qui l'empêchent de se libérer totalement de son passé. Je connais son combat, j'ai affronté les mêmes épreuves, assez pour maudire ceux qui nous ont amenés à ce stade où nous ne sommes pas capables d'interagir normalement avec le monde extérieur. Mais, contrairement à North, je fais illusion. Du moins, la plupart du temps…

– OK ! cédé-je d'un ton neutre. On passe au morceau suivant ?

– T'es pressé, dis donc, remarque Détroit en me décochant un clin d'œil amusé. Ça y est, Chantrelle a atteint les trois mois de péremption ?

– Je te demande combien de nanas tu as baisées cette semaine ? le houspillé-je avec humour.

– Quatre, seulement, riposte-t-il, un sourire provocateur sur les lèvres.

– Petit rythme, mec !

– Ouais, mais le campus est vide et j'ai déjà baisé la moitié des nanas du coin. J'ai hâte de débarquer à Mesa Verde, histoire de renouveler les possibilités.

Une idée qui m'allèche, moi aussi. J'ai besoin d'une transition après Chantrelle. Une transition qui ne s'attendra pas à ce que je lui déclare un amour éternel ou la saute pendant des mois au point de devenir son mec officiel. Le sexe avec moi a une date d'échéance préprogrammée. Je ne sors jamais plus de trois mois avec une fille, et je ne romps pas avec délicatesse et gentillesse. Quand c'est terminé, c'est terminé !

Le truc dément, c'est que ça ne fait pas fuir les nanas. Non, c'est même tout l'inverse. Toutes celles que je drague s'imaginent vaincre la malédiction des trois mois et s'échinent à me combler de toutes les façons possibles, histoire que je prolonge le voyage.

Chantrelle ne fait pas exception à la règle. Depuis des semaines, elle me joue son grand numéro de nana décomplexée et sexuellement impudique. Évidemment, au pieu, ça vaut le coup, mais ça ne change rien. Je n'ai pas l'intention de continuer de la baiser. Ce week-end, ce sera terminé entre nous.

Ce week-end, bonjour Mesa Verde et ses jolies filles !

North met un point final à notre délire de mâles en rut en appuyant sur la bande-son. Le morceau suivant est plus rock que le précédent, de quoi réveiller mon envie de me remettre derrière ma batterie ou de me jeter sur ma guitare. Quand je joue, que ce soit sur scène ou simplement pour le plaisir, je me sens libre comme jamais. Un sentiment que j'éprouve trop rarement pour ne pas jouir de la plus infime seconde de cette extase.

Je tique pourtant lorsque les accords du refrain résonnent. La voix de North est parfaitement placée, mais il manque à la mélodie ce petit truc entraînant qui rendra cette chanson incontournable.

– On doit revoir celui-ci, dis-je.

– Ouep ! approuve North. Je pense qu'on devrait ajouter...

Il prend sa basse et égrène quelques notes sèches, avant d'arrondir légèrement la mélodie. Je mêle mentalement ce complément à notre musique de départ et me laisse captiver par le résultat.

– Ouais, c'est pas mal du tout. On peut la refaire en entier pour voir ce que ça donne ?

– T'es plus aussi pressé, on dirait, glousse Détroit.

Je continue de gratter ma guitare, d'un air détaché.

– J'ai des billets pour le concert des Martin's Night, dis-je. On a trois heures devant nous avant que je doive partir.

– Donc Chantrelle est toujours dans la course, ricane mon frangin, sardonique.

– Il lui reste une semaine, avoué-je du bout des lèvres. C'est bon, ta curiosité est satisfaite ? On peut reprendre le boulot ? Je te rappelle que Kenneth nous a planifié deux dates pour la rentrée.

L'enfoiré glousse, puis se dirige vers son piano et balance les notes de North. Il n'en faut pas plus pour que nous suivions. L'enregistrement attendra, nous nous laissons happer par la musique. Un frisson me parcourt le dos, m'éloignant de ce quotidien qui ne parvient pas complètement à effacer les ténèbres de mon passé.

– Tu es en retard sur le tempo, Thad, grommelle Détroit en suspendant son jeu.

– Désolé ! Je…

Je me frotte le front du bout de pouce, ulcéré de sentir ma colère bouillonner de nouveau avec force. Nous devrions tous être en train d'aider Joe à bricoler, au lieu de quoi Julia lui a réservé une surprise en l'invitant à une exposition de vieilles cylindrées. C'est la passion de mon père depuis toujours, même s'il s'y consacre de moins en moins, faute de temps.

– Ça me soûle de voir Joe se faire manipuler par cette sale petite garce, lâché-je du bout des lèvres.

– Qu'on le veuille ou pas, m'oppose North, elle est irréprochable avec lui.

– Putain ! T'es passé dans son camp !

North me dévisage en soupirant.

– Je ne suis dans le camp de personne. Je constate juste qu'elle est gentille avec papa et qu'elle fait tout ce qu'elle peut pour renouer avec lui. C'était une bonne idée de l'inviter à cette expo de vieilles bagnoles. Tu as vu comme il avait l'air heureux ?

– J'avoue qu'elle me surprend, renchérit Détroit, son air de mauvais garçon s'accentuant lorsqu'il croise mon regard. Allez, Thad, reconnais-le : on l'a emmerdée toute la semaine, et elle ne s'est pas plainte une seule fois.

– Elle aurait sans problème pu cafter auprès de papa, confirme North. Sérieux ! Même moi, j'y ai pensé, vu comment vous me soûlez avec vos fêtes à répétition. Je suis naze, merde ! Et je ne parle pas de toutes ces nanas qui se baladent à moitié à poil à l'étage dans l'espoir que vous les invitiez dans vos piaules.

– Là-dessus, mec, rassure-toi, ricane Détroit, un certain nombre est là pour toi. Ton côté distant les charme toutes.

Le sifflement de North est un mélange de mépris et d'agacement. Quelques filles ont essayé de s'incruster dans sa chambre, au point qu'il en a retrouvé deux ou trois, nues, dans son lit. Depuis, hormis quand nous jouons pour nos invités, il se contente de se planquer dans le grenier.

– Putain ! Sérieux… maugrée-t-il entre ses dents. Peuvent pas me foutre la paix !

– Baises-en une, elles arrêteront de fantasmer, ricané-je.

– C'est ce que vous faites et elles continuent de camper devant vos portes ! m'assène-t-il d'un ton dur. Je n'ai pas accepté de créer un groupe de rock pour ça, moi !

– C'est la rançon du succès, médite Détroit. Je ne m'en plains pas, même si j'admets que j'aimerais jouer sans recevoir des petites culottes à la figure. Merde ! La dernière, elle n'était même pas propre ! Sérieux… qui fantasme sur des culottes sales ?

– J'avoue que j'apprécie que Julia leur ait interdit de monter à l'étage, révèle North. Parce que ce genre de cadeaux, elles en laissaient également devant nos portes.

– Et bientôt tu vas lui baiser les pieds, c'est ça ? grondé-je, acerbe.

– Je dis juste qu'elle vit avec nous. Va falloir qu'on l'accepte.

Que cette phrase vienne de North me sidère assez pour que j'en reste sans voix. La garce a réussi à le charmer, lui aussi.

– Sincèrement, on lui a montré qu'on pouvait lui mener la vie dure, intervient Détroit, fataliste. Papa va finir par se rendre compte qu'on l'emmerde, et ça va le blesser. On se tire dans quelques jours. On n'a qu'à lui foutre la paix et simplement faire comme si elle n'était pas là !

J'écarquille les yeux, estomaqué. Faire comme si elle n'était pas là ? Mais c'est impossible. La croiser, chaque matin, c'est une épreuve en soi. Un rappel de ce qu'elle est et de ce qu'elle a infligé à Joe. Et, au-delà de ça, cette fille me… elle me hérisse littéralement le poil. Je ne supporte pas l'air obstiné qu'elle m'adresse quand nous nous affrontons. Je ne supporte pas son sourire tranquille alors qu'elle devrait me hurler dessus. Blague après blague, elle ne moufte pas, sinon pour m'opposer un regard lourd de sens, et, pour le moment, placide. J'ignore pourquoi, mais j'aimerais la voir s'embraser. Libérer cette colère que je détecte sous la surface lisse du masque qu'elle affiche continuellement.

Parce qu'alors, elle sera à mon image : une créature guidée par ses seuls instincts ? Une créature dévorée par ses faiblesses ? Une créature digne de mes reproches ?

– C'est une blague ? pesté-je, furieux contre mes frères.

– Non, me renvoie Détroit, le visage figé d'entêtement. Elle est ici, on ne peut rien contre ça. En revanche, on peut éviter à papa de se prendre la tête, ce qu'il fera s'il réalise qu'on ne l'apprécie pas.

– Mais on ne l'apprécie pas ! rappelé-je.

– L'indifférence, c'est pas mal aussi, m'objecte mon frère. Écoute, on se tire à Mesa Verde pour un projet grandiose. Et je ne parle pas de l'album qu'on doit finaliser pour la rentrée. Cette nana, on s'en fiche, en fait. Tant qu'elle reste cool avec papa, on s'en tamponne le coquillard. Alors on pourrait l'oublier deux secondes, non ?

Je ronchonne, sans toutefois trouver quoi que ce soit à opposer à ça. Julia est littéralement irréprochable avec ma famille (enfin, si je m'exclus de l'équation). Maman est folle d'elle, et May a décidé d'en faire sa nouvelle BFF. Même ses animaux ont fini par séduire tout le monde. North, c'était prévisible, mais Détroit ? J'admets que son intérêt pour Paillette, notamment, m'a dérouté. Moi, ça ne compte pas. J'ai vu trop d'atrocités dans ma vie pour avoir envie de faire payer à d'innocentes créatures les crimes de leur maîtresse.

– J'ai besoin d'une bière ! proclamé-je pour atténuer mon sentiment d'impuissance.

Mes frangins me suivent en validant l'idée. S'il y a des sujets qui nous éloignent, quand il s'agit de boire un coup, nous sommes tous les trois sur la même longueur d'onde.

– Bon, alors, on annule la fête de demain soir ? me suggère Détroit. J'avoue que je ne serais pas contre une bonne nuit, moi aussi. Je viens juste de finir de retaper ma bécane et j'aimerais autant ne pas la planter sur la route de Mesa Verde parce que je n'ai pas les yeux en face des trous.

– De toute façon, maman a prévu de débarquer ici, demain, nous rappelle North. Elle veut voir où en sont les travaux.

– On n'échappera pas au dîner en famille, complète Détroit, plutôt ravi si je me fie à son large sourire.

– Génial ! feulé-je en avalant une longue gorgée de bière.

– Allez, mec, fais contre mauvaise fortune bon cœur ! me provoque l'enfoiré. Avec un peu de chance, maman acceptera de nettoyer la porcherie qui te sert de chambre !

– Ma chambre est impeccablement rangée !

– Bah, tu as dû oublier un putois quelque part parce que ça sent le fennec.

– J'approuve à quatre cents pour cent, rajoute North. Je ne sais pas ce que tu as foutu, mais, sérieux, l'odeur commence à devenir insupportable !

Difficile de les contredire ! Ça fait deux jours que je cherche la source de ce qui n'était, au début, qu'une légère odeur désagréable. Sauf que ça vire au cauchemar avec les chaleurs qui montent chaque jour un peu plus. J'ai beau laisser la fenêtre ouverte toute la journée, la puanteur semble incrustée dans les murs.

– Merde ! Déconnez pas ! Je ne sais pas d'où ça vient ! râlé-je, vexé que mes frangins m'attribuent cette pestilence. D'ailleurs, je pense que je vais dormir dans le salon, ce soir.

– Ou alors… commence North avant d'exploser de rire. Oh, merde ! Je n'avais pas fait le lien, mais…

Il bondit sur ses pieds, le temps d'aller farfouiller sous l'évier de la cuisine, et sort une bombe de parfum à la rose.

– Julia a ramené ça, hier, avec ses courses, en me disant que certains d'entre nous pourraient bien en avoir besoin, nous explique North en déclenchant une pulsion lourde et empesée de fleurs.

– Oh ! Oh ! Oh ! s'exclame Détroit, hilare. Le gentil petit écureuil n'est peut-être pas aussi inoffensif que ça ! Putain ! J'adore !

Je cille, abasourdi à l'idée d'être le dindon de la farce. Sérieux ! J'ai du mal à y croire, pourtant il semble évident que Julia s'est vengée en… en quoi exactement ? L'odeur dans ma chambre est suffisamment tenace pour avoir fait fuir Chantrelle, hier au soir, alors que j'avais prévu de continuer à démontrer à Julia à quel point les nanas m'adorent dans un lit. Nom de Dieu ! Je me suis fait avoir, mais, le pire, c'est que je ne vois toujours pas comment. J'ai déjà retourné toute ma chambre, sans rien trouver de bizarre…

– Et, forcément, c'est à moi qu'elle s'en prend ! fulminé-je.

– Bah ! Il semblerait que vous ayez un truc à régler, tous les deux ! aboie de rire Détroit.

9

Julia

– Oh ! s'exclame May en arrondissant les yeux par-dessus son écran d'ordinateur. Tu es Vierge ascendant Vierge !

– Et c'est une chose positive ? demandé-je, conquise par son enthousiasme.

Joe, Kate et May sont arrivés il y a une heure et doivent passer la journée avec nous. Au programme : déjeuner en famille, avant que Kate nous emmène pour une séance de shopping entre filles, dans le centre de Moscow. Cela fait si longtemps que je n'ai pas pris le temps de flâner dans les magasins que j'ai validé l'idée dès qu'elle m'a été soumise. Finalement, je redécouvre ici le quotidien d'une vie normale. Dire que j'en avais besoin est encore loin du compte…

Mes épaules se détendent imperceptiblement. La guerre que me mènent les trois frères ne fera jamais le poids face à ce que j'ai gagné en débarquant dans cette maison. Et je ne songe pas seulement à l'opportunité de reprendre mes études. Non, il y a ce droit d'être une jeune femme de 21 ans comme toutes les autres. Un espoir que j'avais perdu de vue ces derniers mois.

– Tu es une élue dans la Maison de la Vierge, m'explique-t-elle, avant d'esquisser une grimace gênée et de claquer la langue contre son palais, comme si elle souhaitait effacer ces mots. Ça… Ça implique surtout que tu es quelqu'un de pragmatique, de sagace, de méthodique et de calme. Tu as l'esprit ingénieux, actif et alerte.

– Devant de tels compliments, je m'incline !

– Tu préfères que je mentionne tes difficultés à aller vers les autres ? me nargue-t-elle gentiment.

– Hey ! Je fais des efforts ! râlé-je en riant. La preuve, j'ai une nouvelle amie.

– Madison, la fille que j'ai croisée avec toi sur le campus ? Elle a l'air cool ! Et avec les gars, ça se passe comment ?

– Bien mieux.

Je souris en m'essayant à dissimuler mon rictus narquois. Thaddeus cherche encore pourquoi une odeur pestilentielle règne dans sa chambre. Et surtout, comment c'est possible. Évidemment, il m'a accusée d'être responsable de ce petit problème, mais je suis demeurée stoïque, jouant à la perfection l'innocence outrée. Personne n'est dupe à la maison, néanmoins je leur ai montré de quoi j'étais capable. Et, ça, c'était le but visé !

May étrécit les yeux, entre amusement et curiosité.

– Thad est champion pour pousser les gens dans leurs retranchements, ajoute-t-elle, l'air de rien. Tu vois, lui, il est Taureau ascendant Taureau. Il est donc d'un naturel déterminé, têtu et volontaire. Quand ses certitudes vacillent ou que son univers change, il est capable de se révéler un sale petit con. Alors j'applaudis toute initiative pour lui rappeler son statut de simple mortel.

– Tu es dure avec ton frère, gloussé-je.

– Je l'adore, me corrige-t-elle. Mais il a besoin de

prendre du plomb dans la tête. D'ailleurs, tu sais, les Taureau sont ultra compatibles avec les Vierge. Ça pourrait coller grave entre vous !

– Il y a erreur de diagnostic en ce qui nous concerne, aboyé-je, interloquée par cette idée saugrenue. On ne se supporte pas !

May me soupèse avec un rictus rêveur, puis tapote son écran, comme attirée par un détail d'importance. Son froncement de sourcils s'encombre d'une lueur d'intérêt presque aussi vibrante que sa bonne humeur naturelle. Pourtant, à cette seconde, elle semble happée par un monde qui m'est incompréhensible.

– Les astres ne mentent pas, murmure-t-elle d'une voix feutrée. Évidemment, Thaddeus ne serait pas le bon partenaire. Après tout, tu es comme notre sœur, maintenant ! Mais tu serais parfaite pour…

Elle relève la tête, croise mon regard et se secoue, telle une belle endormie qui sortirait de façon abrupte d'une transe.

– Si tu rencontres un Capricorne ascendant Capricorne, finit-elle par bafouiller très vite, comme si elle éprouvait le besoin de combler le silence ou de faire oublier ses mots précédents, préviens-moi ! On fera son thème astral et… c'est une science tellement fascinante ! En tout cas, en ce qui concerne mon frère, ne te laisse pas marcher sur les pieds, ma belle. Tu es ici chez toi !

– J'ai hâte que ma chambre soit terminée, avoué-je sans tenir compte de la seconde de gêne qui m'a percutée face à l'étrange exaltation de May.

– Tu pourrais rester dans ma… non ! s'interrompt-elle d'elle-même. Ma chambre n'est pas assez grande pour tes animaux.

Je grimace, amusée par ce constat d'une évidence

patente : entre les cages de Ryo et Basile et le terrarium de Crock, je manque effectivement de place. Mais je serais capable d'endurer ce léger inconvénient si je n'étais pas la voisine d'un enfoiré qui s'évertue à me pourrir la vie. Ou du moins qui s'y employait avant de devoir migrer vers le canapé du salon…

Je glousse intérieurement, d'autant plus réjouie que tous les matins, je me charge de le réveiller en fanfare. Bah, ouais, ce n'est pas ma faute si je n'ai jamais su être discrète au moment de prendre mon petit déj !

– Hey ! Les filles…

North apparaît sur le seuil de ma chambre et pâlit brusquement. Il me faut une seconde pour réaliser qu'il scrute l'ordinateur de May. En réaction, cette dernière rabat d'un geste vif son écran, les joues cramoisies.

– Qu'est-ce que vous fichez ? gronde-t-il, une colère froide audible dans sa voix.

– On papotait entre filles, mentionné-je, incapable de comprendre ce qui se trame sous mes yeux.

Impossible de nier, cependant, l'intensité du face-à-face qui oppose North et May. Ni d'ignorer la tension soudaine entre eux.

– C'est des foutaises, ces conneries ! déclare-t-il d'un ton revêche, le regard toujours rivé sur l'ordinateur. May ?

– C'était juste pour s'amuser, peste-t-elle en retour, tout en balayant ses longs cheveux derrière ses épaules, en une posture rebelle. On a encore le droit de s'amuser, non ?

– Certaines choses sont… dangereuses ! lui oppose-t-il, un rictus de plus en plus accusateur sur le visage.

– Et je n'ai pas besoin que tu me fasses la leçon, je suis au courant. J'étais là !

North redresse le menton, le regard assassin. Mais je

perçois autre chose dans son attitude : une sorte d'écho douloureux qui me serre la gorge. Parce que, jusqu'à présent, si j'ai senti ses faiblesses, je n'avais pas assimilé le désespoir tapi derrière. Là, ce dernier est prégnant, force sombre qui creuse les traits de son visage et renvoie l'image d'une souffrance intime et dévastatrice.

Conscient soudain que je l'observe en silence, il se reprend et bande ses muscles, comme s'il cherchait à se réapproprier ses réactions. En l'espace d'une seconde, les émotions qu'il a laissées filtrer s'effacent pour afficher une froide neutralité.

– Désolée, bougonne May en dansant sur ses pieds, l'air mal à l'aise finalement.

Elle fonce vers North et se colle contre lui, avant de l'entourer de ses bras. S'il grogne dans un premier temps, il finit par capituler et accepte son câlin. La tension se désagrège d'un coup, abandonnant derrière elle le sentiment bizarre qui m'a alpaguée. J'ignore à quoi j'ai assisté, mais mon cerveau mouline à plein régime, incapable de trouver du sens à cette étrange altercation.

– Maman nous attend, émet North pour clore la discussion. Vous descendez ?

– En avant ! déclare May joyeusement.

Je les suis, dubitative. Cette famille… ma famille, corrige mon esprit rationnel, est peut-être soudée, elle n'est pas exempte de secrets. Une vérité qui me met mal à l'aise. J'ai gardé ceux de ma mère pendant des années, dissimulant l'emprise psychotique qu'elle m'imposait sous des sourires de convenance. Pour le monde extérieur, ma mère était une personne fiable et attentionnée. Certains voyaient même en elle la mère idéale. Seigneur ! Que j'ai pleuré dans mon lit, heurtée par cette vision qui me positionnait en fille ingrate dès que j'osais me plaindre.

Puis j'ai fini par comprendre que ma parole ne comptait pas. Que face à une femme aussi parfaite qu'elle, on me jugeait comme une gamine rebelle et égoïste. Une gosse qui mentait pour se rendre intéressante.

La vérité, c'est que ma mère a pourri mon enfance et mon adolescence. Elle n'était pas seulement omniprésente et castratrice, elle m'infligeait ses crises de délire comme des châtiments. C'était moi la coupable, évidemment. C'était moi qui la rendais folle.

J'ai longtemps cru que c'était la stricte vérité, que je récoltais ce que je méritais. Et cette culpabilité a bien failli me détruire, avant que je comprenne que je n'étais pas le problème. Que les autres mamans n'enfermaient pas leurs filles à double tour dans leur chambre pour partir en week-end, leur laissant pour toute nourriture quelques tranches de pain de mie. Que les autres mamans ne les coinçaient pas dans un sous-sol sombre et humide pendant des heures quand elles estimaient devoir les punir.

La seule fois où j'ai essayé de m'échapper, d'appeler mon père à l'aide, je l'ai payé cher. Parce que responsable ou pas à ses yeux de ses malheurs, je lui étais aussi essentielle que l'air qu'elle respirait. Elle avait besoin d'une victime à parasiter. À détruire.

Ce jour où j'ai osé décrocher le téléphone pour alerter Joe, j'ai compris que j'étais prisonnière. Une prisonnière qui ne reverrait pas la lumière du jour, sauf à condamner celle qui était censée m'aimer et me protéger. Je n'ai jamais pu franchir ce pas. Même en colère, je n'ai jamais pu…

Je revois le sang, les poignets tranchés, l'air hagard de ma mère. Elle m'a obligée à la regarder s'ouvrir les veines et à assister à sa lente agonie. J'ai dû attendre qu'elle s'évanouisse pour contacter les secours. Aujourd'hui, encore, je me demande comment j'ai réussi à appeler le 911 alors que j'étais sous le choc et tétanisée.

Puis il y a eu toutes ces autres fois… Des tentatives avortées, car ma mère avait saisi qu'elle ne pouvait pas finir à l'hôpital sans alerter les services sociaux. Ou peut-être qu'elle avait simplement compris que j'avais failli, la première fois, ne pas contacter les secours. Que j'avais envisagé, dans un éclair de terreur lucide, la laisser se vider de son sang. Et peu importe que cette pensée ne soit ni charitable ni avouable, après des années de maltraitance, oui, j'y ai bien songé… Pourtant, je suis restée pieds et poings liés, offerte à la démence d'une femme qui avait besoin de détruire pour survivre.

C'est en grande partie pour cette raison que je ne veux plus de secrets ou de mensonges autour de moi : j'ai failli me perdre, capituler face à un monstre qui s'est nourri de mes propres faiblesses.

Je ravale mon ressentiment, mêlé de honte et de chagrin, et débarque dans le salon en plaquant un sourire neutre sur mon visage. Mon amertume se dissipe sensiblement lorsque j'aperçois ma belle-mère, vêtue d'un tablier à l'effigie d'un mannequin masculin à moitié dénudé. Kate a tenu à cuisiner, et la pièce embaume d'un bouquet aromatique appétissant.

– Ah ! Vous êtes là, nous accueille-t-elle avec cette joie qui semble un élément naturel de son caractère. Détroit, mon chéri, tu veux bien servir un verre aux filles ?

Pendant qu'il s'incline, North rejoint Joe et Thaddeus dans le jardin, où ils s'affrontent devant un panier de basket. Je ne peux retenir un sourire en voyant mon père marquer juste sous le nez de Thaddeus. Il est encore en forme pour son âge, mieux que ça, même. Il a tout du rocher indestructible, le genre à ne pas frémir au milieu de la tempête. Un rocher qui m'offre un asile en toute générosité et simplicité.

Une émotion brûlante me serre la gorge : sans lui, je ne suis pas certaine que je ne me serais pas noyée après la mort de ma mère. Pas de chagrin, non…

– Je te sers quoi, Julia ? me propose Détroit.

Son ton est aimable, mais je ne loupe pas la lueur facétieuse dans son regard. J'ai marqué des points avec ma vengeance, ce qui me ravit à un niveau fondamental.

– Un soda à l'orange, s'il te plaît.

– Pareil pour moi, chantonne May.

Détroit fonce vers le frigo, plutôt détendu. Cela dit, ces derniers jours, il est plus cool avec moi. Enfin, par plus cool, j'entends qu'il ne me cherche plus de noises. Il semble avoir accepté ma présence, même si nous n'en sommes pas à sympathiser. Disons simplement qu'un statu quo s'est instauré entre nous.

Un statu quo qui doit aussi beaucoup à ma sortie avec Joe. En l'invitant à une expo de voitures anciennes, j'ai non seulement fait plaisir à mon père, mais je nous ai offert un moment en tête-à-tête qui s'est révélé très sympa. J'ignore si nous parviendrons à développer une vraie complicité père/fille, en tout cas, nous sommes sur le bon chemin !

– Et toi, m'man, je te sers quelque chose ? ajoute-t-il.

– Un verre de vin blanc, merci, répond Kate en lui adressant un large sourire.

– Serviable et prévenant, fredonne May d'un ton légèrement moqueur.

Détroit la jauge avec sévérité, puis plisse les yeux tandis qu'elle se rapproche de lui, l'air d'avoir envie d'en découdre. Face à ses trois brutes de frangins, la petite sœur n'est pas aussi inoffensive que ça, une idée qui amène un sourire farceur sur ma bouche.

Détroit est moins sensible que moi à son attitude de petit elfe frondeur. Il se méfie, même, probablement échaudé. Et il se tend carrément lorsqu'elle se colle contre son dos et cale ses mains autour de sa taille pour lui offrir un câlin d'excuse.

– Tu es un amour, cowboy, ajoute-t-elle, mutine.

Un grondement indistinct lui répond, ce que j'assimile à un appel au secours. J'étrécis les yeux, moqueuse : pour un mec censé dévorer les nanas comme des petits pains, il paraît exagérément emprunté face à sa sœur.

– Je peux avoir une bière ? nous interrompt Thaddeus en nous rejoignant, le corps luisant de sueur.

Je repense aux mots de May, sur la compatibilité des Vierge et des Taureau, et observe mon « frère » avec attention. Ouais, il est canon, difficile de le nier. Son œil bandé rajoute même un charme dangereux à son physique de sportif accompli. J'avoue être curieuse de le voir sur scène depuis que j'ai découvert, atterrée, qu'il était plutôt bon avec son groupe. En tout cas, la musique des Ellis's Demons m'a touchée, alors que je m'attendais à un truc sans âme ou au genre grosse artillerie.

Il n'empêche que je reste circonspecte face à Thaddeus. Ce mec est une plaie à lui tout seul. Un enfoiré qui se croit tout permis. Alors, non, il n'y a aucune chance qu'il y ait une quelconque alchimie entre nous. Sauf peut-être dans le secret de mes rêves, dans cette sphère où mes fantasmes visent à combler ma libido…

– Ouep ! riposte Détroit, en se dégageant de l'étreinte de May.

– File-m'en trois, tiens ! Joe a besoin de se réhydrater

après la pâtée que je viens de lui infliger, et North va tomber d'inanition s'il n'avale pas un truc.

– Détroit va leur apporter leurs cannettes, intervient Kate, la mine soudain plus sévère. Toi, mon petit gars, tu vas aller me nettoyer ta chambre avant qu'on dîne : je ne sais pas ce que tu fabriques, mais l'odeur y est tout simplement insupportable.

– Ce n'est pas faute de le lui répéter, glousse Détroit, tout en me dévisageant avec espièglerie.

Le regard de Thaddeus est, en revanche, bien moins sympathique. Il crispe les mâchoires et me foudroie avec cette rage qu'il m'oppose depuis qu'il a compris que j'étais derrière son petit problème. Je lui adresse un visage d'une innocence absolue. Ce qui accroît évidemment sa rancune et fait jaillir un ronchonnement étranglé de ses lèvres.

La perversité, c'est tout un art ! Une idée qui manque me trahir, alors que je réprime un éclat de rire ironique.

Thaddeus fonce vers l'escalier et me frôle au passage, tout en ralentissant l'allure.

– Tu me paieras ça ! me déclare-t-il à voix basse.

Je me fends d'un rictus sardonique. Parce que, rempli de colère ou pas, il a peu de chance de trouver la source de la mauvaise odeur dans sa chambre et que je ne réglerai pas le problème avant qu'il se barre pour son stage.

Fallait pas me chercher !

10

Julia

Alors que notre cours de microbiologie générale se termine, je me tourne vers Madison, interrogative.

– C'est qui la fille blonde au premier rang ? la questionné-je.

– Chantrelle Davis. C'est l'une des cheerleaders qui soutiennent les Vandals qu'il pleuve ou qu'il vente. Tu vois, le genre ultra populaire, mais conne comme ses pieds. Elle sort avec Thaddeus, d'après la rumeur. Pourquoi ?

J'ouvre la bouche, puis la referme, abasourdie. Évidemment, vu l'angle sous lequel elle m'est apparue le soir de la fête, j'avais peu de chance de la reconnaître. Je grimace lorsqu'elle me foudroie de nouveau du regard. Thaddeus a dû bien me charger pour qu'elle m'observe avec autant d'animosité, alors qu'on ne se connaît pas.

– Ils ne sont plus ensemble, nous alerte une voix amusée. Le démon a rompu avec elle avant de se tirer pour le Colorado. D'après mes infos, elle est carrément vénère de chez vénère.

Je pivote vers Stan, notre voisin de derrière, en marquant une surprise amusée.

– Comment tu t'arranges pour être au courant de tout ? m'étonné-je.

– C'est tout un art, ma chérie, et je ne livre jamais mes secrets.

Je secoue la tête de dérision. Stan n'est pas un étudiant tout à fait comme les autres, puisque son engagement ici tient de la convenance personnelle. Il suit un cursus d'ingénierie et reste tous les étés sur le campus pour découvrir une autre spécialité.

En tout cas, il détone dans la salle de cours, et pas seulement à cause de cette particularité. Si son look « *street boy* » sage est plutôt sympa, sa chevelure parsemée de mèches orange vif attire l'attention sur lui comme un phare au milieu de la nuit. Quant à sa façon d'être, mêlant curiosité insatiable, attitude de bulldozer et franchise brutale, elle lui a déjà valu d'être ostracisé par une partie de notre groupe. C'est peut-être pour cette raison que nous l'avons invité, Madison et moi, à se joindre à nous pour déjeuner. Au final, on a découvert un mec bourré d'humour, avec de sacrées capacités d'autodérision.

– En revanche, je peux te dire qu'elle te mate depuis le début du cours, ajoute-t-il sur un ton plus confidentiel. Et pas avec l'air de vouloir te sauter dans les bras pour un câlin.

– C'est jamais bon signe avec elle, fulmine Madison, les traits crispés d'agacement. Allez, on s'tire !

– Désolé de vous faire faux bond, les filles, mais j'ai mon cours de tennis qui commence dans dix minutes. Mais, si ça vous convient, on pourrait se rejoindre au Red Lounge, ce soir ? nous propose Stan, ses affaires déjà rangées dans son attaché-case prune.

– Oui, avec plaisir, dis-je, alléchée par la perspective d'un moment détente entre amis.

– On s'y retrouve à vingt-et-une heures, OK ?

Stan file avant même d'avoir capté ma réponse. Ce type est une véritable pile électrique…

Je ramasse mes livres, pressée de quitter à mon tour la salle de cours. La journée est ensoleillée, et je peux enfin profiter de la maison et du jardin sans subir la réprobation de Thaddeus. North demeure sur ses gardes, pas vraiment enthousiasmé par l'idée d'interagir avec moi, c'est donc à peine si je le croise.

– Tu viens à la maison ? On pourra bosser nos cours de chimie.

– Ce n'est pas de refus, je n'ai pas tout compris, aujourd'hui, admet Madison avec un sourire piteux.

– Hey ! Ugly Maddy ! s'élève une voix sifflante derrière nous. Tu ne nous présentes pas ta nouvelle copine ?

Le mépris est parfaitement audible dans le timbre de Chantrelle, mais ce sont bien ses mots, ceux utilisés pour qualifier Madison, qui me pétrifient sur place. Je roule des yeux, furieuse, et me dresse devant cette sale garce, prête à en découdre. Avec mon mètre soixante, je ne peux rivaliser avec sa haute stature, mais je m'en contrefiche. Autant que du cortège qui l'accompagne. Un cortège qui inclut quatre nanas flanquées du même look, lequel comprend jean taille basse et crop-top. Deux mecs complètent le tableau, mais ils se tiennent en retrait, visiblement amusés du spectacle que leur promet Chantrelle.

Ce qui me fend le cœur, c'est la réaction de Madison : pâle, elle a baissé la tête et fait semblant de se concentrer sur ses affaires. Puis, dans un sursaut de révolte qui colore de rouge ses joues crayeuses, elle relève les épaules et fusille Chantrelle du regard.

– Dégage ! lui ordonne-t-elle, la voix mal assurée.

– Allez, Ugly Maddy, c'est comme ça qu'on parle aux

gens ? Ou alors tu redoutes que j'explique à ta copine qu'elle traîne avec un monstre ?

Je n'ai pas le temps de réagir, Chantrelle brandit une bouteille d'eau et arrose le visage de Madison. Cette dernière pousse un cri, puis se tourne précipitamment sur elle-même pour se soustraire à nos regards, les mains collées contre ses joues.

– Oh ! Non ! Ugly Betty ! Montre à ton amie à quoi tu ressembles vraiment !

La salle est déserte, et je ne suis pas de taille à empêcher les deux mecs de bondir sur Madison pour l'obliger à nous faire face. Je me rue pourtant sur eux, prête à leur lacérer le visage quand j'aperçois le désespoir peint sur les traits de Madison. Désespoir et tristesse. Fatalité, aussi…

Les copines de Chantrelle, ces salopes, s'interposent, formant un mur devant moi. J'assiste impuissante à la suite tandis que l'ex de Thaddeus frotte la joue droite de Madison avec un vieux torchon sale.

– Voilà qui est mieux ! ricane la garce en exposant la tache de vin qui se dissimulait sous le fond de teint. Alors, tu la trouves toujours aussi intéressante ?

Madison incline de nouveau la tête, la honte suintant de tout son être. Mon envie de hurler s'accroît, brûlante et sauvage.

Je braque mon regard sur celui de Chantrelle. Cette garce se marre, si satisfaite d'elle qu'elle irradie de médiocrité. C'est fou comme la connerie donne à certains l'impression d'être surpuissants !

Je me mords les lèvres et franchis le mur de chair qui me tient à distance. Fonce sur Madison pour dégager les enfoirés qui se bidonnent pendant qu'une des filles filme la scène. Puis je me positionne devant Madison pour la protéger. Du mieux que je peux...

– On s'est déjà rencontrées, non ? riposté-je, en détaillant Chantrelle de la tête aux pieds, l'air de sérieusement me creuser les méninges. Ah oui ! Ça me revient : toi, nue, les jambes écartées, sur le lit de Thaddeus. Tu es très douée pour aguicher les mecs, mais, visiblement, ça n'a pas suffi à le retenir...

– Sale garce ! me crache-t-elle à la figure.

– Oh ! Mais je t'admire d'avoir autant de courage, continué-je, sardonique. Parce que, moi, merde, je n'aurais jamais osé si j'avais eu des poils au cul comme les tiens. Sérieux, ils sont tellement longs et noirs que, limite, tu pourrais les tresser. À ta place, je filerais direct chez mon esthéticienne !

Chantrelle rugit, puis se tourne vers ses copines pour chercher du soutien puisque ses sbires sont pliés en deux de rire. Elle balbutie et rougit d'un coup en avisant le portable toujours en train de filmer.

– Mais, putain ! Carole ! Tu n'es pas en live, là ? Merde ! Éteins-moi ça ! finit-elle par hurler, furibonde.

Je profite de la cacophonie qui s'ensuit. Attrape la main de Madison et l'entraîne de force dans le couloir. Bifurque vers les toilettes pour la mettre à l'abri des regards. Madison se laisse manipuler, le corps tremblant d'une colère qui se confronte à sa honte. Ou quelque chose d'avoisinant.

J'ai mal au cœur pour elle. Mal au cœur de constater que son angiome peut avoir un tel pouvoir sur elle. Mal au cœur de voir qu'on peut mépriser et maltraiter une personne uniquement parce qu'elle a soi-disant un défaut par rapport à la norme. Quelle norme, d'abord ? Je grogne entre mes dents, de nouveau prête à mordre.

– J'ai du fond de teint, si tu veux, lui proposé-je alors qu'elle continue de se soustraire à mon regard.

– Tu devrais partir, lâche-t-elle du bout des lèvres.

Je réalise soudain un truc tout simple : ce ne sont pas ses bavardages incessants qui l'ont plongée dans la solitude… Désabusée ou meurtrie, ou les deux à la fois, elle s'attend à ce que je fasse comme tout le monde, que je me conforme à l'avis d'une poignée d'abrutis et la fuie.

– Bah ! Je te rappelle qu'on doit bosser avant d'aller boire un verre ! Et, sérieux, après le cirque de cette garce, j'ai bien besoin de descendre quelques mojitos !

– Tu l'as bien bâchée, glousse Madison, des larmes dans la voix. Des poils au cul, je sens qu'elle va en entendre parler pendant un bon moment.

– Elle l'a mérité ! Je sais que je ne suis pas à ta place, Madison, mais ne laisse pas ce genre de salopes te miner le moral. C'est une vraie langue de vipère.

– Je suis…

Elle relève la tête et désigne la tache qui s'étire du coin de son œil à sa bouche, formant une sorte d'onde rouge délavé. Un reliquat de fond de teint en atténue les bords, au point de rendre l'ensemble à peine visible. Pourtant, Madison grimace comme si elle était défigurée.

– Depuis toujours, on me traite comme si j'étais… une erreur de la nature. Les plus gentils froncent les sourcils, puis détournent les yeux, comme si ma laideur pouvait les contaminer. Et, puis, il y a les plus virulents, comme Chantrelle…

– Tu n'es ni laide ni un monstre, la corrigé-je, excédée. On vit dans une société hypocrite où on adule de vrais monstres tout simplement parce qu'ils sont beaux, riches, ou encore parce qu'ils paraissent normaux.

L'amertume imprègne ma voix sans que je ne puisse

lutter contre. Ma mère était un vrai monstre. Un de ceux qui trompent leur monde avec une facilité déconcertante.

– Aujourd'hui, celle qui s'est montrée hideuse, ce n'est pas toi !

Madison esquisse un sourire hésitant. Son visage a repris des couleurs, même si ses mains tremblent encore.

– Merci, bredouille-t-elle, la gorge serrée d'émotion.

– Nous sommes amies, lui rappelé-je en hochant la tête d'un air convaincu.

– Chantrelle risque de t'avoir dans le collimateur, maintenant, déplore-t-elle.

– Bah ! Je devrais survivre. N'oublie pas mes gènes de psychopathe.

Madison rit, cette fois, de bon cœur. Elle essuie rapidement ses yeux, effaçant les dernières traces de larmes, puis s'observe dans le miroir, une moue dépitée sur le visage.

– Pourquoi les nanas à la télé, quand elles pleurent, elles ont l'air de sortir de chez l'esthéticienne ?

– La morve, c'est moyen sexy à l'écran, comme dans la vraie vie, d'ailleurs, ricané-je en reculant d'un pas lorsqu'elle m'assène un coup à l'épaule, outrée.

– Fais gaffe ! Il me reste des morceaux de crevettes pourris, me menace-t-elle avec un large sourire.

– Tout, mais pas ça ! pouffé-je.

Les côtes douloureuses, je m'effondre contre le mur. Je revois le regard enragé de Thaddeus quand il est parti pour Mesa Verde, sans avoir solutionné son problème d'odeur. Je ne regrette pas mon sale coup, pas même quand j'ai galéré à enlever les restes de crevettes que j'avais coincés dans la tringle à rideaux de sa chambre. Oui, sérieusement, ça en valait la peine !

– J'ai engendré un monstre ! me lamenté-je avec grandiloquence.

– Oui, bah, le monstre va rentrer chez elle pour prendre une douche avant de te rejoindre chez toi, me signale Madison en étalant un peu de fond de teint sur son angiome.

– OK, mais tu viens, hein ! insisté-je pour bien lui faire comprendre que je n'accepterai pas qu'elle se désiste.

– Te tracasse pas ! La dépendance à l'alcool apparaît sur ma liste de défauts, ironise-t-elle. Mais, je te préviens, j'ai une descente incroyable et, ce soir, j'ai envie de voir si je peux battre mon record.

– Je ne suis pas certaine de pouvoir te suivre, mais va pour le challenge ! Allez, tu es prête, je te raccompagne !

Après m'être assurée que Madison était en sécurité chez elle, l'âme plus joyeuse, je rentre chez moi, l'esprit délesté de sa colère. Des nanas comme Chantrelle sont la plaie de notre société, mais elle ne me fait pas peur. J'ai affronté bien pire que cette garce !

North est installé devant la télé quand je pousse la porte d'entrée, Paillette et Basile calés contre lui, alors que Ryo se balance sur le dossier du canapé.

– Bouhou ! Hou ! Hou ! chantonne-t-il pour me saluer.

– Salut, mon beau !

Je souris, attendrie. North est cool avec mes petits amis, tellement qu'il prend soin d'eux pendant mes absences et accepte de les garder avec lui en toute liberté. Ce qui ne le rend pas plus détendu en ma présence…

Alors que je dépose mes affaires près de l'escalier, il se lève et s'apprête, comme d'habitude, à se replier dans sa chambre ou le jardin, pourvu que ce soit loin de moi.

– Et si on faisait la paix ? lui proposé-je brusquement.

Je ne mords pas et on vit sous le même toit. Ce serait sympa qu'on en profite pour mieux se connaître, non ? Je vais boire un verre avec Madison et un autre pote, ce soir, au Red Lounge, ça te dirait de nous accompagner ?

– Ne le prends pas mal, me renvoie-t-il après une longue minute de silence, mais je ne préfère pas.

– Je croyais que tu réservais ton jugement, noté-je avec une pointe d'accusation.

Sauf erreur de ma part, une lueur d'humour traverse son regard. Lueur qui s'éteint bien trop vite pour que j'en sois sûre.

– C'est le cas, m'affirme-t-il.

– Et donc tu as décidé de te forger une opinion en m'évitant le plus possible ? le nargué-je. Tu sais que le monde ne va pas te tomber sur la tête si tu oses parler à la méchante fille indigne !

Son sourire est fugace, mais, là aussi, il disparaît bien trop rapidement.

– À plus, conclut-il tout en s'éloignant.

Je soupire sans chercher à le retenir.

11

Julia

Trois heures plus tard, détendues et à nouveau de bonne humeur, Madison et moi nous installons à la table que Stan a réservée. L'ambiance est festive, écho de la journée ensoleillée qui vient de s'achever. Le patron, Kenneth, a ouvert les baies vitrées à l'arrière de son établissement, de façon à positionner quelques tables à l'extérieur. Cette zone est déjà bondée, évidemment, mais ça ne me dérange pas d'être à l'intérieur. De là où nous sommes, nous jouissons d'une vue imprenable sur la scène. Un groupe de rock, mené par une chanteuse déchaînée, revisite quelques classiques, tout en y mêlant ses propres compos. La musique est de bonne qualité, propice à la détente malgré le son puissant.

Je jette un coup d'œil prudent à Madison. Elle semble remise de son altercation avec Chantrelle, mais j'ai fini par comprendre qu'elle était aussi douée que moi pour cacher ses failles. Je ne la respecte que davantage.

– Hey ! Les filles, nous enjoint Stan en levant son verre, je porte un toast au professeur Chourave…

– Arrête de l'appeler comme ça, s'esclaffe Madison. Je suis du genre à faire la gaffe en plein milieu d'un cours.

– Pas ma faute si elle a la tête de Chourave, se dédouane

Stan en écartant les paumes de chaque côté de son visage. Non, mais qui se fait encore des permanentes aussi kitch de nos jours ? Et je ne parle pas de ses robes qui ressemblent à des tabliers de jardinage !

Je pouffe de rire, incapable de le contredire. Notre prof de méthodes statistiques m'a fait forte impression dès notre premier cours avec elle, mais, pour sa défense, elle est d'une redoutable efficacité quand il s'agit de rendre claires des données souvent imbuvables.

En vérité, je m'éclate à chaque seconde de mes cours. Une année d'interruption m'a rappelé la chance que j'avais de suivre les études de mes rêves. Peu importe le boulot que ça engendre ou la complexité des enseignements, je suis au taquet, heureuse comme je ne l'ai pas été depuis longtemps.

Je vide mon verre, le cœur léger.

– Ne te retourne pas, me susurre Stan, mais il y a deux beaux gosses qui te matent de ouf.

Désinvolte, je pivote vers le bar. Je reconnais le blond pour l'avoir déjà croisé sur le campus. Et, avec son blouson à l'effigie des Vandals, il n'y a pas trop de doutes à avoir sur son statut d'étudiant.

– C'est Scott Monroe, nous éclaire Madison. Il s'entraîne avec l'équipe de natation de l'université et il est plutôt bon. À côté, c'est son frère, Tommy.

– Eh bien, le loup entre en chasse, ricane Stan quand Scott quitte son siège pour s'approcher de moi, un sourire ravageur sur les lèvres. Vous ne trouvez pas qu'il a un faux air de Chris Evans ?

Hum ! La comparaison n'est pas infondée…

– Salut ! s'annonce Scott en se plantant devant moi. Désolé de t'aborder comme ça, mais j'ai vu la vidéo. C'était vraiment cool et…

Il se tourne vers Madison et lui offre un sourire plein de bienveillance.

– Ne te laisse pas démonter par une garce comme Chantrelle, lui conseille-t-il. Elle n'en vaut pas la peine.

Devant l'air de poisson en apnée de Madison, je me pince les lèvres pour ne pas éclater de rire. Une envie qui ne dure que le temps d'un clignement de paupières. À la seconde où Scott rive son regard sur le mien avec une intensité ahurissante, je cesse moi-même de respirer. Ce mec a beau transpirer de la certitude qu'il est canon et séduisant, mon cœur marque une embardée.

– Je ne t'avais encore jamais vue sur le campus. Tu es là pour les cours d'été ? se renseigne-t-il sans cacher son intérêt.

– En partie, oui. J'intègre ma troisième année en pré-vet à la rentrée.

– Cool, on se reverra sûrement alors. J'espère, en tout cas, me murmure-t-il d'une voix d'un velouté irrésistible.

Le sourire qu'il m'octroie avant de retourner au bar est un condensé de sexytude et de charme. Et d'une chaleur qui me fait gigoter jusqu'à mes orteils.

– Wouah ! s'évente Stan avec la main, les cils papillonnant à la manière d'une greluche subjuguée. La température est montée d'un coup. Tu ne veux pas me sucer le poireau, chérie, pour qu'il dégorge un peu ?

– Hey ! l'engueulé-je en riant. C'est quoi ces manières d'enfoiré ?

– Attends ! Tu ne crois quand même pas que ce mec pensait à autre chose ? me nargue-t-il, faussement hautain. Ce type est l'archétype du séducteur de bas étage. Il devrait se déplacer avec un warning sur le front : « attention, moi baiser toi ! ».

– C'est l'expérience qui parle ? glousse Madison.

– Ouep, mes chéries ! Et je vous conseille d'en profiter ! Vous ne croiserez pas tous les jours un radar à enfoirés ! Je les repère à mille *miles* à la ronde !

Sa suffisance grandiloquente est absolument irrésistible. Un condensé d'humour qui ne se prend pas au sérieux, malgré le ton pressant. En tout cas, elle est contagieuse et me libère de mes dernières tensions. Les côtes douloureuses à force de rire, je réalise que j'avais besoin de lâcher la vapeur, bien plus que je ne l'imaginais.

– Éclaire-nous ! l'incité-je, curieuse. Non, attends, j'ai besoin d'un autre verre avant !

Je hèle le serveur et commande une nouvelle tournée.

– On t'écoute ! lui enjoint Madison en dévorant une poignée de cacahouètes comme du pop-corn au cinéma.

– Tenez, le gars, là-bas, nous chuchote-t-il en se penchant au-dessus de notre table, une expression de bandit sur le visage. Celui qui zieute le barman et qui ressemble à Ross dans *Friends*, vous le voyez ? Lui, clairement, il a envie de l'enculer direct. Les préliminaires, d'ailleurs, c'est pas son truc : il balance sa purée et il se barre. Son voisin, le petit à la tête d'Austin Power, vu sa gueule renfrognée, il en est encore à se demander comment il pourra un jour sortir Popol de son froc. Ça le frustre tellement qu'il envisage d'aller rendre une visite à la chèvre d'oncle Marcel.

Je m'écroule sur la table, les yeux larmoyants.

– Arrête ! le supplié-je. C'est juste…

– Désolant ? termine-t-il pour moi avec un soupir insistant. Mais, ma chérie, l'homme est un loup pour l'homme.

– *Dirty dancing* ! s'extasie Madison. J'adore ce film.

– Alors, attention, je surkiffe Patrick Swayze, mentionne Stan en agitant les mains, mais, toi, il te faut un mec qui te dégèle le clito d'un regard. Tu vois, le genre hyper viril comme Henry Cavill.

– C'est un peu une espèce en voie de disparition sur le campus, note Madison, dubitative.

– Ouais, je sais, je suis le seul qui tienne la comparaison, se rengorge-t-il en bombant le torse. Bon, OK, je n'ai pas les abdos de Superman, mais niveau pilosité…

Il commence à tirer sur les pans de sa chemise, geste que j'interromps dans un gloussement hilare. Si Stan est plutôt mignon, côté musculature, il concourt dans la catégorie des poids plumes.

– Arrête, on te croit sur parole !

– Petites joueuses ! En même temps, je ne vois pas l'intérêt de vous faire baver avec mon corps sublime, alors que vous ne pourrez pas y goûter. Flint rentre dans trois semaines et je lui ai promis d'être sage ! Ce qui n'empêche pas de picoler grave avec deux copines ! Allez, je recommande une tournée. Vide ton verre, Julia !

Je m'exécute, la tête déjà légère. Je supporte bien l'alcool, mais je suis vite ivre. Ce soir, je m'en fous ! J'ai besoin de ce lâcher-prise !

Deux heures plus tard, je ne regrette rien de mon choix, si ce n'est que je tangue dangereusement sur mes pieds lorsque je sors du bar. Une petite voix triomphante me serine que je tiens néanmoins debout et que j'ai l'air en meilleur état que mes deux amis. Derrière moi, Madison ricane comme une dinde tout en esquissant des pas de danse. Comme elle n'est pas beaucoup plus stable que moi, le résultat s'apparente à un défilé de pachydermes en déroute. Quant à Stan, il somnole sur mon épaule, à deux doigts de s'effondrer sur le trottoir.

L'air frais a le mérite d'éloigner un peu de la brume qui enveloppe mon esprit, assez pour que je me souvienne que c'était Stan qui devait nous raccompagner en voiture. Ce qui est hors de question vu son état ! Madison n'est pas plus opérationnelle et moi… je ne courais pas le risque de prendre le volant ! Seule solution : nous allons devoir rentrer à pied !

– Merde ! grommelé-je en estimant la distance qui nous sépare de l'allée menant au campus. C'est carrément la galère.

– Moi, je dors ici, me souffle Stan en fléchissant les genoux.

– Pas question ! l'engueulé-je. Tu restes debout et tu avances !

– Sois pas méchante, geint-il avec une emphase excessive.

– Marche ! insisté-je quand il tente une nouvelle fois de s'asseoir par terre.

– Vilaine Cruella ! m'assène-t-il avant de trébucher.

Je le rétablis sur ses pieds avec difficulté, consciente que je ne vais pas pouvoir le soutenir ainsi très longtemps. Par chance, nous parvenons jusqu'à l'allée qui mène au campus. Une allée cernée d'arbres épais et plongée dans une obscurité franchement flippante.

Loin d'éprouver la même appréhension que moi, Madison s'élance vers le campus, en entamant un « We Are the Champions » tonitruant. Mais, comme la malchance est plutôt bonne copine avec l'ivresse, elle finit par se prendre les pieds dans les lanières de son sac et termine sur les fesses, ébaubie.

J'explose d'un rire irrépressible, incapable de m'arrêter.

– Bah merde, alors ! s'exclame-t-elle. Je viens vraiment de me faire attaquer, là, non ? Rigole pas, Jul, c'est le début de l'hécatombe. Les zombies nous ont probablement déjà cernés…

Elle tente de se relever, mais retombe en s'éraflant les genoux.

– Bordel de merde ! Faut qu'on se tire !

J'envisage sa théorie avec sérieux, pas vraiment rassurée par les frémissements dans les arbres. Puis, comme si un éclair de lucidité venait de me percuter, j'arbore un sourire lumineux.

– Reste assise, Madison, lui ordonné-je en reprenant mon souffle, avant d'inciter Stan à la rejoindre sur le sol. Et sors ta croix !

– Ça suffira pas, déplore-t-elle.

– Si, regarde, moi, j'ai un pieu, dis-je après avoir ramassé un bout de bois qui traîne parterre.

– C'est pour contrer les vampires, ça, nous oppose Stan en soulevant une paupière lourde. Là, on a besoin de Rick Grimes[1] et son *Colt Python* !

– J'ai mieux ! déclaré-je après une seconde de réflexion. J'appelle les renforts.

North décroche à la deuxième sonnerie, preuve qu'il ne dormait pas. Ce qui à cette seconde me soucie moins que l'attaque probable de zombies vampiriques.

– Julia ? s'étonne-t-il.

– Désolée de te déranger, mais… on est dans la panade, là. On ne sait pas trop si on est cernés par des vampires ou des zombies, mais…

– Tu as bu ? me coupe-t-il, tranchant.

– Bah ! On a un peu fait la fête, mais c'est pas le sujet. On…

– Où es-tu ?

– Juste devant l'allée qui mène au campus, à cent mètres du Red Lounge et…

---

1. Personnage de *The Walking Dead*, série américaine développée par Franck Darabont.

– J'arrive !

Mon soulagement est tel que mes jambes ploient sous mon poids. Non, parce que sérieux, je n'ai pas vraiment envie d'affronter des monstres sanguinaires, ce soir ! Je m'écroule à mon tour sur le sol et surveille du coin de l'œil mes amis. Stan s'est rendormi, la bouche entrouverte sur des ronflements dignes d'un dinosaure. Madison, elle, a sorti ses grigris qu'elle étale autour d'elle, tout en brandissant sa croix. Lorsqu'un bruit étrange jaillit de la nuit, je me rapproche d'elle, le cœur battant à tout rompre.

– Jul, me souffle-t-elle, tu crois que les renforts vont arriver à temps ?

– Ouais ! dis-je pour me rassurer. Un Superman, ça peut tout affronter, non ?

Les yeux arrondis de stupeur, elle lâche un long soupir, puis me décoche un sourire soulagé.

– T'as appelé Henry Cavill ? Merde ! T'es une championne, Jul !

Mes poumons frisent l'apnée et ne recommencent à se remplir que lorsque j'aperçois la voiture de North. Je me lèverais bien, mais la tête me tourne dès que j'essaie de me redresser. Je n'ai pas souvenir de m'être autant soûlée. Heureusement que je garde les idées claires…

– Eh bah ! note North en se plantant devant moi. L'écureuil ne tient pas l'alcool ?

– Te fous pas de moi ! grommelé-je. J'avais besoin de me détendre et… j'ai un peu trop abusé ! Enfin, juste un peu…

– Ouais, je vois ça. Alors, ils sont où tes monstres ?

– Ils se sont tirés, chuchote Madison, les yeux brillants d'admiration. Tu les as fait fuir avec ton aura de puissance. Mais pourquoi t'as pas mis ta cape ? C'est tellement sexy…

North fronce les sourcils, puis secoue la tête comme s'il renonçait à comprendre.

– Faut aussi ramener tes potes, j'imagine ?

– Tu serais un amour, vraiment. Madison vit sur le campus et Stan… pas très loin. Enfin, je crois.

North grimace, puis se dirige vers Stan pour l'aider à se relever. Ce dernier râle un peu, mais finit par se laisser guider. En moins de deux, il se retrouve sanglé sur la banquette arrière.

– Je te jure, tu me revaudras ça, gronde-t-il lorsque la poitrine de Stan se soulève comme s'il allait vomir. Prends ce sac, mec, et évite de saloper ma caisse si tu ne veux pas que je te balance dans un fossé !

– Tu es un amour, mentionné-je.

– Tu l'as déjà dit ! ronchonne-t-il en s'approchant de Madison.

– Mon Henry ! hurle-t-elle lorsqu'il l'aide à se relever.

Elle se jette à son cou et l'entoure de ses bras, avant de coller son nez contre sa peau. North reste bouche bée, les mâchoires crispées d'une tension qui raidit tout son corps. Pour un type aussi costaud que lui, c'est presque risible de le voir ainsi mal à l'aise face à une fille. Madison a beau être grande, elle ne fait pas le poids devant lui.

– Tu sens bon, lui susurre-t-elle. Vraiment très, très bon !

– Ouais, allez, monte dans ma bagnole, lui ordonne-t-il d'un ton bourru.

– Je peux te lécher un peu ? lui demande-t-elle avant de plaquer sa bouche contre son cou.

North sursaute comme si elle l'avait mordu, puis la repousse dans un geste brusque. Heureusement pour Madison, comme ils étaient presque à la voiture, elle retombe contre la banquette arrière.

– Désolé, rumine-t-il, la mine assombrie.

– Pas de soucis, Henry ! Vu comme tu es excité, je te pardonne sans problème, minaude Madison, les yeux rivés sur son bassin. Mais, tu sais, je n'allais pas te violer sur le trottoir. Je préfère baiser dans un lit, même si je ne suis pas contre de nouvelles expériences. C'est quoi, ton trip ? Parce que je te le précise tout de go, je ne donne pas dans les lieux publics.

– Merde ! Julia ! s'exclame North, rouge écarlate. Elle la ferme jamais, ta copine ?

– Non, ricané-je. Et quand elle est soûle, il semblerait qu'elle oublie tous ses filtres. Mais c'est une fille vraiment sympa, je te jure !

Il claque la portière au nez de Madison, pas convaincu par mes explications.

– Allez, monte !

– Je vais avoir besoin d'un peu d'aide, avoué-je, penaude.

– Putain ! Tu ne fais pas les choses à moitié, toi, feule-t-il en me tendant la main. Mais je te préviens, je ne suis pas chauffeur de taxi, la prochaine fois, tu te démerderas toute seule ! Ou, mieux, appelle ton père, tiens ! Il sera ravi de te voir dans cet état.

– Tu ne vas pas cafter, hein ? le supplié-je soudain, la gorge nouée.

– Pourquoi ? Tu redoutes qu'il t'engueule ? Ou qu'il révise son opinion sur sa charmante petite fille ?

– S'il te plaît, North, je ne veux pas le décevoir, avoué-je dans une plainte.

Son regard pénétrant me percute avec l'âpreté d'un rapace. J'ai beau ne pas être en pleine possession de mes facultés intellectuelles, je devine que quelque chose d'important se joue à cette seconde, raison pour laquelle je ne baisse pas les yeux en dépit de la nausée qui me secoue le ventre.

– Tu l'aimes vraiment ?

Une affirmation plus qu'une question.

– Évidemment ! Ma mère m'a peut-être empêchée de le voir toutes ces années, je n'ai jamais cessé de l'aimer.

North me soupèse un long moment, puis lâche un soupir vaincu.

– OK, je te crois !

– Ami, alors ? lui soufflé-je, pleine d'espoir.

– Ouais. Enfin… peut-être bien…

Mon estomac choisit ce moment pour se rebeller. Je me plie en deux et vomis… juste sur ses chaussures.

– Je sens déjà que je vais le regretter, conclut-il avant de me pousser vers le siège passager de sa voiture.

12

Julia

Un coup sec résonne contre ma porte. Un gémissement accroché aux lèvres, je me retourne sur le ventre et rabats mon oreiller sur ma tête. Mon mal de crâne est du genre lancinant, mais ce n'est pas pire que le goût saumâtre dans ma bouche. Pourquoi il faut toujours payer le prix fort pour avoir simplement voulu se détendre avec des amis ?

Et, sérieux, qui ose venir me déranger alors que je cuve encore mon vin ? North s'est pris un oreiller en pleine tête quand il a tenté l'expérience. Bon, à sa décharge, il venait chercher Paillette pour la sortir…

– Besoin d'une aspirine ? chantonne la voix doucereuse de mon père.

Eh merde ! S'il y a bien une personne que je ne veux pas voir, c'est lui ! Je refuse surtout qu'il m'aperçoive dans cet état de loque. Joe s'investit à fond dans notre relation, alors le décevoir ? Ce n'était pas prévu au programme ! Satané North qui a dû le prévenir…

– Je t'apporte ton petit déjeuner, insiste mon père en pénétrant dans ma chambre. Allez, debout la marmotte !

– Suis pas en forme, marmonné-je contre mon oreiller.

– Ça ira mieux une fois que tu auras pris un antidouleur et que tu auras avalé un truc consistant. Je t'ai fait griller du pain de mie et coupé des morceaux de pommes. Mais l'essentiel, c'est que tu te réhydrates.

– Je suis pitoyable, murmuré-je d'un ton navré en me retournant enfin pour croiser son regard.

La bienveillance de mon père me percute avec une douceur qui ne m'est pas habituelle. Il est tellement aux petits soins pour moi que je regrette mon attitude d'autrefois. Pourquoi ai-je laissé ma mère nous séparer ?

Un plateau en main, il s'approche de mon lit et attend que je me redresse pour le poser devant moi. Tout y est, des toasts légèrement beurrés au jus d'orange, en passant par une bouteille d'eau.

– Désolée, marmonné-je. J'ai un peu abusé, hier.

– Tant que ça reste exceptionnel, me serine Joe, me rappelant qu'il est bien mon père. Allez, avale ça !

J'acquiesce, une grimace sur le visage tant je me sens pitoyable, et engloutis le cachet sans renâcler. L'eau rafraîchit ma gorge, tout en chassant cette impression que j'ai absorbé un truc gluant et amer.

– Essaie ça, me suggère-t-il. Kate utilise ce baume à chaque fois qu'elle a la migraine. C'est super efficace. Passes-en juste un peu sur tes tempes. Attends, laisse-moi faire.

Il écarte avec délicatesse des mèches de mon visage et, après s'être enduit les doigts d'une substance translucide, me masse les côtés du front. Je soupire de béatitude au contact de la pommade qui chauffe ma peau avant de la rafraîchir agréablement.

– C'est une bénédiction, ce truc ! déclaré-je.

– À utiliser avec parcimonie, me conseille-t-il, l'air faussement sévère.

– T'inquiète, je n'ai pas pour habitude de me soûler. En général, quand je suis stressée, je m'enfile un pot de glace.

– Donc, tu es stressée, relève-t-il, soudain si concentré que je réalise ma gaffe.

– Je…

– Des soucis à l'université ? Ou… ici ?

– Non ! le corrigé-je avec détermination. Les cours, c'est juste le pied, et je m'adapte plutôt bien à la vie en coloc.

Un mensonge, mais il n'a pas besoin de le savoir ! Et, puis, cette vérité lui infligerait trop de mal. Sans compter sur le fait que j'ai réglé le problème !

– Je ne sais que ce que j'aurais fait, hier, sans North, continué-je, sincère sur la reconnaissance que je lui voue.

– C'est un gentil garçon, approuve-t-il, visiblement satisfait que son fils m'ait aidée. J'oublie un peu vite que tu viens de perdre ta mère…

Alors que je mastique une tranche de pain de mie, écœurée par son goût de papier mâché, je baisse les yeux, histoire de me soustraire à l'attention de mon père. J'en ai assez de lui mentir sur le sujet. De mentir sur ce chagrin que je suis supposée ressentir.

– Ce sont plutôt les mois avant qui ont été pénibles, confessé-je du bout des lèvres.

L'attitude de Joe change en un clignement de cils. Merde ! Pourquoi j'ai dit ça ?

– C'est-à-dire ? me demande-t-il.

Je reste muette, ce qui me vaut un long regard impératif.

– Tu te souviens de ce qu'on s'est promis, Julia ? me rappelle-t-il avec fermeté. Nous avons décidé que ça valait le coup qu'on apprenne à se connaître tous les deux. Qu'on renoue sur de bonnes bases, malgré les années de séparation. Ce projet implique qu'on se fasse confiance. C'était pénible comment ?

Je ravale la boule qui m'obstrue la gorge. Peut-être

qu'il est temps tout compte fait de lui révéler la vérité! Peut-être que c'est le prérequis pour que l'on construise une relation saine et dénuée de tensions!

– Maman était… me lancé-je avant de me taire, gênée par l'intensité de son regard. J'ignore ce qu'elle était, en fait. Bipolaire? Schizophrène? Pervers narcissique? Psychopathe?

Joe ravale son souffle, pas préparé à cet aveu sans fard. J'émets un fragile ricanement, une façon de dédramatiser les choses. Après tout, j'ai survécu, non?

– Qu'est-ce que… qu'est-ce que tu veux dire par là? réagit-il, tendu comme un arc.

Pendant une fraction de seconde, je revois ces adultes, les rares à qui j'ai osé me confier, qui m'ont désavouée et traitée de menteuse. Si Joe suit ce chemin, je ne m'en remettrai pas…

– Parle-moi, Julia! insiste-t-il.

– Elle… Elle avait deux visages. Avec les gens, elle se montrait sous son meilleur jour et elle était parfois aussi comme ça avec moi, mais… la plupart du temps, elle était cruelle et malveillante. Les punitions tombaient pour tout et n'importe quoi, et elle ne se contentait pas de me mettre au coin… Elle aimait faire mal… mais elle aimait surtout me terrifier… Quand elle m'enfermait au sous-sol, par exemple, elle attendait un long moment, puis elle apparaissait en haut des escaliers, avec un martinet à la main. Elle m'observait en silence, avant de refermer la porte en me replongeant dans l'obscurité…

– Bordel de merde! jure-t-il en se frottant le visage, livide. Tu aurais dû me prévenir!

– Au début… Au début, je pensais que c'était ma faute si elle était… comme ça. Je me sentais si coupable… si honteuse… Puis, après, je l'ai crue quand elle m'a raconté qu'il n'y avait pas de place pour moi dans ta vie. Elle me répétait que tu avais une nouvelle famille et que tu ne voulais pas de moi.

– C'est faux ! s'insurge-t-il. J'ai toujours espéré que nous nous retrouvions.

– Je l'ai compris, mais longtemps après… et il était trop tard pour t'expliquer.

– Merde ! siffle Joe, livide. Si j'avais su…

Il me saisit la main et la serre, comme la preuve qu'il aurait aimé être là. Personne ne peut revenir sur le passé, mais j'apprécie l'expression de son soutien, même si ça arrive trop tard. Les lacérations au niveau de mon âme ont beau avoir cicatrisé, ce baume m'apporte une paix précieuse.

– Et comment aurais-tu pu le découvrir ? Elle nous empêchait de nous voir. De communiquer ouvertement. Tu ne dois rien te reprocher !

Vu la tête de Joe, c'est un challenge loin d'être remporté. Je mêle nos doigts, le regard rivé au sien. Je veux qu'il comprenne que ce passé ne me définit pas. Que j'ai vaincu ces ténèbres. Que l'espoir qu'il m'offre, aujourd'hui, en m'aidant à réaliser mes rêves est un cadeau inestimable.

– La dernière fois où je suis venu à Salt Lake City, m'explique-t-il, navré, tu as fait une crise quand j'ai essayé de t'emmener pour une balade. Tu t'es débattue violemment et tu t'es ouvert le front en tombant sur les marches du perron. Ta mère m'a accusé de t'avoir blessée, évidemment, et j'admets que je m'en suis voulu. Mais je ne m'attendais pas à ce qu'elle dépose un recours devant la justice.

– Je l'ignorais, hoqueté-je, même si ça ne me surprend pas.

– Tu avais 10 ans et le juge m'a imposé des visites sous surveillance. Je vivais encore à Détroit, à l'époque. Je faisais les allers-retours, mais…

– À chaque fois, je hurlais ou je pleurais, commenté-je, un nœud dans la gorge.

– Parfois, tu boudais aussi, mentionne mon père en tentant de ramener un peu de légèreté à notre échange. L'assistante sociale a fini par m'expliquer qu'il valait mieux que je m'éloigne un peu et que je privilégie les contacts par téléphone. J'ai… J'ai pensé qu'elle avait raison. Que le mieux était d'attendre que tu sois plus grande. Que ta colère s'apaise. Que tu exprimes l'envie de me voir.

Ces appels avaient lieu sous surveillance et, avant chacun d'entre eux, ma mère me soumettait à un chantage plus prégnant que jamais.

– À chaque fois, c'était difficile : soit tu parlais à peine, soit tu pleurais en disant que tu ne voulais pas me voir. J'ai choisi la facilité en me convainquant que ce n'était pas encore le bon moment pour renouer.

– Maman était douée pour faire pencher la culpabilité du côté qui l'intéressait. Encore une fois, tu ne dois rien te reprocher. Avant chacun de tes coups de fil, elle me menaçait des pires punitions. Elle me disait que ça allait la tuer si je me montrais gentille avec toi, ou que j'allais finir en foyer parce que tu jouais la comédie du papa attentionné. Elle… elle s'automutilait pour me convaincre qu'elle était prête à tout et, moi, j'avais peur qu'elle meure à cause de moi…

La bouche de Joe ne forme plus qu'une ligne pâle, écho de la tempête qui brille dans son regard.

– Merde ! Kate avait senti qu'un truc clochait… Elle m'avait conseillé d'exiger une nouvelle expertise sociale, histoire de vérifier que tout allait bien pour toi. Ce que j'ai fait…

– Et les assistantes sociales ont confirmé que tout était OK, grommelé-je en me rappelant les entretiens avec une femme aux intonations sèches, alors que j'étais adolescente. Maman était douée pour tromper son monde.

– Bordel ! Je suis flic et je n'ai pas réalisé…

Joe se frappe le front. Son regard s'encombre, cette fois, d'un mélange de tristesse et de pénitence. Je refuse qu'il s'autoflagelle. Pas alors que nous venons de renouer et que l'avenir s'annonce radieux pour nous. J'ai trop souffert pour continuer de porter le fardeau de ce passé qui a failli me détruire !

Le jour où ma mère est morte, j'ai choisi de vivre ! J'ai choisi d'enfermer les méandres de cette époque dans une boîte hermétiquement scellée. Je sais que je conserverai à vie des cicatrices de mon enfance maltraitée, mais il n'est pas question que l'ombre perverse de ma mère continue de me tourmenter.

Pourtant, face à Joe, je sens mes larmes, celles que j'ai si souvent retenues, mouiller mes yeux. Je ne peux rien lorsqu'elles sinuent sur mes joues, sinon estimer qu'elles me lavent des derniers lambeaux de cauchemars qui s'accrochent à ma peau.

Joe m'attire contre lui, m'offrant un abri au milieu de cette tempête d'émotions. Mon père absent, celui que j'ai autant détesté que réclamé, se transforme en un claquement de doigts en un roc inaltérable. J'ai survécu, oui, et j'en tire une fierté sans nom, mais, putain, que je lui suis reconnaissante de m'accorder cet asile ! Ce puits de force qui pourra, si jamais je faiblis un jour, m'aider à tenir debout.

Je me nourris encore un peu de sa chaleur, puis renifle et essuie mes larmes. Ma cage thoracique s'ouvre, preuve qu'un poids s'est délogé de ma poitrine.

– Nous nous sommes retrouvés et c'est tout ce qui importe, lui signifié-je, catégorique. Je ne voulais pas t'en parler, mais…

– Tu as bien fait de le faire ! m'assure-t-il. Je ne pourrais pas changer le passé, mais, désormais, je compte bien veiller sur toi !

– Merci, papa.

Joe se fend d'un sourire qui éclaire jusqu'à ses yeux. C'est la première fois que je l'appelle papa depuis que nous nous sommes retrouvés et j'aime le voir aussi heureux. Encore à moitié nauséeuse, je sens une chaleur réconfortante m'envahir la poitrine. Si ce n'est pas du bonheur, ça y ressemble drôlement.

– On pourrait se refaire des sorties comme l'autre jour. C'était chouette ! lui suggéré-je.

– Ça me va ! approuve-t-il. D'ailleurs, en parlant de lien père/fille, j'ai une activité commune à te proposer et je suis certain qu'elle va te plaire.

Il me tend un trousseau, l'air plutôt content de lui.

– Qu'est-ce que c'est ?

– Le début de la liberté ? Allez, viens regarder par la fenêtre. J'ai une surprise pour toi.

La curiosité l'emporte sur ma fatigue. L'aspirine commence à faire effet, renforcée par la puissance du baume. Je me lève, le froid du parquet agréable sous la plante de mes pieds nus. Joe me désigne la rue, son air mutin brillant comme un phare au milieu de la nuit. Il me faut quelques secondes pour repérer son cadeau. J'écarquille les yeux, incrédule. Lors de l'expo des vieilles voitures, j'ai carrément craqué sur le look d'une

Coccinelle 1300 Luxe de 1970. Et c'est exactement ce modèle, en beige, qui est garé dans l'allée de la maison.

– Non…

– Eh si ! Elle est bien à toi ! Contente ?

– Plutôt deux fois qu'une, oui ! m'enthousiasmé-je en lui sautant au cou. Mais il faut que tu arrêtes de me gâter comme ça.

– Tu es ma petite fille chérie et j'ai manqué bien trop d'années de ta vie ! Alors pas question de me priver de t'offrir le meilleur !

Les larmes aux yeux, je serre mon père plus étroitement, reconnaissante au-delà des mots. J'espérais son amour, mais je ne m'attendais pas à ce que ce dernier m'inonde avec une telle force. Alors que Joe m'enlace avec la même dévotion, je me jure de tout faire pour le rendre fier.

– Je t'aime, ma chérie, me souffle-t-il à l'oreille.

– Je t'aime aussi, papa.

13

Thaddeus

– Putain ! Tu vas te détendre ! beugle Détroit par-dessus la table.

Maussade, je lui décoche une œillade noire et vide la moitié de ma bouteille tout en observant la foule qui se presse derrière le bar. Ce bar a beau ne pas payer de mine de l'extérieur, il offre des bières de qualité et une faune de nanas hyper sexy.

Mon regard glisse sur les corps à peine vêtus qui se déhanchent lascivement sur la piste de danse. Ouais, il y a du choix ; cependant, la seule chose qui retient mon attention, c'est mon écran de portable. Si May a toujours été plutôt discrète sur les réseaux sociaux, ce n'est plus le cas depuis le début de l'été. Et, le moins qu'on puisse dire, c'est qu'elle passe beaucoup de temps à Moscow.

Avec Julia…

Je consulte de nouveau mon téléphone, ulcéré par la photo qui y apparaît. May et Julia se sont immortalisées en train de rire. Les cheveux châtain clair de ma sœur se mêlent aux mèches rousses qui cascadent autour du visage de Julia. Peut-être à cause du soleil, des éclats dorés parsèment sa crinière de feu, ce qui crée une corolle de lumière captivante. Je ne devrais pas remarquer ça. Pas non plus m'arrêter sur ses joues légèrement plus pleines qu'à son arrivée. Julia a repris du poil de la bête à la maison, comme si elle s'était extirpée d'une situation pénible et revenait à la vie.

Ses sourires d'une sincérité brute me heurtent tout autant. Cette garce rayonne littéralement, probablement parce qu'elle a obtenu tout ce qu'elle désirait de Joe, mais, le problème, c'est que ça la transforme en une créature éblouissante. Fascinante. J'ai du mal à détourner les yeux. Du mal à ne pas demeurer en apnée devant certains clichés qui semblent révéler son âme. Une âme qui résonne en moi, sans que je comprenne comment. Ou pourquoi.

Ces vérités m'indisposent, autant qu'elles m'indignent. Parce qu'en dépit de tous mes efforts, je ne réussis pas à les ignorer ?

Merde ! Je déconne sévère !

– Arrête de mater ces photos ! m'engueule Détroit, les yeux plissés d'agacement. C'est quoi le but, putain ?

– Ça me dégoûte de voir May se laisser manipuler par cette nana ! grommelé-je.

– Tu devrais faire confiance à notre frangine ! May est capable de…

– Tu ne sais pas ! le coupé-je, ulcéré. Autrefois…

Je ne peux pas terminer ma phrase, refusant de libérer ce ressentiment ancien qui n'aurait jamais dû exister. Ma sœur était une enfant. Je ne lui en ai jamais voulu pour ses cris de révolte. Du moins, pas sciemment. Mais une part de moi continue de penser que je dois la protéger. D'elle-même et des fantômes du passé…

– May est… fragile, lâché-je du bout des lèvres. Elle s'est laissé séduire par cette garce, sans voir qu'elle se sert juste d'elle pour gagner un peu plus l'affection de Joe.

– Je ne suis pas certain que May soit la personne actuellement la plus sensible au charme de Julia.

– Qu'est-ce que tu racontes ?

Détroit soulève un sourcil, pas même légèrement impressionné par mon grondement furieux.

– C'est la troisième fois qu'on vient ici ! m'explique-t-il d'un ton glacial. Et je peux déjà te prédire comment va finir la soirée : tu vas rentrer seul, alors qu'un paquet de nanas te font les yeux doux. Mais, toi, tu restes rivé sur ton portable à mater des photos de Julia. Sérieux, elle t'obsède ou quoi ? Putain ! Thad ! Tu débloques grave, là !

– N'importe quoi ! Je sais juste garder ma queue dans mon pantalon, contrairement à toi !

– L'hypocrisie te va mal, petit frère, me raille-t-il, moqueur. J'aime baiser et je ne m'en suis jamais caché. Quant à toi, il serait peut-être temps que tu t'interroges sur tes réactions quand Julia est de la partie. Parce que cette histoire est réellement en train de virer à l'obsession !

– T'as rien compris ! martelé-je, incapable, pourtant, de le fixer dans les yeux.

– Vraiment ? Tu as largué Chantrelle il y a quatre semaines et, depuis, tu rumines comme un animal en cage. Je le répète, il y a un tas de nanas ici, prêtes à te changer les idées, mais tu les regardes à peine ! C'est la première fois que je te vois dans cet état. Ce n'est pas toi, ça ! Alors, bouge-toi le cul ! Julia est intouchable, tu le sais.

J'émets un grondement involontaire, ce qui me vaut une œillade assassine de la part de mon frère.

– Putain ! Déconne pas, Thad ! me rabroue-t-il. Joe ne tolérera pas que l'un d'entre nous s'amuse avec sa fille. Julia, c'est chasse gardée !

– Hey ! râlé-je. Je n'ai jamais prétendu le contraire. Ni même pensé autrement. Tu te fais des films, là. Elle ne m'intéresse pas du tout.

J'aimerais juste en être convaincu. Parce qu'à moins d'être stupide, je ne peux nier que Julia me perturbe singulièrement. Et je ne comprends pas pourquoi. Je la déteste, intimement. Fondamentalement. Nous avons passé plusieurs semaines à nous affronter, les yeux dans les yeux, et, en soi, j'ai été soulagé de quitter la maison pour l'été. De me soustraire à mon besoin de la prendre en défaut.

Un soulagement qui n'a pas duré longtemps… Depuis mon arrivée à Mesa verde, j'ai l'impression qu'il me manque un truc. Que je me traîne dans une sorte de brouillard d'ennui.

Ça a commencé avec Chantrelle. Ses appels incessants m'ont épuisé, mais moins que ses supplications lâchées sur un ton larmoyant pour que je revienne sur notre rupture. Ça m'a soûlé, comme à chaque fois qu'une nana me joue cette carte. Je ne supporte pas ce genre de comédie ! Pourtant, d'habitude, je vis le truc avec sérénité, opposant un silence absolu à ces délires qui frisent la soumission. Parce que, ouais, certaines sont prêtes à tout pour me récupérer, même à s'aplatir au sol.

C'est pour cette raison que je les largue au bout de trois mois. Si je ne risque pas de m'attacher (je suis trop froid de l'intérieur pour m'abandonner à ce genre de faiblesse), j'ai constaté que c'était la limite où l'intérêt de ces nanas à mon égard vire de simple amusement à quelque chose de plus sérieux. Je ne veux pas de ça ! Ni aujourd'hui ni demain !

Mon contrôle sur cette question est la seule chose qui m'empêche de sombrer. Je sais ce que je suis. Ce que je pourrais être. Je n'ai pas le droit de me laisser aller à mes instincts.

Le bip de mon portable, annonçant l'arrivée d'un SMS, interrompt le cours de mes pensées. J'y jette un rapide coup d'œil avec un froncement de sourcils.

[De : Bobby
À : Thaddeus
Mate ça, mec, ça va te plaire !]

– Lâche un peu ton téléphone ! me vilipende Détroit.

Sauf que l'émoji vomissement en fin de message a éveillé ma curiosité. Je clique sur le lien transmis par Bobby et émets un grondement dès la première image.

– Putain !

Alerté par mon ton, Détroit se penche à son tour sur mon écran, ses traits se figeant dans le marbre à mesure qu'il regarde Madison se faire malmener par Chantrelle. J'ai toujours su que mon ex était du genre garce, mais ça… Deux crétins maintiennent Madison pendant que Chantrelle lui racle le visage, de façon à dévoiler la tache de vin qui marque sa peau.

Mes phalanges blanchissent autour de la coque de mon téléphone, tellement je me sens impuissant devant l'air ravagé de Madison. Ce n'est pas la première fois qu'elle subit ce genre d'attaques abjectes, j'en ai l'intime conviction. Ma respiration se fait sifflante, écho des cauchemars que je n'ai pas réussi à annihiler malgré les années.

Je me force à inspirer, conscient que j'aimerais pouvoir bondir au milieu de tous ces connards pour les mettre face à leur cruauté. Le harcèlement n'est pas seulement un fléau, il détruit des vies. Comme la violence. Comme l'endoctrinement mental.

Et j'ai été trop souvent le témoin de ce genre de maltraitance pour que tout mon être ne s'insurge pas.

– Sale pute ! grommelle Détroit en m'arrachant aux fantômes de mes souvenirs. C'est… Putain ! C'est Julia…

Alors que je m'attendais à assister à la montée en puissance de l'humiliation imposée à Madison, Julia apparaît à l'écran dans une volée de mouvements qui éloigne les deux gars et Chantrelle de sa copine. Son regard est un condensé de fureur. Je cesse de respirer pendant une seconde, refusant de la voir à son tour malmenée. Parce que, oui, peut-être que je me comporte comme un con avec elle, entre nous, c'est un jeu. Un jeu qui n'appartient qu'à nous…

Je hoquette face à cette idée saugrenue, avant de réaliser que c'est pourtant comme ça que je le ressens. Jeune, je n'avais pas le droit de jouer et, plus tard, j'ai dû lutter contre mes ténèbres pour me reconstruire. Alors jouer ? Je n'ai jamais succombé à ce plaisir désuet. D'une certaine façon, Julia m'a ouvert cette porte, même si notre façon de faire verse dans le tordu ; c'est peut-être ce qui explique qu'elle m'obsède… Je ne sais pas… Je ne sais plus…

Tout ce dont je suis convaincu, c'est que je ne veux pas que d'autres jouent avec elle ! Et certainement pas pour la blesser !

Mais Julia m'a montré qu'elle n'était pas une proie facile. Le son n'est pas d'excellente qualité, d'autant que l'ambiance autour de moi n'a rien de studieuse, mais un petit malin a ajouté des sous-titrages à la vidéo. J'arrondis les yeux, stupéfait et admiratif, alors que Détroit explose de rire quand Julia remet bien proprement Chantrelle à sa place !

– Sérieux, je l'aime de plus en plus, cette nana ! lâche-t-il en secouant la tête, l'œil pétillant de malice. Chantrelle va entendre parler de ses poils au cul pendant un long moment !

Je reste muet. Mon instinct, celui qui m'a aidé à survivre autrefois et qui continue de m'aider à avancer dans la vie, s'éveille d'une façon troublante devant le spectacle qui s'expose sous mes yeux. Je réalise que c'est un véritable choc pour moi de voir une Julia incendiaire et forte, en pleine action.

Cela fait des semaines que je ne parviens pas à me la sortir de la tête. Et les photos de May ne contribuent pas à m'apaiser sur la question. J'ai dû admettre que Julia avait réussi l'exploit d'envahir mes pensées. Elle s'est imposée dans mes silences à la manière d'une couleuvre perfide. La nuit, elle s'infiltre dans mes rêves, moqueuse et dédaigneuse.

Mais là… c'est au-delà de cette obsession que je ne m'explique pas. Julia la guerrière, Julia la protectrice parle à mon âme…

Si j'étais sensible à certaines conneries, je pencherais pour un envoûtement pur et simple. Mais, non, ce serait trop simple… Cette fille affronte le monde comme elle m'a défié, avec panache et bravoure, sans jamais baisser les yeux.

Sa force – cette force que je ne veux pas voir chez elle – me désarçonne, parce qu'elle fait écho à celle que j'ai dû invoquer il y a des années de ça. Aujourd'hui, encore, c'est ce qui me maintient debout quand mes cauchemars partent à l'assaut de ma raison.

C'est ce qui m'aide à traverser cette existence qui me donne parfois le sentiment désagréable d'être pris au piège.

La vérité, c'est que Julia m'éloigne de ce précipice.

Sa témérité et son côté frondeur me laissent un goût de liberté sur la langue, là où j'affronte souvent l'amertume de l'angoisse. Néanmoins, mon frère a raison : elle m'est interdite ! Ce qui tombe bien, puisque fascination ou pas, je n'ai pas l'intention de me frotter aux étranges émotions qu'elle me fait ressentir.

– Ah non, elle ne t'intéresse pas du tout ? me défie Détroit. Eh bien, c'est le moment de le prouver.

Il me connaît si parfaitement ! Lit probablement en moi comme dans un livre ouvert. Je me renfrogne, mais ne baisse pas les yeux. Parce qu'il a raison. En dépit de tout ce qui me perturbe, il a raison.

Je demeure stoïque lorsqu'il me désigne du menton la fille qui se déhanche à quelques mètres de notre table. La nana est mignonne, pulpeuse à souhait et manifestement venue ici pour ramasser un mec. J'apprécie ce genre de filles qui n'ont pas froid aux yeux et cherchent à assouvir leurs désirs sans se dissimuler derrière de fausses convenances. Pour un coup d'un soir, je ne risque pas grand-chose, en plus. C'est tout ce qu'il me faut, Détroit a visé juste !

Je me lève en faisant racler ma chaise sur le sol élimé. Rejoins la piste de danse avec l'intention évidente de me lancer dans un slow langoureux avec la bombe qui me drague du regard. Un éclat de lumière s'égare sur sa chevelure blonde, me ramenant à la vision de la crinière de feu de Julia. Merde ! Je crispe les dents, pas prêt à céder face à cet afflux de sensations brutes. Mes jambes me paraissent soudain moins solides, et mon cœur se met à battre la chamade. Un filet de sueur dégouline le long de ma tempe alors que la musique ralentit encore.

J'ouvre la bouche et avale une longue goulée d'air.

Le sourire de la fille s'accentue, comme si elle célébrait sa victoire. Une victoire qui me positionne en prise de choix. *Domination*, me scande mon esprit.

Je me raidis d'un coup. Mon passé ne devrait plus m'ébranler avec autant de vigueur, mais certaines blessures ne cicatriseront jamais. Si je cache bien ces meurtrissures aux yeux du monde, il y a des moments où j'en suis incapable. Ce soir est l'un d'eux. Je me retrouve statufié sur place, tous les sens en alerte. Ma poitrine se contracte d'une douleur insupportable. Avec le sentiment d'étouffer, je me précipite vers la sortie et me rue dans la nuit, porté par une urgence que je ne maîtrise pas. Putain ! Je déteste ce sentiment de perdre le contrôle ! De céder sous la puissance d'une force qui me domine au-delà de toute volonté.

Lorsque je m'arrête enfin, au pied d'un arbre massif qui clôture le parking du bar, je suis pantelant et ruisselant. Je tremble en dépit de la température douce, sous le choc d'une émotion que je ne parviens pas à endiguer.

Merde ! Je suis plus solide que ça !

– Thaddeus, il est temps de rentrer à la maison !

La voix semble sortie du néant, une vérité d'autant plus prégnante qu'il n'y a personne autour de moi.

– Putain ! C'est quoi cette blague à la con ? hurlé-je, face au vent.

Seul le silence me répond, comme la preuve que j'ai rêvé ces mots. Ces derniers résonnent pourtant en moi, à l'aune d'une terreur que j'ai crue solidement ensevelie. Mon cœur ne bat plus, il s'est arrêté sous le choc. Je cligne des yeux, prêt à croire que je suis en train de devenir fou quand Détroit surgit devant moi, franchement inquiet.

– Ça va ? me demande-t-il.

– Je… Ouais ! Je suis juste naze, je vais rentrer.

– Je te ramène, m'oppose-t-il d'un ton sans appel.

Je sonde une dernière fois l'obscurité, incapable de définir mes émotions du moment, si ce n'est ce sentiment aigre de panique qui m'a percuté avec la violence d'un train lancé à pleine vitesse. Je crispe les poings, pas prêt à rouvrir cette boîte de Pandore.

Une boîte qui n'a jamais autant menacé mon équilibre que depuis l'arrivée de Julia dans mon existence !

14

Thaddeus

Je me réveille en sueur, au beau milieu de la nuit, sans savoir ce qui m'a tiré du sommeil. Ou, plutôt, je ne le sais que trop… Mon corps pèse une tonne, engourdi par les affres d'un désir comme j'en ai rarement éprouvé. Je cligne des yeux, pas prêt à contempler cette vérité en face, pas alors que je ressens encore la caresse de longs cheveux sur mon torse.

De longs cheveux roux…

Putain ! Qu'est-ce qui déconne chez moi ?

Je me frotte le visage avec brusquerie, histoire de m'arracher aux derniers lambeaux de mon rêve.

Peine perdue ! Je sens Julia dans chacune de mes respirations, comme si ses doigts continuaient de frôler ma peau brûlante. Comme si elle était encore là, avec moi, dans mon lit, à me susurrer des mots coquins à l'oreille.

Je bascule la tête en arrière, un soupir fusant de mes lèvres à mesure que je la revois, dressée devant moi, sublime et victorieuse. Dans mon rêve, Julia arbore le même regard farouche que sur la vidéo.

Un regard qui me défie de la bannir de mes pensées…

Comme si j'en étais capable !

Mon subconscient se moque qu'elle soit la fille de Joe.

Se moque qu'elle me soit interdite. Il la matérialise dans mes rêves chaque nuit, comme pour me rappeler à quel point je suis vulnérable face à elle.

Le problème, c'est qu'au cœur des ténèbres, je me moque de vaciller.

La seule chose qui m'importe, c'est de pouvoir enfin la posséder. De goûter à sa bouche délicatement ourlée sans redouter que la foudre s'abatte sur ma tête. De parcourir son corps aux courbes appétissantes, en osant des gestes qui ne parlent pas que de passion physique. De m'enfouir en elle pour qu'enfin elle m'appartienne.

Dans ces moments secrets où mon cerveau m'entraîne loin des chemins de la bienséance et de la morale, elle enroule ses jambes autour de mes hanches et plante ses ongles dans mes épaules. Ses lèvres égrènent des gémissements qui nourrissent la part brisée de ma psyché. Ses yeux, surtout, brillent de cette force à laquelle je suis incapable de tourner le dos.

Nos âmes fusionnent. Deviennent les deux parties d'un tout. Comme si c'était possible ! Comme s'il ne me suffisait pas d'être englouti par le sentiment de me perdre et de me fracasser entre ses bras !

Je secoue la tête, atterré d'être à ce point perturbé par une nana que je n'apprécie même pas. Qu'elle soit une guerrière ou pas n'y change rien. Elle et moi, c'est tout bonnement… impossible !

Alors ce désir sans commune mesure ? Cette brûlure qui se niche au creux de mon ventre comme un fer chauffé à blanc ? Je ne les comprends pas ! Je n'en veux pas, surtout !

Pourtant, chaque nuit, Julia continue de s'inviter dans mes rêves. Prend possession de moi jusqu'à me laisser avide et le sexe gonflé d'un besoin que je ne peux satisfaire.

Pas même en me masturbant comme un damné. Je cours après une chimère qui me prive de quelque chose que je ne parviens ni à nommer ni à éradiquer.

Furieux, je quitte mon lit et me réfugie sous la douche. L'eau froide me file le coup de fouet dont j'avais besoin. Néanmoins, les battements de mon cœur continuent de jouer à un rythme bien trop soutenu.

Julia… je referme le poing sur ma queue et commence à me branler. Le dos arqué, les muscles frémissants d'un besoin qui me submerge, je m'abandonne au plaisir d'une jouissance en solitaire. Je suis conscient, cependant, que ça ne suffira à apaiser que la surface de la mer démontée de mes fantasmes.

Des fantasmes qui n'ont jamais eu un tel pouvoir sur moi… jusqu'à Julia ! Parce que rien ni personne ne semble en mesure de m'offrir ce que mon corps réclame à cor et à cri. Peu importe que ma queue redevienne flasque, l'abysse continue de s'ouvrir sous mes pieds.

C'est presque ma sœur, bordel ! Et, moi qui ai toujours baisé sans implications ni états d'âme, je me retrouve prisonnier d'une obsession qui ne me ressemble pas ! Je finis par appuyer le front contre la paroi carrelée, un rire amer accroché aux lèvres.

– Ce ne sont que des fantasmes, mec ! me rabroué-je durement. Des fantasmes inspirés par une sorcière qui finira par détruire ta famille ! Qu'elle hante tes nuits ne devrait même pas te surprendre, putain !

Je ne sais pas si je suis rasséréné par cette mise au point, ou méchamment irrité d'en arriver à me sermonner à voix haute, seul, sous ma douche. Une chose est certaine, j'ai besoin de m'aérer la tête !

Je me sèche rapidement, enfile un jean et un tee-shirt manche longue, puis rejoins ma bécane, garée devant le motel où Détroit et moi logeons, pendant la durée de notre stage. L'université s'est chargée des réservations et j'avoue qu'elle a plutôt assuré, tant le coin est sympa. Une forêt épaisse court derrière le bâtiment à un étage, s'étirant vers le ciel grâce aux montagnes qui décorent le panorama.

Je respire une longue bouffée d'air, l'esprit soudain plus clair. Ouais, mes rêves ne sont que l'expression de mes peurs les plus primaires. Ma famille représente tout à mes yeux et je ne supporte pas l'idée qu'elle soit aux prises avec une petite arriviste !

Comme l'ombre tapie dans un recoin d'une chambre peut se transformer en monstre une fois venue l'heure des songes, Julia se métamorphose en déesse guerrière pour mon subconscient en alerte.

J'enfourche ma bécane, réfléchissant sérieusement à l'option « aller baiser la première nana croisée », mais l'envie de rouler l'emporte. J'enfile mon casque, puis démarre ma moto, soudain plus détendu.

Une brève lumière perce brusquement l'obscurité sur ma droite. J'ai à peine le temps d'apercevoir un mec à l'autre bout du parking, avant que la pénombre ne reprenne ses droits. Le bout de sa cigarette continue, néanmoins, de rougeoyer dans la nuit, alors que l'enseigne du motel éclaire l'autre extrémité. Résultat, je ne discerne qu'une silhouette massive. Une silhouette qui retient mon regard durant une fraction de seconde, avant qu'elle ne s'engouffre dans un pick-up.

J'ignore pourquoi je reste à suivre les phares qui s'éteignent dans la nuit, mais je ne peux réprimer l'étrange frisson réfrigérant qui sinue le long de ma colonne vertébrale.

Un instant, j'ai cru que…

– La ferme, Thad, me réprimandé-je d'un ton sec. Tu débloques vraiment, ce soir !

Je refoule la sensation étrange qui m'a alpagué pendant un infime instant, puis lâche les gaz. Sur la route, lancé à pleine vitesse, j'oublie tout !

Julia ! Mes fantômes ! Le désir inepte qui me triture les entrailles…

15

Julia

– Non ! Non ! Non ! s'exclame Madison. J'ai déjà une aura pourrie, pas question que tu m'expliques que les planètes et les étoiles ont décidé de se liguer contre moi.

– Ton aura est parfaite, la corrigé-je en secouant la tête d'amusement.

– Tu parles, ouais ! glapit-elle, les yeux levés au ciel. Ce matin, je me suis brûlé le palais avec mon café, et j'ai pété l'un de mes lacets. Ah ! Et je ne mentionne pas l'énorme tâche que j'ai faite sur mon tee-shirt fétiche des AC/DC en mangeant une tartine à la confiture. J'ai donc décidé d'employer les grands moyens : je me lance dans une cure de détox à base de jus de concombre.

Elle sort une gourde transparente de son sac et agite le liquide vert sous mon nez. Son geste fait fuir Paillette qui s'était installée sur ses jambes. Ma chienne se rue vers son panier, pas ravie de constater que Basile s'y est lové. Renfrognée, elle lève son petit museau, renifle dans une attitude de mépris explicite, puis tortille ses fesses de satisfaction lorsque May lui tend les bras.

– Heu... Pas pour moi ! déclaré-je. J'adore les concombres, mais ce truc, ça a l'air immonde !

– C'est pas hyper bon, je te le concède, mais je suis prête à tout pour conjurer le mauvais sort !

Et, pour me prouver sa volonté, elle avale une longue gorgée de sa potion magique, une grimace tordue sur les lèvres. Je pouffe de rire, alors que May la dévisage, perplexe. Je crois que Madison est trop décalée pour elle.

Je ne peux pas lui donner tout à fait tort sur le côté « hors norme » de ma copine, mais c'est justement ce qui me plaît chez elle. Lorsque Madison recrache une partie de sa boisson, salissant son tee-shirt d'un blanc immaculé, mon hilarité vire à une explosion incontrôlable.

– Putain ! Non ! C'est trop dégueulasse, admet-elle avec regret. Je suis maudite, vraiment maudite !

Je pose une main sur mes côtes douloureuses : si nous profitons d'un moment sympa entre filles, nous avons trimé toute la matinée sur les murs d'escalade du campus. Mes muscles me taraudent salement, d'autant que j'ai effectué plusieurs longueurs, hier, à la piscine. Reprendre le sport se révèle un poil plus ardu que prévu !

– Je te rassure, mentionné-je à May, elle n'est pas folle. Juste un peu loufoque.

– Je parie que son signe est en opposition avec son ascendant, riposte-t-elle avec une gravité presque trop pesante. La plupart des gens ignorent à quel point ça peut foutre le boxon dans leurs vies, mais c'est souvent la base de déséquilibres intérieurs.

– Eh bien, mes planètes ont intérêt de se réaligner ! fulmine Madison. Parce que, sérieux, ce truc est infâme. Pouah ! Je demande juste quelques jours de paix, c'est pas la mer à boire, si ?

Je lui frotte le dos en guise de réconfort, puis éloigne sa bouteille du diable. Ryo fonce sur la gourde, visiblement curieux. Du bout du bec, il picote la surface lisse, ravi de ce nouveau petit jeu.

– Il te reste l'exorcisme, gloussé-je en échangeant la bouteille par le jouet préféré de mon perroquet.

– J'y ai songé, mais le prêtre d'ici refuse de pratiquer ce qu'il qualifie de méthode impie.

– Tu ne lui as pas sérieusement posé la question ? s'ébahit May.

– Bah ! Si, évidemment ! répond-elle, comme si cela tombait sous le sens. Moi, j'y connais rien en esprits maléfiques. J'ai voulu regarder *L'exorciste* pour me renseigner sur le sujet, mais j'ai fini terrorisée, planquée dans ma baignoire, à sursauter au moindre bruit. Putain ! Vous avez maté ce film ? Il est juste horrible !

– Sans façon, pour moi, lance May en grimaçant de dégoût. Rien que les extraits, ça me fait flipper.

Un frisson se répand sur ma peau au souvenir des images qui m'ont pourchassée pendant des semaines. Les films d'horreur existent peut-être pour transcender nos peurs les plus secrètes, je trouve que la réalité camoufle déjà bien assez de monstres. Pas besoin d'en ajouter !

– J'ai fait des cauchemars après l'avoir vu, avoué-je, penaude.

– Donc pas de sortie au cimetière, la nuit prochaine, pour nous, nous nargue Madison.

– Qui a des idées pareilles ? feule May, interloquée.

Marrant, jusqu'à aujourd'hui, je n'avais pas remarqué son petit côté conventionnel, voire coincé.

– Mon premier copain rêvait de tenter l'expérience, continue Madison. Il m'a convaincue de l'accompagner et… au premier bruit bizarre, j'ai détalé en hurlant de peur. Pas de bol pour moi, il avait plu la veille et j'ai fini le nez dans une mare de boue. L'enfoiré avait beau jouer aux gros durs, il s'est barré en me laissant en plan. Ça m'a vaccinée des abrutis qui t'entraînent dans ce genre de coups foireux, crois-moi ! Maintenant, je ne sors qu'avec des types qui baisent dans un lit !

– Heu… attends ! m'étouffé-je de rire, à moitié incrédule. Tu veux dire qu'il prévoyait de… faire la chose dans le cimetière.

– C'était son fantasme ultime.

– Et tu avais accepté ?

– Bah ! Il m'avait promis une séance de zizicoptère et, ça, je rêvais trop de voir un mec le faire.

J'ouvre la bouche, puis la referme, avant de m'écrouler contre mon lit, morte de rire.

– Du zizicoptère, ricane May. C'est une légende. Les mecs ne sont pas assez stupides pour s'amuser à agiter leur… truc.

– Eh bien, détrompe-toi ! Sur tous mes copains, un sacré paquet adorait balancer leur queue. Bon, surtout quand ils étaient bourrés, mais certains organisaient des concours à qui tiendrait le plus longtemps. Tu as trois frères, pose-leur la question, tu verras !

– Certainement pas ! s'insurge May en rougissant comme une pivoine.

Je ravale un nouveau gloussement. Un échec cuisant, puisque je manque m'étouffer dans ma salive tellement je ris. Le fait est que j'imagine très bien Thaddeus jouant à ce jeu stupide, jambes écartées devant une Chantrelle en chaleur, la bave ruisselant sur son menton parfait.

– Demande à ton copain, alors, renchérit Madison.

– Je… Je n'en ai pas, confesse May. Je préfère me préserver pour le bon.

J'ai rarement vu Madison bouche bée, mais ce spectacle est d'autant plus savoureux qu'elle se met à bégayer pour rattraper sa bévue.

– Non, mais… je comprends. C'est carrément… louable… Wouah ! Je suis… impressionnée ! Moi, je… je ne pourrais pas ! J'aime trop le sexe. Sauf ton respect, hein !

Elle me décoche un regard éploré, comme si elle attendait de moi que je vienne la sauver, mais je me contente de croiser les bras sur ma poitrine, les lèvres pincées pour réprimer un nouvel éclat de rire tonitruant. Une semi-réussite, puisqu'une larme sinue sur ma joue brûlante et probablement cramoisie.

Cette fille est tout bonnement un cadeau du ciel !

– Bon, je… Il est l'heure que j'y aille, dit-elle en bondissant sur ses pieds. Je passe te prendre demain, Jul ?

– Entendu ! Et, s'il te plaît, assure-toi d'arriver entière ! Donc pas de balades au milieu des zombies, et pas de chasse au zizicoptère, hein !

– J'en aurais bien besoin, pourtant, déplore-t-elle, navrée. Le sexe, il n'y a rien de tel pour se relaxer. Tu crois que North…

Elle se tait, joue des sourcils comme une sale petite teigne, puis se fend d'un sourire mutin.

– Je suis sûre qu'il a la longueur parfaite pour…

– Stop ! lui intimé-je en roulant des yeux.

Madison me lance un dernier clin d'œil, avant de s'éclipser sans demander son reste. May se lève à son tour, le visage fermé, et époussette ses vêtements, comme si elle avait besoin de se donner une contenance.

– Désolée, lui dis-je. Madison est parfois en mode roue libre, mais, promis, North ne risque rien.

– Je ne m'inquiète pas ! Mon frère n'est pas du genre à coucher avec la première venue. Il est comme moi : il attend l'heureuse élue pour sauter le pas.

– Heu… vraiment ?

Je ne devrais pas être étonnée ; je le suis, pourtant. North mène une vie active, mais il demeure, d'une certaine façon, toujours à l'écart des autres. Et je ne l'ai jamais vu avec une fille. Ou même en draguer une. Il semble, en fait, assez mal à l'aise face à la gent féminine. J'ai remarqué, également, qu'il fuyait certains contacts physiques.

Aujourd'hui, de nombreux jeunes revendiquent ce droit à gérer leur sexualité autrement. Contrairement à moi qui ne cherche pas forcément à protéger ma virginité, ils ont choisi de se préserver jusqu'au mariage. Cependant, si je dois être tout à fait honnête, je n'aurais pas classé North dans cette catégorie. Détroit est un coureur de jupons invétéré, et on ne peut pas dire que Thaddeus soit plus timide sur le sujet. Alors, que leur frère ait opté pour une autre voie ? Ouais, ça a de quoi surprendre.

– Je n'aurais pas dû te le confier, mentionne May en se mordillant les lèvres. Il n'en parle pas, en fait. Pas ouvertement, en tout cas. Si tu pouvais…

– Ne te tracasse pas, je n'en soufflerai pas un mot ! Ça ne regarde que lui, après tout.

– Les filles ! hurle justement sa voix depuis le salon. C'est pour ce soir ou pour demain ? Sérieux, les pop-corns sont prêts et n'attendent plus que vous !

– En avant ! lancé-je en sentant poindre mon enthousiasme. *Wednesday*[1] est dans la place !

Je dévale les escaliers, Basile dans les bras et Ryo sur l'épaule. Paillette nous suit joyeusement, sa queue frétillant d'impatience. La petite chipie a très vite compris qu'ici, soirée télé équivalait à câlins et friandises. C'est aussi le nirvana pour Basile puisqu'il a le droit,

1. Série de Tim Burton.

pour l'occasion, de vagabonder librement dans le salon.

– Ah ! Enfin ! nous accueille North.

Ryo s'installe sur son épaule dès que je m'assois à côté de lui. C'est devenu sa place préférée depuis que North a entrepris de masser son aile blessée.

– Qu'est-ce que tu nous as prévu de bon à dîner ?

Si je salive devant l'énorme bol de pop-corn, ce sont les cookies aux noix de pécan qui obtiennent mon approbation. Je mords dans la pâte entre croquant et onctuosité et gémis de plaisir.

– May, tu es une pâtissière de premier ordre ! Putain ! J'ai jamais mangé de cookies aussi délicieux.

– Ta copine était apparemment du même avis, ronchonne North. Elle en a piqué avant de partir. D'ailleurs, au passage, elle est vraiment bizarre. Tu sais pourquoi elle m'a demandé si je savais piloter des hélicoptères ?

Avaler ou rire… Il y a des choix dans la vie qui sont primordiaux. Sauf que je n'ai jamais été douée pour réagir avec bon sens. May me tape dans le dos alors que je m'étouffe avec mon gâteau, mais il me faut plusieurs secondes pour que je réussisse à gonfler de nouveau mes poumons.

– Quoi ? beugle North, soupçonneux.

– Rien ! Rien ! Ne fais pas attention à Madison, tu sais bien qu'elle est parfois… bizarre.

– Mouais ! C'est le moins qu'on puisse dire, admet-il. Bon, on se la mate, cette série ? Je vous signale qu'il y a huit épisodes !

– En avant ! lancé-je après avoir déposé Basile sur le sol. Et, toi, pas de bêtises, mon petit lapinou !

– T'inquiète ! J'ai rangé toutes les pompes, m'avertit North.

Je grimace, même si ça ne change rien au fait que ce maudit petit chenapan s'est amusé à bouffer plusieurs chaussures. Et, évidemment, pas les miennes. La punition aurait été de l'enfermer dans sa cage, mais Basile a passé trop d'heures, l'année dernière, privé de la plus petite liberté. Une chance, mon coloc préféré n'a pas exigé que je le parque.

– Je vais le surveiller, juré-je d'une voix enjôleuse.

– Ouais, on a vu comme c'est efficace, ricane-t-il. Allez, viens là, mon petit père. C'est l'heure de la salade.

Je ne fais pas le poids face à cette promesse de délices. Mon lapin se précipite vers North, qui l'installe confortablement sur ses genoux, tout en le gavant éhontément. Ryo lui picote le crâne de jalousie, mais il le calme d'une caresse aérienne. Je l'observe, toujours aussi étonnée de son feeling naturel avec les animaux.

– S'il est malade, c'est toi qui ramasseras ! le menacé-je, faussement sévère.

– Tais-toi et mange une carotte, m'ordonne-t-il, sarcastique, en me désignant le plateau de crudités sur la table basse.

– Non, merci. Ce soir, je préfère des douceurs plus… sucrées !

Je me cale dans le canapé et pose un énorme saladier de pop-corn sur mes jambes. Enfourne une grosse poignée en rugissant de satisfaction. Merde ! Être en famille, comme ça, juste pour le plaisir d'être ensemble et de se mater un bon film, c'est peut-être un bonheur désuet, mais j'en ai été privée tellement longtemps que je ne peux m'empêcher de m'extasier comme une midinette.

Si tu savais comme je t'aime, papa ! Merci pour

ce bonheur ! lancé-je mentalement, le cœur débordant d'amour.

Sauf que rien ne dure jamais… Une vérité que je mesure pleinement en croisant le regard furibond de… Thaddeus. Eh merde ! Après deux mois d'absence, il est de retour !

16

Thaddeus

J'engage ma moto dans le garage, ulcéré du manque de place. North laisse sa caisse dans l'allée, mais Julia n'a pas eu cette bonne idée. Sa nouvelle voiture trône en plein milieu de notre abri sans se soucier d'une quelconque rentabilité de l'espace. Détroit glisse sa Harley dans le mince couloir qu'il nous reste, puis me décoche un coup d'œil impérieux.

– Tu as promis d'être gentil avec elle, me rappelle-t-il.

– Explique-lui d'abord les règles de la vie en communauté, râlé-je, maussade.

– On était censés rentrer demain. Lâche du lest, Thad. Sincèrement, on s'en portera tous mieux si on évite la guerre de tranchées à cause de vous.

Je maugrée, conscient que mon frère ne cédera pas sur ce point. Détroit est déterminé à faire en sorte que l'année scolaire se déroule sans anicroche. Ce qui implique d'intégrer Julia à notre coloc comme si elle en était un membre apprécié et désiré.

Pour l'estime, on repassera, évidemment. Elle n'a pas gagné de privilège. Mais, pour Joe, nous sommes tous capables de faire semblant. Ça n'atténuera pas la colère et le ressentiment, mais c'est possible.

Le problème, c'est le désir… Parce que Détroit et moi n'appréhendons pas le sujet de la même façon. Depuis des semaines, la fascination que Julia exerce sur moi n'a fait qu'empirer…

Je me déteste pour ça. J'ai, d'ordinaire, plus de contrôle sur moi. Perdre cette emprise sur mes sens et, pire, sur ma raison… Alors, oui, je hais Julia avec une force encore plus violente.

– Tu as promis, me répète Détroit d'un ton plus tranchant.

– OK, OK !

Je récupère mon sac de voyage et file vers la maison. Après des heures passées sur la route, je rêve de me vautrer sur le canapé devant la télé, une bonne bière en guise de rafraîchissement à la main. Je me vois déjà balancer mes chaussures loin de moi et poser mes pieds sur la table basse. Le kif intégral ! Enfin, une douche serait peut-être le summum avant de tomber comme une masse, mais je n'en ai pas la force. Je veux juste…

Je jure entre mes dents lorsque la porte me résiste légèrement. Un truc coince le battant, mais il ne me faut pas plus de deux secondes pour repousser ce qui la bloque.

– J'hallucine ! grondé-je en roulant des yeux à la vue de mes Jordan.

Mes Jordan dans un piteux état…

Détroit se marre en avisant le spectacle navrant et me flanque une tape dans le dos.

– Bienvenue à la maison, me nargue-t-il.

L'enfoiré me dépasse après avoir balancé son sac dans l'entrée et fonce vers la cuisine pour se prendre une bonne brune dans le réfrigérateur. Ahuri, je lève les yeux et parcours le salon du regard. North, May et Julia ont déjà investi les lieux et, vu les saladiers remplis à ras bord de pop-corn, ils n'ont pas l'intention de bouger avant un moment. Peut-être parce qu'ils se matent un film sur notre écran géant.

Leur présence est le cadet de mes soucis, même si croiser Julia dès mon retour de Mesa Verde tient vraiment du pas de bol ! J'avais espéré… un répit ? Ouais, je suis un idiot de première.

Mes mâchoires se crispent de fureur quand mon regard se rive à ses traits fins. Je l'ai trouvée fade ? Merde ! Je ne peux plus me raccrocher à ce sentiment alors qu'elle irradie devant moi d'une énergie primaire.

Comme un idiot incapable d'admettre la vérité, j'ai accusé l'intensité de nos affrontements d'être la cause de ma fascination ; je me suis raccroché à l'aura de sa force pour expliquer la puissance de mes fantasmes ; j'ai imaginé que ma peur de savoir ma famille aux prises avec une sale garce servait ce penchant débile ; je découvre, éberluée, que les palpitations au creux de mon ventre se déchaînent avec plus d'insistance que jamais. Que la chaleur dans mes veines vire à l'incendie carabiné, maintenant qu'elle est là, devant moi, en chair et en os. L'image qui hante mes nuits depuis des semaines n'était qu'un pis-aller trompeur, un ersatz affadi de mon véritable désir…

C'est quoi, ce bordel ! De ma vie, je n'ai jamais été aussi proche d'un point de rupture dont je ne comprends pas la nature, sinon qu'il me met en danger. Mon instinct a déjà été en alerte comme il l'est face à Julia, à une époque où j'ai failli perdre tout ce que j'étais. Ma raison. Mon âme. Mes convictions.

Je ne me permettrai jamais de flirter de nouveau avec ces abysses.

Me dérober à ce spectre ne me réclame pas beaucoup

d'efforts. J'ai un exutoire sous le nez. Un exutoire qui réactive ma colère plutôt que mes angoisses. Je me concentre sur le spectacle pathétique de mes pompes. Mes étranges élucubrations s'évanouissent sous une bouffée de pure rage. Ma paire de baskets préférée ressemble à un truc jaunâtre qui ne me servira plus jamais à courir. En fait, elle ne me servira plus jamais à rien. Si la chaussure droite a été légèrement rognée, la gauche… Merde ! On dirait qu'elle a été mâchouillée par un hippopotame enragé.

– Putain ! Il s'est passé quoi ici ?

– Je… désolée, mentionne Julia en se levant, ses petites dents blanches plantées dans sa lèvre inférieure.

Elle, évidemment… Je me force à croiser son regard.

Je déglutis, pas prêt à assumer la violente bourrasque de feu qui me torpille le ventre. Être obsédé par sa force et sa témérité, c'est une chose. Une chose aussi insensée que d'être fasciné par des clichés figés ou une vidéo de quelques minutes. Ou, encore, aussi déprimant que d'être prisonnier d'un fantasme qui n'offre aucune paix. Mais cette chaleur ? Ce désir ? Ça, je le refuse !

– Basile a réussi à se faufiler dans le placard de l'entrée, m'explique-t-elle, et il a…

– Bouffé mes Jordan ? la coupé-je, virulent. C'est pas bouffé, ça, c'est mitré !

– Bah ! C'est-à-dire que le mal était fait, ajoute-t-elle avec un demi-sourire d'excuse. Alors j'ai pensé que si Basile continuait de s'acharner sur tes chaussures, il n'irait pas en abîmer d'autres.

J'ouvre la bouche, puis la referme. Baye encore aux corneilles pendant quelques secondes, partagé par des sentiments que je ne parviens pas à nommer. Je me raccroche au terrain familier de mon ressentiment.

– Merde ! On parle d'Air Jordan 4 Retro Military, là !

– RIP, me lance-t-elle avec une pointe d'insolence qui renforce les frémissements dans mon abdomen.

– Sérieux ! Tu te fous de moi ?

Il en faut plus pour décontenancer Julia. Sa bouche, ombrée d'un orange brillant, esquisse un léger rictus moqueur. Mon regard se cristallise sur cette grimace qui me défie de me rebiffer. Je donne un coup de pied dans mes chaussures, à deux doigts de péter un câble. Pas parce que la rage me brûle les terminaisons nerveuses, non, malheureusement… À cette seconde, pour la première fois de ma vie, je suis dévoré par l'envie de me ruer sur une nana pour l'embrasser. Et pas simplement pour lui filer une leçon. Ou la faire taire. Mon besoin est bien plus insidieux, comme un élan qui me transperce de la tête aux pieds.

Je n'étais pas prêt à la revoir… Pas après deux mois à rêver à elle et à me maudire pour cette faiblesse qui explose mon contrôle.

Bienvenue en enfer, mec, parce que Julia est ta coloc et ta « presque » sœur, que tu le veuilles ou non !

– Calmos, frangin, intervient North en se méprenant sur ma réaction. Julia t'en a commandé une nouvelle paire pour remplacer la tienne.

– Avec le fric de Joe, raillé-je.

– Même pas, m'oppose-t-elle, le menton dressé d'une fierté outragée. J'ai été embauchée au refuge animalier de Moscow. Alors, bien que ça me fasse mal au cul de mettre aussi cher dans une simple paire de baskets, je paie toujours mes dettes.

– Une simple paire de baskets ? Tu déconnes, là ? m'insurgé-je.

– Aboule les pop-corns ! exige Détroit d'une voix assez

forte pour que je l'entende. Ces deux-là, c'est mieux qu'une séance ciné, non ?

L'enfoiré s'est installé, bière en main, entre North et May. Je le foudroie du regard, mais enregistre parfaitement l'avertissement sur son visage.

Putain ! Pourquoi j'ai promis de me tenir à carreau ?

– On est ridicules, c'est ça ? l'interroge Julia, avant d'éclater de rire. Ouais, bon, OK ! Désolée pour tes chaussures, Thaddeus. Ta nouvelle paire devrait arriver après-demain au magasin.

Tous mes muscles se bandent, à l'image de cette reddition que je n'ai pas envie d'entendre et encore moins d'accepter.

– Allez, Thad, m'incite Détroit, toujours plus moqueur, fais la paix avec Julia. Après tout, elle est comme… notre petite sœur !

Le rictus ironique de mon frère virerait à la rage pure s'il savait qu'à cette seconde, je me raccroche à ma colère pour brimer des sentiments tout sauf fraternels. Je rirais presque si j'avais le cœur à trouver ça drôle.

– Et, puis, ajoute North, ça nous en laissera une à dorloter maintenant que May a emménagé chez les Sigma alpha.

– Pardon ? craché-je en oubliant instantanément Julia. C'est une plaisanterie, May ?

– Non, me répond ma cadette, l'œil tempétueux. Et j'en suis très fière !

– Merde ! Tu sais très bien que ces sororités sont des usines à…

– À quoi ? m'interrompt-elle en se redressant dans un bond énergique. Ne confonds pas tout ! J'ai juste rejoint une organisation qui prône les relations sororales et le soutien entre étudiantes. C'est ma première année à l'université, j'ai besoin de…

– Nous sommes là, nous ! lui rappelé-je, vexé.

– Je n'ai pas besoin d'un frère surprotecteur qui va m'empêcher de vivre mon existence ! J'ai besoin d'amies fiables. D'amies qui me guideront et me soutiendront.

– C'est normal que cette entrée à l'université génère du stress chez May, mentionne Détroit en la scrutant d'un regard pénétrant. C'est un sacré changement dans une vie quand on y réfléchit, et elle ne sera pas loin de nous. En cas de besoin, on pourra toujours… jouer aux frères surprotecteurs.

Détroit affiche souvent un air sarcastique, limite provocateur, mais, là, je décrypte avant tout du soulagement. Parce que May ne s'installe pas avec nous ? Non, je ne peux pas croire ça ! Pas après ce que May a traversé… Pas alors que nous nous sommes juré, lui, North et moi, de veiller sur elle !

– C'est ma décision, Thad ! me déclare-t-elle avec effronterie, maintenant qu'elle sait bénéficier du soutien de Détroit. D'ailleurs, je ne te demande pas d'approuver ou de l'accepter.

Je ravale un grondement amer.

– Elle sera sur le campus, répète North en se dressant devant May, les mains levées en gage de paix.

Putain ! L'enfoiré la protège de… moi ? En colère ou pas, jamais je ne toucherai à ma sœur. J'ai vu trop de maltraitance à un âge où on ne devrait penser qu'au jeu pour exécrer la violence faite aux femmes.

North le sait. Plus qu'aucun autre ! Je lui adresse un regard chargé de reproches. Je tolère sans problème la critique ou les avis contraires au mien, mais ce jugement heurte mes convictions les plus profondes. Je recule d'un pas, sonné.

– Jamais je ne croirai ça, me renvoie North en étrécissant les yeux, comme s'il lisait en moi.

Il se frotte la nuque, la tête inclinée vers le sol, puis m'offre un sourire d'excuse.

– Bon, maintenant que c'est acté, résonne la voix ferme de Julia dans mon dos, on peut se commander des pizzas ?

– Hé ! s'insurge North. On a fait le plein de pop-corn !

– Ouais, enfin, ça fait trois soirs que tu nous gaves de cochonneries, réplique May en riant. J'avoue que manger un truc plus sain, ça m'irait bien aussi ! Et les gars ont roulé une partie de la journée, ils doivent être affamés !

Personne ne se préoccupe plus de moi. Je reste comme un con, campé devant mes chaussures à moitié bouffées et ma famille qui se délite tout en étant plus soudée que jamais. Détroit a déjà le portable à la main pour commander des pizzas et North, aidé de May, met la table.

– Ferme la bouche sinon tu vas finir par gober une mouche, me nargue Julia.

– Lâche-moi !

– Hé ! Ho ! On a fait la paix, me rappelle-t-elle d'un ton doucereux. Tu sais que ça implique qu'on se parle gentiment ?

Je la mitraille du regard, ulcéré. Elle ne réagit pas comme on pourrait s'y attendre, en détalant, irritée par mon air revêche. Non, à la place, son nez se plisse à la manière d'une jolie petite fée délurée. Frondeur, surtout. Une grimace qui ajoute de la malice à ses yeux noisette.

Comme si elle avait besoin de ça ! Je suis happé par ce qu'elle dégage, un mélange de taquinerie et de défi. Mon corps se réchauffe de l'intérieur, ravivant ces nuits, à Mesa

Verde, où j'ai fini en sueur entre les draps de mon lit.

Une honte que je m'efforce d'oublier…

Une honte qui me rappelle pourquoi je vais avoir du mal à traiter Julia comme ma petite sœur.

Le pire, c'est que tout mon être s'insurge. Durcit d'une frustration implacable. Pas contre cette vérité, non… mais plutôt contre l'idée que je suis condamné à ne jamais goûter à ce fruit défendu, alors que j'en crève d'envie en dépit de toutes mes réticences.

17

Julia

Dimanche matin, et, pour une fois, je ne bosse pas au refuge. Pieds nus, je descends les escaliers en m'étirant, ravie de pouvoir profiter d'une journée de totale liberté. Mon programme est déjà établi : je vais buller !

Et, pour commencer, je compte me prendre un petit déjeuner de championne ! Un sourire gourmand sur les lèvres, je dévale les dernières marches lorsqu'un éclat de voix me fige juste avant que je déboule dans le salon.

– Non, je ne suis pas d'accord ! vitupère Thaddeus.

– Mais, bon sang, tu réalises que tu confonds tout ! lui répond May, rogue. Cette sororité n'a rien de commun avec le temple du zodiaque !

Je me rencogne contre le mur, consciente que cette conversation ne me concerne pas. Et que ma présence ne fera qu'attiser la dispute entre le frère et la sœur.

– À partir du moment où on te demande d'appliquer aveuglément des règles débiles, il faut se barrer !

– Ce n'est pas ce que font les Sigma Alpha ! déplore May avec un sifflement agacé. On passe du temps ensemble, on discute, on rit, surtout, et, grâce aux filles, j'envisage ma rentrée avec sérénité. Je ne suis pas comme toi, à aller de l'avant quelle que soit la situation. J'apprécie d'être aidée et accompagnée !

– Et c'est parce que tu es stressée que tu consultes ton thème astral ?

Un court silence m'indique que May ne s'attendait pas à ce coup-là. D'ailleurs, je ne comprends pas trop le reproche de Thaddeus, si ce n'est qu'il se fait l'écho de l'inquiétude que North a exprimé lorsqu'il nous a surpris dans ma chambre. C'est quoi le problème avec les horoscopes ?

– Tu ne vas pas t'y mettre, toi aussi, merde ! Je suis adulte et…

– Eh bien prouve-le et arrête ça tout de suite ! Tu sais le mal que ces trucs peuvent infliger ! Il faut que je te rappelle où nous serions tous les deux si nous avions accepté le délire des Chevaliers du temple ?

Je tords la bouche, percevant derrière le ton abrupt une émotion plus trouble. De la douleur, voilà ce que je détecte. De la douleur et un combo difficile à démêler, mais qui enroue la voix de Thaddeus d'un désespoir flagrant. C'est si déroutant de découvrir une telle vulnérabilité chez lui que j'en oublie de respirer pendant quelques secondes.

Quant à la mention du temple, elle me glace carrément le dos. Ça ressemble au nom d'une secte ou d'un truc du style. Je réalise que je ne sais pas grand-chose du passé de ma nouvelle famille. J'ignore même comment Joe et Kate se sont rencontrés… Ou comment mon père en est venu à adopter North et Détroit. Quant à la raison pour laquelle Thaddeus a perdu son œil, ce n'est évidemment pas le genre de sujet que l'on aborde entre le plat de résistance et le dessert.

En vérité, ma nouvelle famille reste très discrète sur les fondements de son histoire. Avec tous les chambardements dans mon existence, je n'y ai accordé qu'une attention limitée. Il est peut-être temps que je pose quelques questions… Ou pas. Qui suis-je pour fouiller dans ce qui semble engendrer de la souffrance ? North, par exemple, est la preuve vivante que certains actes du passé peuvent marquer durablement. Il ne sert à rien de leur donner plus de consistance, je suis bien placée pour le savoir !

– Je n'ai pas besoin de leçon ! riposte May, ronchonne. Occupe-toi plutôt de ta copine. Elle n'arrête pas de rôder autour de la maison.

– Chantrelle ? s'étonne Thaddeus. Tu es certaine que c'est elle ?

– Étant donné qu'elle est déjà venue me voir deux fois parce qu'elle ne comprend pas que tu ne réponds pas à ses mails, oui ! Elle passe en voiture dans la rue à chaque fois que je suis ici, et North l'a repérée lui aussi.

Je l'ai également remarquée. Depuis une dizaine de jours, un vieil utilitaire circule deux à trois fois par jour dans le quartier et s'arrête souvent quelques minutes le long du trottoir. Mais imaginer Chantrelle derrière le volant ? Non, cette nana a la tête à conduire un coupé sport ou n'importe quel petit bolide à la mode. Cela étant, ni North ni moi ne nous sommes inquiétés du passage régulier de ce véhicule sur le campus. De nombreux étudiants emménagent pour la rentrée, ce qui inclut un ballet quotidien de camionnettes en tout genre.

– Chantrelle ne possède pas de voiture, lui oppose Thaddeus.

– Qu'est-ce que j'en sais, moi ! Tout ce que je dis, c'est qu'elle commence à m'emmerder !

– Et toi, tu cherches un moyen de changer de sujet !

– Certainem…

– Julia ? Qu'est-ce que tu fais figée, ici ? m'apostrophe

North en surgissant dans mon dos.

Je ravale un sursaut de surprise un peu honteux, puis esquisse un pâle sourire.

– Je… j'essaie de faire passer une crampe, dis-je, la main posée sur mon mollet.

– Tu ne t'hydrates pas assez, ma belle ! Viens, allons nous préparer un bon petit déjeuner ! Si je ne m'enfile pas un café très vite, je vais me transformer en *gremlin* !

– Tu as travaillé tard, hier ? lui demandé-je en lui emboîtant le pas.

– Ouais ! Mon projet doit être fini pour la fin de la semaine prochaine, et les derniers aménagements ne sont pas encore terminés.

Thaddeus et May se taisent à l'instant où ils nous aperçoivent. Si May semble apprécier notre intrusion, c'est loin d'être le cas de son frère. Il me fusille du regard, comme si, évidemment, j'étais la seule responsable de cette interruption. Pourtant, pour une fois, je n'ai pas envie d'enfoncer le clou. La douleur et le désespoir perçus dans sa voix assombrissent le bleu de son œil unique, créant un nuage de ténèbres.

Pour la première fois depuis mon arrivée, je dévisage Thaddeus avec une curiosité qui ne flirte pas un besoin de l'étriper. Étonnamment, son air revêche ne m'a jamais paru aussi énigmatique…

– Salut, tout le monde, lance North à la cantonade. Eh bien, Thad, qu'est-ce qui t'a tiré du lit si tôt ? Et toi, May, j'ignorais que tu devais passer, ce matin.

– Je rapportais juste un livre à Julia. D'ailleurs, il est l'heure que je file.

– May, gronde Thaddeus, furieux.

– Désolé, grand frère, mais on reprendra cette discussion… dans deux ou trois décennies, voire jamais, OK !

Sur un éclat de rire mutin, elle se dirige vers la porte et disparaît avant que Thaddeus ait eu le temps de l'arrêter. Ses épaules se voûtent, comme s'il admettait sa défaite. Ou qu'il se retenait de lui courir après pour la secouer.

– Eh merde ! gronde-t-il, les mâchoires crispées d'une tension palpable.

Une tension qui se réverbère dans son regard lorsqu'il pivote vers moi, énervé, prêt à se défouler sur moi. Je refuse de mordre à l'hameçon et me tourne délibérément vers North, résolue à jouer la carte de l'indifférence. Après tout, j'ai promis de faire des efforts, non ?

– On dirait que je ne suis pas le seul à avoir besoin d'un bon café ! ricane North en observant son frère. Allez, comme je suis sympa, je vais vous préparer des pancakes.

– Miam ! déclaré-je en me léchant la lèvre inférieure.

Je suis North, pressée d'absorber ma dose de caféine. Pendant que North remue la pâte à crêpes, je remplis trois tasses et cherche Thaddeus des yeux pour lui en proposer une. Il me faut une seconde pour réaliser que cet abruti… me reluque les jambes. Et pas à la manière d'un grand frère, non… J'avale ma salive, sonnée par ce que je lis sur ses traits concentrés, un mélange d'attirance et de répulsion, comme s'il luttait contre son désir.

Son désir ? C'est tellement ridicule que je cligne des yeux, médusée. D'autant plus ridicule qu'il me déteste et… que c'est réciproque ! Peu importe l'éclat de vulnérabilité qu'il a laissé filtrer il y a quelques minutes, je ne le supporte pas. Et je ferais bien de me le répéter au lieu de chercher un sens à ce qui n'est vraisemblablement qu'un moment d'égarement.

D'ailleurs, pour preuve, sur une inspiration sifflante, Thaddeus cesse brutalement de s'intéresser à moi pour aller sortir du frigo confiture et sirop d'érable.

Mes poumons se gonflent par saccade, comme si je les avais privés d'air. Ce qui est le cas, réalisé-je, désorientée. Par le regard de Thaddeus ou le léger frisson qui me chatouille la peau ? Je bois une gorgée de café, puis me focalise sur la corbeille à fruits, incapable de refouler la rougeur brûlante qui envahit mes joues.

– Et si je pressais du jus d'orange frais ? proposé-je en préférant oublier cet incident.

– Quelqu'un a parlé de jus d'orange frais ? lance Détroit en dévalant les marches d'un bon gracieux. Je suis plus que partant !

L'atmosphère se détend imperceptiblement, comme souvent lorsqu'il débarque quelque part. Je m'attelle à la tâche en m'accrochant à ce sentiment de légèreté. Thaddeus continue de ronchonner dans son coin, mais sa mauvaise humeur ne parvient pas à alourdir l'ambiance.

En moins de quelques minutes, nous nous retrouvons tous attablés devant un petit déjeuner gargantuesque. Enfin, gargantuesque pour une nana comme moi, car les garçons font disparaître les trois quarts des aliments en moins de deux.

– Hum ! C'est quoi ce bouquin ? me demande Détroit en louchant sur le livre que May m'a ramené.

– Vu la couverture, ricane Thaddeus, sardonique, c'est le genre où le héros a une queue énorme et un penchant pour les gros *boobs*, surtout quand la nana joue dans la catégorie des vierges effarouchées.

Oublié l'instant de gêne d'il y a quelques minutes ! Parce que, hache de guerre enterrée ou pas, un connard reste un connard !

– Les seins, c'est la vie, mentionne Détroit d'un ton appréciateur. Les vierges, moins, en revanche !

– C'est une romance, les coupé-je, le regard noir. Et le sujet principal, non, ce n'est pas la taille du sexe du héros ni l'initiation de pauvres cruches inexpérimentées. Nous ne sommes plus au XIXe siècle, les gars !

– Oups ! Pardon, déclare Thaddeus sans paraître convaincu par mon laïus. Mais, au final, ça reste un bouquin de cul, non ?

– Et alors ? opposé-je, le menton dressé d'agacement. Depuis la nuit des temps, les mecs ont imaginé plein de moyens de contenter leur libido, dont certains ne sont ni glorieux ni irréprochables. Alors, tu ne vas pas jouer les outragés parce que, nous, en tant que femmes, nous nous sommes créé notre petite bulle de plaisir ?

– Je voulais juste dire que ce n'est pas vraiment de la littérature, ces trucs…

– Putain ! Que voilà une critique inspirée ! Et tu as déjà lu une romance pour te permettre ce genre de jugement ?

– Pas besoin ! Tout le monde sait ce qu'il en est ! Ce sont des bouquins pour nanas frustrées.

Ma respiration se bloque dans mes poumons. Littéralement !

– Vas-y, frangin, continue de t'enfoncer, glousse North, la bouche pleine de pancakes.

– Non, mais tu ne vas pas me dire que tu es d'accord avec elle ? réagit Thaddeus, les yeux écarquillés. Ces bouquins, c'est « je ne t'aime pas », « je te baise », « je t'aime », « je te baise », « je t'aime, moi non plus », puis « je te baise » !

– Hum ! Je sens qu'on peut ressortir le pop-corn, là ! ironise Détroit lorsqu'il pivote vers lui pour obtenir son soutien. Désolé, mec, mais tu es tout seul sur ce bateau !

Je croise les bras sur ma poitrine et toise méchamment Thaddeus. Les *a priori* m'agacent en général, mais ceux-là… Je lis de tout, aussi bien des classiques que des thrillers ou des fantastiques. Et j'en ai assez de devoir me justifier quand j'ouvre une romance, comme si aimer s'avérait une monstruosité. Personne n'accuse les lecteurs de polars d'être de gros pervers psychopathes, sauf erreur de ma part !

– Ce bouquin-là, attaqué-je, parle de la reconstruction psychologique et physique de nos vétérans. Il aborde aussi la question de la famille, de celle qu'on choisit, de ces amis qui deviennent une part de nous.

– Tu oublies le thème du harcèlement et de la maltraitance, ajoute North. Moi, j'ai adoré cette intrigue avec l'enquête menée par Jay, surtout quand on sait à quelle tragédie ça va conduire.

– Quoi ? s'ébahit Thaddeus. Tu as lu ce truc ?

– *Over Limits*[1] est vachement bien, admet son frère. Alors, ouais, y a des passages chauds bouillants, mais, merde, c'est certainement pas que ça !

– Tu as lu ce truc ! répète Thaddeus, médusé.

– Tu devrais tenter l'expérience, le défié-je, amusée. Et ça pourrait te plaire, qui sait ?

– À moi ? m'oppose-t-il, crâne. J'en doute !

– Attends ! Fais voir, intervient Détroit en chipant mon livre, qu'il ouvre au hasard.

Il éructe bruyamment, le poing pressé devant sa bouche, comme un orateur qui se prépare pour le discours de l'année.

– Je vous lis un extrait, les gars et, attention, je suis tombé sur du lourd : « *– Mais, en vrai, sa queue est aussi courte ? m'étonné-je, curieuse. On dirait un vieux radis tout biscornu, en plus.* » Voyez, on entre direct dans le vif du sujet ! Je continue : « *– Elle s'épaissit un peu dans le feu de l'action, mais, ouais, ce n'était*

1. Série en deux tomes de Laura Black parue aux éditions Addictives.

pas un étalon. En revanche, il était super habile avec sa langue. » Putain ! J'adore, en fait ! « *Elle tapote sa lèvre inférieure, ses yeux rêveurs levés vers le ciel, comme si elle cherchait à résoudre un problème insoluble.* » Là, j'ai carrément peur pour la suite ! « *– En fait, je n'ai jamais connu de mecs doués pour les deux à la fois. Sans parler de ceux qui refusent catégoriquement de te léchouiller la chatte, ce qui, tu en conviendras, est carrément répréhensible. Surtout quand ces abrutis se cramponnent à ta tête en pleine fellation pour que tu les avales jusqu'à la glotte. Le dernier, je lui ai vomi sa semence sur la queue ! Ça a jeté un de ces froids, mais merde, quoi ! Est-ce que je lui colle ma foufoune à la gueule, moi, sans lui laisser de quoi respirer ?* »

Détroit écarquille les yeux tout en soulevant les sourcils en un mouvement coquin, puis éclate de rire.

– Non, mais sérieux, c'est hyper instructif, ce genre de bouquin !

– Attends, mentionne North, amusé, il y a un extrait que vous allez surkiffer.

Il s'empare à son tour du livre et le feuillette avant de pousser un cri victorieux.

– Il s'agit là aussi d'une discussion entre l'héroïne et sa meilleure amie. Donc, je commence et c'est Didi qui parle. Pour resituer, elle vient d'expliquer à sa copine que son ex l'a trompée : « *– Le pauvre chéri m'a appelée en pleurant pour m'expliquer qu'il avait une infection cutanée, doublée de brûlures urinaires, qui ne passait pas malgré les médicaments. Il souhaitait que je lui prépare l'une de mes décoctions pour le soulager. – Tu l'as envoyé balader, j'espère ? grondé-je, irritée qu'un type de plus ait abusé de la naïveté de Didi. – Non,* *j'ai été hyper compatissante, puis je lui ai expédié une fiole contenant du pipi de chat. Posologie : une cuillère matin et soir jusqu'à consommation totale ! Évidemment, après cette petite entorse à mon schéma de vie, j'ai dû réaligner mes chakras.* »

– Je ne lirai jamais un bouquin pareil ! maugrée Thaddeus alors que Détroit est plié de rire sur la table.

Devant son petit air arrogant, je soulève un sourcil, prête à le rabrouer, lorsque je constate que les ténèbres ont déserté son œil. Je connais trop ces abysses pour apprécier que qui que ce soit les éprouve à son tour… Même si Thaddeus endosse de nouveau le rôle du parfait emmerdeur…

Loin des ombres qu'il a révélées face à May ou de l'éclat de désir qu'il a laissé filtrer devant ma peau nue, il me ramène en terrain connu. Mon agacement s'envole partiellement, parce que c'est dans cette zone de confort que je veux en rester avec lui. Dans cette bulle, il n'y a pas de mystères à résoudre, pas d'énigmes qui exsudent de douleur, pas de désir inopiné, pas de tentation… interdite !

– Bah ! On pourrait peut-être bien découvrir deux ou trois choses intéressantes sur les fantasmes de ces demoiselles, déclare Détroit, à peine remis de ses émotions, en continuant de feuilleter mon livre, avant de redresser la tête. Et, puis, après tout, apprendre à se connaître et partager des activités communes, c'est un bon moyen de resserrer les liens familiaux, non ? C'est décidé, Thad et moi, on va lire ton bouquin !

– Hey ! J'ai pas signé pour ça ! s'insurge-t-il. Et pourquoi on serait les seuls à faire un effort, hein ?

– Mais elle va s'y coller, lui assure-t-il en me défiant de le contredire. Julia, on a prévu une séance d'escalade, ce matin. Tu as commencé à prendre des cours, non ?

Il me faut une seconde pour me réapproprier le fil de la discussion. Devant le visage rayonnant de Détroit, j'hésite avant de répondre. Voir des étudiants escalader un mur en passant de prise en prise m'a semblé facile jusqu'au moment où j'ai dû m'y atteler. Grande désillusion ! Mes fesses préfèrent rester à proximité du sol, d'autant plus maintenant qu'elles ont expérimenté le concept de chute humiliante.

– Heu… oui, mais je ne suis pas vraiment douée.

– Thad est un prof au top et je ne suis pas trop mauvais, moi non plus, dans ce rôle. Donc, on termine le petit déj fissa et on file à la salle de sport ! Et, ce soir, tu viens avec nous au Red Lounge pour assister à notre premier concert de la rentrée !

Un programme qui ne m'emballe pas plus que ça. Adieu ma journée devant un bon livre, allongée sur un transat au fond du jardin… Pourtant, j'avoue que je suis assez curieuse de les voir en représentation.

– OK. Ça marche !

18

Thaddeus

À l'instant où Julia accepte le deal de Détroit, je foudroie mon frangin du regard. Putain ! Comment il peut penser que passer du temps avec cette fille va nous être bénéfique ? J'avale une gorgée de café et jure entre mes dents quand le liquide me brûle le palais.

Putain ! Dès que Julia est apparue dans le salon, je n'ai pas pu détacher mon attention de ses jambes dénudées par son short de nuit. C'est idiot, sa tenue n'a rien de sexy ou de tentateur, et j'ai vu des filles bien moins vêtues, mais la vision de sa peau lisse et du galbe parfait de ses cuisses m'a coupé le souffle pendant quelques secondes. J'en ai même oublié pourquoi j'engueulais May.

Un grondement contrarié m'échappe. Je n'aime pas l'idée que ma sœur flirte avec les ombres de notre passé. Notre géniteur a réussi, autrefois, à la convaincre du bien-fondé des règles des Chevaliers. J'ai pensé, bêtement, qu'avec le temps, elle avait gommé ces croyances de son esprit. May était si jeune à l'époque…

Pas si jeune, me rappelle une petite voix perfide. *Dix ans, on se rapprochait de l'âge fatidique ! C'est pour ça que tu as contacté la police…*

Je me renfrogne, ramené à des souvenirs bien trop sombres, jusqu'à ce que Julia me place son bouquin sous le nez. Une bouffée de lilas m'enveloppe aussitôt, réveillant en moi un désir que je n'ai pas le droit d'éprouver. Maudit Détroit et ses idées à la con !

– Évidemment, je vais exiger un compte-rendu détaillé pour être certaine que tu l'as bien lu ! me défie-t-elle.

Je hausse un sourcil hautain et mate le mec torse-poil sur la couverture. De quoi me filer des complexes ? Non ! décrété-je avec arrogance, même si je suis loin d'être aussi baraqué. Et, puis, en vérité, mais je ne l'admettrai jamais, les extraits m'ont mis en appétit…

– Si ça peut te faire taire, grommelé-je en saisissant le livre.

– Bon, nous annonce Détroit, le nez braqué sur sa montre, on doit partir d'ici une demi-heure ! On se magne le cul, les enfants !

– Filez, je m'occupe de la vaisselle, nous informe North. Je serais bien venu, mais j'ai encore du boulot pour mon projet d'études !

Julia est la première à quitter la table. Mon œil est attiré contre ma volonté par le léger balancer de ses hanches. Ouais, y a pas à dire, elle s'est remplumée. Sans arborer des formes voluptueuses, elle affiche des courbes qui ne me laissent pas indifférent. C'est d'autant plus ridicule que j'aime les nanas pulpeuses. Mais, je ne sais pas, elle dégage quelque chose d'infiniment sensuel. Peut-être parce que sa peau crémeuse fait trembloter mes doigts du besoin de la toucher. Je rêve de parcourir son épiderme et d'enfouir la main dans ses longs cheveux qui cascadent tel un rideau de feu dans son dos. Quant aux mèches qui s'égarent sur son décolleté, à l'avant, recouvrant la courbure ronde de ses seins… Merde ! Je salive comme un con à l'idée de pouvoir les caresser comme je m'y suis employé dans mes rêves.

En vérité, Julia demeure une énigme pour moi, tout comme l'attirance qu'elle me fait ressentir en dépit du bon sens. Détroit éructe bruyamment, de quoi me ramener à la surface des choses. Son regard me frappe, tel un avertissement sévère.

– Toi et tes idées à la con ! lui renvoyé-je d'un ton mauvais.

Je quitte la table à mon tour, déterminé à laisser mon abruti de frangin gérer Julia durant notre séance d'entraînement. Après tout, à lui d'assumer !

Une heure plus tard, j'ai retrouvé ma sérénité. Les muscles bandés sous le coup de l'effort, je me soulève pour atteindre l'une des prises les plus laborieuses du mur d'escalade. Ma peau est légèrement couverte de sueur, mais, tant que mes mains sont bien sèches, je n'ai pas de raison de m'en inquiéter. Je balance doucement mon corps vers la droite et me sers de cet élan pour m'arrimer à l'encoche étroite. Mes doigts s'infiltrent dans la brèche avec une efficacité redoutable. Je pousse un cri de satisfaction, savoure ma victoire du jour, puis me laisse redescendre en utilisant ma corde de sécurité.

– Topissime ! me félicite Détroit, les pouces dressés. Tu as enfin terminé le parcours le plus hard !

– Ouep ! Ce qui signifie que je suis prêt pour le trek en pleine nature !

– Dis-moi si tu t'inscris, je suis partant pour m'y coller, moi aussi !

Il lève les yeux vers le mur des débutants et soupire avec un poil d'exagération.

– Julia a l'air légèrement en difficulté. Encore…

Et c'est un euphémisme ! Pour le moment, elle est

seule sur cette partie de la paroi d'escalade. Vu la façon dont elle se tient, c'est une chance pour ses potentiels voisins ! Je n'ai jamais assisté à un spectacle pareil : quand elle se balance pour attraper une prise, ses jambes battent dans le vide comme celles d'un pantin désarticulé.

Et, pendant les pauses qu'elle s'accorde, souvent et longtemps, tout son corps se crispe d'une tension qui doit rendre sa position inconfortable, voire douloureuse. Sûr que, dès demain, elle sera salement courbaturée !

– Thad, c'est ton tour d'aller l'aider, m'avertit Détroit. Moi, j'ai un rendez-vous dans vingt minutes, je dois me tirer.

– Elle n'a qu'à redescendre ! feulé-je, les bras croisés en signe de protestation.

– Nope, vieux ! Si tu te souviens bien, c'est toi qui l'as défiée d'atteindre le haut du mur. Julia est entêtée et ne lâchera pas l'affaire avant d'y être parvenue. Et, comme nous sommes des grands frères sympas, on a promis de la soutenir. Ça fait une heure que je m'y colle, c'est à toi de prendre le relais !

Je grogne, absolument pas convaincu.

– Et je te rappelle que nous sommes là pour resserrer les liens familiaux, ajoute-t-il, donc tu vas gentiment bouger ton cul et aller expliquer à notre… petite sœur comment progresser.

Je l'enverrais bien chier, mais l'enfoiré a déjà tourné les talons. Au-dessus de moi, Julia jure à mi-voix, pétrifiée. Putain ! Ouais, qu'est-ce que je ne donnerais pas pour avoir les couilles de l'abandonner là ! En secouant la tête, je m'élance vers le mur et m'élève de prise en prise, jusqu'à me poster à côté d'elle.

– Tout baigne ? la nargué-je.

– J'ai l'air de m'éclater, là ? me renvoie-t-elle d'un ton acide. Bon sang ! C'est l'enfer, ce truc.

– Tu peux t'incliner, tu sais !

– Certainement pas ! bougonne-t-elle, l'œil assassin. Où est Détroit ? Il m'a dit qu'il me guiderait.

– Il est parti ! Il va falloir te contenter de moi.

Son regard se charge de ressentiment, ce qui, étonnamment, fait tressauter ma queue. Je pince les lèvres et écrase de nouveau mon envie de la planter là, pendue comme un vieux sac à patates écarlate. Je m'en révèle incapable, et pas seulement à cause de Joe. Lentement, je bascule derrière elle et pose une main sur sa hanche. La chaleur de sa peau s'infiltre en moi comme un rappel bien trop évident de l'effet que cette nana produit sur mes sens. Je serre les dents, tout en me gorgeant de ces sensations. Parce que, ouais, en dépit de mes réticences, j'aime ce que j'éprouve à me tenir, là, à quelques centimètres de son corps…

À mon contact, elle siffle entre ses dents, mais n'essaie pas de s'y soustraire. Un aveu de confiance ? Une bulle de chaleur se développe dans mon torse, jusqu'à réactiver ma colère.

– Détends-toi ! ordonné-je un peu durement. Tu places mal tes jambes à chaque fois que tu grimpes. Ça ne sert à rien de les agiter comme tu le fais, sauf à te fatiguer. Regarde la prise jaune sur la droite. C'est celle que tu vas devoir attraper. Positionne tes pieds juste là. Oui, comme ça…

Je la guide avec une patience factice. Son corps a beau être contracté, il frôle le mien en me faisant goûter à la douceur de ses courbes. Putain ! Détroit n'a pas fini de m'entendre ! Parce que, en colère ou pas, toutes mes terminaisons nerveuses s'embrasent. De désir, de l'envie de me rapprocher de sa peau à la douce senteur de lilas. À chaque inspiration, je me gorge un peu plus de son parfum, de sa présence.

J'ai beau me concentrer sur ses mouvements pour la guider, je suis incapable de me détacher de ce qui émane d'elle. À cause de l'effort, ses joues ont viré à un rose délicat, une coloration qui met en valeur jusqu'à la carnation veloutée de son décolleté. Je ne devrais pas la mater ainsi, je le sais, mais détourner les yeux est au-dessus de mes forces. Pas alors qu'elle halète, mouvements saccadés qui dessinent l'arrondi tentateur de ses seins.

– Voilà, oui ! Maintenant, tire sur tes bras et… parfait !

– Non ! feule-t-elle à la seconde où je m'écarte d'elle. Je… s'il te plaît, je me sens moins angoissée quand tu me guides.

Je ferme brièvement les yeux, puis recommence à l'orienter le long du mur, mes doigts s'attardant sur ses hanches, ses cuisses ou ses bras selon le besoin. Julia est peut-être une adversaire redoutable depuis notre rencontre, elle suit chacune de mes consignes sans rechigner ou s'énerver. Nous sommes, d'une certaine façon, en phase. Portés par un objectif commun. Enfin capables d'interagir sans nous étriper. L'idée devrait me réjouir puisque c'était le principe de cette sortie improbable, mais je suis débordé par un besoin bien plus primaire.

À chaque fois que Julia m'effleure, que nos corps se frôlent ou que mes doigts touchent sa peau… merde ! Je perds un peu plus le contrôle. Pas de mon corps… Non, ça aurait été trop simple ! Ce sont mes sens qui trinquent ! Mes sens et ma raison ! Je bouillonne littéralement, rongé par un désir comme je n'en ai jamais connu.

– Yes ! hurle-t-elle, une fois parvenue au sommet du mur.

Ses traits s'éclairent d'un plaisir si sincère que mes couilles se contractent. Mes couilles et mon thorax… Je balance la tête en arrière, histoire de me soustraire à cette vision de péché. Pourtant, alors que je pourrais enfin la lâcher, je ne desserre pas ma poigne sur sa hanche. Non, ce contact, j'ignore pourquoi, mais j'en ai fondamentalement besoin.

Putain ! Qu'est-ce qui me prend ?

– Tu sais descendre en rappel ? lui demandé-je d'une voix caverneuse.

– Oui, ça, je maîtrise.

– Parfait ! déclaré-je avant de m'élancer vers le sol.

J'atterris souplement sur le tapis épais, le corps perclus, et ricane sombrement. Détroit voulait qu'on se rapproche, hein ? Pari réussi, si l'on omet un détail insignifiant : mon désir pour Julia brille au firmament de mon désespoir. Un désespoir qui n'éloigne pourtant pas la menace. Je suis obsédé par l'idée d'écraser mes lèvres sur les siennes pour apaiser un peu du feu qui m'incendie les terminaisons nerveuses.

Je lève les yeux, histoire de vérifier qu'elle ne va pas se crasher à mes pieds. Julia progresse lentement, m'offrant la vision délicieuse de son petit cul parfaitement moulé. Mon cœur s'emballe dans ma poitrine, et je note machinalement que ses jambes assurent le job. Je l'observe jusqu'à ce qu'elle soit presque au bout du parcours, puis décide qu'elle ne risque plus rien. Je n'ai plus aucune raison de m'éterniser, ici ! Je détale, stimulé par le besoin de respirer de profondes bouffées d'air. Loin de son parfum de lilas.

Ouais, peut-être que ça suffira à apaiser la brûlure dans mes veines…

19

Julia

Le Red Lounge, les soirs de concert, prend un visage très différent de celui qu'il offre d'ordinaire. Le proprio a viré la plupart des tables pour ne laisser que les plus petites. Si chacune reste nantie de chaises, là aussi, le ménage a été fait. La pièce est presque dépouillée, ainsi. La zone libérée devant la scène laisse supposer que la plupart des clients vont finir agglutinés face à l'estrade. Ou alors que les Ellis's Demons déchaînent les foules qui ne peuvent se retenir de se trémousser devant eux.

Madison m'attire dans un coin, loin de l'agitation du premier rang. S'il y a autant de mecs présents que de nanas, ces dernières se montrent plus enthousiastes. Excitées, surtout. J'arque un sourcil en apercevant les morceaux de peau dénudés. Entre les jupes courtes et les décolletés plongeants, on se croirait presque à la plage, si ce n'est que l'alcool coule à flots.

– C'est toujours comme ça ? demandé-je en haussant la voix pour me faire entendre au milieu de la cacophonie ambiante.

– À chaque fois ! Les nanas sont raides dingues de tes frangins, et leurs mecs… bah ! Au début, ils faisaient la gueule quand ils voyaient leurs gonzesses se déhancher lascivement devant la scène, mais ils ont fini par comprendre deux trucs : d'abord, la musique des Ellis's Demons, elle déchire. Ensuite, après un concert, ils récupèrent des nanas chaudes comme de la braise. C'est le feu d'artifice garanti au pieu !

– Heu ! Tu m'as l'air bien renseignée…

– J'ai testé, une fois. Ça a été un fiasco total : OK, j'étais excitée à mort, mais le mec n'était pas à la hauteur de Nor… des Ellis's Demons. Du coup, ça a été passable. Pas vraiment de quoi satisfaire mon fantasme. De toute façon, c'est comme tout dans la vie, j'ai rarement du bol avec les mecs ! J'ai dû attendre le troisième numéro pour avoir mon premier orgasme. Tu imagines le truc ? Baiser sans plaisir, c'est comme bouffer des pâtes sans gruyère. Non, merci !

– Tais-toi ! dis-je en riant. Je vais au bar nous commander deux bières. Stan nous rejoint finalement, ou pas ? Ça lui ferait du bien de se changer les idées. Depuis que Flint l'a largué, il n'est pas au mieux de sa forme…

– Il est en train de se rétablir, crois-moi ! Il a enfin obtenu un rencart avec l'étudiant de psycho qui lui a tapé dans l'œil. Je lui ai proposé de l'emmener ici, mais il craint trop que son crush craque sur l'un de tes frangins.

– Arrête de les appeler comme ça, s'il te plaît, noté-je, agacée. Ce ne sont pas mes frères.

– C'est de cette manière que tu me les as présentés.

– Peut-être, mais, maintenant, tu sais ce qu'il en est.

– Bah ! C'est ta famille, non ? Ça revient un peu au même ! Et c'est trop la classe d'être l'amie de la sœur des Ellis's Demons !

D'une certaine façon, c'est ce qu'ils sont, et j'imagine que je devrais le vivre ainsi. Mais je n'y parviens pas. Je pourrais, je crois, considérer North comme un grand frère. Avec lui, je me sens à l'aise. Acceptée. Probablement parce que, cet été, nous avons appris à nous connaître et à nous apprécier.

En ce qui concerne Détroit, j'aime son humour provocateur. Ainsi que son attitude rebelle, toujours sur le qui-vive. Peut-être parce que j'ai détecté, derrière, un vrai amour pour les siens. Une loyauté sans faille. Et, puis, j'ai l'impression qu'il a fini par tolérer ma présence près de Joe. Je loue ses efforts, en tout cas, pour m'intégrer et m'inclure comme partie prenante dans leur coloc et leur vie !

Thaddeus demeure le grain de sable dans cette mécanique pas toujours bien huilée. Je ne sais plus quoi penser de lui. Lors de notre séance d'escalade, il a fourni des efforts pour être sympa, même s'il a fini par s'enfuir comme si je souffrais de la peste bubonique. Et puis il y a eu son regard - ce regard - qui continue de me turlupiner. Je voudrais que l'indifférence soit le premier sentiment que je lui associe, mais je mentirais. Salement, même. Je suis troublée. Étrangement…

Je ferme brièvement les yeux. Le problème, celui auquel je ne m'attendais pas, c'est que je me suis sentie vulnérable entre ses mains quand il m'a aidée à franchir les derniers mètres du mur d'escalade. Pas seulement fragile physiquement, mais éperonnée par un désir très féminin.

– Et, puis, tu pourrais être plus mal tombée, rajoute Madison avec un clin d'œil espiègle. Sérieux, qui ne rêverait pas d'avoir trois frangins aussi sexy ?

Sexy, peut-être, mais l'ombre qui plane autour d'eux continue d'attiser ma curiosité. Notamment à cause de cette histoire de temple du zodiaque. Une rapide recherche internet m'a orientée vers un jeu vidéo et plusieurs boutiques d'astrologie, éparpillées un peu partout dans notre pays. Pas de secte ou de truc chelou, non, rien que de très ordinaire. Ce qui ne colle pas avec les réactions de North et Thaddeus. Mais peut-être que je me prends la tête pour rien…

– Bon, je te commande quoi : un mojito ou une bière ? demandé-je en me recentrant sur l'instant présent.

– Une bière ! Je n'ai pas envie de finir sous la table avant le concert.

Dix minutes plus tard, Détroit et Thaddeus entrent sur scène, les cheveux décoiffés et le sourire mystérieux. Les deux portent un jean élimé et un tee-shirt noir aux manches courtes. Si Détroit expose son corps de sportif avec son insolence coutumière, c'est Thaddeus qui retient mon regard une fraction de seconde de trop. Avec sa barbe de trois jours et ses traits d'une virilité franche, il absorbe la lumière comme une plage de sable chaud. Sa présence sur scène semble pourtant presque incongrue tant il dégage une animalité sauvage avec son bandeau et l'éclat abrupt de son œil unique. Et son léger sourire en coin, mélange de confiance et de séduction, n'atténue en rien cette sensation. Au contraire, même, il la renforce !

North les suit, la démarche plus empruntée, un rictus inexpressif sur le visage. C'est si loin du mec qui m'a préparé des pancakes, ce matin, que je grimace de compassion pour lui. Une émotion balayée par le déchaînement du public… Des cris jaillissent de la foule et, en moins d'une minute, un mur de chair humaine se dresse devant nous.

– Eh bah ! bafouillé-je, abasourdie. C'est…

– Du délire ? Ouais, carrément ! s'exclame Madison en grimpant sur sa chaise, un hurlement accroché aux lèvres.

Je secoue la tête, sans bouger les fesses de mon siège. J'avale une gorgée de ma bière et me laisse bercer par les premières notes des Ellis's Demons, une compo qui ne m'est pas familière. Malgré les cris, la musique résonne avec assez de puissance pour me caresser la peau. J'aime ce que j'entends. Vraiment. Mais ce qui me percute à l'instant où la voix s'élève sur la cascade de notes tient de l'enchantement absolu. À chaque fois que les frères ont répété en ma présence, c'est North qui chantait. À l'instant, ce n'est pas lui qui se sert du micro. Cette voix est plus chaude. Plus sensuelle. Et elle déraille légèrement dans les hauteurs, de quoi rendre son timbre riche et hyper sexy.

Pourtant, derrière cette mélodie captivante, il y a autre chose : l'écho d'une souffrance intime qui ne peut s'exprimer autrement que dans des accords secrets. Même les mots, mêlant emprise putride, peur et impuissance, ne sont que la résonance brutale des notes déclamées par la voix de Thaddeus. C'est comme voir la magnificence d'une cascade et ne comprendre la sauvagerie du courant qu'en plongeant la main dans ses eaux glacées.

Mes poils se dressent sur mes bras, comme si ce chant émergeait des abysses les plus abjects pour hurler qu'il est bien vivant.

Je tressaille à un niveau si intime que tout mon être se liquéfie. Des larmes me montent spontanément aux yeux, comme si je captais chaque nuance de ces tourments qui demeurent bâillonnés en dépit de leur cri de révolte. Mon esprit n'a pas besoin de plus pour me rappeler ces nuits solitaires et glaciales quand ma mère m'enfermait dans la cave. Le chant de Thaddeus ramène ces souvenirs à la surface avec la puissance d'un typhon incontrôlable ; pourtant, il les entoure en même temps d'une sorte de couverture bien chaude, comme s'il mêlait nos douleurs conjointes. Je devrais me hérisser, c'est tout l'inverse.

Parce que cette voix révèle une partie des secrets que j'ai gardés enfouis au fond de mon cœur ? Une partie de cette souffrance que j'ai enfermée pour l'empêcher de me détruire ?

Haletante, je ne résiste pas au besoin de regarder Thaddeus. Fendre la foule me paraît trop compliqué, j'escalade donc ma chaise, comme Madison. North est à l'arrière de la scène, plongé dans une pénombre qui correspond tellement à son caractère que, malgré mon émoi, un léger sourire incurve mes lèvres. Détroit se tient devant lui, pareil à un rempart. Thaddeus joue l'avant-garde, celui qui attire la lumière pour préserver l'ombre autour de son frère. Étonnant comme ce schéma s'imprime dans mon esprit.

Trois frères unis au-delà du sang.

Trois frères loyaux et protecteurs.

Trois frères liés par quelque chose qui me paraît de plus en plus obscur.

Les battements de mon cœur s'accélèrent. Pas seulement à cause de cette image d'unité. Mes émotions continuent de jouer au yoyo, comme si, soudain, Thaddeus et moi étions sur la même longueur d'onde. C'est son âme qui chante, une âme qui parle à la mienne…

« Je me débats, perdu au cœur de la nuit,
Mais il est déjà trop tard…
Les tentacules du destin m'entraînent au fond d'un puits.
Mes cris d'impuissance ricochent contre des murs noirs.

Oh ! Oh ! Oh ! Mon Dieu, toi qui veilles sur nous,

M'as-tu oublié ? Condamné à l'oubli ?
Je ne connais que le désespoir d'un froid sans âme.
J'ai effacé de ma mémoire tout ce qui n'était pas cet abysse.
Qui viendra me sauver ?
Qui saura vaincre ce mal secret ?

Oh ! Oh ! Oh ! Mon Dieu, toi qui veilles sur nous,
M'as-tu oublié ? Condamné à l'oubli ? »[1]

Je ravale mon souffle, estomaquée par cette intuition qui ne s'efface pas. Une intuition qui s'accompagne de quelque chose d'autre…

Mon attention se focalise sur Thaddeus. Ses cheveux noirs révèlent des pointes de bleu sous la lumière des spots, de quoi renforcer l'aura céruléenne de son œil unique. Son bandeau en cuir lui donne comme toujours un air de pirate, mais, avec ses mèches ébouriffées, ça confine à une sexytude brute. Je ne découvre pas que Thaddeus est beau, je ne suis pas aveugle. Néanmoins, c'est la première fois que son charme m'affecte à ce point. Un frisson sinue sur ma peau, prémices d'un trouble qui me serre la gorge.

Sonnée, je redescends de ma chaise et ferme les yeux tandis que la musique continue de s'infiltrer en moi. Au-delà de ses fractures, la voix de Thaddeus est envoûtante, un condensé de force et de virilité. Elle chatouille des zones de mon âme, mais pas uniquement… Elle se répercute dans mes terminaisons nerveuses comme un baume aphrodisiaque.

J'ai cru que j'étais amoureuse de Marlon, mon premier

1. « Perdu » des Ellis's Demons, paroles de Thaddeus Ellis.

et seul petit ami, mais, avec lui, je n'ai jamais ressenti l'étincelle sauvage du désir. Avec lui, tout était… tiède. Ce n'est pas par envie que je m'étais décidée à coucher avec lui, avant de découvrir qu'il baisait ma meilleure amie, non, mais simplement parce que j'en avais assez de demeurer sur le bas-côté de la vie. Vivre, voilà ce que je souhaitais ! Ou, plutôt, je voulais me sentir vivante, et peut-être aussi un peu comme les autres, alors que ma mère me gardait sous son emprise corrompue. Pourtant, ce que j'éprouve à cette seconde… cette chaleur qui serpente le long de mes muscles pour aller se nicher entre mes cuisses, c'est une découverte sensorielle qui me laisse pantoise. Désarçonnée.

Je me sens aussi idiote que les filles qui scandent en rythme sur le devant de la salle.

Heureusement pour moi, Thaddeus finit par céder la place à North. La voix de ce dernier se marie harmonieusement aux accords, mais elle ne me chamboule pas aussi intensément Tout l'inverse de Madison si je dois me fier à ses sifflets de plus en plus enthousiastes.

– Putain ! souffle-t-elle au moment de l'entracte. C'est trop bien ! Et, toi, tu manques tout en restant assise ! On va se rapprocher de la scène pour la seconde partie !

– Non, t'inquiète, je suis très bien comme ça.

– Tu t'es levée pour Thaddeus, note-t-elle avec un petit clin d'œil taquin. Il assure, hein ?

– Autant que North ? me moqué-je, provocatrice.

– Pour moi, non, mais, toi, tu avais l'air captive.

Rien ne lui échappe, évidemment… J'esquisse un sourire neutre, consciente de ne pas faire illusion. Néanmoins, je n'ai pas envie de m'attarder maintenant sur un sujet qui me picote déjà bien assez.

– Sa voix est… J'ai aimé, oui, synthétisé-je, laconique.

Un sourcil mutin s'érige en face de moi, mais Madison n'insiste pas.

– J'ai la gorge en feu ! soupire-t-elle en s'éventant le visage de la main.

– J'ai commandé une nouvelle tournée, l'informé-je, soulagée, tandis qu'elle vide son verre d'une seule traite.

– Génial ! T'es vraiment ma BFF ! On n'inviterait pas ton frère à se joindre à nous ?

Son œillade coquine m'amuse presque autant que sa petite moue suppliante.

– Tu sais bien que ce n'est pas le genre de North.

– Tu pourrais toujours lui poser la question, non ? Allez, s'il te plaît ! Je te rappelle que je t'ai sauvé la mise, hier, avec le professeur Charko.

– Tu abuses, là !

– Certainement pas ! Les cours de TD en tête-à-tête avec lui, c'est la panacée quand tu craques sur son aimable personne, ce qui n'est pas ton cas, mais, après, les autres filles t'auraient fait la misère. La dernière étudiante à avoir subi leurs foudres a fini en pleurs au milieu de la pelouse du campus. Le spectacle n'était pas beau à voir et…

– OK, je me rends, dis-je, prête à tout pour qu'elle se taise. Mais sois consciente que North va probablement refuser.

Son sourire est tout sauf une reddition. Au contraire, il exulte d'une victoire annoncée. La pauvre va être déçue ! Je me faufile à travers la foule, jusqu'au bar, et réalise que les garçons ont quitté la scène pour disparaître je ne sais où. Je lâche un soupir lorsque j'aperçois Détroit, attablé devant le comptoir, entouré d'une nuée de nanas.

– Où est North ? lui demandé-je en écartant une petite blonde un peu trop collante.

– Dans la loge, me répond-il avec un clin d'œil malicieux. Prends la porte, là, derrière. Tu remontes le couloir et ce sera la troisième à gauche. Laisse-la passer, Kenneth, c'est ma frangine !

Ledit Kenneth écarquille les yeux, puis pousse un grondement sceptique, avant de m'indiquer la porte d'un geste du menton. J'apprécie d'échapper à la foule et au bruit. La musique, j'aime, moins le déferlement d'hystériques. Et le couloir, baigné dans une semi-pénombre, jure avec l'afflux de lumière de la pièce principale.

– Qu'est-ce que tu fiches, ici ? m'alpague Thaddeus alors que j'ai à peine effectué quelques pas.

Merde ! Pourquoi faut-il que je le croise, alors que mes terminaisons nerveuses tressaillent encore des émotions que sa voix m'a fait ressentir ?

– Je cherche North.

– Lâche-le, tu veux ! m'ordonne-t-il en entrelaçant les bras sur son torse, un air buté remplaçant son rictus sardonique.

– Quoi ? Tu crains que je le bouffe ? ironisé-je, ravie de pouvoir me raccrocher à notre inimité.

Sans surprise, ce crétin n'apprécie pas ma réponse. Il me foudroie de son œil bleu envoûtant. Envoûtant ? Non, ça, il n'y a pas moyen ! Je le dépasse et me dirige vers la porte indiquée par Détroit.

– Stop ! râle-t-il en m'attrapant le bras.

– Hey ! Mais c'est quoi ton problème ? rugis-je, ulcérée.

– North n'a pas besoin qu'on aille l'emmerder.

– Mais je ne t'ai pas demandé ton avis ! Je vois encore qui je veux, quand je veux !

Mauvaise réponse, apparemment. Thaddeus lâche un son qui tient du grondement animal et me pousse vers le mur. Je me retrouve le dos plaqué contre le lambris en bois, Thaddeus dressé devant moi. Je devrais avoir peur… peut-être… Mais mon corps réagit d'une manière absolument inattendue. Parcouru de frémissements qui font résonner la voix enchanteresse de Thaddeus dans mon crâne, il se réchauffe à des endroits que je suis la seule à avoir jamais caressés ou touchés.

– Espèce d'idiote ! North est malade de trac. Il vomit tripes et boyaux avant chaque concert et remet le couvert pendant l'entracte. Là, il a juste besoin qu'on lui fiche la paix !

– Pourquoi il se force à monter sur scène alors ?

– Ça, ça ne te regarde pas ! Contente-toi de le laisser tranquille !

– Et tu ne t'es jamais dit qu'il avait, au contraire, besoin de soutien ? feulé-je en essayant de m'éloigner de lui pour aller vérifier comment va North.

Ma respiration se suspend lorsque Thaddeus plaque ses mains de chaque côté de mon visage, de façon à m'immobiliser sur place. Et, pour parfaire sa menace, il se rapproche de moi, jusqu'à ce que je sente son souffle sur ma bouche. Je cligne des yeux, littéralement oppressée. Mais toujours pas de peur…

– C'est ça, ton plan ? vitupère-t-il d'une voix lourde de danger. Séduire North ?

Un rire abasourdi fuse de mes lèvres, ce qui me libère de l'étrange emprise de Thaddeus sur mon corps. Je me redresse, furibonde, et le fusille du regard.

– T'es complètement parano ! Je m'inquiète pour lui, c'est tout.

– Tu me prends pour un abruti ? me renvoie-t-il d'un

ton brutal. Je vois bien comment tu t'incrustes en jouant à la sainte-nitouche. Putain, ça ne te suffit pas d'avoir mis Joe à tes pieds ? Maintenant, il te faut North… Mais, là, on va être clair : je ne le permettrai pas ! Il ne survivra pas deux secondes dans les griffes d'une sorcière dans ton genre !

– Si tu confonds gentillesse et manipulation, tu as de sérieux soucis à te faire pour ta santé mentale ! le rabroué-je.

– De la gentillesse, laisse-moi rire ! Tu es un véritable pitbull ! Non, plutôt un serpent venimeux qui se faufile en catimini et attaque quand on s'y attend le moins…

– Oh ! Tout ça parce que j'ai osé m'opposer à ta vision du monde et te donner la leçon que tu méritais ? Le pitbull, c'est toi… encore que non, c'est insulter cette espèce de chiens que de la comparer à un type comme toi ! Tu es le roi des cons !

La mâchoire de Thaddeus se contracte d'une fureur qui imprègne le faisceau laser de son œil. Je relève un peu plus le menton, pas prête à abdiquer devant ce connard, même si mes yeux semblent inexorablement attirés par sa bouche. Je déglutis nerveusement, le ventre tordu d'une émotion trouble. Une sensation qui vire à quelque chose de plus chaud encore quand Thaddeus se fend d'un sourire au charme démoniaque.

– Un con ? Le problème, ce n'est pas plutôt que je suis le seul qui ne se traîne pas à tes pieds ? me raille-t-il en inclinant la tête de côté, comme s'il ne voulait rien perdre de mes réactions. C'est lâche, ma belle, de s'attaquer à une proie facile au lieu d'affronter quelqu'un à ta taille…

– Quelqu'un à ma taille ? m'étouffé-je de colère. Ton frère te vaut dix fois !

– C'est vrai, admet-il à ma grande surprise. North est un type droit, loyal et généreux, mais il est également à fleur de peau. Et il a assez souffert ! Le jour où il s'ouvrira à la vie, je refuse qu'il tombe sur une nana dont les dents rayent le parquet !

Le jour où il s'ouvrira à la vie… Je muselle un hoquet de stupeur, car c'est exactement ça : North traverse l'existence sans vraiment être là, comme s'il observait les autres depuis le bas-côté de la route. Sauf que lui n'entre pas dans la partie. Je connais cette prison, assez bien pour me demander quelle est la nature de ses chaînes.

Le temple du zodiaque, me susurre mon instinct.

– Rassure-toi alors, je n'ai pas l'ambition de séduire ton frère !

– Non ? Pourtant, tu t'es rapprochée de lui, cet été. J'ai vu les photos de May et…

Aux intonations serrées, presque gutturales, j'oublie North pour me concentrer sur Thaddeus. Je ne peux me soustraire à son regard intrusif, mais l'inverse est également vrai : je ne loupe rien du moindre de ses frémissements ou de ses clignements de paupières. Son œil est ombrageux, signe qu'il est en colère, mais je devine bien plus. Une envie qui ne devrait pas s'y loger. Une envie que j'ai déjà aperçue ce matin. Une envie qui fait écho à celle qui me ronge les sens…

– Attends, tu me fais une scène de jalousie, là ? m'insurgé-je, plus à l'aise dans ce registre.

– Je protège ma famille ! m'oppose-t-il.

– Il s'agit aussi de MA famille ! Et je te rappelle que nous avons décidé de faire la paix, comme… des frères et sœurs.

Ces mots me raclent méchamment la gorge, tant ils

me paraissent loin de la vérité. Et Thaddeus ne semble pas les apprécier plus que moi. Il rugit, littéralement. La seconde suivante, sa bouche se colle à la mienne. J'écarquille les yeux, interloquée, et plonge dans une stupéfaction encore plus totale lorsque mon cerveau court-circuite, m'incitant à entrouvrir les lèvres.

Sauf que je n'étais pas prête au raz-de-marée Thaddeus…

Son baiser n'est ni hésitant ni maladroit. Il prend possession de moi comme Thaddeus combat ma supposée hypocrisie : avec hargne et détermination. Je réalise que l'enfoiré veut me punir ! Pourtant, à la seconde où je vais me rebeller, l'intensité de ses caresses change. Sa bouche devient plus douce, plus vorace. Plus exigeante, aussi, comme s'il ne supportait pas que je ne sois qu'une marionnette entre ses mains. Ce que je ne suis pas ! Je réponds à son baiser avec la même impétuosité que lui. Nos langues se découvrent, se caressent, jouent entre elles avec des mouvements langoureux et sensuels.

Je marque une brutale inspiration lorsque Thaddeus rompt notre baiser pour mordiller ma lèvre inférieure. Au contact de ses dents, un frisson me parcourt la peau. Mais je n'ai pas le temps de m'attarder sur cette sensation, puisqu'il reprend ma bouche pour une danse au goût de miel en fusion. Je voudrais complètement savourer l'instant, mais je me sens emportée par une onde de fébrilité. Une fébrilité qui naît en grande partie de mon manque d'expérience. J'ai beau avoir déjà été embrassée, l'étreinte de Thaddeus ne ressemble en rien à mes souvenirs, au point que je me sens fragile. Vulnérable.

Une vulnérabilité qui s'efface à la seconde où Thaddeus

encadre mon visage de ses paumes chaudes pour m'encourager à pencher la tête sur le côté. Ses lèvres deviennent aussitôt plus brûlantes. Je rends les armes. Me cramponne à ses épaules pour le goûter avec autant de passion. À partir de cette seconde, j'oublie… tout ! Me liquéfie sous le joug d'un désir qui m'incendie de la tête aux pieds. La seule chose qui m'importe, c'est sa langue contre la mienne et son corps qui se presse contre le mien. Mes seins s'alourdissent d'un besoin qui se répercute dans mon entrejambe.

Je ne me suis jamais sentie aussi vulnérable. Aussi puissante. Aussi différente. Aussi… moi !

Il me faut une seconde pour réaliser que Thaddeus ne m'embrasse plus. Qu'il ne me touche plus. Un froid insidieux se répand dans ma poitrine, mais c'est toujours moins désagréable que la prise de conscience qui me frappe à la seconde où je croise son regard.

Joe s'imprime dans mon esprit. Joe, puis Kate. May vient les rejoindre, le visage rembruni de déception.

Merde ! Qu'est-ce que j'ai fait ?

Une question d'autant plus culpabilisante que je réalise que mes doigts frôlent mes lèvres, comme s'ils voulaient garder le souvenir du baiser de Thaddeus. Ce dernier me dévisage, l'air ahuri et furieux, tout à la fois. Pourtant, son œil flirte toujours avec les brumes du désir.

– Ça n'aurait jamais dû arriver ! me déclare-t-il d'un ton tranchant. D'ailleurs, ce n'est jamais arrivé !

Une simple vérité ! Alors pourquoi mon cœur se crispe-t-il d'une émotion pétrie de regrets ? Et de rancune…

– Parfait ! cinglé-je. Reste en dehors de mon chemin !

– On vit ensemble, me rappelle-t-il, sardonique. Cela étant, mes avertissements demeurent d'actualité : fous la paix à North !

Je toise Thaddeus, le sang bouillonnant de révolte, puis me dirige vers la porte de la loge.

– Sinon quoi ? Tu vas de nouveau m'embrasser ?

– C'est ce que tu désires ? me provoque-t-il en effectuant un pas vers moi.

– Tu sais quoi, Thaddeus : va te faire foutre !

Je n'attends pas sa réponse. Je détale comme un lapin apeuré par les phares d'une voiture, trop chamboulée pour m'exposer plus longtemps sous le regard bien trop perspicace de cet enfoiré ! Parce que, oui, interdit ou pas, je rêve qu'il m'embrasse de nouveau…

Triple idiote ! scande la petite voix de ma conscience.

20

Thaddeus

La porte de la loge se referme sans que j'aie fait un pas pour empêcher Julia de rejoindre North. Les poings contractés, je fixe le couloir désert, incapable de comprendre comment on en est arrivés là. J'ai embrassé Julia ! Pire, pendant cet instant volé à la raison, j'ai rêvé de bien plus.

Rêvé que nos bouches ne se séparaient plus.

Rêvé de la dévêtir et de parcourir son corps laiteux de toutes les manières possibles.

Rêvé de m'enfoncer en elle pour me l'approprier de la façon la plus intime qui soit.

Rêvé qu'elle enroulait ses jambes autour de mes hanches, pour une fusion totale de nos êtres.

Haletant, je me penche en avant, les mains posées sur mes genoux, comme si j'avais reçu un uppercut dans l'estomac. Merde ! Aucune nana ne m'a jamais chamboulé à ce point. Je ne comprends même pas le sens de cet élan brutal qui me laisse aussi avide que désarçonné.

– Thad ? Qu'est-ce que tu fous ? Y a un problème ?

Je me redresse et croise le regard inquiet de Détroit.

– Je l'ai embrassée, avoué-je, incapable de taire ma honte.

Ma honte ? Ouais, je peux toujours me cramponner à

cette idée, alors que j'ai failli la poursuivre pour lui ravir un autre baiser. Je ne sais pas ce qui m'a pris quand je me suis rué sur ses lèvres. Ou plutôt si, je voulais la museler. L'empêcher de continuer à me provoquer. Mais, à la seconde où nos bouches se sont touchées, j'ai perdu le contrôle. Oublié qu'elle était l'ennemie. Oublié qu'elle m'était interdite !

– Pardon ? feule Détroit, le visage pétrifié dans le marbre. Tu déconnes là ?

– J'aimerais bien, dis-je en enfouissant une main nerveuse dans mes cheveux. C'est… c'est arrivé, c'est tout !

– C'est tout ? Merde ! On en a discuté, tous les deux ! Julia, c'est…

– Arrête avec ta morale à deux balles ! Tu crois que j'ignore que j'ai commis une putain de connerie ?

– Au moins, tu en as conscience, me raille-t-il. Tout n'est pas perdu !

J'esquisse une grimace penaude, parce que savoir qu'on est un abruti ne préserve pas de récidiver. Ou, du moins, de le désirer comme jamais rien auparavant.

– Quoi ? m'interroge Détroit, suspicieux. Tu n'es pas assez stupide pour avoir envie de recommencer ?

– Tu l'as dit : Julia est la fille de Joe. C'est donc hors sujet.

– Bordel ! T'es accro !

– Ne sois pas ridicule, putain !

– Ridicule ? Tu n'as baisé personne depuis Chantrelle. C'est ça qui est ridicule !

– Et si tu t'occupais de ta queue au lieu de la mienne ?

– Ma queue se porte à merveille, merci, mais la tienne risque de s'ankyloser à force de rester enfermée dans ton futal ! J'imagine que tu n'as pas envie qu'elle finisse comme un vieux pruneau desséché ?

– Aucun risque !

Détroit me contemple avec une ironie flagrante.

– Bah ! North est déjà dans ce délire. Ça te pend au nez si tu continues avec ta fixette sur Julia.

– Il n'y a pas de sujet sur la question, merde ! C'était une… erreur !

– Que tu rêves de recommencer. Ne me mens pas, je te connais comme personne ! Tu dirais quoi si je t'annonçais que j'avais envie de baiser May ? Parce que ce serait le même séisme pour notre famille !

– Qu'est-ce que tu racontes ? May est…

– Une jeune femme séduisante ! m'oppose cet enfoiré, les bras croisés sur sa poitrine en une attitude provocatrice.

J'étrécis les yeux. Détroit affiche toujours cet air nonchalant qui irrite pas mal de monde, mais, à cette seconde, il y a autre chose dans sa posture… Oui, il me connaît sur le bout des doigts, mais l'inverse est tout aussi vrai. May est jolie, j'en suis parfaitement conscient, mais de là à la qualifier de séduisante ? Je suis son frère, elle ne sera jamais pour moi que la gamine qui me faisait tourner bourrique quand elle chantait à pleins poumons et en boucle la chanson de *La Reine des Neiges*. Ou qui se glissait dans mon lit, les soirs d'orage, quand ma mère était prisonnière de ses propres cauchemars et ne pouvait pas la réconforter.

– Depuis quand tu as remarqué ça ? lui demandé-je d'un ton létal.

– Redescends, frangin ! m'oppose-t-il avec un sourire crâne. Tu dois juste comprendre que May et Julia, c'est le même combat. Peu importe ce que ça nous coûte, on ne les touche pas ! Baise la première nana venue, ta lubie pour Julia finira par te passer !

« … ce que ça nous coûte »

Non, je ne peux pas croire que… C'est ridicule ! Je grogne, pourtant, ulcéré d'avoir désormais en tête l'image de May et Détroit, ensemble, amoureux… Non, ça n'arrivera jamais ! Pas plus que moi et Julia. Même si ça n'a rien de comparable !

Hypocrite ! me fustige une petite voix.

– Ça a marché avec toi ? le défié-je sans dissimuler que je risque bien de le fracasser s'il touche à May.

– Où est Julia ? élude-t-il d'un ton péremptoire.

Je le dévisage un long moment, sans qu'il baisse les yeux. Ouais, Détroit est du genre à préférer se trancher les veines plutôt que de mettre notre famille en péril. Tout comme moi. Ce qui se trame entre nous, à cet instant, vaut une promesse gravée dans le marbre, sans que nous n'ayons besoin de prononcer un seul mot. Ça me suffit.

– Avec North. D'ailleurs, on devrait aller le sauver avant qu'il pète un câble.

– Tu n'as pas expliqué à Julia qu'il avait besoin de calme ?

– D'après toi ? dis-je d'un ton sardonique.

– Elle n'a pas écouté, évidemment ! Cette fille ressemble bien à Joe. Tu te souviens comment il débarquait dans notre chambre quand on lui faisait la gueule parce que ses règles nous soûlaient, ou qu'on avait fait une connerie ?

– Ouais, il restait pendant des heures à nous observer sans prononcer un mot, le regard si insistant qu'on ne pouvait pas le soutenir.

– Il n'avait même pas besoin de nous hurler dessus ou de nous menacer. On finissait par craquer et vider notre sac.

Je ricane, l'esprit soudain plus léger. Je me détends, une erreur stupide alors que je vais au-devant de Julia.

Quand j'ouvre la porte de notre loge, le bureau de Kenneth en réalité, je me statufie sur le seuil. North est allongé sur le petit divan en cuir, au lieu d'avoir la tête dans la cuvette des chiottes. Plus inhabituel encore, les yeux clos, il se laisse dorloter par Julia : elle a déposé un gant humide sur son front et lui masse la paume droite, tandis qu'une musique apaisante sort de son portable.

– Tout va bien, ici ? s'enquiert Détroit.

– Chut ! lui intime Julia, le regard sévère.

Je déglutis nerveusement, conscient que mon corps réagit avec la même vigueur qu'il y a quelques minutes dans le couloir. Ma queue se fout que Julia soit inatteignable, elle se dresse avec une ferveur qui m'électrise.

– On remonte sur scène dans cinq minutes, mentionne Détroit sans se déballonner.

– Eh bien, revenez dans cinq minutes, murmure-t-elle avec irritation.

Avec des gestes lents, elle reprend son massage. North ne bouge pas d'un pouce, comme s'il était endormi ou… hypnotisé.

– Il n'est pas mort, au moins ? la provoqué-je.

– Il est dans un état de légère méditation, riposte-t-elle sans mordre à l'hameçon. Allez, oust, je vous le renvoie d'ici quelques minutes !

Détroit lui obéit en ricanant. Moi ? Je m'attarde une seconde devant le tableau qu'elle m'offre, avec mon frangin alangui, alors que je sais qu'il devrait être trempé de sueur, dévoré par un trac insidieux. Les effets diminuent au fil des concerts, mais ne disparaissent jamais complètement. D'ailleurs, ce n'est pas vraiment du trac, plutôt l'écho d'une névrose née de notre passé commun. La foule, les cris, la lumière… Être observé, dévisagé…

S'il accepte de jouer, c'est par pur entêtement. North lutte au quotidien contre ses chaînes, une vérité qui révèle son courage et sa force. Chanter sur scène, c'est une façon pour lui de se challenger et de prouver qu'il peut annihiler le mal qui le poursuit inlassablement. Une chance, il finit par oublier ses cauchemars et ses angoisses quand il s'empare d'un micro. Détroit et moi devons juste veiller à ce que personne ne l'approche. Ou ne le touche.

Ce que je n'ai pas appréhendé avant cette seconde, c'est que Julia protège elle aussi North. Alors qu'elle continue de l'aider à se relaxer, je revois les photos publiées par May sur ses réseaux sociaux. Des photos qui montrent sans conteste possible une Julia aux petits soins avec les membres de ma famille : Joe et ma mère, en premier lieu, mais également May et North. Mon frangin n'est pas du genre morose ou éteint, mais il a tendance à oublier de sourire quand il est avec des inconnus ou qu'il est mal à l'aise. Ou à demeurer à l'écart. Ce n'est pas ce qui s'est produit, cet été. Sur tous les clichés de May, il paraissait épanoui et heureux.

Julia l'a enveloppé dans sa lumière. Comme une amie. Comme une sœur.

Et North n'est pas le seul à avoir bénéficié de sa loyauté. Elle a également défendu Madison quand elle a été harcelée.

Ce portrait est si loin de ce que je pense d'elle que je ne peux me retenir de grincer des dents. Julia reste la fille qui a blessé son père en refusant toutes ses mains tendues. Pourtant, à cet instant, mon instinct me souffle que je me goure. Que Julia est une protectrice… Le genre de personne à prendre soin des siens, sans rien attendre en retour.

Est-ce que mon subconscient a enregistré cette réalité avant moi ? Est-ce pour cette raison que Julia a réussi à pénétrer mes défenses et à s'infiltrer dans mes rêves et mes désirs ? J'ai été une victime, même si j'ai enterré profondément cette vérité. Une victime prête à tout pour protéger les miens ! Pour leur éviter de souffrir autant que moi. Je n'y suis pas parvenu, évidemment. À cette époque, je n'étais qu'un gosse. Un gosse innocent et impuissant. Un gosse qui affrontait une organisation rodée et impitoyable, gérée par des adultes pervers.

Ma seule carte, celle que j'ai jouée, ça a été de contacter la police. Ma chance a été de tomber sur Joe. Sans lui, je serais devenu un monstre… Ou un esprit brisé.

Les filles que je croise sont un ersatz de notre société : personne ne s'intéresse plus à personne, sinon pour obtenir le plus de likes possible. La critique est plus facile que le compliment ou le remerciement. La médiocrité a fini par l'emporter sur la volonté de donner le meilleur, ou de s'améliorer. Les bosseurs, les perfectionnistes, les gens engagés sont plus blâmés que les connards qui n'en branlent pas une et attendent que tout leur tombe tout cuit dans le bec. Non, aujourd'hui, on veut tout sans produire le moindre effort !

Alors la profondeur des liens, la véritable loyauté, la sincérité et la confiance… Si elles existent toujours, ces valeurs sont engoncées sous un individualisme patent. Peut-être à cause de mon éducation, je me sens déphasé dans ce monde ubuesque. Je m'intègre autant que possible, mais, au fond, je ne suis pas beaucoup plus doué que North.

Julia… Julia me ramène aux fondements de mes convictions. Elle n'est pas seulement unique, elle dégage cette lumière dont je manque cruellement depuis le jour où j'ai compris qu'il n'y avait pas de monstre sous le lit. Que l'homme remplissait ce rôle avec bien trop de talent pour laisser sa place.

Et, la vérité, c'est que je ne suis pas certain de pouvoir me détourner de ce cadeau…

– Thaddeus ! me rappelle à l'ordre Détroit.

21

Julia

– Merci ! me souffle North, tout en déposant un baiser sur ma joue.

– À ton service, mon grand !

– Tu peux dire aux gars que je les rejoins dans deux minutes ?

Je valide du chef et sors de la loge, ravie que North ait perdu son teint crayeux. Le voir aussi mal m'a tordu le ventre. Je regagne le bar et sa douce cacophonie. Sans les Ellis's Demons sur la scène, l'ambiance est plus zen, même si les discussions vont bon train. Je me dirige vers le zinc, où je repère Détroit et Thaddeus, pressée de m'acquitter de mon message pour rejoindre Madison.

– North arrive, les avertis-je.

– Tu as assuré avec lui, m'arrête Détroit alors que je m'apprête à filer vers ma table.

– Il avait juste besoin de se détendre, un peu.

– Peut-être, mais on a essayé plein de trucs, sans succès, alors, crois-moi, quand je dis que tu as géré, c'est que tu as géré ! Kenneth, tu mettras les consos de ma sœur sur notre compte, s'il te plaît !

– C'est noté, mec, valide le barman en levant une pinte en guise d'assentiment. Je te sers quoi, ma belle ?

– Je… une bière, s'il te plaît, mais, Détroit, tu n'es pas obligé…

– Mets-en deux, Kenneth, ajoute ce chenapan. Pour la copine de ma frangine !

Puis, un sourire d'ange déchu rivé aux lèvres, il se rapproche de moi et pose ses mains sur mes épaules, de façon à pouvoir pencher son visage vers le mien. Son regard ruisselle de bienveillance et d'une acceptation pleine et entière, de quoi me réchauffer de l'intérieur.

– Merci ! me souffle-t-il avant de m'embrasser sur le bout du nez. T'es une frangine au top !

– Tu n'es pas mal non plus !

– Ça, c'est incontestable ! me renvoie-t-il, mutin. D'ailleurs, tu m'excuseras, mais j'ai une paire de… une jolie fleur à aller cueillir !

Il s'éloigne sur un éclat de rire tonitruant et rejoint une nana aux courbes affriolantes. Jolie fleur, mouais…

Thaddeus, lui, n'a pas eu besoin de bouger. Son regard pénétrant planté dans le mien, il rigole à la blague qu'une nana vient d'énoncer. Puis, comme s'il cherchait à me rappeler que notre baiser était une histoire bien enterrée pour lui, il pose une main sur sa taille et se penche vers son oreille pour lui susurrer un truc qui la fait s'esclaffer. Si je me retiens de réagir, je ne peux m'empêcher de serrer les dents. Et je respire tout de suite mieux quand deux mecs se postent entre nous, le temps de passer leur commande.

– Deux bières, mentionne le barman en poussant vers moi deux pintes bien mousseuses.

– Merci, je…

– Tiens, mais qui voilà ! m'interrompt une voix acide.

– Chantrelle, soupiré-je. Tu cherches Thaddeus, peut-être ?

Je désigne le bar et réprime une grimace en l'apercevant presque bouche contre bouche avec sa groupie. Peu importe que notre baiser n'ait été qu'une erreur monumentale, je lui en veux de s'exhiber ainsi, juste sous mon nez.

– T'es contente, je suppose, élude-t-elle, un rictus mauvais sur les lèvres. La fille indigne a enfin réussi à séduire les trois frères. Tu baises avec lequel, dis-moi ? Thaddeus certainement, vu que tu as tout fait pour qu'il me largue !

– J'avoue que j'adore ta façon de revisiter les événements pour les arranger à ta sauce, répliqué-je, goguenarde, déterminée à purger un peu de mon ressentiment en rabattant le caquet de cette idiote. C'est naturel ou tu t'entraînes tous les matins devant ta glace ?

– Sale pute ! Tu…

– Chantrelle ! l'alpague Détroit en ressurgissant à mes côtés. Ça fait un bout que je ne t'ai pas croisée, dis donc ! Laisse-moi réfléchir, la dernière fois, c'était il y a deux mois quand tu as essayé de pénétrer par effraction dans la chambre de mon frangin, non ?

Des ricanements s'élèvent autour de nous. Le teint de Chantrelle vire au cramoisi. La bouche pincée, elle secoue la tête et s'éloigne, non sans m'avoir fusillée d'un regard mortel. Cette petite scène a en tout cas réussi à arracher Thaddeus à son siège. Délaissant la nana qu'il draguait, il se rapproche de nous, le front plissé de contrariété. Contre moi ou contre Chantrelle ? Difficile à interpréter alors qu'il me toise avec une froideur implacable.

– Ne la laisse pas t'emmerder, petit écureuil ! me chuchote Détroit, sans faire cas de son frère.

– Petit écureuil ? Tu ne vas pas t'y mettre, toi aussi ? râlé-je. Et ne t'inquiète pas : ce n'est pas une garce comme Chantrelle qui va me pourrir ma soirée.

– Ouais, j'oubliais que tu étais une dure à cuire ! ricane-t-il. Toi et moi, on est faits pour s'entendre ! D'ailleurs…

– Désolé de vous interrompre, nous coupe Thaddeus d'un ton brusque, mais on nous réclame sur scène !

Il désigne les nanas qui, déjà, s'agglutinent devant l'estrade et commencent à s'impatienter.

– On attend North, je te rappelle, lui répond Détroit.

– Eh bien, il est là !

North se tient, en effet, dans l'embrasure de la porte de service. Si ses doigts sont agités de soubresauts nerveux, je le sens légèrement moins tendu que tout à l'heure. Il n'a plus l'air, en tout cas, d'avoir envie de dégobiller tripes et boyaux.

– En avant ! décrète Détroit avec enthousiasme.

– Julia, m'arrête Thaddeus d'un ton sec tandis que je m'apprête à rejoindre Madison, nos bières à la main.

– Oui ?

Les sourcils froncés de réprobation, il me désigne la table où Madison m'attend patiemment. Enfin, patiemment… la petite maline a trouvé de la compagnie, puisque Scott discute avec elle.

– C'est Monroe avec ta copine ?

– Heu… oui, pourquoi ?

Les traits de Thaddeus se durcissent sensiblement.

– Un conseil : évite ce type ! C'est un sale con !

– Un sale con ? Vraiment ? Et j'imagine que c'est l'expert en la matière qui formule cet avis tranché ?

Son œil vire à l'orage, pas de quoi me perturber. Si cet enfoiré peut draguer une nana sous mon nez, j'ai encore le droit de choisir mes amis !

– Je ne plaisante pas, Julia ! Scott est réputé pour…

– Thad ! hurle Détroit. Tu bouges ton cul, ou c'est pour demain ?

– Je… J'arrive ! Julia, vraiment, reste loin de ce type. Il est du genre craignos.

Je renifle de mépris, pas prête à écouter ses conseils à la con. S'il ne tenait qu'à Thaddeus, je disparaîtrais tout simplement de la surface de la Terre.

– Julia ! m'accueille Madison avec un sourire éclatant. J'ai cru que tu ne reviendrais jamais !

– North avait besoin d'un coup de main et… salut, Scott !

– Ciao, Julia, me renvoie-t-il, l'œil frisottant de séduction. C'est définitivement un bon jour ! Je comptais sur le fait qu'on soit sur le même campus pour te revoir très vite après notre rencontre, mais je commençais à désespérer de te croiser.

– Alors tu t'es dit que tu aurais toutes tes chances à une soirée qui réunit presque tout le campus.

– Pas tout le campus, en fait, me corrige-t-il. Mes potes et moi ne sommes pas vraiment fans de… cette musique. On a organisé une petite fête et je venais nous ravitailler en glaçons. Et je ne regrette pas le déplacement, vu que ça m'offre l'occasion de vous inviter, toutes les deux, à nous rejoindre. Partantes ?

J'ignore ce qui m'incite à relever les yeux. Thaddeus a repris le micro pour entonner « Way Down We Go » de Kaleo. Sa voix, comme un peu plus tôt, se marie à la perfection avec le rythme de la chanson et son intensité. Mais, ce qui me déroute, c'est qu'il me fixe. Peu importe le nombre de nanas entre nous, son regard est braqué sur moi et ce qu'il exprime… mélange de colère et de désir, son œil se colore d'une sorte de possessivité abrupte.

Je déglutis, la gorge soudain asséchée. Puis une part de moi se rebelle. Violemment ! Cet enfoiré n'a pas le droit de me juger parce qu'un mec qu'il n'apprécie pas me drague ! Pas le droit de m'imposer le poids de sa réprobation. Mes sens sont déjà bien assez chamboulés, sans que je m'encombre, en plus, de ces émotions parasites. Des émotions qui me rappellent que je ne devrais pas avoir aimé le baiser que nous avons échangé. Que je ne devrais pas avoir envie de sentir, de nouveau, ses lèvres sur les miennes !

Je romps le contact visuel et me concentre sur Scott et son sourire à tomber. Sa gentillesse avec Madison après l'incident Chantrelle l'a placé dans la catégorie des mecs que j'ai envie de mieux connaître.

– Avec plaisir !

– Génial ! Je vous file l'adresse. Venez dès que vous êtes prêtes. Si c'est après le concert, pas de soucis, on a prévu de quoi faire la fête toute la nuit !

– Wouah ! s'exclame Madison, une fois Scott parti. C'est la première fois qu'on daigne m'inviter à une de ces soirées ! Et tout ça parce que Scott craque grave sur toi ! Tu sais que ce mec est l'un des célibataires les plus convoités du campus ?

– Pas de copine en vue, donc ?

– Pas à ma connaissance, non. Le champ est libre, fonce !

Je ricane, pas bien certaine d'être attirée par l'aventure. Scott concourt dans la catégorie des tentations sur pattes, mais, depuis Marlon, je suis hyper prudente avec les mecs. Limite méfiante.

– Tu sais, après le fiasco de l'année dernière, j'ai décidé de me concentrer sur mes études.

– L'un n'empêche pas l'autre !

Je visualise Scott et son sourire charmeur. Oui, il aurait pu me plaire, mais quand je songe à la douceur d'un baiser, c'est Thaddeus qui s'inscrit dans mon esprit.

Une pensée stupide puisque la douceur, ce n'est pas vraiment son style. Non, avec lui, les choses sont abruptes et sauvages. Dévastatrices surtout ! Parce que, que je le veuille ou non, sa saveur s'attarde sur mes lèvres comme le goût d'un nectar d'autant plus divin qu'il m'est interdit…

22

Thaddeus

Concentré sur ma chanson, je pousse un soupir intérieur quand Scott Monroe quitte le bar, seul. Ça fait un moment que j'ai envie de sauter à la gorge de cet enfoiré, et j'ai dans l'idée que ce moment pourrait bien arriver plus tôt que prévu s'il tourne autour de Julia !

Mais le plus important, c'est que cette dernière m'ait écouté ! Assise au fond de la salle, je ne l'aperçois que par intermittence, mais sa copine, grimpée sur sa chaise, me sert de repère. Mon attention reste pourtant focalisée sur les éclats roux qui apparaissent parfois au milieu de la foule. Mon ventre se crispe d'un besoin que j'ai du mal à circonscrire. Et pas la peine d'imaginer calmer mes ardeurs avec une autre fille : aucune nana ne m'intéresse ! Quant à celle qui m'a dragué tout à l'heure, elle n'a capté mon attention qu'au moment où je me suis rendu compte que Julia nous observait. Un regard assassin qui a comblé un peu du vide qui m'éperonne depuis que je l'ai embrassée.

Je quitte le devant de la scène, sans m'en éloigner complètement. North prend le relais au micro, toujours nimbé au milieu des ombres. Les spots sont orientés de telle façon qu'il demeure à l'écart de l'éclairage, sans se fondre entièrement dans l'obscurité. C'est dans cette bulle qu'il arrive à se transcender. À libérer le véritable North, celui qui baigne dans la lumière et déborde de générosité.

Happé par sa voix et le son de nos instruments, je m'immerge dans la musique, au point d'oublier tout ce qui me perturbe. Au point de ne plus voir les nanas hystériques qui tendent leurs mains pour me toucher.

Notre concert se termine sur la reprise de « The End » des Doors. Si nous adorons faire découvrir nos propres compositions, nous aimons également ajouter quelques vieux tubes remixés à notre sauce à notre répertoire.

Comme toujours, North se replie très vite dans notre loge. Nous ? Nous répondons aux sollicitations de nos groupies en distribuant sourires et autographes. Ça a beau être une partie incontournable du jeu, que j'apprécie d'ordinaire, ce soir, j'ai du mal à y prendre du plaisir. Du mal à affectionner les moues aguicheuses de nanas qui font pigeonner leurs seins comme des prunes trop mûres. Du mal à toucher des mains anonymes et à me coller à des filles à la limite de l'impudeur qui veulent absolument une photo.

Mon regard survole la salle, comme animé de sa propre volonté. Le bar s'est presque entièrement vidé. J'ai beau chercher Julia des yeux, elle semble faire partie de ceux qui ont quitté les lieux dès la fin du concert.

– Allez, on dégage ! dis-je à Détroit au bout de quelques minutes seulement.

– Déjà ? J'ai filé rencart à une nana et…

– Reste si tu veux. Moi, je rentre !

– OK, je t'aide à remballer. Mais tu sais que ça te ferait du bien de décompresser autour d'un verre. Et la jolie blonde de tout à l'heure est toujours là. Regarde-la, elle semble toute prête à se laisser croquer par le grand méchant loup.

Sauf que je ne suis pas intéressé. Et que ça ne me ressemble pas n'y change rien. Je suis obsédé par Julia, à un point qui me dépasse.

– Un autre soir !

En quelques minutes, nous rangeons notre matériel et rejoignons North. Loin d'être lessivé comme c'est souvent le cas après un concert, il marche de long en large dans le bureau, l'air salement irrité. J'arque un sourcil interrogateur lorsqu'il nous adresse une grimace amère, son téléphone vissé contre son oreille.

– On a un problème ! nous annonce-t-il après avoir raccroché. C'était Madison. Elle est chez Hayes.

– Qu'est-ce qu'elle fiche chez ce connard ? le questionné-je.

– Hayes organise une fête, ce soir, nous explique North. Madison et Julia s'y sont rendues à la fin de notre concert et…

– Enfoiré de Monroe ! feulé-je, en frappant le poing du mur. C'est pour les inviter qu'il leur parlait tout à l'heure.

– Scott Monroe ? maugrée Détroit. Je n'aime pas plus ce connard que vous, mais Julia essaie juste de se faire des amis. C'est quoi le problème ?

– Julia est introuvable. Madison est allée leur prendre un verre et, quand elle est revenue, elle n'était plus là. Ça fait dix minutes qu'elle la cherche en vain. Du coup, elle panique.

Un grommellement abrupt jaillit de ma gorge. En mai dernier, lors d'une autre sauterie de Hayes, Olivia, la sœur de Bobby, l'un des membres de notre équipe de baseball, s'est réveillée, nue et hagarde, dans sa voiture. Si la police n'a pas pu identifier son agresseur, elle n'a pas non plus établi de lien avec Hayes et ses potes. Ou la drogue qui a servi à manipuler Olivia. Néanmoins, perso, depuis ce jour, je me méfie, et de Monroe en tête après qu'il a failli frapper une nana devant moi.

– On se calme, nous modère Détroit, l'œil pourtant enflammé d'une lueur mortelle.

– Du calme ? rouspété-je. Tu déconnes ?

– On n'aidera pas Julia en pétant un câble, m'objecte-t-il, pragmatique, mais il est évident qu'on ne va pas rester ici, sans réagir. On va s'inviter à cette petite fête et vérifier que les filles vont bien ! North, appelle Bobby, au cas où on aurait besoin de renfort.

Dix minutes plus tard, nous nous garons devant la maison de Hayes. En plus des lumières qui filtrent de toutes les fenêtres, une lune ronde éclaire assez la façade et la pelouse pour qu'on y voie presque comme en plein jour. Quelques couples roucoulent, à l'ombre des fourrés, tandis qu'un groupe de mecs tapent la balle en se bidonnant.

– Ça picole dur, ici, mentionne North en désignant les verres en carton éparpillés un peu partout.

– Hayes a tendance à corser son punch, rappelé-je d'un ton mauvais.

Nous nous infiltrons dans la maison comme un seul homme. J'inspecte les lieux avec impatience. Le salon est bondé. Au milieu des rires et des éclats de voix, il est difficile de repérer qui que ce soit, mais la chance nous sourit : Madison est assise près de l'une des fenêtres, en train de se ronger les ongles.

– Madison, l'apostrophé-je en me plantant devant elle.

– Merci, mon Dieu ! J'ai fait trois fois le tour de la maison, et personne ne l'a vue ! Je ne comprends pas, nous avions décidé de ne pas nous quitter. Je me suis juste absentée quoi… quelques minutes !

Son regard se remplit de larmes. Je la réconforterais

bien, mais je ne suis guère d'humeur. Mon cœur bat à tout rompre dans ma poitrine et un goût d'amertume se répand sur ma langue. Quant à la colère qui s'insinue dans mes veines, elle est un ersatz si violent de celles de mon passé que je ressens des difficultés à respirer.

– Bobby ! lance North dans mon dos.

Nos potes ont répondu à l'appel, et Bobby n'est pas venu seul. Samuel et Hugh l'encadrent, l'air aussi remonté que lui.

– Bon, vous l'avez retrouvée ?

– On arrive juste, leur explique Détroit. Je propose qu'on se sépare et qu'on fouille cette baraque de fond en comble.

– Salut, les mecs, nous arrête une voix traînante. Désolé de jouer le rabat-joie, mais j'ai pas le souvenir de vous avoir invités !

Hayes affiche un rictus sarcastique, encouragé par ses copains. J'étrécis les yeux, pas prêt à me laisser impressionner par ces connards.

– On cherche notre sœur et on ne partira pas d'ici sans elle, répond North.

– Votre sœur ? ricane Hayes. Depuis quand vous avez une frangine, vous ?

– Tu le saurais si on était potes, et ça ne change rien au problème ! opposé-je. Elle était à ta fête et elle a disparu.

– Bah ! Probablement parce que vous vous trompez et qu'elle n'est jamais venue ici, vieux !

– Nous sommes arrivées ensemble, le coupe Madison, les pommettes écarlates.

– Une jolie rousse, complète Détroit, son regard inspectant les lieux avec acuité.

Hayes soulève les épaules, son rire virant à une ironie

mordante. Je carre les poings, à deux doigts de lui sauter dessus.

– Ben, p't'être qu'elle a eu envie de faire un peu plus connaissance avec l'un des invités. Tu sais, il y a beaucoup de monde, et il y a plusieurs chambres à l'étage au cas où des amoureux voudraient être tranquilles.

Bobby est le premier à réagir. Il fait un pas en avant, le visage contracté de fureur.

– C'est comme ça que tu expliques ce qui est arrivé à ma sœur, c'est ça ? Il y a un violeur dans tes potes, sale enfoiré, alors remballe ton mépris. On ne repartira pas d'ici sans Julia !

– Mais on peut aussi appeler les flics, suggère Samuel.

Cette fois, Hayes ne joue plus au con. Il pâlit légèrement, les poings crispés. Après l'agression d'Olivia, il a été emmerdé par les flics et la rumeur a couru qu'il a failli être renvoyé du campus. Alors, ouais, il ne doit pas apprécier l'idée de voir débarquer de nouveau la police.

– Écoutez, les gars, on a tous été ravagés par ce qui est arrivé à Olivia, nous assène-t-il, les mains levées en guise de paix. Mais on n'y est pour rien, je vous le jure. Et crois bien que si je savais qui est derrière son agression, je lui ferais passer un sale quart d'heure ! Putain ! Ça s'est déroulé chez moi ! Et, là, désolé, mais je ne sais pas où est… Julia, c'est ça ?

– Où est Scott ? demandé-je. C'est lui qui l'a invitée, ce soir !

Un tic nerveux agite la bouche de Hayes. Trop léger pour être significatif, mais son coup d'œil morne à ses potes est un révélateur de plus que la mention de Scott a provoqué un truc en eux.

– Quoi ? aboie North.

– Rien, je…

– Putain ! Parle ou je te jure que je vais te faire regretter le jour de ta naissance, le menacé-je.

– Scott… Scott m'a demandé si le sous-sol était libre, tout à l'heure. Il y a une salle de jeux en bas et…

– Montre-nous ! ordonné-je en lui flanquant mon poing dans l'épaule.

– T'emballe pas, me rabroue-t-il sans pourtant répliquer. Si Scott et elle sont ensemble, ils ne vont pas apprécier qu'on les interrompe !

Les gloussements de ses potes ricochent sur les murs de ma colère. Détroit me crochète le bras, de façon à m'empêcher de me ruer sur eux. Je m'oblige à respirer profondément, incapable néanmoins de chasser la vision de Julia et Scott en train de s'embrasser. Mes narines se gonflent, à l'aune d'une brûlure qui m'incendie la poitrine.

– Calme-toi ! me réprimande mon frère. Julia peut très bien avoir craqué sur cet enfoiré et…

– Non ! le coupe Madison en le foudroyant du regard. Ce n'est pas le genre de Julia ! On est venues toutes les deux, et on s'est promis de ne pas se quitter ! On n'est pas complètement teubés, non plus ! Elle ne serait jamais partie sans m'en avertir, et surtout pas pour aller batifoler dans un sous-sol sordide ! Non, mais sérieux !

Hayes met fin à sa diatribe en ouvrant une porte, située dans la cuisine. Un escalier descend vers une zone obscure. Il actionne un interrupteur, puis me désigne les marches, moqueur.

– Scott n'aime pas vraiment qu'on le dérange quand il est avec une nana, alors je te laisse la priorité.

– Détroit et North, avec moi. Bobby, Samuel et Hugh, vous voulez bien aller vérifier l'étage, au cas où ? Et emmenez Madison avec vous !

– Pas de soucis ! valide Samuel tandis que Madison se révolte.

– On te prévient si on la retrouve les premiers, lui juré-je avec détermination.

Je n'attends pas sa réponse et descends l'escalier. Le sous-sol s'encombre des rumeurs du rez-de-chaussée, avant que Détroit ne referme la porte sur nous. Le silence s'impose, indigeste alors qu'une partie de moi a envie de rugir. D'un geste, j'indique à mes frères le rai de lumière qui filtre du fond de la pièce.

J'ouvre le battant, la peur cramponnée au ventre. En vérité, même si une part de moi me hurle que ce n'est pas possible, je redoute que Hayes ait raison et que Julia ait choisi cet enfoiré de Scott. Mon cœur se tord d'une émotion qui flirte avec des vagues si tonitruantes qu'un brouhaha m'envahit les oreilles pendant quelques secondes.

Et le tableau qui s'offre à moi n'arrange pas les choses. Julia est allongée sur un divan, inconsciente, ses longs cheveux épars autour de son visage exsangue. Son chemisier, légèrement entrebâillé, dévoile un soutien-gorge en dentelles blanches, et cet enfoiré de Monroe a commencé à remonter sa jupe sur ses cuisses.

Le bruit dans mon crâne devient véritable cacophonie. Comme au ralenti, je me vois m'élancer vers Scott pour le crocheter par le col de son tee-shirt. Surpris, il pousse un cri, avant de tomber à la renverse, si sidéré qu'un rictus de joie perverse s'épanouit sur mes lèvres. Oui, putain, je vais le massacrer !

Je lui balance mon poing dans la figure, ravi de le voir s'effondrer dans un gémissement de douleur. L'enfoiré tente de riposter, mais il est trop soûl ou sonné pour m'atteindre. Au deuxième coup que je lui assène, un sentiment de puissance m'éperonne. Scott se ratatine sur le sol, comme un pauvre gamin trop lâche pour affronter un adversaire à sa taille.

– Julia ! hurle North, un éclat de panique au fond de la voix, tandis que Détroit m'écarte de ce salopard de Monroe.

– Il est K.-O., Thad, ou trop bourré pour se défendre ! Et il mérite une leçon bien plus sévère qu'une simple raclée ! Occupe-toi plutôt d'aider North ! m'ordonne mon frère. Je gère ce connard !

Prêt à me rebeller, je jette un regard à Julia et me pétrifie dans mon élan. Sa poitrine se soulève laborieusement, comme si elle éprouvait des difficultés à respirer. Son teint crayeux absorbe l'éclat de ses taches de rousseur, de quoi la rendre salement maladive. Tel un écho pernicieux, sa jambe droite se soulève, assaillie de spasmes incontrôlables.

– Il lui faut un médecin, peste North. S'il lui a refilé du GHB comme à Olivia, les effets secondaires peuvent être violents.

Incapable de supporter de la voir aussi fragile, je la recouvre de ma veste et m'accroupis près d'elle pour lisser ses cheveux emmêlés. Un soupir fuse de ses lèvres, léger comme une brise d'été. Mon cœur tombe dans une agonie au goût d'une fureur qui ne parvient pas à supplanter mon besoin de demeurer à ses côtés. J'ai besoin, viscéralement, de m'assurer qu'elle respire.

– J'appelle une ambulance, nous informe Détroit. Puis je contacte les flics.

– Il va falloir prévenir papa, aussi, ajoute North, le front rembruni. Il va péter un câble ! Thad, tu peux…

– Je reste avec elle !

Détroit m'adresse une grimace lourde de sens, mais,

à cette seconde, je m'en contrefiche. De son avis. Du regard des autres. Du fait que Julia soit intouchable. Du fait que je n'ai pas le droit de l'observer avec l'envie dévorante de l'embrasser.

Julia est vulnérable et je ne laisserai à personne d'autre le soin de veiller sur elle. Et pas la peine d'en appeler à la raison, je suis au-delà de ça. Le gamin écorché vif aux repères pervertis d'autrefois est de retour et il m'incite à me comporter comme un animal sauvage. Possessif. Territorial.

Alors, non, pas question de l'abandonner ! Je ne comprends peut-être rien à la place qu'elle s'est taillée dans mon existence, mais, une chose est certaine : je n'ai pas l'intention de l'en déloger. Parce qu'à cet instant, elle m'est aussi vitale que l'air qui alimente mes poumons. Aussi précieuse que le sang qui circule dans mes veines.

Et peu importe que cette vérité fasse de moi un idiot ou un enfoiré, je suis incapable de réfléchir au-delà de ce sentiment qu'elle et moi sommes liés de la façon la plus viscérale qui soit !

Une vérité inscrite dans les astres ? se moque cette petite voix sirupeuse issue de mon passé, qui continue de me condamner aux enfers certaines nuits.

23

Thaddeus

– Attention ! maugréé-je lorsque Julia trébuche sur le seuil de la maison.

Paillette se rue sur nous avant même que je referme la porte. Je m'accroupis pour la caresser, conscient que Julia s'apprêtait à se pencher vers elle.

– Doucement, ma choupinette ! Ta maîtresse a besoin d'un peu d'espace, ce soir !

Comme si elle avait compris mes mots, elle se dirige vers le salon, son postérieur ondulant de plaisir à nous savoir de retour.

– Putain ! J'ai l'impression d'avoir les jambes en coton, quand elles ne tétanisent pas, râle Julia en se raccrochant spontanément à mon bras lorsque je me redresse.

Je l'enlace d'une main ferme et la guide jusqu'au canapé. Après plusieurs heures passées aux urgences, elle a recouvré son teint pétillant et ne souffre plus de nausées, mais vertiges et contractions musculaires continuent de la gêner.

– Si je retombe sur ce fumier, vitupéré-je entre mes dents.

– Il a été arrêté, me rappelle Julia d'une voix rauque.

– La prison, c'est encore trop doux pour un enfoiré pareil !

– Ah ! Vous voilà ! nous accueille North, son soulagement peint sur son visage.

Julia se pare d'un pâle sourire, avant de s'écrouler sur le canapé. North se précipite vers elle, un plaid à la main, et la recouvre avec délicatesse, tandis que Détroit l'examine avec une acuité acérée.

– Merci, soupire-t-elle en se calant au milieu des coussins.

– Un peu d'eau, lui propose-t-il dans la foulée.

– Peut-être que tu veux un truc à manger ? suggère Détroit en même temps.

– Je vais bien, les gars. Vraiment ! Et, d'ailleurs, c'est grâce à vous. Merci d'être venus !

Elle nous observe tous les trois avec une sincérité brute qui exhale gratitude et soulagement. Un soulagement qui demeure, pourtant, bien loin de celui qu'elle a exprimé quand le médecin lui a confirmé que Monroe n'avait pas eu le temps de l'agresser sexuellement.

Nous sommes arrivés à temps ! Putain ! Nous sommes arrivés à temps !

Je ravale un marmonnement maussade, tout en rêvant de m'enfiler un verre ou deux. Ouais, après cette soirée de merde, j'éprouve une envie furieuse de détendre mes muscles perclus. Néanmoins, pas question de m'abandonner à cette pulsion ! Je me suis promis de veiller sur Julia et je ne suis pas encore prêt à lâcher l'affaire.

D'ailleurs, si je dois être tout à fait honnête, je ne suis pas certain de pouvoir y renoncer avant longtemps. Savoir Julia en danger, puis la voir à la merci d'un prédateur de la pire espèce a avivé en moi bien plus que mon instinct protecteur. Je pourrais accuser mon besoin de défendre ma famille, de rendre un peu à Joe de ce qu'il m'a offert en me recueillant, mais ce serait mentir.

Je le sais dans mes tripes, comme j'ai compris, autrefois, que j'évoluais dans un monde perverti.

– Joe et Kate arrivent demain matin, l'informe North. J'ai réussi à les convaincre de ne pas débouler en pleine nuit, vu que les nouvelles des médecins étaient rassurantes.

– Tu as bien fait, valide-t-elle d'un geste las de la main. Je suis désolée de vous avoir tous inquiétés !

– Tu n'as pas à l'être, la rabroué-je. C'est cet enfoiré qui est responsable de toute cette merde.

– J'aurais dû me méfier quand il m'a offert un verre, déplore-t-elle en baissant la tête de honte ou de culpabilité.

– Encore une fois, ce n'est pas ta faute ! enchérit Détroit, catégorique. Je n'ai jamais pu piffrer ce connard, mais je ne l'aurais jamais soupçonné d'être du genre à utiliser du GHB pour violer des nanas. Merde ! C'est le nageur vedette de l'équipe des Vandals ! Il a toutes les filles qu'il désire à ses pieds !

– C'est une putain d'enflure, en tout cas ! ajoute North, l'air plus remonté que jamais. Mais la bonne nouvelle, c'est qu'il est foutu : dès que la police aura fait le lien avec l'agression d'Olivia, il ne pourra plus hurler qu'il est innocent. Oser déclarer qu'il t'a conduite en bas parce que tu te sentais mal et qu'il voulait juste t'aider…

Une grimace apparaît sur les traits fins de Julia. Ni elle ni moi n'avons assisté à l'arrestation de Scott, mais les flics ont débarqué à l'hôpital pour recueillir sa déposition. Débordée par l'émotion et encore bouleversée par les événements, elle s'est accrochée à ma main tout du long, refusant de me laisser quitter sa chambre.

Cette confiance absolue m'a aiguillonné à un niveau inédit, au point d'ajouter un peu plus à mon état de déroute. Admettre que Julia me chamboule est déjà bien assez lourd à porter, sans que je creuse au-delà de ces émotions confuses.

– Là, je pense que Julia a simplement besoin de dormir, dis-je avec fermeté.

– Je rêve de mon lit, me confirme-t-elle, ensommeillée. Madison ?

– On l'a installée dans la chambre de May, nous annonce North. On s'est dit que c'était mieux qu'elle ne reste pas seule cette nuit.

Au ton employé, je devine qu'il y a plus, mais le moment n'est pas propice pour poser certaines questions. Comme ce qui a convaincu un père aussi protecteur que Joe de repousser son arrivée, ici.

– Merci ! souffle Julia, soulagée.

– Ta copine a des tripes, ricane Détroit, un éclat d'admiration inhabituel dans la voix. Nous avons dû la retenir de sauter à la gorge de Scott quand la police l'a remonté du sous-sol.

– Et c'est grâce à elle qu'on a su qu'il y avait un problème, ajoute North d'un ton plus sérieux.

– Ouais, bon, on discutera de ça demain, les coupé-je. Allez, Julia, je te conduis jusqu'à ta chambre.

Julia acquiesce, puis se lève, les jambes mal assurées. Pourtant, quand je me précipite vers elle, elle redresse le menton avec opiniâtreté.

– Je vais y arriver !

Poursuivis par les gloussements de Détroit, nous montons à l'étage, Paillette sur les talons. Julia demeure silencieuse, trop pour que je ne lui décoche pas un regard à la dérobée : une mèche de ses cheveux s'échappe de sa queue-de-cheval et caresse sa joue, tel un rayon de soleil. Mon âme s'apaise devant ce tableau qui célèbre la vie, après avoir suinté d'angoisse et d'inquiétude.

– Tu es certaine que ça va ?

– Ça ira mieux quand j'aurai dormi un peu. J'ai l'impression d'être… déphasée. Ne pas me souvenir…

Elle secoue la tête, une lueur de peur ou de désespoir au fond des yeux. Incapable de me retenir, je lui frôle la joue avec douceur. J'aimerais tellement gommer sa peine et sa douleur, au lieu d'être un simple spectateur impuissant. De me glisser avec elle dans sa chambre pour l'enlacer et la bercer pendant qu'elle s'endormirait, enfin loin de son cauchemar.

– Il va te falloir un peu de temps pour digérer tout ça, noté-je en refoulant cet élan. Mais n'oublie pas que nous sommes là !

– Ça signifie que nous sommes amis, maintenant ? me demande-t-elle, une pointe d'humour flirtant avec sa fatigue.

– Qui sait ? répliqué-je avec un petit rire nerveux.

Amis ? Alors que j'ai toujours envie de lui dévorer la bouche ? Je suis un crétin de première !

– Va dormir ! On rediscutera de tout ça, demain.

Je m'éloigne avec le sentiment de m'enfuir, et c'est bien le cas. Attiré ou pas par Julia, je sais que rien n'est possible entre nous.

– Ah ! Te revoilà, me tance Détroit, l'œil scrutateur.

– Fais pas chier ! grondé-je en allant me servir un verre de jus de fruits. Il s'est passé quoi après notre départ ? Pourquoi Joe n'est pas déjà là en train de faire du ramdam ?

– Il est sur le coup, me précise Détroit. Certains de ses potes flics lui doivent des services, alors il a contacté le poste de Moscow. D'après ce qu'il m'a expliqué, Scott a maintenu sa déclaration comme quoi il n'avait cherché qu'à aider Julia. La police n'a pas retrouvé de drogue sur lui ou chez Hayes.

– Et donc ? s'énerve North.

– Cet enfoiré reste innocent jusqu'à preuve du contraire, feulé-je entre mes dents.

– C'est ça, valide Détroit. Si les flics n'arrivent pas à établir de lien entre le GHB et Scott, et comme il n'y a aucune preuve d'une agression sexuelle, ce salopard pourrait bien s'en sortir.

– Et Olivia, putain ? Elle a été violée !

– Ouais, mais, là encore, il n'y a pas de lien avéré. Le mec qui s'en est pris à Olivia n'a laissé aucune trace ADN. L'enquête patauge, et rien ne relie Scott à cette affaire.

– Donc, en gros, fulminé-je, ce connard ne sera peut-être même pas inculpé !

– C'est pour ça que papa s'est mis sur le coup immédiatement, ajoute Détroit. Il pense qu'il y a trop de similitudes entre Julia et Olivia, que le mec s'attaque à un genre de nanas en particulier, et qu'il y a probablement d'autres victimes.

– Des similitudes ? relevé-je.

– Olivia venait d'arriver sur le campus, comme Julia, et n'avait pas encore un réseau étoffé de connaissances. Mais ce qui lui a mis la puce à l'oreille, c'est la vidéo qui montre Olivia sauvant un chiot de la noyade.

– Oui, je me souviens de cette histoire, intervient North.

– Comme Julia quand elle a défendu Madison, Olivia a joui d'une petite notoriété parmi les étudiants.

Je fronce les sourcils, ébahi que Joe ait récupéré autant d'informations en plein milieu de la nuit. Puis un éclair de lucidité m'éclaircit les idées.

– Il s'intéresse à cette affaire depuis un moment, non ? À cause de l'entrée de May à l'université…

– Ouep ! Souviens-toi, il était à la maison quand Bobby est venu nous avertir de l'agression, et papa n'est pas flic pour rien. Après ce qui est arrivé à Julia, il est convaincu qu'il y a d'autres victimes qui n'ont pas osé porter plainte. Du coup, il est au taquet sur l'affaire.

Je me pince l'arête du nez, pas vraiment surpris d'apprendre ça. Joe, c'est le défenseur de toutes les causes, surtout de celles qui sont en apparence perdues ou ignorées.

– Monroe et ses potes ne vont pas apprécier.

– Ils sont déjà dans le collimateur de la police, m'objecte Détroit avec un haussement d'épaules qui signifie « on n'en a rien à foutre de ces connards ! ». Hayes a pété un câble après le départ des flics. C'est pour ça qu'on a ramené Madison, ici. On n'était pas certains qu'il ne cherche pas à se venger. Monsieur n'a pas apprécié d'être une fois de plus interrogé et que ses invités assistent au truc. Sa réputation n'est pas au beau fixe, ces derniers temps…

– Et il ne peut s'en prendre qu'à lui-même ! décrété-je, catégorique. Quand on est un enfoiré, on finit par s'en mordre les doigts !

– Peut-être bien, ouais, mais il risque aussi d'emmerder Julia…

– Qu'il essaie ! râlé-je, furieux.

– On dirait qu'elle est devenue ta nouvelle meilleure amie, me raille Détroit, l'œil perçant. Tu as oublié tout ce que tu lui reprochais ? D'être une arriviste sans cœur ? Une profiteuse égoïste ?

Je crispe les mâchoires, ramené à une vérité qui forme un point noir au milieu de l'éclat de mon désir.

– Arrête avec ça, le coupe North. Tout ça, c'est du délire.

– Elle a quand même snobé papa pendant des années, insiste Détroit, plus provocateur que jamais.

– C'était à cause de sa mère, souffle North à voix basse,

comme s'il rechignait à nous en parler. J'ai entendu une discussion entre Julia et Joe… Apparemment, sa mère souffrait de troubles psychologiques et c'est elle qui les a manipulés, tout ce temps. D'ailleurs, de ce que j'ai compris, Julia a salement morflé. La nana était frappadingue et elle la maltraitait quand elle était gosse. Elle l'enfermait à la cave pour la punir…

Une moue d'écœurement se peint sur le visage de mon frère. Le noir… Les endroits confinés et humides… Les sanctions avilissantes… L'un comme l'autre, enfants, nous avons goûté à ces sévices. Mon cœur se crispe de fureur à l'idée que Julia ait également subi cette infamie. Mais, surtout, ça rebat les cartes. Pas sur le tumulte que j'éprouve en sa présence, non, mais sur le mur que je dresse entre nous. Des morceaux s'en détachent, mélange de mes a priori et de ma colère, comme si la vérité fracassait cet obstacle auquel je me raccroche comme à ma vie. Parce que s'il s'effondre…

Pas question ! Pour Joe et notre famille, je ne peux m'autoriser à succomber à ce péché ! Pas alors que je n'ai déjà que trop plongé dans cette fange immorale.

Mais, putain, c'est… dur ! Mon instinct me hurle que je devrais être auprès de Julia pour m'assurer qu'elle va bien. Un instinct si corrosif qu'il m'empêche d'oublier la douceur de ses lèvres, ou la chaleur de son regard. Pire, il me ramène à ces instants de bonheur où je l'ai tenue dans mes bras. Comme si sa place était là, en dépit de tout ce qui nous éloigne !

Et que ce ne soit qu'un mensonge éhonté ne m'indispose même pas. Alors peut-être que je peux faire semblant, juste encore un peu ? M'autoriser, cette nuit, à croire que je ne lutte pas contre la fatalité. Que j'ai le droit d'écouter ce chant envoûtant qui me pousse à me précipiter à l'étage. Je penche la tête en avant, battu à plate couture par l'impression douloureuse que je suis en train de me noyer dans un bordel immonde.

– Je vais voir comment va Julia, annoncé-je, incapable de me dominer plus longtemps.

– Elle doit dormir, me réprimande Détroit alors que je me dirige déjà vers l'escalier.

– Le médecin a recommandé la prudence pour cette nuit, expliqué-je en lui décochant un regard impérial. Il ne l'a laissée sortir qu'à la condition que nous puissions vérifier que son état de santé ne se dégrade pas au cours des prochaines heures.

– On va se relayer ! insiste-t-il.

– Va te faire foutre ! lui lancé-je avant de quitter le salon.

24

Thaddeus

Lorsque je descends dans la cuisine, pour le petit déjeuner, le soleil se lève tout juste.

– Quelque chose me dit que tu n'as quasiment pas dormi, m'accueille North avec un sourire compréhensif. Un café ?

– Ouais, merci. Détroit ?

– Il est parti récupérer notre matos au Red Lounge.

North me sert une tasse, puis me propose une assiette de pancakes. Vu son air prudent, je devine qu'un truc le chafouine, mais qu'il hésite sur la façon de me présenter le sujet.

– Quoi ? aboyé-je de mauvaise humeur.

– Il s'est passé quoi, hier ? Entre toi et Détroit ? ajoute-t-il après un léger silence.

Je secoue une main désinvolte, pas pressé d'avoir mes deux frangins sur le dos pour un truc qui s'est terminé à la seconde où les premiers rayons du soleil ont caressé mon visage. J'ai veillé toute la nuit sur Julia ; maintenant, il est temps que je discipline mes fichues pulsions !

– Rien d'important.

– Te fous pas de ma gueule ! Il y a un truc, et ça concerne Julia. Sérieux, faut que tu arrêtes de lui pourrir la vie. C'est une chouette fille et…

– Je l'ai embrassée, le coupé-je.

Face à cet aveu, il me dévisage, la bouche entrouverte et les yeux écarquillés. Ça m'arrive tellement rarement de le désarçonner que je lâche un rire grinçant.

– C'était une putain de connerie, continué-je, histoire d'être au clair avec lui. Mais Détroit est en pétard parce qu'il pense que j'ai envie de…

– Recommencer ? finit-il pour moi, quand je ne parviens pas à terminer ma phrase. Et c'est le cas ?

Je n'ai jamais rien dissimulé à mon frère. Et pas uniquement parce que nous nous sommes juré d'être là l'un pour l'autre, autrefois.

Pourtant, à cette seconde, je me surprends à vouloir lui mentir. Ce qu'il détecte d'un clignement de paupières sévère.

– Bordel ! s'exclame-t-il, dérouté. Si je m'attendais à ça… Tu la détestes depuis qu'elle a débarqué ici !

– Je la détestais, confirmé-je d'un ton sans appel. Puis je ne sais pas… Je ne maîtrise rien, bordel ! Je suis juste… attiré par elle au point que je n'arrive plus à penser à d'autres nanas. Je n'ai jamais ressenti ça. Et, clairement, ça n'a pas de sens ! C'est la fille de Joe…

– Putain ! Tu te rends compte comme c'est ironique ? Julia, c'est le fruit défendu. La nana que tu n'as pas le droit d'approcher, alors que tu étais autrefois l'un des gars qui avaient le droit de toutes les avoir, sans restriction. Et, d'une certaine façon, c'est toujours le cas aujourd'hui, même si on n'est plus pieds et poings liés, embourbés dans une merde infâme.

– C'est différent, le contré-je avec une froide détermination. Mes nanas sont consentantes.

Une simple vérité, mais elle change tout. Absolument tout ! Je revois cet enfoiré de Chevalier, admirant son troupeau d'ouailles avec un rictus salace. Il possédait tout à la Maison du Taureau, les meubles autant que les personnes. Et les femmes étaient les premières à payer un lourd tribut face aux règles qui régissaient nos vies. Moi, j'étais censé être un privilégié. *Tu parles, ouais !* J'ai surtout été aux premières loges pour observer comment les adeptes du temple du zodiaque traitaient ceux qu'ils considéraient comme leurs sous-fifres…

– Ouais, évidemment, mais tu as quand même remarqué que tu les largues toujours avant le clap fatidique des douze semaines.

Je me raidis, parce que, non, je n'avais pas fait le lien. Le chiffre 12 m'a pourtant servi de boussole pendant des années. Le temple du zodiaque, c'était 12 Maisons réparties un peu partout dans le monde. 12 Chevaliers, maîtres du destin de centaines de personnes. 12 commandements érigés pour dompter et domestiquer. Et, surtout, c'était à 12 ans que les futurs cavaliers, bras armés des Chevaliers, commençaient leur initiation. À 12 ans qu'ils découvraient l'envers d'un décor présenté comme l'expression de la volonté des Astres.

– Tu crois qu'on sortira de cette merde un jour ? lui demandé-je, la gorge nouée.

– Sincèrement ? J'en doute ! m'avoue-t-il dans un grincement de dents amer. On a été trop profondément marqués et… tu sais, c'est peut-être ce qui t'attire chez elle ? Ta vie était toute tracée et elle… elle, c'est le désordre, d'une certaine façon. Une entorse majeure aux règles qui ont fondé notre enfance.

– Et si elle est plus que ça ? me renfrogné-je.

– C'est ce que tu ressens ?

Il n'y a pas de jugement derrière cette question. C'est peut-être ce qui m'aide à le regarder dans les yeux et à lui répondre avec sincérité :

– Je l'ignore, en fait, mais je n'arrive pas à me la sortir de la tête. Cette nuit… si Détroit ne m'avait pas arrêté, j'aurais massacré ce bâtard ! Et quand je l'ai vue aussi vulnérable…

Je relève le menton, plus pour dissimuler les ombres tremblotantes dans mon œil que pour me soustraire à l'attention de North. Comme s'il pouvait être dupe. Mon frère connaît tout de mes failles et de mes crimes.

– Je serais retourné en enfer pour lui épargner ce cauchemar…

Un aveu difficile, mais d'une sincérité brutale. Et j'en prends conscience à l'instant où je le formule. Je me tais sous le choc, puis aspire une longue bouffée d'air, tel un naufragé privé d'oxygène trop longtemps.

– C'est la fille de Joe, me rappelle North sans pathos. Tu cours droit dans le mur.

– Je n'ai pas l'intention d'aller jusque-là.

– Non ? Nous discutons depuis dix minutes, et tu n'arrêtes pas de mater l'escalier.

– Elle a besoin qu'on veille sur elle !

– Et tu ne laisseras personne assumer ce rôle à ta place, mentionne-t-il tranquillement. Profite, vieux, parce que dès que papa et Détroit seront là, tu ne pourras plus t'y employer.

– Ce qui est la seule option possible, maugréé-je, catégorique.

– Sauf si c'est écrit dans les Astres, ironise-t-il d'un ton mordant. Allez, je vais préparer un plateau pour le petit déjeuner de Julia. Emmène-lui avant que tout le monde rentre.

– Mais, après, tu veilleras comme Détroit à ce que je ne l'approche plus, ricané-je, partagé entre l'envie de frapper n'importe quoi et celle de m'élancer vers l'étage pour combler un besoin qui creuse un vide abyssal dans ma poitrine.

– Si demain une nana me fait ressentir ce que tu me décris… je ne suis pas certain qu'on pourrait m'empêcher d'être avec elle, mais… Thaddeus, Julia mérite mieux que douze semaines.

Avec un grommellement d'irritation, je m'empare du plateau et rejoins sa chambre à pas traînant. North a raison : tant que je le pourrai, je prendrai soin de Julia, même si une part de moi a envie de fuir très loin.

Douze semaines… Une éternité ou un clignement de paupières ? Julia et moi n'aurons, en tout cas, jamais la chance de profiter d'une telle parenthèse. Pour la première fois de mon existence, je me demande si on peut se sevrer d'une nana en si peu de temps. Si on peut la déloger de son âme alors qu'on a l'impression qu'elle y est exactement à sa place.

Putain de questions à la con !

Le petit déjeuner en équilibre sur mon avant-bras, je frappe à la porte de Julia, hésitant entre détaler sitôt mon fardeau déposé ou me rassasier une dernière fois d'elle.

– Julia ? l'appelé-je alors que le battant reste clos.

– Oui ?

Julia se tient sur le seuil de sa salle de bains, emmitouflée dans un peignoir qui ne dissimule pas les gouttes d'eau s'attardant sur son décolleté. Fasciné, j'en suis une du regard, la gorge asséchée quand elle disparaît entre ses seins.

– Petit déjeuner, annoncé-je d'une voix caverneuse.

Julia m'observe avec une intensité telle que mon corps réagit d'instinct. Au temps pour moi et mon self-control !

– C'est gentil.

– Je te le dépose où ? dis-je, irrité par cette bienséance polie.

– Heu… sur le bureau, me déclare-t-elle en ouvrant sa porte.

– Bouhou ! Hou ! Hou ! coasse Ryo à mon entrée dans la pièce. Bouhou ! Hou ! Hou !

Un salut qui ne le tient pas éloigné très longtemps de la balle suspendue au-dessus de sa tête. Paillette, elle, se contente de soulever une paupière, comme si je ne méritais pas plus son attention. Bizarrement, je me suis habitué à cette ménagerie, même à Crock qui se balade de temps en temps dans un bac de sable dans le jardin.

Après m'être délesté du plateau, je pivote vers Julia, incertain. Sous la lumière du petit matin, ses cheveux mouillés brillent d'un rouge rubis profond et ses taches de rousseur n'ont jamais été aussi vibrantes de vie.

– Tu as l'air en meilleure forme, constaté-je.

– J'ai évité le pire. Grâce à vous, ajoute-t-elle après une pause infime. Je ne t'ai pas remercié, hier, pour être resté avec moi.

– C'était normal.

– Non, pas vraiment. Toi et moi… On ne peut pas vraiment dire qu'on a commencé sur un bon pied.

– Eh bien, c'est derrière nous, maintenant ! déclaré-je d'un ton péremptoire. Nous appartenons à la même famille, on se serre les coudes en cas de problème.

– Merci. Ça compte pour moi. Et, pour le reste…

Elle lève une main et l'agite dans le vide.

– … je vais ranger cette expérience dans la case « je m'en suis sortie » et passer à autre chose.

La résilience brille dans son regard, une émotion sauvage que je comprends intimement. Et qui réactive cette admiration qui brûle dans ma poitrine. Mon attention dérive sur ses lèvres, sans que je ne puisse lutter contre cette pulsion. Je me réprimande mentalement : hier, un mec a failli la violer, ce n'est pas vraiment le moment de penser à lui dévorer la bouche. Mais, la vérité, c'est que ce besoin m'emplit telle une vague incontrôlable. Je referme les poings, à deux doigts d'oublier toutes mes bonnes résolutions.

– Je vais te laisser…

– Déjà ? Tu ne veux pas déjeuner avec moi ? Il y a de quoi nourrir un régiment.

Son sourire fragile, aveu d'une vulnérabilité qu'elle ne peut exprimer à voix haute, me percute comme une flèche en plein milieu de la cible. Je me sens ridiculement captif, happé par une envie qui me dépasse. Mon torse se gonfle de désir, tandis que j'effectue un pas en arrière.

– Ce n'est pas une bonne idée.

– Pourquoi ?

Sa naïveté est touchante, à mille lieues des émotions incendiaires qui me parcourent le corps.

– Parce que je ne suis pas sûr de pouvoir me retenir de t'embrasser, confessé-je d'un ton discordant, volontairement provocateur.

Sa poitrine se soulève sur un à-coup haletant. Les gouttes ont disparu sur sa peau, mais je ne peux m'empêcher de caresser son épiderme du regard, de son décolleté laiteux, à la courbe de sa bouche, au trouble inscrit sur son visage.

Bravant mes réticences, et peut-être bien les siennes, vu son air incertain, Julia s'approche de moi. D'un geste hésitant, elle me frôle la joue, puis décrit un arc de cercle sous mon bandeau en cuir. Tout mon être se crispe, non pas de mal-être, mais d'une sensation incandescente qui s'installe dans mon abdomen. Personne n'ose jamais me toucher à cet endroit sensible. Pas alors que mon épiderme conserve la marque d'un drame évident.

– Comment…

– Comment c'est arrivé ?

Je penche la tête de façon à dissimuler mon expression faciale. Mon explication habituelle évoque de façon volontairement floue un accident de voiture. En règle générale, les gens évitent d'insister. Mais je n'ai pas envie de mentir à Julia, même s'il est hors de question que je lui livre la vérité crue.

– J'ai reçu un coup de couteau, il y a longtemps.

Être un futur cavalier ne m'a pas préservé de la violence qui régnait au sein de la Maison du Taureau. Parce que je n'étais pas le seul aspirant, loin de là ! Alors, si avant mes 10 ans, j'ai été élevé comme une sorte de privilégié, ensuite, il a fallu que je gagne le droit de demeurer un élu parmi les élus. Les épreuves qui nous opposaient pour nous départager et faire émerger les meilleurs mêlaient intelligence et ruse ; parfois, la force seule primait. Et toutes les armes étaient autorisées…

Peut-être par défi, peut-être pour juger de sa réaction, peut-être parce que je veux étouffer la colère qui jaillit en moi, je retire le cache protecteur de mon œil aveugle. Mon iris est aujourd'hui d'un blanc opalin quasi parfait. Mais ce qui choque vraiment, ce sont les deux cicatrices qui strient ma peau, telles des bordures mal recousues. Ce n'est pourtant pas le cas : le chirurgien a réalisé un boulot de folie, allant jusqu'à sauver mon globe oculaire, même si je ne verrai plus jamais.

Au fond de moi, ça a toujours été essentiel que je ne perde pas ce morceau de moi. Peu importe que je garde les cicatrices d'un temps où la barbarie primait dans mon existence, je n'ai rien lâché dans l'affaire. Rien concédé ! Et mon œil en est la meilleure preuve !

– C'est douloureux ? me demande Julia en effleurant ma peau au niveau des sillons d'un rouge fade.

Mes poumons se bloquent à l'instant où elle frôle l'une de mes cicatrices. Je n'ai jamais permis à quiconque de me toucher ainsi, pas même à ma mère. Les doigts de Julia agissent comme les ailes d'un papillon, avec légèreté et douceur. Son geste, qui devrait me raidir le dos, se transforme en un moment d'éternité. Parce que Julia n'atteint pas uniquement une part de moi que je claustre d'ordinaire, elle ouvre mon âme pour la mettre à nu.

Mon âme et mon cœur…

Je déglutis nerveusement. Mon désir forme un nœud au centre de mes tripes, mais ce que j'éprouve va au-delà. Bien au-delà… Je bascule la tête en arrière, conscient que je dois lutter contre ces émotions dangereuses. Je n'ai pas le choix, même si mon être me hurle que je ne devrai pas renoncer à ce trésor.

– Non, ça ne fait plus mal maintenant, me forcé-je à répondre.

Le front plissé, Julia se rapproche encore de moi. Lisse mes cicatrices, comme si elle pouvait les effacer. Non, plutôt comme si elle voulait gommer mes anciennes souffrances, car elle sait, autant que moi, que certains stigmates doivent exister pour nous rappeler ce que nous avons surmonté.

– Et si, moi aussi, j'ai envie que tu m'embrasses ? me chuchote-t-elle en plantant son regard dans le mien.

J'ouvre la bouche, mais oublie de respirer. Mon besoin de la toucher, de m'emparer de ses lèvres s'accroît de façon exponentielle. Je pourrais lutter, mais le léger soupir qu'elle émet, entre reddition et attente, lamine mon contrôle. Je capture sa bouche à la manière d'un homme privé de lumière depuis bien trop longtemps.

Julia se cramponne à mes épaules, comme si ses jambes vacillaient et qu'elle redoutait de s'effondrer. Ça n'arrivera pas ! Jamais ! Je l'enlace et la serre contre moi, avide du moindre contact. J'ai eu un avant-goût de paradis lorsque je l'ai embrassée au Red Lounge, je découvre que je n'en ai effleuré que l'antichambre. Il y a quelque chose chez elle qui m'émeut au point que ma faim d'elle redouble au lieu de s'apaiser alors que ma langue joue avec la sienne. Je n'ai jamais éprouvé ce sentiment. Ce délice. Jamais été à ce point excité à la perspective de posséder une femme. Et je ne suis pas naïf : mon désir n'est que la pointe émergée de l'iceberg des émotions qu'elle m'inspire.

Parce que je veux tout de Julia ! Tout, et plus encore ! Ce n'est qu'un juste retour alors que je me sens incapable de m'arracher à ses bras. Pas par faiblesse, non, c'est bien plus viscéral, comme l'écho d'une vérité gravée dans le marbre.

Mes lèvres dérivent dans son cou, avides de découvrir le soyeux de sa peau. Ses légers soupirs exacerbent ma fièvre, autant que l'inclinaison de son buste pour mieux s'offrir à mes caresses. Il ne m'en faut pas plus pour tirer sur la ceinture de son peignoir et glisser une main sur sa hanche nue. Mes doigts s'égarent plus bas, là où je rêve de me nicher de toutes les façons possibles. Julia tressaille, avec juste assez de prudence pour que je redresse la tête. Ses joues ont viré à l'écarlate, et j'aime la voir au bord de l'essoufflement. Ce qui n'exclut pas ce que je lis dans ses yeux…

– C'est trop tôt, lui murmuré-je avec douceur, désolé d'avoir oublié le cauchemar des dernières heures.

– Non, me contredit-elle en se mordant les lèvres. Je… C'est juste que…

Son hésitation est si mignonne que je dépose un baiser sur son nez, porté par une tendresse inédite. Puis, incapable de résister, je redescends vers sa bouche, occultant le charmant tableau que m'octroie son peignoir entrouvert. Julia répond à mon baiser sans aucune ambiguïté, cette fois-ci. Je la savoure paresseusement, comme si nous avions la vie devant nous pour apprendre à nous découvrir.

– Nom de Dieu ! nous cingle une voix aiguë. Qu'est-ce que vous foutez, tous les deux ?

– Bouhou ! Hou ! Hou ! scande Ryo en délaissant sa balle. Bouhou ! Hou ! Hou !

Dans un glapissement étouffé, je referme le peignoir de Julia et me plante devant elle pour la préserver du regard assassin de ma sœur. Et merde ! Manquait plus que ça !

May me toise avec tellement de colère que je ne peux m'empêcher d'esquisser une grimace coupable.

– Vous n'avez pas le droit ! continue-t-elle, la bouche pincée de détresse. Nous sommes une famille ! UNE FAMILLE ! C'est… indécent ! Immoral, même ! Comment avez-vous pu…

– Arrête, May, la stoppé-je d'un ton ferme. Il ne s'est rien passé…

– Non ? ricane-t-elle, caustique. Vous étiez en train de vous embrasser !

– Et c'était une erreur qui ne se reproduira pas, affirmé-je, conscient de chercher à me convaincre, moi, avant quiconque.

Je lance un coup d'œil navré à Julia. Les lèvres serrées, elle semble aussi démunie que moi. J'effleure discrètement ses doigts en un geste d'excuse, ravi qu'elle réponde à cette légère pression comme si elle s'y raccrochait pour surmonter ce moment de gêne.

– Vraiment ? nous accuse May avec fureur. J'étais tellement heureuse d'avoir une sœur, Julia, mais tu n'es qu'une sale profiteuse. Non contente d'avoir papa à ta botte, tu veux aussi mon frère ? Tu te rends compte que tu vas détruire notre famille ?

– May ! la rabroué-je en avisant la détresse de Julia.

Sa vulnérabilité, celle qu'elle libère si rarement, peint son visage de couleurs affadies. Après la nuit qu'elle a passée, elle ne mérite pas d'être ainsi attaquée et insultée. Et puis ma sœur, ce n'est pas cette rage folle furieuse. Ce n'est pas ce visage hermétique et sévère. Ce n'est pas cette avalanche de jugements impitoyables.

– Quoi ? renchérit-elle pourtant. Tu vas défendre cette sale garce, maintenant ? Vous me dégoûtez !

Sans attendre que je réagisse, elle décampe, une moue de mépris peinte sur sa bouche.

– Reste là, je vais essayer d'arranger les choses, dis-je à Julia, une main nerveuse enfouie dans les cheveux.

– Je suis désolée, murmure-t-elle en baissant les yeux.

Je la dévisage, les mâchoires crispées d'un maelstrom d'émotions qui mêle regret, colère et déception. Et ce sont les regrets qui l'emportent alors que je me dirige vers la porte d'un pas cadencé.

– Pas autant que moi, lui confessé-je avant de partir à la recherche de ma sœur.

25

Julia

– Putain ! La gênance absolue ! siffle Madison entre ses dents. Et tu as fait quoi, après ça ?

– Je suis descendue, en mode pas très fière. Mais May était déjà partie. Mon père est arrivé dans la foulée, donc j'ai fait comme si de rien n'était, en priant pour que le ciel ne me tombe pas sur la tête.

Cette journée reste gravée dans ma mémoire. Entre l'inquiétude de Joe, le regard pénétrant de Détroit, le sourire compatissant de North, je me suis sentie dans la peau d'une sale traîtresse.

– Et Thaddeus ?

– Il m'évite, ce qui est probablement le mieux…

– Probablement ? glousse Madison, cette fois avec une lueur d'humour dans l'œil.

Une fausse désinvolture me secoue le dos. Je ne peux pas regretter notre baiser. Dans ses bras, je me suis sentie entière, comme dépouillée de tous ces démons qui continuent de me hanter. Et c'est une sacrée surprise. Une déroute totale, pour être tout à fait exact. Thaddeus a su me toucher. Avec sa voix aux accents de vérité. Avec ces secrets qui semblent le laminer de l'intérieur. Avec ces éclats de douleur qui filtrent de son œil à son corps défendant.

Peut-être que je n'aurais pas dû être déroutée que le désir surgisse telle une évidence. Après tout, ça, je peux l'admettre. Mais l'impression d'être au chaud contre son torse, enfin libérée de mes cauchemars ? C'est plus inattendu, pour ne pas dire déstabilisant. J'ai toujours appris à ne compter que sur moi-même, mais j'ai été littéralement soulagée que Thaddeus ne m'abandonne pas à l'hôpital. Pire, je me suis raccrochée à sa main... Une main qu'il n'a pas lâchée !

Son soutien... Sa tendresse... Sa façon de veiller sur moi... Sa manière de me protéger... Ce sont ces petits bouts de rien, ou plutôt de vérité, qui ont brisé les remparts érigés autour de mon cœur. Au point que je sois...

– Lui et moi sommes incompatibles ! tranché-je, déchirée par ces réflexions ineptes.

– Parce qu'il est quasiment ton frère ou parce que tu le détestes ?

– Je ne le déteste pas. Il était là, cette nuit.

Un frisson grimpe le long de ma colonne vertébrale à l'idée de ce qui aurait pu m'arriver sans mes « frères ». Moi qui suis d'une prudence excessive, jamais je n'aurais cru pouvoir me retrouver dans une telle situation.

– Ouais, j'avoue, admet Madison, il est remonté dans mon estime. Et, tu sais, tu as le droit de... bien l'aimer. Il est canon et j'imagine qu'il peut être charmant quand il ne joue pas au con.

Bien l'aimer... Pourquoi une petite voix perfide rit-elle dans mon crâne ?

– Mon père le considère comme son fils, il n'y a donc pas de sujet ! Et, de toute façon, les amourettes, ce n'est pas mon truc. J'ai décidé de me consacrer à mes études et...

– Hey! L'un n'empêche pas l'autre, je te l'ai déjà dit! Tu es tellement sérieuse avec les mecs. Tu… tu as déjà eu un copain, n'est-ce pas? me demande-t-elle avec prudence.

– Si tu comptes l'enfoiré qui m'a trompée avec ma meilleure année, oui! grommelé-je entre mes dents.

– Putain! Je suis désolée pour toi. Ce mec était une merde, ne le regrette pas!

– Ça, ça ne risque pas!

– Bien! Alors, maintenant, il faut que tu remontes en selle!

– Que je remonte en selle? ricané-je en ouvrant la porte de la salle où nous avons cours pour la matinée.

Madison secoue la tête, les yeux plissés à la manière d'une conspiratrice.

– Ouep, ma vieille! Parce que, crois-moi, plus tu tarderas, plus ce sera compliqué! Écoute ma vaste expérience sur le sujet. Enfin pas si vaste que ça, mais par rapport à la tienne… sans vouloir te vexer, évidemment… Cela dit, tu n'as pas complètement perdu la main, vu ce qui vient d'arriver avec Thaddeus. C'était bien, au moins? Non, parce que si en plus, le mec, il ne sait pas embrasser… Quoique c'est un Ellis's Demons, hein! Ce serait regrettable que leur réputation ne soit pas à la hauteur de nos fantasmes…

– Stop! l'arrêté-je en pouffant de rire. C'était… bien et ça ne se reproduira pas, donc on laisse tomber le sujet!

– Bien? s'insurge Madison comme si elle n'avait pas entendu la suite de ma phrase. Seulement bien? Merde! Moi qui croyais…

– C'était très bien! la coupé-je de nouveau. Extraordinairement bien! Voilà, tu es contente?

– Bah carrément, parce que, là, tu cassais le mythe!

Une main sur le cœur, elle mime une agonie dramatique, de quoi me tirer définitivement de ma morosité. Le destin est quand même un bel enfoiré : après des mois de désert affectif et une histoire pathétique, le seul mec qui me donne des frissons entre dans la catégorie de ceux que je dois fuir absolument. Cerise sur le gâteau : j'ai beau le savoir, je rêve encore de sa bouche sur la mienne…

Doublement pathétique, hein !

– Mesdemoiselles, messieurs, je vous remercie de m'accorder votre attention, commence Mme Polask, notre professeure de nutrition animale. Le programme de la matinée étant chargé, je vous saurais gré de ne pas m'interrompre pendant le cours. Nous prendrons un temps jeudi prochain pour aborder vos éventuelles questions !

– Charmant ! feule Madison avec une grimace. Cette nana me file les chocottes dès que son regard se pose sur moi. Je parie qu'ils l'ont recrutée dans une école militaire !

– Chut ! lui soufflé-je en réprimant un éclat de rire.

– Sérieux ? siffle une voix acariâtre dans mon dos. Je ne pensais pas que tu oserais te pointer en cours après le bordel que tu as foutu ce week-end ! Ça fait quoi d'être la nouvelle salope du campus ?

Un soupir las fuse de mes lèvres lorsque je pivote vers Chantrelle.

– Tu sais que, là, ça commence à ressembler à une guéguerre de bac à sable ! la fustigé-je, consciente que plusieurs étudiants nous observent, mine de rien. Tu n'en as pas assez de bouffer de la merde avec toutes les conneries que tu débites ?

– Moi, au moins, je ne raconte pas des mensonges pour faire accuser un mec bien de tentative de viol ! Quoi ? Il t'a repoussée, alors tu t'es dit que tu allais te venger? C'est pour ça que tu nous as séparés avec Thaddeus? C'était une autre façon de prendre ta revanche sur lui?

– Appelle le 988[1] en urgence, ma chérie, lui recommandé-je en ignorant les ricanements autour de nous.

– C'est toi, la folle à lier! me renvoie-t-elle d'un ton caustique. Mais, ne t'inquiète pas: les potes de Scott vont te faire passer l'envie de recommencer tes conneries.

– Bordel! C'est quoi, cette merde?! me chuchote Madison, le regard noir, tandis que nous tournons résolument le dos à Chantrelle et ses élucubrations.

– Suite à l'enquête en cours, l'entraîneur de Scott a décidé de le suspendre de son poste de capitaine de l'équipe de natation, nous répond Kelly, ma voisine de droite. Il aurait même salement engueulé Hayes et les autres membres de l'équipe. La rumeur qui court depuis ce matin, c'est que Scott n'a rien fait de mal. Que c'est toi qui as monté toute cette histoire pour lui nuire.

J'ouvre la bouche, puis la referme.

– Julia a été droguée avec du GHB, s'insurge Madison à ma place, et elle a terminé la soirée à l'hôpital. C'est ridicule!

– Ne t'inquiète pas, me rassure Kelly en me tapotant la main, on est nombreux à penser que Hayes et Scott sont à l'origine de ces bruits de couloir, mais tu devrais te méfier d'eux quand même. Ils n'ont pas la réputation d'être cool avec les gens qu'ils n'aiment pas, et ils bénéficient du soutien de toutes les groupies du club de natation. Ces nanas sont frappées. Elles ont emmerdé Olivia après qu'elle a porté plainte. Tu figures, maintenant, toi aussi, sur leur liste d'ennemis.

– Des ennemis? sifflé-je, sidérée. Nous sommes sur un

1. Aux États-Unis, ligne d'assistance téléphonique pour la santé mentale.

campus, pas en plein milieu d'une guerre.

Pourtant, alors que Mme Polask égrène son cours avec une discipline martiale, je surprends plusieurs regards, lourds de reproches, fixés sur moi. Je m'agite sur mon siège, soudain mal à l'aise.

– Ne fais pas attention à eux, me murmure Madison.

Difficile quand, même une fois dehors, je continue de sentir le poids d'une rancœur que je ne comprends pas. Merde ! C'est moi, la victime !

– Je te raccompagne, gronde Madison en adressant un doigt d'honneur à un petit groupe qui me foudroie du regard. Ça va leur passer !

Je demeure silencieuse, perdue dans mes pensées, sur le reste du chemin.

– Ne les laisse pas te démoraliser ! me réconforte-t-elle une fois devant la maison. Ces connards se prennent peut-être pour des stars du campus intouchables, au fond, ce ne sont que des merdes. Et, s'ils réagissent comme ça, c'est qu'ils doivent chier dans leur froc à l'heure qu'il est. Scott doit regretter de s'être attaqué à la fille d'un flic !

– Ouais, enfin, en attendant, ils risquent de me pourrir la vie.

– Pas tant que tes frères et moi serons là, me garantit mon amie.

Je la remercie d'un sourire, mon moral pas vraiment revenu au beau fixe. Cette nouvelle vie est tout ce dont j'ai toujours rêvé, mais les galères s'enchaînent. Et je ne sais plus très bien où j'en suis.

– Écoute, on n'a pas cours cet après-midi. Ça te dit qu'on se mate une série après avoir révisé ?

– Il faut que je me dépense, je vais appeler Manuel pour voir s'il a besoin d'un coup de main au refuge.

– Excellente idée ! S'il a besoin d'autres bras, je suis partante pour t'accompagner. D'ailleurs… Tiens, regarde, il y a un colis à ta porte.

Je me baisse pour ramasser le carton où on a grossièrement écrit mon prénom. En l'absence d'adresse ou d'affranchissement, j'étrécis les yeux, suspicieuse.

– Salut, les filles, nous accueille North. Quoi de neuf ?

Le tableau qu'il m'offre m'extorque un sourire, cette fois-ci d'une sincérité brute. North est assis sur un tabouret, sa guitare entre les mains. Alors que Paillette ronfle à ses pieds, dans son panier, Ryo lui malaxe l'épaule tout en dodelinant de la tête, entraîné par les vibrations de la musique qui jaillit du pincement de ses cordes. Basile a carrément la place du roi, puisque North l'a installé sur la table, devant des feuilles de laitues et des morceaux de carottes. Crock n'est pas en reste : il s'est endormi sous les rayons du soleil, sur l'épaisse branche que j'ai ajoutée à son bac à sable.

Une partie du poids sur mes épaules s'envole spontanément. Ouais, l'essentiel est ici, pas entre les mains de connards arrogants qui se croient tout permis.

– Tu n'avais pas cours, ce matin ? m'étonné-je.

– Nope ! Je ne commence qu'à quatorze heures. Alors, comme tu peux le constater, je m'accorde une matinée ménagerie ! J'ai appris à Ryo à dire : à table ! Allez, vas-y, mon joli !

– Bouhou ! Hou ! Hou ! Bouhou ! Hou ! Hou !

J'éclate de rire devant les efforts appliqués de mon perroquet et l'air navré de North.

– Bon, OK, admet-il, c'est pas encore ça. Mais cet oiseau a du talent à revendre, c'est moi qui te le dis !

En tout cas, perché où il est, Ryo est le roi de la fête et il adore ça.

– Bon courage à toi ! Moi, j'ai essayé de lui apprendre quelques mots, mais je dois m'y prendre comme un manche car je ne l'ai jamais entendu dire autre chose que son « Bouhou ! Hou ! ». Madison, je te sers un truc ? lui proposé-je. Il reste de la purée de carottes pour ce midi et… des asperges.

– Parfait pour moi, et je veux bien un thé.

– North ?

– Rien pour moi, merci.

Je m'attelle à la tâche, incapable de résister au plaisir d'entonner « Somebody to Love » alors que les notes de la chanson jaillissent des doigts de North. Et, oh surprise, Madison m'accompagne, révélant un timbre si riche et si mélodieux que je finis par me taire et la regarder, bouche bée.

– Bah quoi ? réagit-elle lorsque North s'arrête lui aussi de jouer.

– Tu as une putain de voix ! déclare-t-il, admiratif.

– Je me défends, admet-elle en rougissant.

Je lève les yeux au ciel, amusée par la timidité qu'elle affiche soudain et l'air empoté de North. Ma tasse de thé à la main, je les laisse à leur échange et m'intéresse enfin à mon colis. Un cri strident sourd de mes lèvres à la seconde où j'ouvre les battants en carton. J'envoie valser la boîte loin de moi, la poitrine soulevée par un haut-le-cœur. Merde ! Qu'est-ce que c'est que cette blague à la con ?

– Julia ? s'inquiètent North et Madison d'une seule voix.

– Je… c'est rien, dis-je en me reprenant. Juste un canular débile !

– Rien ? insiste North.

Il s'empare du colis, avant d'ébaucher une grimace de dégoût devant le spectacle peu ragoûtant.

– Putain ! C'est quoi cette merde ?

– Des viscères et des têtes de poulet pleines de sang, ironisé-je pour ne pas trahir mon écœurement.

Challenge perdu, évidemment ! J'ai l'habitude de panser plaies et blessures au refuge, je n'ai donc pas de problème avec le sang, mais ça… c'est carrément dégueulasse, une volonté de m'effrayer ou de me terrifier. Pas de bol pour ceux derrière cette blague infecte, je ne suis pas du genre à me cacher dans un trou face à des lâches !

– Il y a une lettre, m'annonce North en extirpant une feuille de papier de la boîte. Charmant… Vraiment charmant !

– *On n'aime pas les sales putes*, lit Madison, les yeux luisants de fureur. Je vais buter ces enfoirés !

– Quels enfoirés ? marmonne North, soudain en alerte. Tu sais déjà qui a fait ça ?

– Hayes et sa clique, riposte-t-elle avant que j'aie pu l'arrêter.

– Ils ne sont quand même pas assez stupides pour me déposer un colis anonyme, deux jours après leur fête, vitupéré-je.

– Ce sont des nageurs, ricane North avec un sourire tordu de mépris. Ils ont le cerveau ramolli par la flotte. J'appelle papa !

– Non ! Pas ça, s'il te plaît ! Il est déjà suffisamment inquiet, et c'est juste une blague pourrie destinée à m'apeurer.

– Ils t'ont envoyé des viscères, se révolte Madison. Le message est carrément flippant.

– Si ce sont ces petits merdeux, ils ont été infâmes avec Olivia après son agression, nous révèle North. Ils voulaient qu'elle retire sa plainte, parce que, voyez-vous, ces messieurs ne supportaient plus d'être interrogés par les flics. Mais, ne te tracasse pas, Jul, on les a matés une fois, on recommencera sans problème !

– Ça n'en vaut pas la peine ! Ils doivent bander comme des phoques à l'idée de m'avoir effrayée, mais ils vont probablement en rester là ! Il faudrait qu'ils aient des couilles pour insister et, visiblement, ce n'est pas le cas. Autant les ignorer !

North me dévisage pendant un long moment, contrarié. Il a beau ne pas partager mon avis, il finit par acquiescer, même si c'est à contrecœur.

– Mais je te préviens, précise-t-il, au moindre problème, on avertit papa !

26

Thaddeus

Mon gant et ma batte de baseball à la main, je sors des vestiaires et rejoins les bancs de touche à petites foulées. Je souris sous la caresse du soleil, ravi de sentir une brise légère sur ma peau. C'est, à mes yeux, le temps idéal pour jouer, ce qui ne fait que renforcer mon impatience à m'élancer sur le terrain.

Il est encore tôt, mais les gradins sont loin d'afficher la foule habituelle, une heure avant le début d'un match. Si nos supporters aiment suivre nos phases d'entraînement et assister à tous nos matchs, la plupart des étudiants ne se déplacent que pour les rencontres qui comptent pour le championnat universitaire. Aujourd'hui, nous recevons une équipe locale, pour une compétition amicale.

Je pose ma batte sur le côté des bancs de touche et me range aux côtés de mes coéquipiers pour me soumettre à l'inspection générale de James Flores, notre entraîneur.

– En forme, les gars ? nous alpague-t-il, le regard perçant. Parce que ce match n'est qu'une mise en bouche de celui qui vous attend la semaine prochaine ! Les Violets ont recruté certains des meilleurs espoirs du baseball, ils ne nous pardonneront pas la moindre faiblesse.

Comme les autres gars, j'évite de réagir autrement qu'en poussant notre cri de guerre. James est un putain de bon coach, mais il ne jure que par la victoire. Alors, évidemment, il exige de nous le meilleur, nous exhortant à dépasser nos limites. Ça ne nous a pas mal réussi jusqu'ici. En trois ans, notre équipe a gagné une réputation de joueurs redoutables.

– Allez, c'est parti : deux tours de terrain pour vous échauffer ! aboie-t-il de sa voix de ténor.

Nous nous élançons comme un seul homme, alternant les foulées régulières et les pas chassés. Mes muscles me tiraillent légèrement, juste assez pour me donner envie de piquer un sprint. Mais j'ai appris à doser mes efforts avec James. Si je donne tout sur le terrain, en phase d'entraînement, je veille simplement à préparer mon corps aux prochaines heures de jeu.

– Bobby nous propose une soirée barbeuc, ce soir, me souffle Détroit en se portant à mon niveau.

– Ouais, bonne idée !

– J'irai acheter quelques packs de bières en rentrant, nous propose North.

– Hey ! Les Ellis ? Vous vous croyez dans un salon de thé ? hurle James lorsque nous passons devant lui. Bordel ! Moins de parlotte et plus d'énergie !

– On avait bien prévu un plan pour le buter, non ? gronde Détroit entre ses dents.

– Un soir où on était bourrés, ouais, confirmé-je. Mais je ne suis pas certain qu'un coup de pelle suffira à le faire taire.

– Bah ! Tant qu'on l'enterre bien profond, y a moyen que ça marche !

– L'acide, décrète Bobby qui court juste derrière nous. Moi, je dis qu'il n'y a que ça de vrai ! Une baignoire remplie d'acide et hop ! Le tour est joué !

– T'es toujours aussi fan de *Bones*[1], toi ! ricane North.

– Cette série, c'est une tuerie, mec, reconnaît-il. Et tu apprends un tas de trucs intéressants. Les serial killers n'ont plus aucune excuse pour foirer leurs meurtres ou manquer d'imagination !

– On enchaîne avec vingt pompes ! nous aboie dessus James lorsque nous nous arrêtons devant lui.

Nous nous jetons à terre, sans discuter, et enchaînons les exercices, conscients d'être observés par l'équipe adverse. James aime à montrer notre force avant même le début du match. Ça fonctionne rarement face à des gars expérimentés et surentraînés, mais j'admets que ça produit son effet sur des mecs moins aguerris. Et c'est carrément efficace auprès des filles…

– Il est en forme aujourd'hui, putain ! feule Samuel, le visage déjà ruisselant.

– Quelque chose à ajouter, Wicker ? l'engueule notre tyrannique entraîneur.

Je pince les lèvres pour ravaler un sourire. On a beau suer sang et eau sous son égide, on n'a jamais été aussi bien préparés physiquement. Vu mon état d'énervement des derniers jours et la tension qui me raidit le corps, je suis plutôt partisan de cette politique intraitable.

Là, enfin, je lâche la bride à l'animal tapi en moi. Un animal qui ne rêve que de s'emparer de la bouche de Julia. Et ma détermination à la fuir ne diminue en rien l'ardeur de ce désir…

Maugréant de nouveau entre mes dents, je termine ma série de pompes et me relève dans un bond leste, les muscles en feu. Ramassant l'une des serviettes apportées par James, j'essuie mon visage humide, puis pioche dans

---

1. Série américaine créée par Hart Hanson d'après les romans de Kathy Reichs, anthropologue judiciaire et écrivain.

la glacière pour récupérer une bouteille d'eau que je vide à moitié d'une seule lampée.

– Thad, tu peux aller récupérer la deuxième glacière dans les vestiaires ? me demande James. Les autres, on commence les lancers.

Je m'éloigne au pas de course. Là encore, nous ne donnons jamais notre maximum sur cette étape de l'entraînement, du moins pas quand nos adversaires traînent dans le coin, mais j'ai besoin d'échauffer les muscles de mes épaules. Parce que j'ai bien l'intention de décocher au moins un tir rapide, aujourd'hui.

– Hey, mec ! me salue Leroy, l'un des nageurs de l'équipe universitaire.

Contrairement à Scott et toute sa clique, j'apprécie cette armoire à glace qu'on imagine plutôt sur un terrain de football que dans un bassin rempli de flotte. Pourtant, Leroy file comme un poisson dans l'eau. Il a néanmoins perdu sa place de leader l'année dernière, après une fracture à la jambe.

– Leroy, tu t'es enfin décidé à rejoindre une vraie équipe de sport ? le nargué-je comme j'en ai l'habitude.

– Un jour, peut-être, ricane-t-il avec un haussement d'épaules désinvolte, bien que je sache que ça n'arrivera jamais. L'ambiance est un peu tendue entre tes coéquipiers et les miens, en ce moment…

Je croise les bras sur mon torse, les yeux étrécis. Leroy est ce que je considère comme un mec bien, mais je ne perds pas de vue que l'esprit d'équipe peut annihiler certaines valeurs.

– Et ? lui demandé-je d'un ton brutal.

Leroy lève les mains en guise de paix, un large sourire barrant son visage.

– Hey ! On est potes tous les deux et je n'ai aucune

tolérance pour les mecs qui abusent des nanas. Je voulais juste te prévenir que la rumeur dit que certaines des groupies de Scott ont prévu d'emmerder ta frangine. J'accorde peu d'importance à ce genre de racontars d'habitude, mais j'ai entendu Hayes déclarer que des filles avaient déposé une plainte auprès de l'administration pour qu'elle soit suspendue pour accusation mensongère.

Mon sang se glace dans mes veines. Je sais que Julia a été un peu bousculée à la sortie de ses cours et snobée par d'autres étudiants, mais, là, ça devient du grand n'importe quoi.

– Merci de l'info, vieux ! le remercié-je avec un coup amical sur l'épaule. Je te revaudrai ça !

Leroy s'éloigne pour rejoindre les gradins. Moi ? Je dois lutter contre un puissant sentiment de colère, avant de retrouver mes coéquipiers. Mais si Hayes et ses potes veulent jouer aux cons, ils vont découvrir que le monde ne ploie pas devant eux !

– Putain ! Tu lambines aujourd'hui, Ellis, me rabroue James tout en me foudroyant du regard. Allez, sur le terrain !

Me focalisant sur le match à venir plutôt que sur ma colère, je récupère mon gant et une balle, puis file me positionner face à Détroit. Nous échangeons quelques passes, sans pousser sur la machine, l'œil furetant du côté de nos adversaires.

– Ils sont loin d'être mauvais, souligne Samuel.

– Le coach ne nous a jamais ménagés en choisissant des adversaires de seconde zone, nous rappelle Bobby. Je parie qu'on va en chier !

Sauf que mon pote est encore loin du compte. L'équipe en face de nous compte quelques joueurs excellents, mais aussi des recrues au physique de déménageur qui n'ont aucun scrupule à jouer des muscles. Et ces enfoirés ont parfaitement étudié notre jeu. Ils ont repéré nos forces, comme nos faiblesses, et n'hésitent pas à s'en servir dès que le match commence.

– Bordel! gronde Détroit après avoir été plaqué au sol par l'une des armoires à glace. Ils se croient sur un terrain de foot ou quoi ? Méfiez-vous du numéro 32 ! C'est un grand malade.

– Ils sont tous barrés, ouais, grogne Samuel. Putain ! Ils ont appris à jouer au baseball avec Hulk ?

Je me positionne sur la base avec ma batte, face à un petit teigneux qui semble mâcher un chewing-gum, genre désinvolte. Néanmoins, ses yeux brillent de l'envie de me faire mordre la poussière. Parce que j'ai réussi un *home run*[2] à la manche précédente ? Probablement !

– Sérieux ? T'arrives à voir la balle avec un seul œil ? se moque l'enfoiré.

Je ne prends pas la peine de lui répondre. J'empoigne plus fermement ma batte, bouge mes épaules dans un mouvement de détente souple, puis balaie le terrain des yeux. Détroit occupe la première base, Hugh la deuxième et North la troisième. Nous menons au niveau du score, mais de cinq points seulement. Autant dire que nous sommes loin de la victoire écrasante ! D'ailleurs, tout peut encore basculer.

Mon casque bien vissé sur la tête, je me concentre sur le lanceur. Le receveur, dans mon dos, n'émet pas le plus petit bruit, mais je l'ai assez vu à l'œuvre pour deviner que c'est un malin.

La balle fuse, trop haut pour la zone de strike. Une stratégie du lanceur ? Ouais, j'en suis persuadé quand il rate son deuxième tir. Le troisième est d'une précision

2. Lancer au-delà du champ extérieur, entre les deux poteaux de limite de terrain.

chirurgicale, rapide et implacable. Mon cerveau réagit à l'instinct et dirige ma batte parfaitement dans l'axe de la balle. Celle-ci repart dans un « pock » sec en direction du champ extérieur. Alors que je m'élance vers la première base, je sais déjà que j'ai loupé mon objectif de l'envoyer au-delà du champ extérieur. Néanmoins, la balle s'égare quelque part, loin des joueurs adverses, ce qui me laisse le temps d'atteindre la deuxième base sans que je ne repère le moindre mouvement autour de moi.

Au maximum de ma vitesse, je pars à l'assaut de la troisième base. À cinq mètres de l'atteindre, je suis percuté par un train lancé à pleine vitesse. Le mec qui a récupéré ma balle ne se contente pas de me toucher ou de m'arrêter, il m'envoie valser dans les airs comme si je n'étais qu'une quille à dégommer. Je m'écrase sur le sol, mon épaule gauche encaissant le plus gros du choc. Et je sais déjà qu'il va y avoir des dégâts.

Une douleur fulgurante me coupe le souffle, au point que je reste sonné pendant quelques secondes avant de basculer sur le dos, une grimace me tordant les lèvres.

– Thad ?

Détroit, Hugh et North sont les premiers à se pencher au-dessus de moi, l'inquiétude nimbant leurs regards furieux. J'accepte la main de Hugh pour me relever, mais ne peux retenir un feulement de souffrance.

– Bande d'enfoirés ! gronde Détroit tandis que l'équipe adverse se regroupe autour de son coach.

– Laisse tomber ! maugréé-je. Ils cherchent la bagarre !

– Ce sont des bourrins de première, ouais ! renchérit Hugh.

– Ton épaule ? m'apostrophe James lorsque je rejoins le banc de touche.

J'essaie un mouvement circulaire pour tester mes

muscles, mais la douleur interrompt ce simple exercice.

– Rien de cassé, dis-je néanmoins.

James ne serait pas l'entraîneur qu'il est s'il se fiait à ce genre de déclarations sans vérification. Comme la plupart des gars, j'ai tendance à remettre à plus tard l'analyse de mes blessures quand je suis en plein match. Parce qu'il fait une bonne dizaine de centimètres de moins que moi, James bascule légèrement la tête en arrière, l'œil pénétrant tandis qu'il m'examine d'un air critique.

– Lève le bras ! Allez ! Ouais, c'est bien ce que je pensais, constate-t-il quand je rate ce test, incapable de réprimer un élancement de douleur. Ton bras droit ?

La souffrance n'est pas aussi piquante, mais je mise sur un bel hématome. Le coureur qui m'a fauché n'y a pas été de main morte ! Je soupçonne que, si je suis encore en mesure de lancer, je ne ferai plus d'étincelles. Mais je peux m'en tirer en privilégiant la stratégie à la force.

– Je veux que tu voies le doc, entérine James, pragmatique. Et, en attendant, je te sors du terrain. On ne peut pas se permettre de te perdre pour le match contre les Violets !

– Eh merde ! feulé-je entre mes dents, incapable pourtant d'argumenter contre cette décision.

– Robin, prépare-toi, tu entres sur le terrain pour la prochaine manche ! Et va falloir se bouger, les gars ! Ces enfoirés sont peut-être des tanks, vous êtes largement mieux entraînés qu'eux ! C'est le moment de mettre en action ce que je vous ai enseigné ! À moins que vous ayez décidé de vous incliner devant ces bouseux ?

– Pas question, coach ! hurlons-nous d'une seule voix forte.

Les gars rejoignent les bancs de touche pour faire le point sur la stratégie de jeu. Je les suis en traînant les pieds, pas franchement ravi de devoir rester en retrait.

– J'ai appelé Julia, me signale North une minute plus tard.

– Pourquoi, merde ? grogné-je.

– Tu as besoin que quelqu'un te ramène à la maison.

Mes épaules me hurlent qu'il s'agit là d'une nécessité, en plus d'exiger une douche brûlante le plus rapidement possible, mais mon cerveau est loin d'apprécier l'idée de devoir m'en remettre à Julia. Ce n'est pas pour rien que je l'évite au maximum.

Si May ne nous avait pas interrompus…

Si May ne m'avait pas rappelé les limites que je m'apprêtais à franchir…

Je me renfrogne, comme à chaque fois que je songe à cette fameuse soirée. Pourtant, ce qui l'emporte n'est pas le regret. Du moins pas celui d'avoir failli compromettre l'intégrité de ma famille, non !

– Il va falloir que tu règles ce problème autrement qu'en restant loin d'elle, me murmure North en veillant à ce que Détroit ne nous entende pas. Papa va finir par s'apercevoir que tu fuis Julia.

– On verra ça une prochaine…

– Salut, les gars ! s'élève la voix chantante de Julia.

Je lui adresse un regard peu amène. Parce que, même là, alors que je ne veux pas la voir, je ne peux m'empêcher de scruter son visage constellé de taches de rousseur à la recherche de la lueur qui nous a enflammés, l'autre soir.

Quant à mon envie de l'embrasser, elle n'a pas diminué d'un iota… Mon ventre se tord de ce besoin que je ne contrôle pas, au point que je dois me concentrer pour remplir mes poumons et ignorer la douce senteur de son parfum.

– Tu as été rapide, réagit North avec un large sourire.

– J'étais dans les gradins, nous avoue-t-elle. J'avais très envie de vous voir sur le terrain, et je n'ai pas été déçue. Vous êtes sacrément doués !

– Je n'ai pas besoin d'un taxi, grommelé-je. Je peux très bien…

– Ne fais pas l'enfoiré ! me réprimande mon frère. Tu vas rentrer, te prendre une bonne douche chaude, appliquer le baume de maman sur tes muscles endoloris, puis appeler le doc pour faire un bilan.

North, le bon sens incarné ! Une vérité d'autant plus patente qu'une nouvelle grimace ourle mes lèvres lorsque je frotte mon épaule gauche.

– Ne discute pas, me souffle Julia en rivant nos regards. Je suis là, et tu souffres.

– Allons-y !

Je ne lui décroche pas un mot tandis que nous roulons vers la maison, même si elle me jette de brefs coups d'œil empruntés. Une chance pour moi, le trajet est court. Ça n'en reste pas moins une épreuve, car son parfum m'enveloppe dans une couverture de tentation brute. Merde ! Comment j'en suis encore à ce stade où je ne parviens pas à contrôler mes sens en sa présence ?

Le pire ? C'est plus que du désir. Plus que l'impression d'une chaleur intense dans mes veines. Quand Julia est là, je me sens plus léger, comme si des bulles explosaient dans mon abdomen. Ou que des ailes frôlaient ma peau, telles des milliers de caresses aériennes et délicieuses.

Ouais, tout ça est ridicule !

– Merci ! dis-je en filant vers ma chambre, dès notre arrivée à la maison.

Julia ne cherche pas à me retenir et c'est tant mieux ! J'ai tout de la cocotte-minute sur le point d'exploser. Parce que ça fait des jours et des jours que je réprime ce putain de désir qui me rend dingue.

L'eau chaude détend mes muscles pétris de douleur, un soulagement qui s'efface dès que je sors de la douche. Déterminé à suivre les conseils de North et à utiliser le baume apaisant de ma mère, je me sèche rapidement, enfile un jean et fouille mes placards à la recherche du pot de crème. En vain…

– Eh merde ! grommelé-je, avant de me souvenir que maman en laisse toujours un stock dans la cuisine.

Je descends au pas de course, ravi de découvrir que je ne me suis pas trompé. Appuyé contre l'îlot de la cuisine, je commence à pétrir mon épaule gauche, conscient que la raideur de mes mouvements est un obstacle à une bonne pénétration de la crème.

– Laisse-moi t'aider, me propose Julia d'une voix douce.

Je sursaute, surpris de l'apercevoir tranquillement installée dans le canapé. Lorsqu'elle se lève pour me rejoindre, je ne peux m'empêcher de la mater, le putain de fourmillement enflant dans mes veines.

Ses longs cheveux dansent sur ses épaules rondes, mettant en valeur son épiderme crémeux. Son débardeur noir n'a pourtant rien d'impudique avec son léger col en V, mais il souligne sa poitrine comme une seconde peau. Une poitrine que j'ai à peine eu le temps de contempler lorsque son peignoir s'est ouvert, l'autre soir. Une poitrine que je rêve de lécher pour en savourer le goût…

L'envie de découvrir toutes ses courbes du bout des doigts et de la langue ne cesse de m'obséder depuis…

J'inspire profondément, comme si l'apport d'oxygène pouvait chasser le serpent de feu qui m'incite à m'abandonner à ce désir incendiaire.

Et je manque carrément de péter les plombs lorsque

je constate que sa respiration s'alourdit légèrement sous mon regard. Qu'elle admire mon torse avec une intensité qui me persuade qu'elle rêve elle aussi de me toucher.

Pourtant, Julia demeure stoïque. Elle s'empare du pot et commence à m'enduire les épaules. Ses caresses sont légères, destinées à m'apaiser. Cependant, elles fissurent quelque chose en moi. Pas dans le but de détruire, non ! C'est plus subtil, comme si du miel coulait à présent dans mes veines.

– Je ne te fais pas mal ? me demande-t-elle en marquant une pause lorsque j'expire un peu bruyamment.

– Non.

La vérité ? Tout mon corps est tendu. Avide d'autres frôlements. D'autres effleurements. En réponse, les doigts de Julia s'attardent sur mon épiderme avec plus de langueur. Je ne suis pas du genre à laisser quiconque prendre soin de moi. Ce serait comme afficher mes failles. J'ai trop subi, autrefois, pour accepter cette fenêtre ouverte sur mon âme. Mais, avec Julia, la question ne se pose pas. Je ne me sens ni amoindri ni diminué. Ni en danger !

Au contraire, une partie de moi réclame ce partage de sensations qui nous lie au-delà des mots.

Le frémissement dans mon abdomen redouble, au point qu'un sourire fleurit spontanément sur mes lèvres. Je suis loin de me sentir enivré, pourtant il y a quelque chose de ressemblant dans ce que Julia m'inspire. Un bonheur simple. Une douceur intense. Un besoin de me connecter à elle, comme si nous étions faits pour ça.

J'ignore à quel moment je bouge, mais je me retrouve à l'enlacer et à plaquer ma bouche sur la sienne. Ses lèvres s'entrouvrent sans m'opposer la moindre résistance. Nos souffles se mêlent dans un ballet qui me chavire littéralement. Les battements de mon cœur s'accélèrent. Plus que jamais, j'ai cette impression que Julia est à sa juste place dans mes bras. Que nous ne trahissons aucune règle ou aucune des personnes que nous aimons en cédant à notre désir.

Je la savoure plus intimement, presque paresseusement, les mains enroulées autour de sa taille. Je la rapproche encore de moi, car j'ai besoin de réduire la distance entre nos deux corps au strict minimum. Pour mieux capter les tremblements qui assaillent sa peau ? Ouais, je suis rassuré de la voir aussi chavirée que moi.

Nos bouches finissent par se séparer. Bien trop vite…

Nous sommes tous les deux pantelants, comme frappés par la foudre. Néanmoins, aucun regret ne vient entacher cet instant volé à la raison. Parce que c'est exactement ce qu'est cette étreinte : une parenthèse enchantée qui n'a pourtant pas droit de cité dans nos vies.

Je m'accorde pourtant encore quelques miettes de ce rêve. Frôle sa bouche sans l'envahir. Admire la lueur de désir qui s'attarde dans son regard. Frissonne carrément devant l'éclat humide de ses lèvres. Devant ses lèvres gonflées de mes baisers…

Je cille lorsque mon téléphone sonne, mettant un terme à notre face-à-face intime. Julia recule, les joues empourprées, et baragouine des mots inintelligibles tout en creusant un fossé de plus en plus large entre nous.

Je la suis des yeux jusqu'à ce qu'elle disparaisse dans les escaliers. L'ombre de sa présence continue pourtant de planer au-dessus de ma tête. Un coup de poing mental me ramène au présent, tout en me hurlant que je suis en train de perdre quelque chose de précieux.

D'infiniment précieux…

Parce que je suis amoureux de Julia ?

Une part de moi a beau s'insurger contre cet écho, mon cœur, lui, admet l'idée sans même un tressautement de révolte.

Je suis amoureux… de la fille de mon père !

Bravo, vous avez gagné à la loterie du destin ! me lance une voix acerbe, utilisant une tonalité qui encombre encore parfois mes cauchemars.

27

Thaddeus

Je suis toujours furax contre ce putain de destin à la con quand North et Détroit viennent me récupérer pour me conduire chez Bobby, mais je me suis résigné à enterrer le sujet. Ce qui implique d'en revenir à ma décision de croiser Julia le moins possible.

– Alors, le match ? demandé-je.

– On les a pulvérisés ! jubile Détroit en levant un poing victorieux. Et, au passage, on a rendu coup pour coup !

– Une hécatombe, maugrée North. Jamais vu un match aussi violent ! Du grand n'importe quoi ! Et, toi, ton épaule ?

– Tout est en place. Le doc a confirmé que je serai opérationnel pour le prochain match si je ne tire pas trop sur mes muscles d'ici là.

– Tant que tu arrives à lever ton verre ! ricane Détroit. Allez, les mecs, on est partis pour aller fêter notre victoire !

Une heure plus tard, nous flânons dans le jardin de Bobby, une bière à la main. Toute l'équipe est au rendez-vous, ainsi qu'une bonne humeur contagieuse. J'oublie Julia et le bordel qu'elle a foutu dans ma vie pour me concentrer sur mes potes.

Un échec lorsque Bobby me rejoint près du barbecue.

– J'ai entendu dire que Julia avait encore des ennuis avec les groupies de Monroe, me lance-t-il.

J'enverrais bouler un autre que lui, mais c'est sa sœur qui, la première, a été la cible de cet enfoiré de Scott. J'avale une longue gorgée de bière, puis opine de la tête.

– Ouais. Apparemment, elles se sont dit que ce serait une bonne idée de porter plainte contre elle auprès du doyen de l'université.

– Des crétines ! Elles ont été hyper tenaces avec Olivia et lui ont mené la vie dure pendant des mois. Putain ! Je les aurais bien fracassées, ces connasses.

Un désir partagé, même si je ne l'exprime pas à voix haute. Bobby a toujours été très proche de sa sœur, au point qu'il a salement culpabilisé quand il a appris son viol.

– Comment va Olivia ? lui demandé-je. J'ai vu qu'elle avait repris les cours.

– C'était important pour elle, même s'il y a des jours avec et des jours sans. Mais elle a décidé de chier au cul de ces enfoirés.

– C'est la meilleure réponse à leur envoyer ! En tout cas, elle peut compter sur chacun d'entre nous si elle a de nouveau des problèmes.

– J'ai l'impression qu'actuellement ta sœur représente une meilleure cible à leurs yeux ! Alors, pour la sécurité de nos frangines, va falloir qu'on garde Scott et sa clique encore un moment à l'œil. Mais j'espère bien que les flics vont réussir à trouver des preuves !

– À qui le dis-tu !

– Bon, les mecs, nous interrompt Samuel, ce serait pas l'heure de lancer le barbeuc ? Non, parce qu'on a la dalle, nous !

– Toi, t'as toujours faim, râle Bobby, mais j'imagine que, si je ne veux pas que vous finissiez bourrés sur ma pelouse, je ferais bien de vous nourrir !

– Parce que tu crois, vraiment, que ça suffira à nous dessoûler, ricane Détroit avant de vider sa cannette.

– D'ailleurs, t'as rien de plus fort ? demande Hugh.

– Bande d'ivrognes !

– Hey ! On a mérité de se faire plaiz après notre match au royaume des catcheurs ! mentionne Samuel en s'attirant une bordée de cris enthousiastes.

En moins d'une seconde, tous mes potes se jettent les uns sur les autres, imitant une mêlée virile. Avec mes épaules en vrac, je préfère m'éloigner et rejoins North, installé un peu à l'écart du groupe.

– Une autre bière ? me propose-t-il en avisant ma bouteille vide.

– Nope ! Le médecin m'a refilé des médocs qui ne font pas bon ménage avec l'alcool. Je me limiterai donc à une cannette.

– Depuis quand tu te montres raisonnable ?

– Peut-être depuis qu'un gringalet m'a envoyé valser dans les airs ! Je ne l'ai même pas vu arriver, putain !

North me dévisage d'un regard impénétrable, puis lâche du bout des lèvres :

– On ne peut pas dire que tu sois vraiment concentré, en ce moment.

Une simple vérité, même si j'ai du mal à l'admettre à haute voix. Et je n'ai surtout pas envie d'approfondir le sujet avec mon frère. Pas alors qu'il me connaît assez pour deviner entre les lignes ce que je ne lui avouerai sous aucun prétexte !

– Eh merde ! gronde-t-il soudain. C'est quoi tout ce monde ?

Alors que nous devions passer une soirée entre coéquipiers, Bobby a semble-t-il rameuté des renforts supplémentaires. En moins de dix minutes, nous nous retrouvons noyés au milieu d'une foule d'étudiants déterminés à faire la fête jusqu'au bout de la nuit.

Le visage de mon frère se verrouille, preuve qu'il passe en mode pilotage automatique. Le bruit et le monde, il peut les supporter, mais l'assaut de filles déterminées à le séduire sans tenir compte de sa phobie du contact, ce n'est même pas la peine.

Ce soir, je ne me sens guère dans de meilleures dispositions. Pas quand je croise des regards aguicheurs, clairement prêts à flirter.

– Je vais me balader dans la forêt, m'annonce North en désignant l'obscurité silencieuse derrière nous.

Bobby vit un peu à l'écart de Moscow, dans un coin idéal pour les randonnées au grand air. Seulement de nuit, c'est surtout un putain de labyrinthe. Manquerait plus que mon frangin s'y perde !

– Attends ! Je ne me sens pas en super forme en fin de compte. Ça te dérangerait de me ramener ?

La pitié n'a jamais eu sa place entre nous, mais North et moi avons toujours veillé l'un sur l'autre. Depuis ce jour où nous avons intégré que nous étions liés par les mêmes chaînes, nous nous sommes choisis comme frères. Et cela avant même que ma mère ne décide de le prendre sous son aile.

Aussi, malgré la glace apparue dans ses yeux à ma question, finit-il par se détendre légèrement.

– OK, je préviens Détroit. Il rentrera probablement plus tard.

Je me charge de prévenir Bobby, puis récupère ma veste avant de rejoindre notre voiture. North est déjà installé derrière le volant, le visage résolument tourné vers la route, en contrebas. Un soupir mental m'échappe, comme à chaque fois qu'il m'offre le spectacle de cette solitude que rien ne parvient à pulvériser.

– Thad !

Je grogne en reconnaissant la voix de Chantrelle. Qu'est-ce qu'elle fiche ici, merde ? Elle n'a jamais appartenu au cercle d'amis de mes potes. Et je n'ai surtout pas envie de lui parler. Ses appels incessants depuis notre rupture continuent de polluer ma boîte vocale, même si je n'ai écouté aucun de ses messages.

– S'il te plaît ! Juste deux minutes, m'implore-t-elle dans une plainte bien trop sensuelle pour être sincère.

– Je n'ai rien à te dire, Chantrelle ! lui opposé-je en lui faisant face.

Son sourire languide est un écho de notre passé, un mélange de séduction et de moue à la coquetterie exagérée. Et, comme toujours, elle n'a pas lésiné sur les moyens pour mettre son corps en valeur. Son jean n'a rien de particulier, mais son bustier dévoile la naissance de ses seins et une large bande au niveau de son abdomen. Avec sa peau dorée, le résultat est éblouissant.

Pourtant, je reste de marbre devant ce tableau, mes terminaisons nerveuses aussi statiques que des morceaux de glace. Chantrelle est belle, difficile de le nier, mais il lui manque cette petite étincelle qui change tout.

La petite étincelle qui brille avec force dans le regard de Julia…

– Pourquoi tu ne réponds pas à mes messages ? me demande-t-elle, des larmes de crocodile flattant le coin de ses yeux.

– Notre histoire est terminée ! lui rappelé-je. Je ne vois pas bien ce qu'il y a à ajouter.

– Tu es toujours célibataire…

– Et ?

Je n'enchaîne pas les filles comme Détroit, mais je ne suis jamais resté plus de quelques semaines sans mettre une nana dans mon lit. Une époque qui me semble si lointaine et si dénuée de sens que je me mets à ricaner.

– Eh bien, je me suis dit que… peut-être… toi et moi…

– Putain ! Chantrelle ! Il n'y a jamais eu de toi et moi. On baisait ensemble, c'est tout !

Mes paroles sont abruptes, mais je n'oublie que cette garce a malmené Madison et aurait probablement continué avec Julia si elle n'était pas tombée sur une adversaire assez coriace pour lui renvoyer le reflet de sa connerie. Alors la ménager ? Même pas en rêve !

Son visage se ride de colère plus que de peine, ce qui me prouve qu'il est, ici, surtout question d'ego. Comme certaines filles que j'ai baisées, elle s'imaginait pouvoir me faire tomber amoureux d'elle. Et, là encore, ce n'est pas une question d'amour malheureux. Chantrelle n'aime qu'elle. Simplement, m'inscrire à son tableau de chasse comme « mec raide dingue » aurait eu plus de classe que « plan cul ».

– Tu ne m'as pas remplacée ! Je suis sûre que tu éprouves un truc pour moi et…

Je lui éclate de rire au nez, puis me détourne pour rejoindre la voiture. North ne fait pas semblant de nous espionner et, à son sourire amusé, il n'a pas loupé grand-chose de nos échanges.

– Tu la baises, c'est ça ? m'assène Chantrelle. Putain ! Je le savais ! Tu baises cette sale pute arriviste !

Je ne lui réponds même pas, m'installe sur le siège aux côtés de North et le laisse démarrer sans même jeter un regard en arrière. Chantrelle, c'est de l'histoire ancienne. C'est même plus que ça ! Je ne veux plus jamais coucher avec ce genre de nanas. Plus jamais me frotter à cette médiocrité qui ne parlait qu'à mes sens physiques.

J'ai soif d'autre chose. Soif d'une vérité qui ne sera, pourtant, jamais mienne…

28

Julia

À coups de jet d'eau rapides, je nettoie le box d'un énorme patou[1] qui n'a pas l'air vraiment ravi que je vire les morceaux déchiquetés de son panier. Fitz est un chien adorable et très affectueux, mais il détruit tout ce qui se trouve à portée de ses crocs. Résultat : ses anciens maîtres ont fini par jeter l'éponge, sans songer un seul instant que leur bon vieux toutou avait simplement besoin de dépenser son trop-plein d'énergie. La galère, c'est qu'au refuge, les box ne favorisent pas l'épanouissement physique et qu'au vu du nombre de pensionnaires, les balades ou sorties en parc sont limitées.

– Ouais, c'est pas cool, soufflé-je au gros lourdaud qui oublie sa frustration à la seconde où je commence à le caresser.

– Julia, m'interpelle Manuel au travers des barreaux, tu peux le préparer pour une présentation ? Une famille l'a repéré sur notre site et souhaite le voir.

– Tu veux que je gère la rencontre ?

– Ça m'arrangerait, ouais. Ah ! Et, au passage, je ne vais pas te mentir, je suis super content que tu fasses autant d'heures sup depuis une semaine, mais tu es sûre que ça n'empiète pas sur tes études ? Non, parce qu'une

1. Chien des Pyrénées.

employée aussi douée que toi avec les animaux, ça ne court pas les rues. Je ne voudrais pas que tu plantes ton année !

Je souris à mon boss, consciente qu'il ne nous a pas fallu longtemps pour devenir amis. Manuel est un passionné, le genre de gars qui se consacre corps et âme à la cause animale. Avec James, son bras droit, il sillonne l'Idaho pour récupérer toutes les bêtes à poil et à plumes qui sont maltraitées. Et peu lui importe que le foyer déborde, il refuse tout bonnement de fermer les yeux quand il repère un animal en détresse.

– Tout va bien, je te rassure ! Je suis simplement mieux ici qu'à la maison, en ce moment !

– Des problèmes familiaux ?

– Non, pas vraiment. C'est juste qu'il y a un peu de tension depuis mon agression. Mes… mes frères ont tendance à vouloir me surprotéger, et mon père n'a pas été élevé à meilleure école. Ils m'étouffent !

Et c'est peu de le dire ! Même Thaddeus qui m'évite encore plus depuis notre dernier baiser me donne le sentiment d'être sous cloche. Cela dit, que nous nous croisions peu est peut-être bien une bénédiction, parce que, merde, à l'instant où ses lèvres ont touché les miennes, j'ai oublié toutes mes bonnes résolutions de le maintenir à distance.

Parce que ce n'est pas qu'une question de désir ? Parce que Thaddeus a réussi à atteindre une part de moi que je protège pourtant avec âpreté depuis la trahison de Marlon ? Je secoue la tête, comme si ce geste pouvait éloigner l'enchevêtrement de sentiments qui rend mon cœur presque douloureux. Douloureux et, pourtant, chantant de bonheur et de légèreté.

Je baisse la tête, de façon à me cacher derrière les

mèches de cheveux rebelles qui échappent à ma tresse. Ma peau s'échauffe quand je repense aux baisers de Thaddeus, à la façon dont ses muscles ont roulé sous mes paumes pendant que je l'enduisais de crème. Oui, mon ventre a frémi d'une faim purement féminine et sexuelle, mais il n'y avait pas que ça. Non…

Les battements de mon cœur s'accélèrent un peu plus. Le désir était déjà un problème en soi, vu notre situation, mais ce que fredonne au creux de mon âme… Merde ! Je n'ai jamais été du genre à me voiler la face, mais j'aimerais gommer ces sensations qui me ramènent à des sentiments bien trop dangereux.

Des sentiments qui parlent d'amour avec une évidence absolue. Des sentiments que je n'ai pas le droit d'éprouver, merde ! Des sentiments qui s'imposent, pourtant, avec une virulence qui me désarçonnent.

Une chance au milieu de tout ce bordel, je n'ai pas reçu de nouveaux « cadeaux ». Je n'ose imaginer la réaction de mes « protecteurs » si j'avais été de nouveau embêtée.

– Des gars comme il faut ! décrète Manuel avec un sourire satisfait. Au fait, pour Fitz, la famille est au courant de ses petits défauts.

– OK, parfait !

Mon cœur se serre lorsque je regarde Fitz, espérant de toute mon âme que le moment soit enfin venu pour lui de quitter le refuge. Depuis que je travaille ici, il n'a pas été une seule fois sollicité en vue d'une adoption. Ce bon gros pépère est tellement énorme que la plupart des familles s'effrayent en l'apercevant.

Je le guide vers le parc de présentation, des mots d'encouragement sur les lèvres. Fitz est si content de pouvoir gambader qu'il redresse l'échine comme un chien de compétition. Sûr qu'il a fière allure, avec son poil d'un blanc immaculé. Le hic, c'est que ce coquin est aussi super excité et qu'il tire comme un damné sur sa laisse. Et que le couple qui attend devant le grillage ne perd rien de mon combat pour éviter de finir traînée dans la poussière.

– Sacrée énergie, rigole le gars en s'agenouillant pour saluer Fitz. Alors, mon gros, on a envie de courir ?

– Il en a à revendre, ça, c'est sûr, déclaré-je en riant. Je suis Julia, et c'est moi qui vais diriger la présentation.

– Julia ? Mais, oui, on se connaît… Enfin, on s'est croisés… je veux dire… j'étais là quand… à la fête de Hayes…

Malgré son air confus, je me fige. Depuis cette soirée maudite, je me retrouve prise au milieu d'une tempête qui accroît mon désir de fuir le monde des humains. Putain ! Des abruties teigneuses sont allées jusqu'à déposer une plainte contre moi devant le président de l'université. Plainte classée sans suite, mais quand même !

Au moins, au sein du refuge, personne ne me reproche d'avoir été droguée à mon insu. Ou d'avoir osé porter plainte. Heureusement, je reçois plus de soutiens que de critiques, mais je ne supporte plus les regards accusateurs et assassins où que j'aille sur le campus.

– Bobby, le réprimande sa copine.

– Désolé, je… Je suis Bobby Marelli. Je joue dans l'équipe de baseball avec North, Détroit et Thaddeus. Et voici ma sœur, Olivia.

– Oh ! Oui, je vois, noté-je avec un soulagement manifeste.

– C'est pour moi que nous sommes ici, ajoute Olivia, un sourire timide peint sur les lèvres. J'ai grandi au milieu de chiens, mais j'ai toujours rêvé d'avoir le mien et… le moment est venu de le réaliser.

Olivia… La première victime du violeur au GHB. Les ombres dans son regard sont impossibles à ignorer. Pourtant, la femme qui me fait face possède toutes les caractéristiques d'une guerrière.

– Et, donc, tu as craqué sur Fitz !

– J'adore les gros chiens et son histoire m'a touchée. Il ne mérite pas de finir sa vie dans un box parce que ses maîtres étaient des irresponsables !

– Manuel a déjà mentionné ses petits défauts, il me semble ? demandé-je parce qu'il est essentiel que je vérifie qu'Olivia a bien compris de quoi il retournait.

– Oui, en long et en large, abonde Bobby. On vit en pleine nature, alors il aura de quoi courir. Surtout avec Olivia.

Devant le ricanement légèrement moqueur de son frère, Olivia lui balance son poing dans l'épaule, puis siffle d'amusement.

– Je me prépare pour le marathon de New York, m'explique-t-elle. Et je suis également une adepte de cross-country. J'ai besoin d'un compagnon pour m'accompagner lors de mes entraînements.

Elle s'accroupit à son tour devant Fitz et lui caresse doucement la tête.

– Ça te dirait, mon beau, de t'éclater avec moi ?

En bon gros patou qui se respecte, Fitz lui lèche le visage, avant de se frotter contre elle. Vu le gabarit d'Olivia, c'était couru d'avance : elle finit sur les fesses avec un monstre de tendresse collé à elle.

– Fitz ! le grondé-je en pinçant les lèvres pour ne pas rire. Bon, ce monsieur a encore besoin de travailler ses bonnes manières, mais il se montre attentif quand on le guide. Je vous le mets en parc ?

– Oui, merci, me répond Bobby. Je vais le tester un peu.

– Notre père est maître-chien, m'explique Olivia tandis que son frère attire Fitz au centre de l'enclos. Il nous a appris les rudiments de l'éducation canine, mais Bobby s'en sort mieux que moi.

En tout cas, Fitz apprécie et se montre si appliqué à obéir aux ordres que mon cœur se réchauffe d'espoir.

– C'est un bon chien, argué-je, ravie de le voir s'amuser comme un fou. Après deux ans de box, il mérite une famille.

– J'ai été séduite à la seconde où j'ai consulté son profil sur votre site, m'avoue Olivia avec un rire discret. Son panier l'attend déjà à la maison.

– C'est une chouette nouvelle pour lui. Il supporte de moins en moins la vie en refuge.

– Tu sais, bafouille-t-elle, soudain moins confiante, j'avais prévu de venir te voir…

– Ah bon ?

– Je… Quand j'ai porté plainte, personne n'a voulu croire que Hayes ou ses potes pouvaient être derrière mon agression.

– C'est malheureusement toujours le cas, déploré-je.

– Sauf que nous sommes deux, et ça change tout. Deux autres filles ont déposé plainte, hier.

Je me fige, étonnée que Joe ne m'en ait pas parlé. Enfin, c'est peut-être logique vu que je lui ai demandé d'arrêter de me rendre compte de chaque étape de l'enquête. Savoir que Scott allait s'en tirer ne concourait pas vraiment à me remonter le moral !

– L'une d'elles, Marina, n'avait aucun souvenir, comme moi. Elle a participé à une fête organisée par Hayes, puis c'est le trou noir. Mais Chiara, elle, elle se rappelle certaines choses. Apparemment, la police serait sur le point d'inculper Scott et…

Elle s'interrompt, les yeux perdus dans le vague, alors qu'elle force ses poumons à se remplir. Je ne saurai jamais ce qu'elle a traversé, cet oubli qui, au lieu d'apaiser, se transforme en la pire des tortures. Je lui saisis la main, pleine de compassion.

– Ses groupies ne vont pas apprécier, raillé-je, sarcastique. Mais, au moins, elles ne pourront plus nous accuser d'affabuler sans preuve !

– Ouais, elles peuvent être très connes, ces idiotes ! Enfin, heureusement, certaines ont ouvert les yeux ! Cela dit, si tu as envie de discuter, un de ces jours, ou de partir en trek dans nos belles montagnes, n'hésite pas à m'appeler ! J'ai assez morflé ces derniers mois pour savoir qu'on a parfois besoin de s'éloigner de la civilisation !

– Avec plaisir !

– Ce chien est une crème, nous interrompt Bobby en nous rejoignant, Fitz sur les talons.

– Tu valides, alors ?

– Comme si mon avis comptait, glousse son frère. Évidemment que oui !

Une heure plus tard, et un contrat d'adoption signé en bonne et due forme, je sors du refuge, mon moral revenu au beau fixe.

– North ? m'étonné-je en le repérant près de ma voiture.

– J'étais dans le coin, je me suis dit que ce serait sympa qu'on rentre ensemble.

– Heu… Tu étais dans le coin ? Vraiment ?

Je balaie les environs du regard, un sourcil rehaussé de perplexité malicieuse. Le refuge a été bâti à l'écart de la ville, à l'orée d'une forêt luxuriante et sauvage. Les randonnées sont prisées par ici, mais, en général, elles démarrent des parkings créés tout spécialement pour cette activité.

North se frotte la nuque, une moue embarrassée inscrite sur le visage.

– En fait, c'est une idée de Joe. Il a appelé pour nous annoncer que Monroe venait d'être arrêté. Il pense que c'est mieux que tu ne restes pas seule pendant quelques jours, histoire que cette affaire se tasse d'elle-même.

– Il redoute que Hayes ou l'un de ses potes me tombent dessus, c'est ça ?

– Ouais. Hayes a été convoqué par la police, m'explique-t-il. L'une des victimes qui ne s'étaient pas manifestées jusqu'à présent a porté plainte quand elle a compris qu'elle n'était pas la seule à avoir été violée et que cet enfoiré de Monroe continuait ses conneries. Grâce à ses indications, les flics ont découvert que Hayes le couvrait. Pour le moment, il n'y a pas de preuves directes contre lui, mais tous ses sponsors l'ont lâché à cette annonce, et son entraîneur l'a mis à pied.

– Donc il risque de m'en vouloir ! Sympa !

– Nous sommes là, ma belle, et, cette fois, cet enfoiré a perdu ses soutiens.

Mon soupir sonne comme l'écho de mes incertitudes. Même si je n'ai pas été réellement enquiquinée depuis le colis, mis à part cette plainte stupide auprès de l'université, j'ai affronté assez de médisances et insultes pour devoir clôturer mes réseaux sociaux. Derrière leurs écrans, ils sont nombreux à estimer qu'ils peuvent tout se permettre, à commencer par te menacer de mort ou t'inciter au suicide. J'ai découvert, ahurie, la portée du cyberharcèlement. Mais le pire, c'est qu'un jeune un peu fragile ou isolé peut se noyer face à cette déferlante de haine et aller jusqu'à l'irréparable. Seigneur, à quelle époque vivons-nous ?

– Ouais, ben, je me serais bien passée de toute cette merde !

– Est-ce qu'on peut s'arrêter au supermarché en rentrant ? J'ai quelques courses à faire et Détroit n'avait pas la patience de m'attendre.

– Ça me va. Je dois racheter des carottes pour Basile. Je ne sais pas qui se lève la nuit pour les bouffer en douce, mais c'est la troisième fois que je dois refaire le plein cette semaine.

– Je plaide non coupable ! se défend North, si angélique que j'étouffe un ricanement.

– Allez, monte avant que je décide de te laisser ici !

– Tu n'oserais pas ! se récrie-t-il en se précipitant néanmoins vers le siège passager.

Je démarre en riant. Malgré les dernières nouvelles, ou à cause d'elles plutôt, je me sens l'esprit plus léger. Parce qu'Olivia et les autres victimes de Scott vont pouvoir redresser la tête et entamer le lent processus de guérison.

À l'approche d'un virage, je rétrograde, puis freine pour ralentir un peu plus ma vitesse.

– Merde ! feulé-je en appuyant sur la pédale… sans succès.

La courbe n'est pas assez serrée pour m'empêcher de gérer la situation, mais la route devient plus sinueuse à deux cents mètres. J'enfonce de nouveau la pédale, tout en essayant de ne pas paniquer quand elle ne me répond pas. Mon pied quitte l'accélérateur, un calcul qui ne sert pas à grand-chose puisque nous dévalons une pente sèche.

– Quoi ? s'alarme North alors que je lâche un juron bien senti.

– Les freins ! Ils ne fonctionnent pas !

– Utilise le frein moteur !

– Je roule trop vite ! aboyé-je.

Mon cœur s'emballe méchamment. Je pince les lèvres pour ne pas hurler, mais ma tête se remplit de ces cris que je ne veux pas libérer, sauf si je souhaite accroître ma panique ! Une traînée de sueur me trempe le dos, écho de la peur qui s'installe dans mon ventre. Le prochain virage est trop serré pour que je le franchisse à cette vitesse.

– Essaie quand même ! m'ordonne North d'un ton sec. Si tu ralentis assez, on pourra utiliser le frein à main !

Je rétrograde en faisant hurler mon moteur. Ma voiture tressaute, assez peu en accord avec cette manœuvre qui va à l'encontre des standards. Si ma vitesse diminue, ce n'est pas flagrant. Pas assez en tout cas pour que je recommence à respirer. Mon état d'affolement augmente alors que la route se rétrécit devant moi. La gorge en feu, je nous imagine déjà lancés dans une série de tonneaux mortels.

– Ça ne marche pas ! crié-je.

– Ta ceinture est bouclée ? me répond North, la main sur le frein à main.

– Qu'est-ce que tu fais ?

– Je ne sais pas, m'avoue-t-il, mais accroche-toi !

À l'instant où il tire sur le frein, je perds totalement la notion de ce qui nous entoure. Pas de flash-back sur ma courte existence, non. J'entends ma voiture hurler, ou peut-être est-ce le bruit de notre déroute ? En tout cas, je me sens partir dans tous les sens, ballottée contre mon gré sur mon siège. La pression de ma ceinture m'empêche de décoller de mon fauteuil, mais pour le reste… Je me cogne contre mon volant et peut-être bien contre le toit de ma coccinelle. Une douleur vive explose derrière mes paupières mi-closes, détail que j'oublie instantanément alors que nous sommes secoués de plus belle. Je reste étonnamment cramponnée à mon volant, comme si cette ancre était la seule chose que mon cerveau refusait de lâcher.

Puis, soudain, les airbags se déclenchent. *Merci, papa, d'y avoir pensé !* Je me retrouve projetée dans le fond de mon siège, le souffle coupé sous l'impact, jusqu'à ce que ma voiture s'immobilise. Une seconde plus tard, il n'y a plus ni bruit ni mouvement autour de moi. Enfin, sauf les battements erratiques de mon cœur. Je ne suis pas seulement sous le choc, je suis… terrorisée et soulagée, tout en même temps. J'ignore combien de temps s'écoule avant que j'émerge de cette transe au goût de l'adrénaline qui se répand dans tout mon corps. Je cille, hébétée, et contemple les arbres qui s'étendent à perte de vue autour de nous. Un gémissement m'arrache de mon état de stupéfaction.

– North ? l'appelé-je d'une voix encore tremblante.

– Bordel de merde ! geint-il de douleur. J'ai le bras en vrac… Je crois qu'il est cassé !

– Je… je vais essayer de sortir et…

– Tu ne bouges pas ! gronde-t-il avec brusquerie, ce qui, paradoxalement, me rassure. Tu peux attraper ton portable ? Le mien a valsé je ne sais pas où.

L'airbag m'empêche de vérifier où mon sac a atterri, mais, une chance, je dépose toujours mon téléphone dans la pochette le long de mon siège.

– Je l'ai ! jubilé-je en sentant le métal froid sous mes doigts.

– Appelle le 911 !

29

Thaddeus

« Bébé, je voudrais réécrire l'histoire
Pour espérer et pouvoir encore y croire.
Mais la vie, impitoyable, nous a séparés
Et nous ne pouvons lutter contre cette fatalité.

Le destin ne veut pas de notre nous, de notre amour.

Tu hantes pourtant mes nuits et mes rêves
Même dans mes cauchemars, tu es là, ensorcelante !
Je ne peux qu'abdiquer face à cette souffrance
En priant pour qu'un jour, la vie se montre plus clémente.

Le destin ne veut pas de nous, de notre amour.

L'interdit guide mes pas et m'ordonne de t'oublier
Mais je ne suis pas encore prêt pour cette vérité.
Sans cesse, mes pas me ramènent à toi
Toi et moi, bébé, je ne rêve que d'un toi et moi ! »

La nostalgie m'envahit à mesure que les accords de

ma guitare accompagnent les mots que j'ai griffonnés à la va-vite sur mon carnet d'écriture. Je voudrais être de ces chanteurs qui habitent leurs textes sans avoir expérimenté les émois qu'ils enjolivent, mais la blessure dans ma poitrine est bien réelle. Ça fait une semaine que je me traîne comme un abruti, déterminé à nier l'incontestable. Un incontestable qui ne m'empêche pas, pourtant, de savoir que mon cœur ne bat que pour Julia…

Merde ! Elle a réussi à me rendre accro. Complètement captif de ce qu'elle est ! Chaque nuit, je me réveille dans des draps trempés de sueur, le corps douloureux d'un désir que je ne parviens pas à apaiser. J'en rirais bien si je n'étais pas aussi lucide sur l'intensité de mes sentiments. Des sentiments que je me refuse à verbaliser à voix haute alors qu'ils hurlent dans mon esprit.

J'ai chanté l'amour sur scène des centaines de fois, mimant des émotions que je n'avais jamais éprouvées. C'était… facile ! Tellement que j'ai toujours regardé ces frémissements avec un certain mépris. L'amour, c'était pour les autres. Pas pour moi. Pourtant, je n'ai jamais nié la puissance d'une telle passion. Après tout, j'ai la preuve sous les yeux, avec mes parents, que l'amour existe bien.

Seulement, l'amour, c'est lâcher prise. C'est s'ouvrir à l'autre. C'est remettre entre ses mains ce qu'il y a de plus vulnérable en nous. Et, ça, pour moi, c'est impossible ! C'était impossible ! Ma vie m'a échappé trop longtemps pour que je m'autorise cette faiblesse ! D'ailleurs, j'ai toujours fait en sorte de conserver le contrôle.

Julia, c'est le grain de sable dans une mécanique parfaitement rodée. C'est la femme que je n'attendais pas et que je n'espérais pas. Pourtant, à la seconde où elle est entrée dans mon existence, tout a commencé à déconner.

Tel un mirage délicieux, le goût de ses lèvres s'attarde sur les miennes, comme une tentation qui me rappelle ce que j'ai perdu. Perdu ? Non, Julia n'a jamais été à moi. Pas même quand elle s'est abandonnée dans mes bras. Notre histoire n'existe tout simplement pas, parce qu'elle n'a pas le droit d'être !

Sauf que mon cœur s'en contrefiche. De mes hésitations. De ce que les autres peuvent bien penser. De ces interdits à la con ! Il la désire. La veut. La réclame !

Étouffant ma colère sous un juron, je repose ma guitare et me lève dans un bond souple. Paillette se fige devant moi, le regard réprobateur. En pétard ou pas, je ne peux m'empêcher d'ébaucher un léger sourire.

– Désolée, ma vieille, mais la séance musique est terminée !

Cette chienne est une vraie diva. Le port altier, elle me tourne le dos et file vers le salon pour bouder tout son saoul. Je ricane lorsque je la vois hésiter devant son panier : Basile s'est déjà approprié les lieux et n'entend pas se faire déloger. D'un frémissement des moustaches, il l'envoie bouler. Mais comme Paillette n'est pas le genre à se désarçonner pour un rien, elle profite de l'aubaine pour sauter sur le canapé et se lover contre les coussins.

– Tu sais que ce n'est pas ta place ? la houspillé-je, amusé lorsqu'elle m'adresse un regard de chien battu. Ouais, c'est ça, fais ta malheureuse. Je…

La sonnerie de téléphone interrompt mon petit sermon, au plus grand plaisir de la fifille qui se blottit un peu plus dans son nid et ferme les yeux, l'air de me signifier qu'elle n'a plus la patience de m'écouter. Maudite bestiole !

– Ouais ? dis-je en décrochant avant de pâlir d'un coup. OK, j'arrive !

Dix minutes plus tard, je gare ma moto devant le

Gritman medical center et fonce au bureau des admissions. Un soupir fuse de mes lèvres lorsque j'aperçois Julia, assise près de l'accueil, apparemment indemne, mais le teint d'une blancheur extrême.

– Julia ! l'appelé-je.

Son regard hagard me survole, et il lui faut quelques secondes pour se fixer sur moi. Un pâle sourire incurve sa bouche, mais c'est le soulagement que je lis sur son visage qui me percute avec la violence d'un tsunami.

– Comment tu vas ? exigé-je de savoir.

– Je n'ai qu'une bosse sur la tête, et mes examens sont tous bons.

– North ?

– Il a le bras droit cassé et une légère commotion cérébrale. Les médecins veulent le garder cette nuit, par précaution.

Mon thorax se relâche d'un coup. Quand une infirmière m'a prévenu qu'ils étaient à l'hôpital, après un accident, j'ai éprouvé la peur de ma vie !

– Putain ! Mais qu'est-ce qui s'est passé ?

– Les freins de ma voiture ne répondaient pas, me dit-elle, les yeux écarquillés de sidération. Je n'ai rien compris… C'était…

Elle secoue la tête, comme si elle désirait émerger d'un cauchemar, puis se raccroche à mon regard, salement remuée. Mon âme s'écrase au sol, happée par le besoin viscéral de l'envelopper dans la certitude que tout ira bien ! Je me contente pourtant de lui saisir la main et de la serrer en lui promettant silencieusement que je ne la lâcherai pas.

– On a eu de la chance ! bégaie-t-elle. Ma voiture est H.S. et…

– Ça, ce n'est pas grave ! Tu as appelé Joe ?

– Non ! Je refuse d'interrompre ses vacances ! Je… Je vais bien… et North aussi. Au final, il y a eu plus de peur que de mal… Enfin, ma voiture est probablement foutue, mais l'important, c'est que nous soyons sortis vivants de cet accident.

– Ouep, mais Joe va nous pourrir si on ne l'informe pas très vite. Et je ne te parle pas de ma mère ! Mais, bon, je suppose que ça peut attendre demain. North est dans quelle chambre ? On peut lui rendre visite ?

– Il était parti pour un scanner, mais il doit être revenu, maintenant.

– Allons-y !

Julia me guide au travers de longs couloirs impersonnels, jusqu'à une chambre tout aussi épurée. Ma nuque se détend à la seconde où j'aperçois mon frangin. Installé dans son lit, North bougonne en bougeant son bras plâtré, comme s'il espérait le faire disparaître d'un coup de baguette magique.

– Tu sais qu'il ne s'envolera pas par la seule force de ta volonté, le charrié-je avec une tendre ironie.

– Ce machin va me rendre fou ! vitupère-t-il. Le docteur m'a recommandé d'enfiler un sac pour prendre une douche et de trouver quelqu'un pour couper ma viande ! Comme si je n'étais qu'un gosse, putain ! Et, en plus, il va falloir que je passe la nuit ici !

– Les infirmières sont ultra sympas, tu vas te faire dorloter, ricané-je pour étouffer l'émotion perfide qui me saisit à la vue des ecchymoses sur son visage. N'oublie pas que ça aurait pu être pire !

– Ouais, je sais, admet-il avec une grimace piteuse. Mais, bordel, on aurait pu éviter ça si on avait parlé du colis à papa.

– Le… colis ? répété-je en dévisageant North. Quel colis ?

Julia éructe, mal à l'aise, de quoi renforcer ma curiosité. Et la moue coupable de mon frère est tout, sauf rassurante.

– J'ai reçu un colis avec des viscères pleins de sang, m'avoue-t-elle.

– Il y avait une lettre, ajoute North, qui indiquait : on n'aime pas les sales putes ! Comme c'est arrivé juste après la soirée de Hayes, on a pensé que ça venait de l'équipe de natation ou de l'une de leurs groupies.

Je le fusille du regard, furieux qu'il m'ait laissé à l'écart. Ce colis, ce n'était pas une simple blague, mais un avertissement en bonne et due forme. Sur ce coup, ça me fout salement en pétard ! Et pas uniquement parce qu'il s'agit une attaque ciblée contre Julia, non ! Elle aussi m'a menti, même si c'est par omission.

– Et c'était probablement le cas ! insiste-t-elle. Maintenant que cette histoire est close…

– Close ? Quelqu'un a trafiqué tes freins ! s'insurge North en mimant assez bien mon sentiment de colère.

– Tu t'emballes un peu rapidement, non ?

– Papa a posé des freins neufs sur ta voiture, ma belle ! Alors, non, je ne crois pas !

– Hey ! les arrêté-je en réprimant ma frustration. Qu'il y ait eu un défaut de fabrication ou une volonté de nuire, nous le saurons très vite. Cela étant, ce n'était pas très malin de ne pas nous informer de la réception de ce colis !

– Ouais, désolé, m'accorde North, penaud. D'ailleurs, on va éviter de réitérer notre connerie. Julia ne doit pas rester seule jusqu'à ce que papa ait éclairci les circonstances de notre accident !

– Non, je n'ai pas besoin de…

– Je suis d'accord ! la coupé-je avec un regard réfrigérant.

– Bon sang ! Scott est en prison et, de ce que j'ai compris, Hayes était convoqué chez les flics, cet après-midi. Aucun des deux n'a donc pu trafiquer ma voiture. C'est du délire, cette histoire !

– Peut-être bien, dis-je, mais ta plainte a mis quelques abrutis en pétard. Et si la vie m'a enseigné une chose, c'est que quand les gens sont en colère ou blessés, ils sont capables de tout, et surtout du pire. Donc on va opter pour la prudence et attendre de savoir si on a un problème de plus sur les bras, ou pas !

Julia ouvre la bouche pour riposter, mais finit par pincer les lèvres d'agacement. Ou de peur ? Un éclat trouble baigne son regard, renforçant l'effet papier mâché de son teint. Qu'elle n'ait pas été blessée ne signifie pas qu'elle n'a pas été salement secouée. Là, elle a besoin de se relaxer et d'oublier la pression des derniers jours.

– Rentrez ! nous ordonne North, visiblement sur la même longueur d'onde que moi. Julia, c'est l'heure de lâcher l'affaire et d'aller te reposer !

– Tu souhaites que je te ramène quelque chose ? lui demandé-je, pas franchement ravi de devoir l'abandonner dans cette maudite chambre d'hôpital.

– Raboule juste ton cul demain à la première heure, pour me tirer de ce trou, et ça m'ira !

– Compte sur moi ! Allez, Julia, on rentre.

Pour une fois, elle m'obéit sans chercher à argumenter et quitte la chambre, les épaules voûtées. Je n'aime pas la voir aussi abattue, pas alors qu'elle a déjà subi plus que son lot d'épreuves. Je la rattrape, de façon à pouvoir lui saisir la main, une impulsion peut-être stupide, mais j'ai besoin de ce contact. Pour la rassurer. Pour me rassurer. Julia me jette un regard en coin, puis entrelace nos doigts sans un mot. Un soupir me soulève la poitrine, mélange de satisfaction et de chaleur.

– Ça te dit que je commande des pizzas pour ce soir ?

– Je vais commencer par m'accorder une très longue douche, grommelle-t-elle en se frottant la nuque de fatigue. Je me sens sale et poisseuse, mais, après, oui, je suis OK pour une bonne pizza végétarienne.

Le trajet jusqu'à la maison se déroule en silence. Pendant que Julia se dirige vers la salle de bains, je m'occupe de commander notre repas, puis passe un rapide coup de fil à Détroit, parti en stage dans un cabinet d'architectes à Caldwell. J'hésite ensuite à appeler Joe, mais Julia n'a pas tort. Maman et lui ont déjà annulé leur croisière ; cette semaine de vacances à New York, c'est un peu leur façon de rattraper le coup. Et il ne leur reste que deux jours, donc ils seront à la maison très vite !

– Wouaf ! Wouaf !

– Tu as faim, toi aussi ? dis-je en me penchant pour caresser Paillette.

Basile se pointe dans la foulée, comme s'il avait compris qu'il était l'heure de réclamer sa pitance. Je m'attelle rapidement à la tâche, tout en gardant quelques bâtonnets de carottes pour mon propre plaisir.

Une demi-heure plus tard, Julia me rejoint, ses longs cheveux encore mouillés flottant sur ses épaules. Vêtue d'un pyjama pilou, elle est carrément mignonne, au point que je m'oblige à farfouiller dans le réfrigérateur pour ne pas rester en admiration devant elle. Et peu importe que ça fasse de moi un crétin, tout chez cette fille me ramène au fourmillement dans mon ventre. Au désir incendiaire que j'ai de m'enfoncer en elle.

– Une boisson ? lui proposé-je en me traitant d'idiot insensible.

– Un soda citron, s'il te plaît, me lance-t-elle depuis le canapé.

Lorsque je reviens vers elle, elle s'est emmitouflée sous un plaid et semble encore digérer les conséquences de son accident, même si sa peau a repris des couleurs. Je crispe les poings, à deux doigts d'aller l'étreindre. La sonnette de la porte d'entrée m'évite une belle connerie.

– Madame est servie ! déclaré-je en lui offrant une part de pizzas, quelques minutes plus tard.

– Je ne devrais pas, marmonne-t-elle, mais je suis morte de faim.

– Joe a l'habitude de nous rabâcher que c'est une bonne maladie !

Je me sers à mon tour et mastique un morceau, conscient qu'un poids m'empêche de profiter de mon repas comme je le devrais.

– Pourquoi tu ne m'as rien dit pour le colis ? lui demandé-je à brûle-pourpoint.

Elle se statufie, sa deuxième part de pizza à quelques centimètres de sa bouche, puis se pare d'une grimace piteuse.

– Sincèrement ? Je n'ai pas cru qu'il y avait un réel danger derrière cette blague de mauvais goût. Et je continue de penser que cet incident n'a pas de lien avec notre accident d'aujourd'hui. Qui serait assez malade pour faire un truc pareil ?

– Tu es allée à bonne école, non ? ne puis-je me retenir de lui lancer.

Son silence n'est ni un aveu ni un déni. En revanche, la courbe de sa bouche se met à trembler légèrement, comme si elle ne s'attendait pas à cette question. Mes narines se gonflent en écho, transformant les secondes en minutes d'éternité. J'aimerais être capable de changer de sujet, d'étouffer ma curiosité, mais ces secrets-là aussi, je souhaiterais qu'elle me les confie. En vérité, je veux tout savoir d'elle. Peut-être qu'alors la fascination qu'elle exerce sur moi s'affadira jusqu'à disparaître… Que mon cœur cessera de tambouriner dans ma poitrine comme un forcené à chaque fois qu'elle surgit devant moi…

Idiot, me serine une petite voix insidieuse. Pourtant, lorsqu'elle rive nos regards, hésitante, mon cœur recommence à battre presque normalement.

– Ma mère ne jouait pas dans cette catégorie, finit-elle par m'avouer du bout des lèvres. En public, elle était… la perfection incarnée ! Elle était admirée à son boulot, parce que c'était le genre à bosser comme quatre et à toujours accepter de rendre service. Pour le reste… elle fréquentait des gens, mais ne les incluait pas à notre cercle familial. Pour vivre bien, vivons cachés, hein ! Du coup, ils ne voyaient d'elle que la vitrine, et la mère exemplaire qui se débattait pour élever seule sa fille tout en sacrifiant sa vie amoureuse.

– Ouais, les apparences sont souvent trompeuses ! raillé-je.

– Comme pour le temple du zodiaque ?

Je sursaute, désarçonné et surtout pas prêt à entendre ce nom honni dans sa bouche. Je refuse que cette souillure la touche, même par mots interposés. Comment le connaît-elle, d'ailleurs ? Comme si ça avait la moindre importance, sur le fond…

– Désolée, je ne voulais pas être indiscrète. Tu n'as pas à m'en parler si ça te dérange.

C'est vrai, mais la confiance que je réclame de sa part ne peut pas fonctionner à sens unique. Je baisse la tête et ramène mes genoux devant moi, de façon à y appuyer mes poignets, doigts noués. Une posture fermée, mais qui ne m'empêche pas d'ouvrir ma boîte de Pandore.

– C'est une secte, confessé-je, en redressant lentement le menton. Une secte au sein de laquelle j'ai grandi. Mon… géniteur s'était laissé aveugler par la propagande à la con de ces connards et il a obligé ma mère à tout quitter pour les rejoindre. J'avais 6 ans quand on a emménagé dans la Maison du Taureau. Il y en a onze autres, une par signe zodiacal. Les enfoirés qui dirigent cette organisation utilisent les astres pour manipuler leurs victimes. Leur adage principal, c'était que le ciel détermine la voie de chaque personne. Évidemment, il était possible de se purifier ou de se recaler sur les astres, mais, pour ça, il fallait se fier à leurs paroles et suivre leurs règles. Et leur filer du fric, beaucoup de fric.

Je me tais, à bout de souffle. Depuis le jour où j'ai tout raconté à Joe, je n'ai plus jamais parlé de la secte ou de la vie que j'y ai menée. J'ai tourné cette page, d'autant plus facilement que mes nuits s'en font la résonance sordide. Ces cauchemars me musellent bien mieux que n'importe quelle menace, ou traumatisme !

– North y était, lui aussi ? me demande-t-elle, l'œil rempli de compassion.

– Ouais… Mais il n'a pas eu autant de chance que moi, si on peut dire. Mon thème astral me positionnait comme l'un des potentiels soldats d'élite de notre… maître. J'ai donc été relativement épargné, pendant un temps tout du moins…

Ma voix se brise, écho de ces élancements qui me rappellent le prix que j'ai payé, un maigre tribut en regard de ce que ma mère a enduré ! Ça, non seulement je ne l'oublie pas, mais c'est la raison pour laquelle je ne pardonnerai jamais à mon géniteur de nous avoir embarqués dans cette vie infernale.

– Ma mère… Ma mère soufflait le chaud et le froid, avec l'efficacité d'un joaillier de luxe. Certains jours, elle m'emmenait au parc et, après, on allait manger au *fast-food*. J'avais le droit au plus gros hamburger de la carte et à un double milk-shake à la fraise, mon préféré. C'était juste… parfait ! J'adorais ces moments et, en même temps, je les craignais…

– Parce qu'il y avait toujours une fin ? rebondis-je, le cœur battant de reconnaissance.

En m'offrant un peu de ses ténèbres, elle chasse les miennes. Comme si elle avait assimilé que la douleur menaçait de me submerger… Mais, oui, elle comprend ! Parce que ses cauchemars ont une infime saveur des miens. Une vérité qui me met un peu plus à terre. Face à Julia, je me sens enfin… pas normal, non ! Ça, je ne le serai jamais. Mais je me sens en paix, comme si l'obscurité ne formait plus un rempart autour de moi. Julia écarte ces démons, avec l'innocence d'une déesse guerrière qui connaît le prix de la noirceur.

– Oui, me confirme-t-elle, la bouche pincée de tristesse. Après ces parenthèses enchantées, ses crises étaient… terribles. Elle pouvait… se déchaîner physiquement sur moi ou… m'enfermer dans la cave pendant des heures et me priver de nourriture. Parfois même…

Elle déglutit, submergée par ses souvenirs. Je refuse qu'elle s'y noie ! Pas alors qu'elle m'a tiré des eaux glaciales de mes cauchemars. Des cauchemars qui me poursuivent depuis bien trop longtemps… Peut-être est-il temps de vider ce néant de pourriture…

– Mon enfance s'est terminée le jour où j'ai compris

qu'un soldat était condamné à lutter pour gagner et conserver sa place au sein de l'élite, lui confessé-je à mon tour. J'avais à peine 12 ans lors de mon premier combat. Face à moi, il y avait un autre gamin, aussi terrifié que moi. On nous avait appris à nous battre, ça faisait partie des bases de notre éducation, mais jamais on nous avait imposé une telle pression…

Une pression inhumaine… Ce que je ne peux avouer à Julia, c'est que le perdant était banni s'il n'était pas mortellement blessé pendant le duel. Du moins, c'était ce qu'on nous racontait. J'ai fini par découvrir que les vaincus étaient purement et simplement exécutés. Les faibles n'avaient pas leur place parmi les cavaliers…

– Ton œil ?

– Ce n'est pas ce jour-là que je l'ai perdu. Il y a eu… tellement de combats.

Tellement que mon âme a été fracassée sur l'autel d'une férocité implacable. Je me souviens de la sensation horrible de douleur lorsque Mike a déchiré mes chairs avec la lame crantée de son couteau. J'ai su en une fraction de seconde ce que cela impliquait : abîmé, je n'étais plus digne de vivre ou de concourir pour le rôle de soldat émérite, sauf si…

Je ferme les yeux, terrassé par ce secret que je n'ai jamais avoué qu'à North. M'en ouvrir à Julia allège un peu plus le poids sur ma poitrine.

– J'ai tué l'un de mes adversaires, continué-je ensuite. Sciemment. Sans aucun état d'âme. C'était lui ou moi et… je n'ai pas hésité. Parce que je voulais vivre ! Parce que je voulais sauver ma mère et ma sœur de cet enfer !

Sauf que ce n'est pas l'entière vérité. Au-delà de ma peur d'être jeté comme un déchet inutile, je me suis senti rabaissé. Humilié. Et c'est cette humiliation qui a redressé ma main. C'est elle encore qui m'a poussé à sauter à la gorge de Mike. Elle, et un besoin viscéral de vengeance ! Ce jour-là, je me suis révélé pour ce que je suis : un monstre capable du pire !

J'ai besoin que Julia voie cette vérité. Je croise son regard, sans rien cacher de l'animal tapi au fond de moi. Elle endure le mien sans flancher, le menton légèrement redressé et les lèvres vissées, à la manière d'une guerrière qui intègre les dégâts infligés sur-le-champ de bataille. Une guerrière qui comprend le langage de la peur et de la colère.

– Tu n'as pas le droit de te sentir coupable : c'était toi ou ton adversaire ! me renvoie-t-elle d'une voix douce. Comment vous êtes sortis de là ?

– J'ai fini par appeler la police, mais pas ce jour-là… Non, il a fallu que je sois mis devant une vérité encore plus sordide… Quand j'ai compris ce qu'ils allaient faire de May…

Ma sœur n'avait que 10 ans. Elle jouait à la poupée et m'ordonnait de la faire voler dans le ciel quand elle grimpait sur la vieille balançoire, dans le jardin. Elle n'était qu'innocence. Que pureté. Une jolie petite fille qui avait l'avenir devant elle. Mais les astres l'avaient choisie. Élue parmi toutes les gamines prisonnières de la secte.

– Élue… répète Julia, une lueur de compréhension au fond du regard. Comme toi d'une certaine manière. May m'a expliqué que tu étais Taureau ascendant Taureau.

– Et May est Poissons ascendant Poissons. Nous étions tous les deux des élus pour les dirigeants de la secte. Elle vouait un véritable culte aux personnes nées avec la double bénédiction d'une constellation astrale. Du fait de ma naissance, j'étais prédestiné à intégrer la Maison du Taureau. C'est ce qui a offert son ticket d'entrée à ma famille. Le maître et ses cavaliers étaient tous comme moi. Pour les autres… Ils s'en foutaient, il ne s'agissait que de bétails à leurs yeux, même si chaque famille devait comprendre au moins un membre né sous le signe du Taureau…

– Mais ta sœur…

– Les femmes considérées comme des élues devenaient à leurs 12 ans des concubines. Elles étaient offertes aux Chevaliers et aux plus puissants des cavaliers.

Mon père, mon enfoiré de géniteur, était tellement fier ! Si fier qu'il a accepté, sans même rechigner, de l'offrir à l'un de ces cinglés de Chevaliers. Pas à celui du Taureau, non ! May devait être emmenée loin de nous et jetée en pâture à un malade qui avait l'intention de l'intégrer à son harem personnel. Et peu leur importait qu'elle ne soit encore qu'une gamine. Les astres avaient décidé qu'elle était assez mûre pour entrer dans l'âge adulte…

Julia hoquette de stupeur à ces révélations sans fard de ce qu'a été mon enfance et me serre la main un peu plus fort.

– C'est à ce moment-là que j'ai enfin trouvé le courage de contacter les flics. Le hasard a voulu que ce soit Joe qui réponde à mon appel… Nous étions des loques quand il nous a sortis de là…

– Ta mère ? me coupe Julia, le visage soudain crispé de rage.

– Elle comptait parmi les victimes qui n'avaient aucune valeur, si ce n'était celle d'avoir enfanté deux élus. Ça ne l'a pas sauvée de leur folie, malheureusement, mais une fois libérée de mon géniteur… Merde ! Elle a juste été extraordinaire ! Elle s'est battue pour May et moi. Pour North, aussi, qu'elle a recueilli après la mort de ses parents. Et, putain, elle n'a jamais baissé les bras, même quand c'était difficile pour elle. Joe passait parfois dans le coin, histoire de s'assurer qu'on allait bien, et petit à petit, ils sont tombés amoureux. Je ne suis pas idiot, je sais qu'elle conserve, comme nous, des cicatrices indélébiles et que Joe a dû sécher ses larmes, plus d'une fois. Mais maman est comme ça : elle a décidé de vivre. De profiter de cette seconde chance. J'aimerais juste qu'elle n'ait jamais subi tout ça…

Prisonnier de mes démons, je perçois la caresse d'une main fraîche. J'aspire une profonde bouffée d'air, avec le sentiment d'être resté en apnée pendant plusieurs minutes. Mon cœur tambourine dans ma poitrine comme un forcené, aussi meurtri qu'affamé. Parce que Julia me câline avec une langueur qui nourrit mon âme et que son regard n'exhale aucun jugement ?

– Ma mère n'est pas morte de son cancer, me souffle-t-elle, la voix déchirée. Il lui arrivait d'avaler des médicaments devant moi, en me hurlant qu'elle n'en pouvait plus, que j'étais la raison pour laquelle elle avait dû renoncer à sa vie. Que j'aurais son suicide sur la conscience. Quand ça arrivait, je l'aidais à vomir et… parfois, je devais appeler les secours… Mais, ce soir-là… Ce soir-là, j'ai attendu… je ne sais pas pourquoi, mais j'étais comme paralysée… je me suis assise devant elle et… j'ai simplement attendu…

Des larmes maculent son visage, alors que sa bouche se tord d'une émotion coupable. Je ne peux le tolérer ! Julia a souffert, tellement qu'elle s'est retrouvée confrontée à un choix cornélien : vivre ou mourir à petit feu !

– Ta mère a joué un jeu dangereux ! Toutes ces fois où tu l'as sauvée, elle t'a laissé porter le poids de sa démence et de sa perversité. Tu as décidé de t'extraire de cette folie. Tu n'es coupable en rien !

– J'aurais pu…

– Céder à son chantage ignoble ? Et quoi, ensuite ? Elle aurait renforcé les barreaux de la prison dans laquelle elle te maintenait ? Ta mère était une déséquilibrée, une malade qui se repaissait de ta souffrance. Tu as dit stop, Julia, tu as simplement dit stop !

– Comme l'enfant que tu étais, m'assène-t-elle.

– Je savais parfaitement ce que je faisais, la corrigé-je en secouant la tête. J'ai sciemment décidé de donner la mort, et je porterai le poids de ce crime jusqu'au jour de mon agonie. Mon âme est… pervertie à jamais. Pas la tienne ! Toi, tu n'es que lumière ! Même la folie de ta mère n'a pas réussi à l'éteindre.

– Elle a brisé des morceaux de moi…

– Non ! grondé-je de colère.

Guide par mon instinct, j'encadre ses joues entre mes paumes et l'oblige à croiser mon regard. Je perds le contrôle à la seconde où elle accepte ce contact visuel, m'ouvrant bien plus que son cœur. Ce que je lis en elle me ravage à un niveau fondamental. Me révèle une vérité que je ne peux plus nier. Parce que mon âme, pâle aura déchiquetée, se consume avec une intensité dévastatrice pour elle, et que mon cœur bat d'une émotion encore plus intime ? Ou parce que j'ai la conviction que nos âmes sont liées, tels le Ying et le Yang ?

La raison me dicte pourtant de la fuir. Ma noirceur ne pourra que pervertir sa lumière. Je n'ai pas le droit d'être égoïste ! Pas le droit d'oublier Joe, et tout ce qu'il m'a offert ! Pas le droit de détruire l'unité de ma famille !

– Embrasse-moi, me chuchote-t-elle, une plainte languide accrochée aux lèvres.

Je me hérisse, mais il est trop tard : j'ai perdu cette bataille-là ! À la seconde où j'ai compris qu'elle avait failli mourir. À la seconde où j'ai intégré que les ténèbres pouvaient me la voler sans même que j'aie eu la chance de l'aimer.

Je l'attire contre moi et capture sa bouche en abandonnant derrière moi mes principes, la morale… et tout espoir de revenir en arrière…

30

Thaddeus

Un grondement de plaisir s'extrait de ma gorge lorsque Julia s'installe à califourchon sur mes cuisses. La proximité de son corps m'électrise à un niveau primaire. Julia est la première femme qui me pousse dans mes retranchements et fracture mon contrôle. En temps normal, ça me ferait flipper, mais, avec elle, je me sens en sécurité. Autorisé à libérer celui que je suis, sans redouter d'être jugé ou rejeté.

J'approfondis notre baiser, savourant au maximum la douceur de sa bouche. J'éprouve surtout le besoin de la marquer, d'effacer l'ombre de tous ceux qui ont, un jour, posé leurs lèvres sur les siennes. Comme si elle m'appartenait à moi et à moi seul ! Je ricane intérieurement, pas dupe : celui qui est captif, prisonnier et ensorcelé, ce n'est pas elle ! Même si je rêve de la posséder, c'est bien Julia qui tient les rênes de mon désir !

Pour elle… Je ferme une seconde les paupières, rattrapé par une déferlante d'émotions qui menace de me broyer. Ouais, pour elle, je me sens capable de tout ! Et ça me terrifie, putain !

J'avale son soupir lorsque je libère pendant quelques brèves secondes sa bouche. Je repousse ses longs cheveux, de façon à pouvoir admirer ses traits fins. Ses joues sont rouges et ses lèvres humides, mais rien ne vaut le spectacle de son regard troublé. Un spectacle qui me remue violemment, parce que j'y décèle l'écho du tourbillon qui me dévaste de l'intérieur. La fébrilité me submerge, exigeante et affamée.

Soumis à ce charivari d'une sensualité abrupte, je picore sa peau de baisers, le creux de son cou et m'attarde à l'endroit où bat son pouls. Mordille son épiderme crémeux avec la sensation de me repaître d'un nectar divin.

– Thaddeus, soupire-t-elle, transie.

Les frémissements de son corps sont autant de décharges qui dressent ma queue d'un besoin impérieux. Mais ce murmure… Ce murmure éperdu et confiant me plante une flèche, direct, dans la poitrine !

M'imaginer plongé en elle, entièrement enfoui, me fait disjoncter. Littéralement ! Je m'empare de nouveau de ses lèvres et explore sa bouche avec une minutie qui n'exclut pas une passion tout aussi forte. Une passion qui enflamme nos gestes et accélère nos souffles entremêlés.

Je me veux maître de son désir, mais, à chaque fois que sa langue répond aux sollicitations de la mienne, je me perds un peu plus.

Impatient, je glisse mes mains sur ses hanches et la rapproche de mon érection. L'incite à chalouper contre mon bassin. Un léger hoquet jaillit de sa gorge, une seconde avant qu'elle se cramponne à mes épaules et se frotte doucement contre mon sexe. Je ferme les yeux, débordé par une déferlante de sensations inédites. Pourtant, rien ne vaut le baiser qu'elle m'accorde, comme une offrande timide à notre passion commune. Nom de Dieu ! J'aime cette espèce de retenue qui oscille entre maladresse et gaucherie.

En quelques gestes adroits, je déboutonne sa veste de pyjama, avide de frôler sa peau nue. Julia ravale son souffle, ses côtes se crispant d'une raideur presque instinctive. Je m'oblige à m'arracher à sa bouche et rive nos regards, attentif au moindre frémissement de son être. Julia est légèrement haletante, et une rougeur nouvelle colore ses joues.

– Je vais trop vite ?

– Non, dit-elle après un bref silence. Je…

Elle enfonce ses ongles dans ma peau, comme si elle essayait de m'empêcher de la fuir, puis baisse la tête. Ses longs cheveux dessinent une corolle de feu devant son visage. Avec délicatesse, j'écarte les mèches et embrasse son front, ses joues et son nez. Jusqu'à ce qu'elle redresse légèrement le menton et m'accorde un baiser hésitant. Trop hésitant pour que je ne l'incite pas à croiser mon regard.

– Parle-moi, Julia, exigé-je.

– Je… Je n'ai jamais…

Je me focalise sur ses lèvres, qu'elle mordille nerveusement, puis repense à son sursaut de recul, la dernière fois où nous nous sommes embrassés.

– Je suis vierge, ajoute-t-elle d'une voix plus ferme, presque provocante.

Ses iris sont pourtant imbibés de doutes, ou plutôt d'incertitudes. Mes battements de cœur deviennent erratiques. Découvrir que personne ne l'a jamais touchée… merde ! Ça décuple mon désir !

Je cale son visage entre mes paumes et recommence à picorer sa bouche. Tendrement. Lentement.

– On peut juste se câliner si tu veux, lui murmuré-je. Ou arrêter si tu préfères…

– Non ! me coupe-t-elle. Je… J'ai envie de faire l'amour

avec toi, mais… j'ai peur de ne pas être à la hauteur des filles avec qui tu couches d'habitude et… Je ne sais pas comment… Je…

Elle se mord les lèvres, sans deviner qu'elle fracasse un peu plus mon contrôle. Et qu'elle explose mes dernières défenses. La digue est en train de se rompre. Tout ce que j'ai verrouillé au fond de ma poitrine me submerge. Mon cœur est à terre, non pas terrassé, mais captif et frémissant de vie. Surtout, il n'a jamais été aussi libre. Et c'est à Julia que je le dois.

À elle et aux sentiments qu'elle me fait éprouver. Je peux me mentir autant que je le veux, ou nier l'évidence, mais je n'ai pas le droit de lui cacher l'ampleur de mes sentiments. Ce chant qui glisse en moi avec tellement d'authenticité. Ce trésor que je compte bien honorer de toutes les façons possibles.

Et c'est un juste retour pour le cadeau qu'elle m'offre. Je veux qu'elle sache que mon cœur bat plus vite pour elle. Que je suis complètement accro à sa douce odeur de lilas. Que je me sens renaître entre ses bras.

J'ai besoin qu'elle sache, surtout, qu'elle ne se trompe pas en m'accordant sa confiance. Que je chéris ce cadeau, comme le diamant brut qu'il représente.

– Tu vaux quinze mille fois ces nanas ! l'arrêté-je avec douceur, le front pressé contre le sien. Ce que tu m'offres… Ce que tu me fais éprouver, jamais je n'aurais cru pouvoir vivre ça, un jour. Je t'aime, Julia. Et je me contrefous que tu n'aies aucune expérience… Parce qu'avec toi, je découvre un monde qui m'est étranger. Je me sens fébrile, maladroit, tellement avide aussi de te serrer dans mes bras que je ne contrôle rien.

– Tu… m'aimes ?

Son incrédulité me ferait presque rire si mon pouls ne

battait pas si fort contre mes oreilles. Je soutiens son regard, libéré de mes chaînes, et prie pour qu'elle lise dans mon âme aussi bien que dans mon cœur.

Choc et scepticisme se mêlent sur son visage dans une valse pétrie d'espoir. Elle me sonde encore un moment, prudente, jusqu'à ce qu'un large sourire incurve mes lèvres.

– Et tu m'annonces ça comme… ça!

Cette coloration de malice dans le ton de sa voix, c'est tellement elle que je me mets à rire.

– Ouais, dis-je avec une moue penaude, tout en la défiant de contester cette vérité absolue. Difficile à croire, hein, après la misère que je t'ai faite. Mais j'ai le sentiment que c'était inévitable. Tu es si…

Je secoue la tête, incapable de trouver un qualificatif assez juste pour expliquer le feu qu'elle répand dans mon cœur. Ce que je sais, c'est que ces flammes m'ensorcellent autant qu'elles me réchauffent.

– Pour la première fois de ma vie, je me sens à ma place. Enfin en paix et…

– Je t'aime, m'interrompt-elle, la voix enrouée d'émotions. Aujourd'hui… aujourd'hui, j'ai eu si peur. J'ai failli mourir et… je n'ai pas envie de continuer à faire comme si ça ne signifiait rien.

Je reste bouche bée. Parce que, la vérité, c'est que, même dans mes rêves les plus fous, je n'ai pas osé imaginer que mes sentiments seraient réciproques. Julia mérite mieux qu'un type abîmé comme moi. Pourtant, si elle me veut, je ne lutterai pas. J'ai cramé mes jokers à la seconde où j'ai compris qu'elle comptait plus que les autres.

– Tu m'aimes? répété-je, comme un idiot.

– Difficile à croire, hein, après la misère que je t'ai faite, me singe-t-elle avec un sourire aussi large que le Nevada.

Mais il semblerait que tu sois douée pour séduire les filles les plus revêches…

– Pas revêche, la corrigé-je. Tu es la femme la plus tenace et loyale que j'ai jamais rencontrée ! Tu es… si belle ! Parfaite !

Je l'embrasse comme si ma vie dépendait de son souffle, les bras refermés autour de sa taille. Julia se love contre moi, avec un abandon qui nourrit un peu plus mon désir de la posséder.

– Tu es sûre de toi ? lui demandé-je, incapable de dissimuler ma faim.

– Oui !

Ma mâchoire se crispe de cette discipline que je m'impose encore.

– Je… Ça risque d'être douloureux pour toi.

Tandis que ses yeux s'adoucissent devant mon hésitation, ses doigts effleurent ma joue avec une tendresse qui menace de me briser.

– Je te fais confiance.

Je déglutis, à genoux une fois de plus. Julia sait quel monstre se tapit au cœur de ma psyché et, pourtant, elle se livre à moi en toute sincérité. Merde ! Elle ne m'a pas seulement volé mon cœur, c'est mon âme qu'elle tient au creux de sa paume. Alors, non, je ne la décevrai pas ! Je vais l'aimer, tellement fort, tellement intensément que jamais elle n'oubliera cette première fois.

– Montons dans ta chambre ! lui proposé-je d'un ton guttural.

Je sais qu'il s'agit d'une erreur. Que les nuages noirs à l'horizon ne se sont pas dissipés comme par enchantement pour nous laisser libres de nous aimer. Mais le poids de ma culpabilité n'est rien face à ce que j'ai traversé aujourd'hui : la peur de perdre Julia ! Putain ! Elle a failli disparaître purement et simplement de ma vie !

Un reste d'angoisse continue de me martyriser les tempes. D'insinuer des frissons glacés sous ma peau. D'alourdir les battements de mon cœur. De me voler mon souffle pour le rendre erratique.

Alors, résister au chant de la passion et de l'amour m'est impossible. Pas alors que tout aurait pu s'arrêter sur le vide abyssal de mes regrets. Pas alors que j'ai manqué ne jamais connaître cet instant à la saveur de paradis.

Nos regards s'aimantent, une seconde avant que j'entremêle nos doigts. Animés par la même fièvre, nous grimpons à l'étage, en silence. Les mots semblent superflus, mais pas mon besoin de la toucher. De l'embrasser. De l'effleurer. Sitôt la porte de sa chambre refermée sur nous, je la plaque contre le battant et rive nos bouches. Mon âme chante d'un désir si primaire que j'ai la sensation que ce ne sera jamais assez.

Le haut de Julia s'échoue sur le sol, sans que je sache si cette initiative est la mienne ou la sienne. En revanche, ce sont bien mes doigts qui la débarrassent de son soutien-gorge blanc. À la vue de ses seins ronds, je reste une seconde en apnée.

– Tu es magnifique, murmuré-je.

Julia s'empourpre violemment, mais ne se soustrait pas à mon regard. Au contraire même, elle se rapproche de moi, de sorte que sa poitrine effleure mon torse, puis l'une de ses paumes s'enroule autour de mon poignet. Sa main remonte délicatement, caresse subtile qui me fait frissonner, jusqu'à ce qu'elle atteigne mon cou. Ses gestes ont beau être aussi aériens que le frôlement des ailes d'un papillon, ils me mettent au supplice.

– Je… je ne peux rien contre la douleur, lui annoncé-je,

crispé. Mais je peux te noyer sous une vague de plaisir telle que tu l'oublieras très vite.

Je prie silencieusement pour que ce soit le cas. Julia me récompense d'un baiser langoureux, plus vorace que tous ceux qu'elle m'a donnés jusqu'à présent. Je l'entraîne vers le lit et la pousse avec délicatesse pour qu'elle s'allonge. Ses cheveux se répandent autour d'elle, mais certaines mèches s'égarent sur sa peau crémeuse, jusqu'à dissimuler presque entièrement son sein droit.

Dans un bougonnement tempétueux, je me débarrasse de mes chaussures et de mon jean, avant de m'étendre près d'elle. Son sourire lumineux rassérène ma conviction que je suis exactement là où est ma place. Du bout des doigts, je dessine le contour de sa poitrine, puis me penche et lèche un bourgeon durci. Mon corps était déjà en feu, il se consume à l'aune d'un désir qui surpasse tout ce que j'ai connu !

Pendant que mes lèvres continuent d'honorer ses seins, mes doigts tracent leur chemin entre ses cuisses. Julia est moite, mais je la veux fondante et gonflée. Je m'attelle à éveiller son corps, à le rendre fou de plaisir et à le saturer de sensations qui laisseront une empreinte indélébile dans chacune de ses cellules.

Quand Julia commence à bouger les hanches, pour venir à la rencontre de mes doigts, je reprends sa bouche. L'enivre de nos saveurs mêlées, autant que je m'en repais.

– Attends ! souffle-t-elle contre mes lèvres. Je…

En se tortillant, elle fait glisser son pantalon de pyjama sur ses cuisses. Offerte et quasiment nue, elle est sublime.

– Je ne veux plus de barrières entre nous ! exige-t-elle en braquant son regard au mien.

Dans un hoquet de rire face à cette soudaine confiance, je m'empresse de lui obéir. La déshabille complètement, avant de me délester de mon boxer. Mon sexe se dresse avec une effervescence toute virile. Julia effleure mon gland du bout du doigt, les dents plantées dans sa lèvre inférieure. Un tressaillement serpente le long de mon échine, comme les prémices de la fureur volcanique qui assaille déjà mes veines.

– Tu joueras plus tard, lui ordonné-je en bloquant son poignet. Là, c'est mon tour !

Malgré son feulement faussement irrité, je reprends mes caresses et m'attelle à dessiner chaque courbe de son corps. À apprendre ce qui la fait gémir et frissonner. Julia se cambre contre moi, ses geignements montant crescendo alors que l'orgasme enfle dans ses veines. Son explosion est à la hauteur de mes attentes, dévastatrice et impitoyable.

Julia s'alanguit sur le lit, les yeux mi-clos et le souffle court. Je m'accorde quelques secondes pour l'admirer et enregistrer tous les détails de cette nuit magique. Peu importe l'avenir, personne ne nous délestera de cette parenthèse qui n'appartiendra jamais qu'à nous !

– Viens, me chuchote-t-elle en m'effleurant le flanc.

Résister ? Je n'y songe même pas. J'enfile un préservatif, puis me positionne au-dessus d'elle, les bras en extension pour ne pas l'écraser, et rive nos regards. Julia se redresse pour me ravir un baiser, auquel je succombe d'autant plus facilement que mon gland commence à appuyer contre son sexe. Je la pénètre par petites poussées, conscient de l'étroitesse de son vagin. Merde ! C'est si bon que je suis à deux doigts de perdre le contrôle et de m'enfouir profondément en elle d'un seul coup de reins.

Julia grimace légèrement. Pourtant, lorsque je veux me retirer pour diminuer la pression, elle ronchonne et noue ses jambes autour de mes hanches pour me retenir.

– Non ! gronde-t-elle. Je te veux en moi, entièrement !

– Je… risque de… ne pas réussir à me maîtriser, avoué-je à voix basse.

– Et alors ?

Son air de défi enflamme mes reins. Cette fois-ci, rien ne pourrait m'empêcher de m'enfoncer en elle jusqu'à la garde. J'essaie de canaliser mes coups de boutoir, conscient que je ne tiendrai pas longtemps à ce rythme. Parce que Julia réveille le fauve en moi. Je m'oublie en elle. M'immerge dans les sensations extraordinaires qu'elle génère dans chaque atome de mon être. La possède comme je n'ai jamais souhaité posséder une femme. Lui accorde ce que je n'ai jamais offert à aucune autre, avant elle.

Nos mains se nouent dans cette danse qui nous entraîne bien au-delà de notre désir. Nos bouches se trouvent, exprimant toute l'intensité des émotions que nous ne cherchons plus à cacher. Et c'est en plongeant dans son regard que je me noie dans une extase tonitruante.

Je m'abandonne à ce tsunami en la serrant dans mes bras, comme si je ne voulais plus la lâcher. Comme si nous avions l'éternité pour nous aimer…

***

– Réveille-toi, mon petit écureuil.

Penché au-dessus de Julia, je souris lorsqu'elle entrouvre un œil, puis s'étire comme une chatte alanguie. Mon cœur se décroche de ma poitrine, à la manière d'une pierre jetée dans un puits à souhait. Je rêve… Je rêve de tellement plus que cette nuit. Pourtant, je n'ose croire à un lendemain pour nous. Pas à présent que le soleil s'est levé et éclaire notre avenir de trop d'obstacles.

– Ton petit déjeuner est prêt. Je dois partir chercher North.

– Hum ! Laisse-moi une minute et je descends.

– Embrasse-moi d'abord ! exigé-je pour combler un peu du vide qui creuse ma poitrine.

Julia agrippe les revers de ma chemise et m'attire contre elle. Du bout des doigts, elle effleure la courbe de ma mâchoire, puis dessine le contour de mes lèvres.

– C'est le moment où on se rappelle qu'on a merdé ? me demande-t-elle d'une voix éteinte.

– On n'a pas merdé ! lui opposé-je. Nous nous aimons, ça change tout !

Qui je cherche à convaincre ? Parce que, non, ça ne change rien. Et j'ai beau sourire et faire comme si tout allait bien, un nœud s'est logé dans ma gorge à la seconde où je me suis réveillé. Ne pas éprouver de regrets n'éloigne pas forcément les affres de la culpabilité, malheureusement.

– Peut-être, mais mon père…

Je la muselle en m'emparant de sa bouche. Julia se presse contre moi, me révélant la profondeur de son propre désespoir. Je voudrais tellement pouvoir oublier tout ce qui nous sépare ! Oublier au point de jeter mes fringues au loin pour me lover dans sa chaleur ensorcelante.

– On a deux jours pour trouver un moyen de lui parler, dis-je, haletant. Mais, pour le moment, nous pourrions simplement profiter de l'instant présent. Qu'en penses-tu ?

– OK ! m'accorde-t-elle après un court silence.

Oui, faire semblant juste encore un peu… Oublier les nuages à l'horizon et la tempête qui ne manquera pas de s'écraser sur nos têtes à la seconde où nous révélerons notre secret…

Des frissons glacés serpentent sur ma peau, sans pour autant que je souhaite revenir à hier. Pas après m'être trouvé dans les bras de Julia.

– On en rediscutera à mon retour. North n'est pas du genre patient et il doit déjà m'attendre sur le trottoir, en bas de l'hôpital.

– Tu veux que je vienne avec toi ?

– Non, repose-toi et…

J'effleure sa hanche, résistant à grand-peine à mon envie de tirer sur le drap pour la dénuder. L'aimer une fois ne m'a pas suffi et j'ai dans l'idée que je ne me lasserai jamais. Pas alors qu'elle fait trembler mes doigts d'un désir irrépressible.

– Tu vas bien ?

– Oui, magnifiquement bien, m'assure-t-elle avec une petite moue tentatrice. Cette nuit a été… parfaite ! Juste parfaite !

– Pour moi aussi, lui certifié-je avant de lui embrasser le bout du nez. Allez, je file !

– Je descends avec toi ! Il faut que je nourrisse…

– C'est fait ! la coupé-je.

Julia m'adresse un sourire reconnaissant, puis sort de son lit. Je me pétrifie devant sa nudité resplendissante et grogne quand elle enfile une culotte et son pyjama pilou, dissimulant ses seins sublimes. La provocation est clairement assumée ! La tentation trop grande ! J'essaie de la saisir quand elle passe devant moi, déterminé à lécher cette peau crémeuse qui m'excite un peu trop alors que je m'en suis rassasié, cette nuit.

Dans un éclat de rire mutin, Julia me file entre les doigts et se précipite dans l'escalier. Je la rattrape au bas des marches et la plaque contre le mur.

– Attrapée ! déclaré-je.

– Et alors ? me nargue-t-elle.

Je la punis d'un baiser impatient, mes mains fourmillant sous sa veste de pyjama pour éprouver le contact soyeux de son épiderme. Ses paumes s'enfouissent dans mes cheveux, comme si elles exigeaient une proximité accrue, ce que je lui accorde sans hésiter.

– Surprise ! s'élève une voix grinçante dans mon dos. Papa est venu me récupérer à l'hosto et…

Julia arrondit les yeux, tout en lâchant un « oh ! » estomaqué. Je me retourne d'un bloc, pas préparé à croiser le regard de Joe. Un regard vide et choqué. Déçu, aussi, peut-être…

– Papa…

– J'ai besoin de prendre l'air, bafouille Joe en ressortant d'un pas martial, la nuque raidie.

– Putain ! siffle North. Bravo pour ce coup de maître !

– Pourquoi est-il là ? attaqué-je sans savoir quoi dire de plus.

– Je l'ai appelé, hier soir, sans envisager une seule seconde que vous ne l'aviez pas prévenu. Il a insisté pour venir me chercher, ce matin. Sérieusement, je ne m'attendais pas à débarquer en terrain miné !

Je foudroie mon frangin du regard, même s'il n'est responsable de rien, puis me focalise sur Julia. Elle est livide et tremble de la tête aux pieds.

– Il ne nous pardonnera jamais ! lâche-t-elle d'une voix atone.

– Je vais lui parler et arranger ça !

L'expression qu'elle m'oppose flirte avec le désespoir, au point que mon cœur se fend en deux. Je me rapproche d'elle et l'oblige à croiser mon regard.

– Je t'aime, Julia, et je ne regretterai jamais ce que nous avons partagé. Mais si tu préfères qu'on arrê…

– Non ! Je… Je ne regrette rien, moi non plus, mais je l'ai déjà tellement fait souffrir. Ce n'est pas juste !

Dévasté par sa douleur, je colle mon front contre le sien et l'enlace plus étroitement.

– Je te jure que ça va s'arranger ! Fais-moi confiance !

– Toujours, me chuchote-t-elle avec cette sincérité brute qui n'en finit pas de me tuer.

31

Julia

Je n'ai jamais été effrayée par le silence, mais celui qui règne autour de moi en cet instant me glace les sangs. Je m'enfonce un peu plus entre les coussins du canapé, rêvant de disparaître dans un trou de souris.

Une main ferme s'enroule autour de la mienne, chaude et réconfortante alors que ma peau est parcourue de frissons d'anxiété.

J'ai déconné, salement ! Pourtant, si j'ai le ventre en vrac et les tempes douloureuses, je ne parviens pas à regretter d'avoir croisé la route de Thaddeus. Je l'ai haï autant que je l'ai méprisé. Cependant, chacun des battements de mon cœur me répète inlassablement qu'il a fini par pénétrer mes défenses et se lover dans cette zone de mon âme que j'avais cadenassée à double tour.

Thaddeus m'a émue avec sa musique, puis troublée avec son charme arrogant, mais ce sont ses faiblesses qui m'ont mise à terre. Littéralement ! Et qu'il se juge trop abîmé pour avoir le droit d'aimer n'a fait que renforcer mes sentiments. Parce qu'il se trompe de bout en bout ! Sa noirceur n'est que l'écho de celle qui me casse les reins depuis toujours. Pourtant, au milieu de cette nuit glacée, je ressens, pour la première fois depuis longtemps, la douce caresse des rayons du soleil. Je me suis lancée dans ma nouvelle vie avec l'espoir chevillé au corps, mais c'est Thaddeus qui y a ramené cette étincelle inégalable.

Cet homme est un survivant, bien plus que je ne le serai jamais, le genre à ne jamais fuir le danger. La preuve, alors qu'il aurait pu se débiner, il fait front avec moi, sans céder sous le poids des regards accusateurs de sa famille. Et je ne peux m'empêcher de m'en vouloir de lui imposer cette épreuve !

J'entremêle nos doigts, galvanisée par le souvenir de ses caresses et de ses baisers. Entre ses bras, je me suis découvert femme et amante. Entre ses bras, j'ai compris que je ne pourrais pas renoncer à notre histoire, même pour tranquilliser mon père. Pas après que nous ayons manqué nous perdre. Pas après que nous nous soyons avoué notre amour. Pas après que nous nous soyons revendiqués de la façon la plus intime qui existe.

J'aime Joe, mais j'ai sacrifié tellement de choses pour ma mère que je suis incapable de me résoudre à subir de nouveau ce châtiment. Je ne veux plus rester, seule, au milieu des nuits glaciales de mon enfance.

Non, à la place, j'ai envie de hurler à la face du monde que j'aime Thaddeus. Thaddeus, tout entier !

– Ambiance de la mort qui tue, ricane Détroit, le visage crispé d'une impassibilité létale.

– Détroit ! le rabroue Kate sèchement. La situation n'est facile pour personne. Il n'est donc pas utile d'en rajouter !

– C'est sa faute ! beugle May en me pointant du doigt. Depuis qu'elle est arrivée, c'est le bordel !

Je me rencogne un peu plus contre le dossier du canapé, les lèvres pincées. Thaddeus me serre plus fort la main, mais je vois à la courbure de sa bouche qu'il vit mal cette mise en examen. Sa famille, c'est tout pour lui, et j'ai réellement foutu la merde dans ce bel équilibre.

– Stop ! la réprimande-t-il. Julia et moi sommes amoureux et…

– Amoureux ? Laisse-moi rire ! Tu changes de nanas toutes les semaines ! Si tu voulais la baiser, tu n'aurais pas pu le faire discrètement ? Tu m'avais promis que ça allait s'arrêter, que ce n'était qu'une putain de connerie !

– Là, tu es méchante, Boubounette, intervient North. Julia appartient à notre famille, elle ne mérite pas d'être traitée comme une ennemie…

– Si elle appréciait notre famille, elle ne l'aurait pas foutue en l'air ! insiste May.

– Ça suffit ! s'énerve Kate, exsangue. Je… Notre famille a déjà assez souffert ! Personne, ici, ne cherche à la détruire ou à blesser qui que ce soit ! Il… On ne choisit pas de qui on tombe amoureux et…

La bouche tremblante, elle nous décoche un regard peiné, mais pas moralisateur. Mes poumons se remplissent, libérés d'un poids. Cette femme m'a accueillie à bras ouverts, je ne veux pas être celle qu'elle maudit en silence ! Étonnamment, je suis convaincue que ça n'arrivera jamais. Kate possède un cœur gros comme le monde. Pour preuve, elle a recueilli North alors même qu'elle luttait contre les chaînes d'une prison ignominieuse. L'a protégé quand elle encaissait elle-même coup sur coup. Et elle n'a jamais flanché quand ses enfants ont eu besoin d'elle pour se reconstruire au sortir de leur cauchemar.

– Joe a simplement besoin de temps pour digérer tout ça, ajoute-t-elle d'un ton plus doux, presque hésitant. Il ne s'attendait tellement pas à vous découvrir…

– En train de baiser dans le salon ? termine May avec

une ironie réfrigérante. Non, ça, je l'imagine sans mal !

– Nom de Dieu ! May ! la vilipende Thaddeus en bondissant sur ses pieds pour se planter devant elle. Regarde-moi, May ! S'il te plaît !

J'entends la note de désespoir dans ses derniers mots et repense à ce qu'il m'a divulgué sur sa sœur. Il a sauvé May d'un enfer plus dégradant que tout ce que j'ai pu connaître. Je ne peux que suspecter l'ampleur de la douleur qu'il doit ressentir à la voir, aujourd'hui, s'opposer à lui. À endurer son jugement tranchant.

– Tu n'es pas digne d'être un cavalier ! lui crache-t-elle au visage.

Thaddeus se pétrifie, littéralement sous le choc, mais il n'est pas le seul. Kate étouffe un cri derrière sa main, tandis que North pâlit brutalement.

– Tu peux répéter ? aboie-t-il d'un ton caverneux.

– Tu m'as très bien comprise, alors va te faire foutre ! souligne-t-elle avant de récupérer sa veste et de se tirer.

– Je m'en occupe, nous informe Détroit, déjà sur ses talons.

La porte claque derrière lui, nous abandonnant à un silence abyssal. Nom de Dieu ! Qu'est-ce que j'ai fait ?

– Hé ! Merde ! feule North. J'ai besoin d'un verre, là !

– Elle n'a pas mesuré ses mots, bafouille Kate. Non, elle n'a pas mesuré ses mots !

– Je suis désolée, dis-je en la rejoignant. Tout ça, c'est ma faute…

Kate m'attire contre elle, les yeux débordant de larmes, et m'étreint si fort que j'éprouve chaque tremblement de son corps. Sa tendresse, pourtant, atténue un peu mon sentiment de culpabilité.

– Certainement pas, ma chérie. Je… Tu suis ton cœur, et ça… Personne n'a le droit de te le reprocher ! May…

May est perturbée ces derniers temps, mais Détroit saura trouver les mots pour l'apaiser. Il les trouve toujours…

Un espoir filtre derrière cette plainte, un espoir qui s'écrase contre le dos de son fils lorsqu'elle lui adresse un regard suppliant.

– Thad, mon chéri, tu ne dois pas en vouloir à ta sœur !

– North l'a surprise à faire des thèmes astraux, mentionne-t-il, hermétique. Et ces mots… ce sont ceux que cet enfoiré m'a balancés à la gueule quand on a quitté cette putain de secte !

Kate était déjà pâle, elle devient carrément livide. De mon côté, j'enregistre enfin ce qui les a autant choqués. Et, pour une fois, je n'ai rien à voir avec le désarroi qui suppure dans l'air. Cela dit, si May s'intéresse de nouveau aux préceptes portés par le temple du zodiaque, je comprends mieux leurs angoisses. J'éprouverais les mêmes à leur place. Je guide Kate vers le canapé, pas certaine que ses jambes ne la trahissent pas.

– C'est un hasard, bredouille-t-elle. Non, non, c'est loin derrière nous, tout ça ! Elle est juste en colère et déstabilisée par son changement de vie. L'université, c'est un autre monde, et ta sœur appréhendait beaucoup. Elle va se calmer, hein !

– Mais oui, la rassure North avec un sourire confiant. Tu la connais, elle a toujours été impulsive, mais elle redescend vite.

Thaddeus n'a pas l'air aussi convaincu que son frère, peut-être parce que May nous bat froid depuis le soir où elle nous a surpris dans ma chambre. Et Kate non plus, si je dois me fier à ses gestes saccadés. Un coussin en main, elle triture les coutures comme si elle avait besoin de cet ancrage pour garder le contrôle. Pour la première fois depuis que je la connais, je remarque, derrière la façade joyeuse qu'elle arbore au quotidien, quelque chose de plus trouble. Comme l'écho des ténèbres qui meurtrissent Thaddeus…

– Je devrais en parler à Joe, murmure-t-elle d'une voix blanche.

– Qu'est-ce que tu devrais me dire ? rebondit mon père, campé dans l'entrée.

La tête droite et l'air inhabituellement fermé, il est impressionnant. Tellement que je me mords les lèvres au lieu de formuler toutes les excuses et explications que je me suis répétées mentalement. Et je ne sais pas si je suis soulagée, ou pas, qu'il ne me toise pas avec animosité. Cela dit, il ne m'observe pas du tout, le regard rivé sur sa femme.

– May, commence Kate en se tordant les mains. Elle a fait des allusions au temple du zodiaque.

Le silence de mort qui s'impose est terrifiant. Mes poils se dressent sur mes bras, résonance de cette glace immatérielle.

– Où est-elle ?

– Partie, mais Détroit est avec elle, lui répond North. D'ailleurs, il vient de m'envoyer un message et… tout va bien ! Ils seront de retour d'ici une demi-heure. Tu vois, maman, tout s'arrange !

Kate expire de soulagement, mais je surprends le regard lourd de sens que lui adresse mon père. Il est inquiet, mais également en colère. Lorsqu'il me soupèse, je devine que je ne suis pas étrangère à ce dernier sentiment. Je déglutis nerveusement, appréciant que Thaddeus se dresse à mes côtés.

– Papa, commence-t-il.

– Pas maintenant ! Je… On rediscutera de tout ça,

plus tard. Pour le moment… Les freins de ta voiture ont été trafiqués, Julia.

Je sursaute, incapable de cacher le choc que me causent ces mots. La main de Thaddeus s'enroule autour de ma taille et me pousse vers le canapé. Je m'écroule aux côtés de Kate, sans chercher à lutter.

– Bordel de merde ! jure North.

– On a voulu me tuer, lancé-je, abasourdie, comme si l'énoncer à voix haute pouvait m'aider à intégrer ce qui est une aberration.

– Hayes ne peut pas être derrière ce sale coup, continue mon père, pragmatique et si concentré qu'il n'en paraît que plus détaché. Monroe non plus, puisqu'il est en prison. L'inspecteur soupçonne un autre membre de l'équipe de natation, mais, pour le moment, il ne possède aucune piste sérieuse. Il a décidé de tous les convoquer pour leur mettre la pression. Il pense que ça suffira à régler le problème, mais il recommande quand même la prudence, vu que la police a reçu plusieurs appels concernant la présence suspecte d'une camionnette dans le quartier.

– Nous l'avons aperçue, nous aussi, précise North. Mais il y a eu pas mal d'emménagements à la rentrée. Je ne vois pas bien le lien avec Julia…

– Personne n'a repéré de meubles, ou quoi que ce soit de ressemblant à un déménagement. La voiture se contentait de rester en faction dans la rue, comme si son conducteur surveillait une maison. Mon collègue ne prend pas ces informations à la légère, d'autant que la vidéo de Chantrelle Jones a créé pas mal de remous sur le campus. Il a découvert un site où Julia et Madison sont insultées et ridiculisées.

– Quoi ? m'insurgé-je dans un sursaut choqué.

– Le blog est très récent. C'est plus un bric-à-brac maladroit de photos retouchées, pour le moment, et, d'ailleurs, ça n'ira pas plus loin puisqu'il l'a clôturé. Mais, du coup, il préfère n'écarter aucune piste. Dans cette optique, il va multiplier les patrouilles dans le secteur. Julia, si tu dois quitter la maison, ne sors jamais seule !

J'ouvre la bouche, puis la referme devant son regard intransigeant. Nom de Dieu ! J'ai été prisonnière d'une folle pendant des années, me voilà de nouveau claustrée parce qu'un crétin n'a pas apprécié qu'on arrête son copain violeur. Ou qu'une harceleuse n'a pas supporté d'être mise face à ses conneries. Ouep ! Le monde marche droit, c'est une évidence.

– Mais j'ai des cours, pesté-je, et…

– Ce n'est l'affaire que de quelques jours. Kate et moi, nous allons nous installer ici, le temps de l'enquête, mais j'ai d'abord une dernière obligation à remplir. Ça ne prendra pas plus d'une semaine. Les garçons pourront t'accompagner à l'université durant mon absence.

– On gérera ! confirme Thaddeus.

Son regard brûlant coule sur ma peau, comme le ferait un baume sur les cicatrices de mon âme. Je lui adresse un sourire reconnaissant, consciente que nos vies sont désormais intimement liées. Oh ! Bien sûr, j'ignore où nous serons dans un an ou dans deux ans, si notre histoire survivra aux prochains mois, voire aux prochaines semaines, mais, à cet instant d'éternité où nos cœurs battent de concert, Thaddeus est mon ancre.

– C'est donc arrangé ! stipule mon père.

– Mais…

– Il n'y a pas de « mais », Julia ! me coupe-t-il d'un ton dur. Cette situation est déjà bien assez compliquée sans qu'on ajoute d'autres difficultés.

– Le plus simple serait peut-être que je déménage, me rebellé-je, blessée par son regard polaire.

– Pas question ! s'insurge Kate en donnant un petit coup sur le bras de mon père. Tu es de notre famille, Julia ! La vie ne nous a pas épargnés, les uns et les autres, mais on a toujours surmonté les épreuves. Toutes les épreuves, et cette fois ne fera pas exception à la règle ! Nous prendrons le temps de discuter, tous ensemble, mais, pour le moment, ton père a raison : notre priorité, c'est d'assurer ta sécurité. N'est-ce pas, mon chéri ?

– On veillera sur elle, maman, intervient North en entourant mes épaules de son bras valide.

Joe se contente, pour sa part, d'ébaucher un sourire froid, preuve que sa déception n'a pas fini de pervertir nos relations. Je me renfrogne, consciente cependant que j'ai mérité cette sanction. Je l'ai trahi, d'une certaine façon ! Alors pourquoi est-ce que je n'arrive pas à éprouver de regrets ? Parce que Thaddeus me tient la main avec cette conviction que je suis là où je dois être ? Parce que je suis totalement et irrémédiablement amoureuse pour la première fois de ma vie ?

– Kate et moi allons rentrer à Cascade dès ce soir, histoire d'organiser notre séjour ici. Mais nous serons de retour demain. Votre mère s'installera dans la chambre de May pendant mon absence, et j'aimerais bien que vous gardiez un œil sur votre sœur.

– Détroit s'en chargera sans soucis, lui garantit Thaddeus d'un ton étrange.

Mon père acquiesce, l'esprit déjà ailleurs. Quelque chose le tourmente, quelque chose dont il ne veut pas nous informer. Quelque chose d'assez grave pour qu'il se referme comme une huître, même au milieu des siens.

– Oh ! May ! s'exclame soudain Kate, son aura de joie

renaissant comme une fleur. Tu es revenue, ma chérie !

– Je vous avais bien dit que je la ramènerais, annonce Détroit d'un ton léger, tout en poussant May vers nous.

– Eh bien, alors, ma chérie ! l'accueille mon père, avant de lui ouvrir les bras.

May fonce vers lui et se cale contre son torse, comme une petite fille peinée qui a besoin d'un câlin de son père pour combattre les monstres cachés sous son lit. Elle a gagné ce droit-là, contrairement à moi, au point qu'un sifflement perfide me rappelle que je ne suis, ici, finalement qu'une étrangère.

– Papa, murmure-t-elle contre son cou.

– Eh bien, ma Boubounette !

– Papa ! s'insurge-t-elle, cette fois sans tension dans la voix. Tu ne vas pas t'y mettre, toi aussi. Je ne suis plus une gamine !

– Tu seras toujours ma petite fille chérie, tu le sais bien, lui répond-il en riant. Et si nous déjeunions ? J'ai une faim de loup !

Ravalant un élan d'envie, et peut-être même de jalousie, je souris à la cantonade alors que tout le monde semble enfin se détendre.

– Je suis plus que partant ! riposte Détroit sur le même ton. C'est pas pour me plaindre, mais on bouffe que des carottes depuis des semaines !

– C'est toi qui piques sa nourriture à Basile ? m'insurgé-je, interloquée.

– Bah quoi ? C'est bon pour la santé et ça rend aimable, non ?

– Double les doses, le raillé-je.

– Moi, mais je suis un amour !

Je secoue la tête, amusée par son air de chien battu, le poids sur mes épaules se dissipant en partie quand

Thaddeus noue nos doigts avec discrétion pour ne pas rallumer le feu de la colère autour de nous.

– Je t'aime, me souffle-t-il à l'oreille. Et ne t'inquiète pas, il finira par se détendre…

Je cligne des yeux, déterminée à éloigner les larmes traîtresses qui s'y accumulent. Des larmes qui couleront toutes seules si mon père ne me pardonne pas…

32

Julia

– Oh ! Putain ! sifflé-je devant le miroir de la salle de bains.

J'effleure mes cernes, pas vraiment plus convaincue par mon teint de papier mâché. J'ai à peine somnolé quelques heures, cette nuit, occupée à ressasser et à remettre chacun de mes choix en question. J'ai fini par m'assoupir quand Thaddeus a enroulé ses bras autour de moi, pour me caler contre lui. Un voyage que j'aurais apprécié à cent pour cent si je n'avais pas su que May dormait un étage en dessous…

Mais mon père et Kate vont s'installer à la maison dès aujourd'hui, et cette nuit était peut-être la dernière que la vie ne nous autorisera jamais à partager. Une idée qui me chagrine, avant que je la balaie d'un souffle mental déterminé. Ne rien regretter implique de ne pas songer aux affres d'un avenir incertain !

– Tu n'as pas cours, ce matin, me susurre Thaddeus à l'oreille. Tu devrais en profiter pour essayer de faire la grasse mat' ! Perso, j'adorerais pouvoir rester sous la couette…

Ses mains glissent doucement dans l'échancrure de mon peignoir, jusqu'à pouvoir effleurer la peau lisse de mon ventre.

– Pourquoi ai-je le sentiment que ce ne serait pas pour dormir ? dis-je en riant.

– Hum ! lâche-t-il pour toute réponse, sa bouche déjà plaquée dans le creux de mon cou.

Je renverse la tête en arrière, un soupir de plaisir émergeant de mes lèvres lorsque ses doigts tracent leur chemin jusqu'à mes seins. Mes mamelons durcissent sous ses caresses, renvoyant des signaux brûlants entre mes cuisses. Une brûlure qui s'accroît à mesure que Thaddeus accentue ses tortures sensuelles.

À la seconde où je gémis, Thaddeus m'encadre le visage et se rapproche de mon oreille.

– Silence, bébé ! m'ordonne-t-il avec une pointe d'espièglerie dans la voix. Souviens-toi que nos parents vont s'installer chez nous pendant quelques jours… On va devoir se montrer très discrets…

– Cette idée a l'air de te plaire, le gourmandé-je tout en calant mes fesses contre son bassin.

Thaddeus est déjà dur, de quoi raffermir mon propre désir. Notre première nuit a été fantastique, mais la souffrance m'a empêché de savourer l'instant autant que je l'aurais souhaité. Le sentir en moi, sans devoir lutter contre des vagues de douleur, m'éperonne avec une force qui me coupe littéralement le souffle. Je chaloupe doucement contre son sexe, ravie de l'entendre grogner contre ma peau.

– Petite sorcière ! Et, ouais, je trouve ça… excitant. Bon, j'imagine que ça fait de moi un barjot, ajoute-t-il après une seconde de silence, vu que Joe risque de nous étriper s'il nous surprend.

– Et s'il ne nous pardonne jamais ? déploré-je, soudain ramenée à la réalité.

– Je le connais. Il finira par accepter la situation, même

s'il ne s'attendait pas à ça. Après tout, tu es sa fille et, moi, il me considère comme son fils. Ça brouille forcément les cartes ! Mais nous saurons le convaincre !

– J'espère…

La vérité, c'est que l'incertitude nous rend fébriles, dévorés par le besoin de profiter de chaque seconde. L'urgence bat contre nos tempes au même tempo. Peut-être est-ce pour cette raison que nous avons décidé d'un commun accord de brûler nos dernières cartouches. Mais, au moins, nous ne trimballerons pas ces regrets en plus de ceux qui s'imposeront forcément à nous si l'avenir se révèle froid et vide.

Thaddeus me fait pivoter dans ses bras, le regard impérieux. À la vue de son visage ombragé d'une légère barbe, un fin sourire incurve mes lèvres : il n'a pas mis son bandeau, signe qu'il ne sent pas obligé, avec moi, de se dissimuler. Dieu que j'aime cette confiance absolue qui s'est instaurée entre nous.

Je n'ai pourtant pas le temps d'exprimer ce sentiment. Il capture ma bouche pour un baiser torride. J'étais déjà liquide, je suis à deux doigts de finir en flaque à ses pieds. Je l'attire plus près de moi, les mains enfouies dans son épaisse chevelure, et me hisse sur les pointes des pieds pour mieux savourer la brûlure de ses lèvres.

Mais Thaddeus a visiblement décidé de tester ma capacité à me taire alors qu'il me torture d'une façon tout ce qu'il y a de plus déloyale. Ses doigts s'immiscent entre mes cuisses et frôlent mon sexe déjà humide de désir. Me titillent avec une délicatesse qui n'exclut pas une ardeur parfaitement contrôlée.

Je commence à comprendre qu'il se cache derrière cette maîtrise, comme s'il craignait, en se laissant aller, de redevenir le gamin sauvage d'autrefois. J'émets un bougonnement sonore de contrariété, partagée entre l'envie de l'envelopper de ma tendresse et celle de le secouer avec vigueur.

– Chut ! me souffle-t-il avec tyrannie. Souviens-toi : pas un bruit !

– Parce que tu en es capable, toi ? le défié-je.

– Évidem... Hey ! Ce n'est pas du jeu !

J'éclate de rire, la main pressée contre son boxer. Je le caresse un peu plus fort, mais je ne compte pas en rester là ! Je m'enhardis jusqu'à sortir sa queue de son carcan de tissu, puis commence doucement à le branler, ravie de repérer la goutte de foutre sur son gland. Je l'étale en me léchant les lèvres, consciente du cheminement que vont invariablement emprunter les pensées de Thaddeus.

– Est-ce que tu vas me sucer ? me demande-t-il, coquin.

– Ça se pourrait... peut-être... si tu es sage... Si tu es capable de garder le silence, surtout !

Sur un clin d'œil provocateur, je le repousse contre la porte, de façon à pouvoir m'agenouiller devant lui. Thaddeus m'observe entre la fente étrécie de ses yeux, l'arrogance flirtant sur son visage avec un trouble délicieusement plus vulnérable. J'aime assez son expression pour profiter de mon avantage en dénouant la ceinture de mon peignoir de manière à exposer la courbure de mes seins. Puis, sans préavis, sans me soucier surtout de son regard embrasé, j'enfourne sa queue, une main enroulée autour de sa base, et la lèche via de rapides petits coups de la langue.

– Douée, me souffle-t-il.

Je ris, car il n'a encore rien vu ! J'accentue mes mouvements, tout en lui malaxant les testicules. Son œil s'assombrit, alors que ses lèvres s'entrouvrent d'un plaisir muet. Muet ? Non, il commence à lâcher d'infimes soupirs, à mesure que ses hanches se meuvent d'elles-mêmes, de plus en plus vite. Je souris, satisfaite de le voir doucement perdre le contrôle. Mes ongles griffent sa peau sensible, puis je l'avale plus profondément et l'enveloppe dans la chaleur de ma bouche.

Thaddeus n'a jamais été aussi beau qu'à cette seconde où son contrôle se fracture. Il jouit entre mes lèvres, le visage crispé d'une passion qui accélère les battements de mon cœur.

– Merde, alors !

– Tu pensais que les vierges étaient des saintes-nitouches, bébé ? le nargué-je en me relevant et en refermant les pans de mon peignoir.

– Bah… ouais, finit-il par soupirer béatement.

– Tu sais qu'entre le blanc et le noir, il existe tout un tas de nuances ? me moqué-je avec crânerie.

D'un geste possessif et un poil dominateur, il me ramène contre lui et envahit ma bouche jusqu'à me rendre aussi pantelante qu'une sprinteuse sur la ligne d'arrivée. Son sourire brille d'une telle suffisance lorsqu'il me libère que je lui assène un coup dans le ventre. Thaddeus éclate de rire, puis replace mes cheveux derrière mes oreilles, de façon à pouvoir encadrer mon visage entre ses paumes chaudes.

– Dommage que je ne puisse pas manquer mes cours, ce matin, me dit-il d'un ton présomptueux, mais je te promets que je vais me rattraper ce soir. Et, cette fois, c'est toi qui crieras de plaisir !

Son baiser sur le bout de mon nez entérine son serment d'une note de douceur qui génère un frisson le long de ma colonne vertébrale.

– OK, mais je te préviens : je n'ai pas l'intention de te faciliter les choses.

– Comme si je ne m'en doutais pas, ricane-t-il, amusé. Mon TD se termine à quinze heures trente, je viendrai donc te chercher à la sortie de tes cours. Comme Détroit et North sont aussi occupés jusqu'en milieu d'après-midi, c'est May qui t'accompagnera pour l'aller.

– May ? relevé-je avec une grimace.

– J'ai pu discuter un peu avec elle, pendant que tu dormais encore. Tu sais, elle a surtout été désarçonnée par notre relation. Elle redoute que son monde s'écroule, comme autrefois, et…

Il se tait, le temps de ravaler son émotion, puis esquisse un sourire confiant.

– Elle m'a expliqué qu'elle avait beaucoup réfléchi, cette nuit. Elle va essayer de se montrer plus indulgente. Du coup, comme elle est la seule disponible cet après-midi, elle a proposé de t'escorter jusqu'à l'université.

– OK ! validé-je en inspirant une profonde bouffée d'air. Je… je comptais demander à Madison, mais je ne vais pas refuser cette main tendue.

– Merci, bébé. C'est important pour moi ! Vraiment !

– S'il ne reste plus que mon père à convaincre, ce serait plutôt une bonne nouvelle, soupiré-je, fataliste.

– Courage ! me renvoie Thaddeus, l'œil fiché sur sa montre. On a fait le plus dur, si on y réfléchit ! Il faut que j'y aille si on ne veut pas voir débarquer Détroit pour me tirer à la fac par la peau du cou.

Il m'embrasse une dernière fois, puis file vers le rez-de-chaussée. De meilleure humeur qu'au réveil, je referme la porte derrière lui et me précipite sous la douche. Demain sera un autre jour, et l'essentiel est d'avancer pas après pas, une leçon que j'ai apprise de la façon la plus dure qui soit. J'ai l'habitude, non ?

***

Trois heures plus tard, May rentre de ses cours, l'air pas franchement à l'aise, mais moins hostile que ces derniers jours.

– Je le fais pour papa et maman, me déclare-t-elle d'emblée. Et pas parce que je cautionne ce que vous faites, je tiens à être claire sur la question.

– OK ! Je… je comprends. Sache juste que Thaddeus et moi n'avons rien prémédité ou…

– Ouais, je sais : l'amour, et tout, et tout, me coupe-t-elle d'un ton dégoûté. Sérieux, si ça rend aussi débile et inconscient d'être amoureux, autant s'arracher direct le cœur !

– On en reparlera peut-être le jour où un garçon te fera frissonner de la tête aux pieds d'un seul regard.

Une réponse qui me vaut une œillade noire, accusatrice.

– Ça ne justifie pas de trahir sa famille ! Mais, bon, j'ai promis à mon frère de faire un effort, donc… je vais m'y tenir ! Cela dit, j'aimerais autant qu'on arrête de discuter de votre… couple ! OK ?

Ouais, on est encore loin de la paix espérée… Je réprime une violente envie de hurler, mais j'ai moi aussi pris un engagement auprès de Thaddeus. Alors s'il faut en passer par là… je le ferai !

– Comme tu veux.

– Bien ! Tu es prête ? On peut y aller ?

J'acquiesce, plus véritablement emballée par ce moment entre filles. D'ailleurs, s'il me restait le moindre espoir de me réconcilier avec May, il s'évanouit à la seconde où nous sortons de la maison et qu'elle me décoche un regard sinistre.

– Tu sais, je peux faire le chemin toute seule, dis-je, les lèvres pincées. Madison habite à quelques minutes et…

– J'ai juré ! me renvoie-t-elle avec aigreur.

– OK ! OK !

Nous avançons en silence jusqu'à l'angle de la rue. Je me note d'appeler Madison la prochaine fois que May sera volontaire pour m'accompagner à mes cours, parce que, sérieux, son air réfrigérant, je m'en passerais royal ! Perdue dans mes pensées, il me faut une seconde pour repérer la camionnette sur le bord du trottoir. Et une seconde de plus pour m'apercevoir que la porte latérale dévoile un trou béant.

– On devrait… commencé-je avant de lâcher un cri.

May m'a poussée, si violemment que je trébuche et m'érafle les genoux. Le temps de me redresser, deux bras musclés me ceinturent par-derrière. J'ouvre la bouche pour hurler, mais je m'étouffe contre un chiffon imbibé de chloroforme. *Merde ! C'est quoi ce bordel !*

Je me débats, ou du moins j'essaie, mais l'homme derrière moi est du genre costaud et mon esprit vacille déjà. La dernière chose que je contemple, avant de sombrer dans le néant, c'est le visage rempli de haine de May et l'intérieur sale du van…

33

Thaddeus

Lorsque j'arrive devant le hall principal de l'ISUB[1], ma montre m'indique que j'ai dix minutes d'avance sur la fin des cours de Julia. Je m'installe à une table en sifflotant, indifférent aux regards intéressés qui essaient d'attirer le mien. Ma rupture avec Chantrelle a fait le tour du campus et personne ne sait encore que Julia m'a volé mon cœur, ce qui me place sur la liste des célibataires le plus convoité de l'I. Comme si j'en avais quelque chose à foutre !

– Hey ! m'interpelle l'une des meilleures joueuses de basket du campus.

Mais Chandra est aussi et surtout la marraine de May au sein de la sororité des Sigma Alpha. Si je suis toujours irrité et déçu que ma sœur ait décidé de vivre loin de nous, j'ai été rassuré quand elle me l'a présentée. Cette fille a la tête sur les épaules et une résistance hors du commun sur le terrain !

– Salut, Chandra !

– Beau match, samedi, me félicite-t-elle. Ce début de saison promet, même si vous avez perdu l'un de vos meilleurs lanceurs.

– North va nous botter le cul si on descend dans le

1. U of I Student Life.

classement. Une chance pour nous, il devrait reprendre l'entraînement après Noël. Et toi, pas trop fébrile en attendant votre premier match ?

– On affronte les CU Buffs[2], m'explique-t-elle, sans paraître vraiment impressionnée. Les filles sont fortes, mais elles viennent de changer de capitaine. Si on joue bien, on devrait pouvoir profiter de cet avantage.

– Je serai dans les tribunes pour vous encourager, en tout cas.

– Top ! Dis-moi, tu ne saurais pas où est ta sœur ? On avait rendez-vous, mais ça fait une demi-heure que je l'attends. J'ai essayé de la joindre, elle ne répond pas.

Je sors mon portable et tente de la contacter à mon tour. May a beau être une solitaire, elle tient généralement ses engagements.

– Rappelle-moi, s'il te plaît, May, laissé-je sur sa messagerie. Chandra, tu as vérifié qu'elle n'était pas chez vous ?

– Oui, évidemment, me répond-elle. Personne ne l'a vue à la maison. Sonia était avec elle en cours, ce matin, mais May l'a quittée vers onze heures. Elle est peut-être chez vous ? Elle m'a prévenue hier que vos parents étaient de passage à Moscow et qu'elle resterait un peu avec eux.

– Ouais, c'est possible.

Je connais assez ma sœur pour savoir qu'elle aime s'enfermer dans la solitude quand ses certitudes vacillent. Son sourire était fragile, ce matin, un pas en avant qui n'exclut pas qu'elle ait besoin d'un peu de tranquillité pour accuser le coup. J'envoie néanmoins un message à North pour qu'il vérifie si elle est bien dans sa chambre. À cette heure, il doit déjà être rentré, ce qu'il me confirme d'un « OK ».

2. Équipe de l'université du Colorado Boulder.

– Tu sais, elle a passé une sale nuit, il est possible qu'elle se soit tout simplement endormie…

– Dis-lui de m'appeler, tu veux ?

– Tu as l'air inquiet, noté-je, alerté par les ridules autour de ses yeux.

Chandra me jauge d'un regard intense, puis émet un soupir las.

– May m'a paru déprimée, ces derniers jours. J'ai d'abord cru à un problème avec un mec, genre chagrin d'amour… Mais elle m'a garanti que tout était OK quand je lui en ai parlé. Je suppose qu'il n'y a rien de bien grave, même si je continue d'être un peu inquiète. Tu sais, chez les Sigma Alpha, on veille sur les nôtres !

– Je t'appelle dès que j'ai des nouvelles, l'assuré-je, réconforté par l'attention qu'elle porte à May.

Néanmoins, ses paroles font écho au sentiment que j'enterre depuis des semaines. Entre son regain d'intérêt pour l'astrologie et ses réactions virulentes, May s'égare sur un chemin qui ne lui ressemble pas. Mais, après tout, Chandra n'a peut-être pas tort : si elle reste discrète sur sa vie personnelle, May a 18 ans, un âge où le cœur s'emballe facilement. Putain ! S'il y a un mec derrière ses sentiments à fleur de peau, je risque bien de traquer ce connard pour lui apprendre à mieux traiter les filles !

– OK ! À plus, alors.

Chandra s'éloigne, à l'instant où Madison apparaît dans mon champ de vision. Difficile de la manquer vu sa taille, mais ce n'est pas ce qui m'interpelle en l'examinant : elle semble agitée, voire carrément énervée. Un fait qui a peut-être un lien avec sa veste déchirée. Un éclair d'appréhension me transperce.

– Madison !

– Ah ! Super ! je n'étais pas certaine que tu serais là !

Putain ! C'est la première bonne nouvelle dans cette journée de merde, tiens !

Elle se laisse choir dans la chaise face à moi sans aucune grâce, l'air complètement lessivé.

– Où est Julia ? la coupé-je d'un ton sec.

– Bah pas avec moi, à l'évidence, fulmine-t-elle à grand renfort de gestes. On a cambriolé mon appart, ce matin, pendant que je faisais des courses. Putain ! Un connard a réduit toutes mes fringues en loque et détruit la plupart de mes bouquins ! Julia ne répondait pas au téléphone, alors j'ai foncé au labo pour lui en parler. Elle n'était pas là, et Sheller m'a menacée de me saquer aux prochains examens si je me tirais.

– Julia n'était pas en cours, répété-je, une main de glace se refermant autour de ma gorge.

Madison secoue la tête comme si j'étais un crétin, puis soupire plus fort.

– Ouais, c'est ce que je viens de te dire.

– Merde ! On doit rentrer à la maison !

– Moi, j'ai pas le temps. Je dois appeler le service de sécurité du campus et rang…

– Tu viens avec moi ! ordonné-je d'un ton sans appel. May et Julia semblent injoignables depuis la fin de la matinée. Ajoute à ça ton cambriolage et le fait que l'accident de voiture de Julia et North n'en était pas un, et tu comprendras qu'il y a un truc qui ne tourne pas rond.

– Comment ça Jul est injoignable ? s'alarme-t-elle. Tu es sûr qu'elle n'est pas partie aux Mille Pattes ? Quand elle est stressée, elle se réfugie là-bas et, du coup, elle ne garde pas son portable avec elle…

– Je n'y avais pas songé, avoué-je, en me traitant mentalement d'idiot. Il y a un moyen de vérifier qu'elle y est ?

– J'appelle Manuel, mais je crois qu'il est en intervention

aujourd'hui… Ouais, c'est bien ce que je pensais : je tombe sur son répondeur. Je vais lui laisser un message… Putain ! C'est quand même une belle journée de merde ! grommelle-t-elle entre ses dents. On a vraiment trafiqué ses freins ? Je veux dire, ça aurait pu être fatal… C'est…

– On discutera de tout ça à la maison, l'arrêté-je d'une façon un peu abrupte.

J'écope d'un regard assassin, mais Madison n'insiste pas. J'imagine que, comme moi, elle a de quoi ruminer. Dix minutes plus tard, nous débarquons devant la maison. Détroit se précipite vers nous, l'air salement remonté.

– Bordel ! Enfin ! On a un problème…

– May ? Julia ? aboyé-je.

– North !

Ça, c'est suffisamment inattendu pour que je me raidisse.

– North ? répété-je, interloqué.

– Viens, tu vas comprendre !

Détroit nous ouvre le chemin jusqu'au salon. North est assis dans le canapé, aussi pâle que la mort. Mais c'est son expression entre terreur et sidération qui me coupe littéralement le souffle.

– Oh, merde ! siffle Madison dans mon dos.

– Désolé, mais elle devrait rentrer chez elle, note Détroit comme s'il prenait soudain conscience de sa présence.

– Sa chambre a été vandalisée, l'informé-je. Elle reste ici ! North ? North, réponds-moi ! Merde ! Qu'est-ce qui s'est passé ?

Je m'agenouille devant lui, décontenancé de ne pas parvenir à attirer son attention. North semble sous le choc, comme paralysé par un truc qui lui a court-circuité les neurones. Une vague polaire me secoue le corps, parce que je l'ai déjà vu une fois dans cet état. Il y a longtemps… Dans une autre vie…

– J'en sais foutre rien ! Je l'ai trouvé comme ça en rentrant. Et, putain, où est Julia ?

– On l'ignore, dis-je, la mâchoire crispée d'une fureur mêlée de peur. Et c'est pareil pour May. On n'arrive pas à les joindre.

– Pardon ? J'appelle les flics !

L'éclat est infime, juste assez lumineux pour que je le repère alors que je me penche sur North. Mes poumons absorbent le choc en se verrouillant d'épouvante. Craindre le pire ne prépare pas toujours à la résurgence de nos cauchemars. Je referme le poing sur le pendentif, si fort que le métal me mord la paume. Cette douleur est ce dont j'avais besoin pour recouvrer une partie de ma lucidité.

– Non ! arrêté-je Détroit. Je… Joe ! Contacte Joe !

Détroit me jauge avec l'âpreté d'un prédateur prêt à partir en chasse. S'il ne comprend pas le sens de ma requête, il ne la remet pas en doute. Parce qu'il devine. Parce qu'il entend l'urgence primaire.

La sonnerie du téléphone de Madison nous tire de notre duel silencieux.

– C'était Manuel, nous informe-t-elle après quelques échanges lâchés à voix basse. Jul n'est pas au refuge.

Je m'en doutais, mais cette confirmation tinte comme une condamnation sans appel. Il me faut une seconde pour accuser le coup !

– Madison, on peut te confier North quelques minutes ? lui demandé-je.

Elle cille, comme elle-même arrachée à des pensées affolantes. Peut-être parce qu'elle n'arrive pas à quitter North du regard…

– Oui, bien sûr, mais qu'est-ce que je peux faire ? bafouille-t-elle.

– Parle-lui ! N'arrête pas ! lui intimé-je. Détroit, on monte !

Mon frère me suit au pas de charge, la bouche contractée d'une fureur impérieuse.

– Tu vas m'expliquer ? exige-t-il, une fois la porte de ma chambre refermée derrière nous.

Je balance le pendentif sur mon lit, indifférent aux perles de sang qui maculent ma paume. L'éclat du soleil se réverbère sur le métal, le faisant luire d'une aura scintillante tellement inconvenante que je tire les rideaux d'un geste brusque.

– Bordel ! C'est bien ce que je pense ?

– Ouais, c'est l'emblème de la Maison du Taureau, craché-je avec dégoût.

– D'où ça sort ?

– J'ai demandé à North d'aller vérifier si May était dans sa chambre, murmuré-je d'une voix blanche. Appelle Joe ! Maintenant !

Pendant qu'il s'exécute, un air mauvais fiché sur le visage, je fonce vers la chambre de ma sœur. Le lit n'est pas fait, et des vêtements traînent près de la coiffeuse. C'est la boîte à bijoux qui attire mon attention. La boîte à bijoux et le livre abandonné juste à côté…

Deux autres pendentifs trônent au milieu des bagues et bracelets que May a accumulés au fil des années. Deux pendentifs que je reconnais sans aucun doute possible. Si celui retrouvé près de North était un modèle en fer, basique, ceux-là sont plus élaborés et conçus dans une matière plus précieuse. Le premier est la copie conforme du collier que May portait quand nous étions aux mains du Chevalier du Taureau. Le signe astrologique n'est pas très imposant, mais il a été façonné dans l'argent le plus pur, reflet du statut de ma sœur qui devait devenir une concubine.

Le second est beaucoup plus gros : en or massif, il irradie d'une beauté perfide et abyssale. Marque de pouvoir autant que de vulnérabilité, il est l'apanage des soldats d'élite, de ces gamins qui devaient lutter jour après jour pour survivre au milieu des monstres. J'en ai porté un semblable si longtemps… Étonnamment, j'ai fini par en oublier les contours tranchants, comme si mon esprit avait au moins voulu me préserver de cette blessure.

– Qu'est-ce que tu as trouvé ? me demande Détroit en débarquant dans mon dos. Putain ! Mais May possède combien de ces merdes ?

– Joe ?

– Son téléphone était sur répondeur, mais j'ai eu maman. Elle est en route et devrait arriver d'ici une heure, une heure et demie. Je ne lui ai rien raconté pour ne pas l'affoler. Elle m'a dit que Joe avait pris un avion ce matin pour Quantico. Je lui ai laissé un message pour qu'il nous rappelle. Bon, tu m'expliques maintenant ?

J'avale ma salive, le ventre en feu. Nous n'avons jamais caché à Détroit que nous sortions d'une secte, mais nous avons choisi de limiter les détails. Il trimballe bien assez de fantômes sur les épaules, pour ne pas endurer les nôtres...

– Ce sont nos pendentifs… Ceux que nous portions là-bas… Ceux que nous avons balancés aux ordures dès que Joe nous a libérés…

– Heu… alors comment sont-ils arrivés, ici ?

– Je ne vois qu'une explication, dis-je en me saisissant du livre.

L'en-tête balaie tous mes doutes : l'écriture en patte de mouche m'est familière, comme tous ces petits riens que j'ai enfermés dans une cellule capitonnée de mon esprit. Le message n'a rien de spécial, si ce n'est qu'il est la preuve que notre enfoiré de géniteur nous a retrouvés !

Un abysse s'ouvre sous mes pieds, empli de ténèbres si abjectes que je réalise que j'en avais oublié la rugosité et le tranchant. Les années ont émoussé mes souvenirs, jusqu'à me rendre moins vigilant. Sinon comment expliquer que j'aie manqué l'immanquable ? May, aux mains de notre père… May, manipulée par ce sordide salopard…

– Pour ma petite May, fille de l'eau, lis-je en grimaçant. Ton destin t'attend !

– Charmant ! Et ça signifie quoi ?

– Que mon père a renoué avec May et qu'il compte toujours l'offrir comme concubine.

– Pardon ? crache Détroit en pâlissant. C'est quoi, cette histoire ? Joe a démantelé cette secte, non ?

Par où commencer ? L'urgence nous presse, mais Détroit mérite de savoir la vérité. Et, surtout, si je ne purge pas cet abcès purulent, je risque bien d'exploser en vol ! Sans Joe pour me rappeler que la lumière détruit la noirceur, je me sens aussi impuissant qu'autrefois. Aussi démuni qu'une charogne vidée de sa sève vitale.

– Non ! Il a pu nous libérer, mais…

– Mais quoi ?

– Tu sais déjà que le temple du zodiaque comprenait douze maisons, une par signe zodiacal. Nous avions un Chevalier à la tête de chacune d'entre elles. Il avait à sa botte douze cavaliers, des larbins aussi impitoyables que lui, qui s'assuraient que ses lois étaient bien appliquées. Les sanctions pleuvaient à la moindre infraction, dans un mélange de cruauté et d'inhumanité. C'était… l'enfer sur terre.

– Pourquoi j'ai l'impression que tu vas me sortir un mais ? m'arrête Détroit, la mâchoire verrouillée de rage.

– La plupart des membres étaient aveuglés par les promesses des Chevaliers. Prêts à tout pour le protéger.

– Ouais, ils avaient la cervelle en compote, quoi ! C'est le propre des prophètes de merde : ces types sont doués pour laver les cerveaux. Que s'est-il passé ?

– Le Chevalier du Taureau nous faisait déménager tous les deux ans environ, probablement pour éviter d'être repéré. Je savais que c'était le meilleur moment pour tenter quelque chose. Quand j'ai contacté la police, une partie des adeptes étaient déjà en route pour notre nouveau domaine. Ceux qui restaient ont refusé de répondre aux questions des flics. Ils ont affirmé qu'ils étaient là de leur plein gré. Qu'ils profitaient d'une retraite spirituelle sans lien avec un quelconque courant sectaire. Il n'y avait pas de preuves, et Joe a découvert que la villa était enregistrée sous le nom d'une entreprise fictive. Il n'a donc pas réussi à remonter jusqu'au Chevalier du Taureau, et encore moins jusqu'aux onze autres maisons.

– OK, c'est la merde ! résume Détroit, une moue de dégoût lui tordant la bouche. En gros, ces enfoirés sont toujours dans la nature, et on n'a aucun moyen de les localiser… Putain ! Je refuse d'imaginer que May et Julia peuvent être avec eux ! Ce serait trop… Putain ! Maman ! Est-ce que ces enfoirés ne risquent pas de l'enlever ? Elle est seule sur la route, ça fait d'elle une proie facile !

Je siffle de rage, conscient que Détroit a raison.

Même si ma mère n'était rien aux yeux du Chevalier ou des cavaliers, sinon une de leurs nombreuses esclaves, mon connard de père pourrait avoir envie de se venger. Après tout, elle l'a trahi en quittant la secte sans un regard en arrière.

– Rappelle-la et dis-lui qu'elle ne doit s'arrêter sous aucun prétexte ! Mais maman n'était pas une concubine, sa valeur était moindre pour ces enfoirés. J'espère que ça la protégera de tout ce merdier !

Parce que, que je le veuille ou non, je n'ai aucun moyen de m'assurer qu'elle ne sera pas prise pour cible. Joe est loin, et les flics n'ont jamais mesuré l'ampleur du problème. Et ma mère est finalement plus en sécurité sur la route, que planquée, seule, dans notre maison à Cascade.

– Explique-moi cette histoire de concubine ! exige Détroit. Explique-moi tout, d'ailleurs, ce sera plus simple !

– Je… OK, mais c'était moche, Détroit. Vraiment moche !

– Je devrais survivre !

Vu la rage qui émane de lui, probablement, mais pas sans dommage. Je repense à ses mots ambigus au sujet de May et me secoue, pas prêt à m'engager sur cette voie. Pas maintenant, alors que mon univers entier vacille…

– Maman, May et moi étions globalement protégés parce que mon père était l'homme de confiance de l'un des cavaliers et que je devais appartenir à cette caste d'enfoirés, me forcé-je à dire. Nous étions plusieurs gamins à pouvoir prétendre à une place au sein de ces soldats d'élite, mais ça impliquait de… lutter pour rester à la hauteur de leurs ambitions. À 12 ans, quand mon initiation a commencé, j'ai découvert la vérité sur la secte, tout ce que mon père s'était efforcé de me cacher. J'ai compris, par exemple, que si ma famille était privilégiée, d'autres subissaient une tyrannie dégradante.

– North ? suppose-t-il sans que j'aie besoin d'en mentionner plus.

– Ouais. Ses parents étaient considérés comme des moins que rien. Leur rôle était de servir les cavaliers, mais… c'étaient surtout des cibles toutes désignées à la perversité de ces enfoirés. Les… les femmes se retrouvaient évidemment en première ligne, avoué-je, le cœur au bord des lèvres. Et j'ai… j'ai fini par comprendre que mon statut ne protégeait pas autant que je le pensais maman et May.

Je ferme les paupières, ravagé par mes souvenirs. Des éclats rouges strient ma vue, écho de mon désespoir, de mon impuissance et de ma rage d'alors. Au début, je n'ai pas saisi… Comme tous les aspirants soldats, j'ai découvert la salle du plaisir, incapable d'intégrer ce que mes yeux voyaient. Des corps nus… enchevêtrés… haletants… Ma mère, offerte à la concupiscence de types obscènes… Mon père, un sourire sournois sur les lèvres pendant qu'il contemplait ce spectacle indécent.

Puis il y a eu d'autres nuits… d'autres révélations… Les filles de la Maison du Taureau débutaient, elles aussi, leur initiation à 12 ans. Une initiation qui incluait spécifiquement d'apprendre à éveiller le désir des hommes haut gradés. À l'époque, je ne pensais pas encore au sexe ; en tant que futur soldat d'élite, j'ai pourtant dû endurer ces mains gauches et tremblantes sur mon corps, paralysé de terreur à l'idée de déplaire au Chevalier. Les adultes, eux, ne se contentaient pas de ces caresses maladroites. Ni ne s'arrêtaient à l'âge de ces proies innocentes. Non, ils prenaient ce qu'ils désiraient, se défiant des cris et des larmes. J'ai découvert, plus tard, que certains garçons subissaient les mêmes outrages…

– Selon les astres, May portait le statut de concubine. Elle ne serait pas passée de main en main comme les autres femmes, mais elle était vouée à rejoindre le harem d'un cavalier. Quand j'ai appris qu'elle devait, en plus, être envoyée dans une autre maison, avant même ses 12 ans, pour satisfaire les caprices d'un de ces connards, j'ai pété un câble. C'est là que j'ai contacté les flics…

– Et tu es tombé sur Joe, termine Détroit pour moi d'un ton guttural, empesé d'émotions aussi noires que ses pupilles dilatées. Tu penses vraiment que ton père est revenu pour récupérer May ?

– Nous récupérer, objecté-je en désignant les pendentifs.

– Pourquoi Julia, alors ? Peut-être qu'on se plante ? Que les filles sont simplement parties faire du shopping et que ces colliers, c'est une façon pour May de… je ne sais pas… se rappeler que vous avez échappé au pire !

– Tu oublies le livre, lui opposé-je, tranchant.

L'espoir, l'infime espoir auquel Détroit a essayé de se raccrocher, s'évanouit de son regard, remplacé par la lame affûtée de sa fureur. Je n'ai pas connu mon frère à l'époque où Joe l'a sorti de la rue, mais j'aperçois à cette seconde le gamin qu'il devait être : sauvage, rempli d'agressivité et prêt à tout, même à tuer. Ouais, pas étonnant que nous nous soyons trouvés, tous les deux !

– Bordel de merde ! Je réessaie d'appeler papa !

Je ferme les yeux pour étouffer ma rage. Mal m'en prend… Mon cerveau m'impose des images honnies : des corps nus… enchevêtrés… possédés… souillés… Julia et May, au milieu de cette brassée de femmes exploitées et violées…

L'envie de sang, celle qui m'a poussé à tuer autrefois, ressurgit aussi vibrante qu'à l'époque. Oui, si quelqu'un touche à ma sœur ou à ma nana, je le jure, je le plante !

34

Julia

Lourde… je me sens si lourde… J'essaie de rouler sur le côté, mais l'exercice se révèle au-dessus de mes forces. Tout comme soulever mes paupières. Un voile pesant semble me recouvrir de la tête aux pieds, jusqu'à déposer sa marque sur mes pensées.

Je frissonne lorsqu'un gémissement fuse contre mes oreilles. Une angoisse se diffuse dans mon abdomen, sans que je sache bien d'où me vient cette impression que je suis dans la merde. Je fronce les sourcils, essayant d'entrouvrir les yeux. Demi-victoire puisqu'un rai de lumière perce l'obscurité autour de moi.

Nouvelle plainte, mais, cette fois, je réalise qu'elle sort de mes lèvres. Un son douloureux qui fait écho à la sensation de poids sur ma poitrine. Un poids qui ne se contente pas de rendre chacune de mes respirations difficiles. Je suis… incapable de bouger. Il me faut quelques secondes pour comprendre que je suis allongée sur une sorte de couverture, les poignets liés dans mon dos. Mes chevilles ont subi le même sort, me rendant aussi inoffensive qu'un cachalot échoué sur une plage.

Sous l'afflux d'une panique incontrôlable, les brumes qui entourent mon esprit se dissipent légèrement. Je me revois avec May, dans la rue… May et son regard rempli de rage et de ressentiment…

Merde ! Je cligne des yeux, assommée par l'impact d'une peur viscérale. Primaire.

– Pas la peine de t'agiter, maugrée une voix dans mon dos. Tu ne pourras pas te libérer.

– May ?

Je me tortille, de façon à pouvoir légèrement basculer sur le côté. La manœuvre me tire une grimace, en même temps que mes liens pénètrent plus profondément dans la peau de mes poignets. Mais ça vaut le coup : la pièce m'apparaît avec plus de clarté. Je me trouve dans une chambre inconnue. Celle-ci ressemble à un ersatz de motel situé au milieu de nulle part, la décoration kitch comprise. Merde ! Il y a vraiment une tête de chevreuil empaillée sur le mur ?

May est assise en dessous, sur un vieux fauteuil en velours râpé. Les cheveux dénoués, elle paraît plus jeune que ses 18 ans. Presque innocente. Sauf que c'est elle qui m'a conduite, ici. Elle qui m'a sciemment attirée dans un piège.

– Détache-moi, s'il te plaît !

– Je n'en ai pas le droit ! me répond-elle d'un ton étrangement distant. Tu appartiens au Chevalier du Taureau, désormais.

Je reste bouche bée. Cette fois-ci, plus de brouillard qui disperse mes pensées aux quatre vents. La seule mention de la secte suffit à me rendre toutes mes capacités.

– Le temple du zodiaque, murmuré-je, sous le choc, avant de me souvenir que May m'a déclaré, un jour, que j'étais Vierge ascendant Vierge.

Une élue, donc… Une potentielle concubine, surtout,

dans le délire de ces enfoirés de maîtres du zodiaque. Une proie, donc… Eh merde !

– Tu es au courant ? grommelle-t-elle en me toisant méchamment. Nom de Dieu ! Tu dois être douée au lit pour que mon frère crache le morceau !

– OK ! J'ai compris, May. Tu es en colère et tu m'en veux terriblement. Ce n'était pas la peine d'en arriver à… ça ! Je te promets que nous allons…

– Rien du tout ! me coupe-t-elle, acerbe. Tu n'aurais pas dû t'en prendre à ma famille !

– C'est aussi ma famille, je te rappelle !

– Certainement pas ! On ne détruit pas sa famille. Pourtant, c'est ce que tu as fait !

Je réalise que je ne parviendrai pas à raisonner May. Je suis la brebis galeuse, pire : le loup dans la bergerie, celle qui a osé remettre en question l'équilibre de sa famille. J'imagine que le nœud du problème est là. Après avoir vécu dans une secte, May a besoin de stabilité à un niveau pathologique. J'ai brisé quelque chose de plus précieux que la simple harmonie qui régnait entre les siens.

– Et donc, ton plan, c'est quoi ? l'interrogé-je, résolue à découvrir la faille qui ramènera la May que j'ai rencontrée à la surface.

– Je te le répète : tu appartiens désormais au Chevalier du Taureau. Tu ne reviendras jamais à Moscow ! On pourra faire comme si tu n'étais jamais entrée dans notre vie. Pioufff ! Juste comme ça ! ajoute-t-elle en claquant des doigts.

Un éclair de lucidité me percute avec l'amertume d'un citron encore immature. Ma poitrine se met à brûler, me rappelant de respirer. L'air s'engouffre entre mes lèvres, sans que j'y trouve, pourtant, un apaisement notable. Ce n'est pas possible…

– Putain ! feulé-je. Ne me dis pas que c'était toi, ma voiture ?

– Je ne suis pas une meurtrière, m'objecte-t-elle avec une sincérité que je ne parviens pas à désavouer. La seule garce, ici, c'est toi ! Mais le problème va bientôt être définitivement réglé !

– En me refourguant à un enfoiré de prophète de merde ?

– Tu ne comprends pas ! C'est une chance d'être choisie par les astres ! C'est une punition presque trop cool après ce que tu nous as infligé !

– Trop cool ? Tu sais pourquoi Thaddeus a appelé les flics, non ? Nom de Dieu ! Tu crois vraiment qu'une secte qui malmène des gamines est un endroit paradisiaque ?

May sursaute et se redresse d'un coup. Perdue ou en colère ? Je l'ignore, mais j'ai peut-être là ma carte à jouer.

– Qu'est-ce que tu racontes ? m'aboie-t-elle dessus.

– Tu te souviens que tu es une élue ? Tu devais être confiée à un Chevalier, May. À un Chevalier et à sa clique de cavaliers. Et ces enfoirés ne comptaient pas simplement se taper la discussion avec toi ! C'est pour ça que Thaddeus a contacté la police. Il ne voulait pas que tu deviennes…

– Rien du tout ! me coupe-t-elle, désarçonnée. Tu délires complètement ! Papa ? Papa ?

Je me statufie, abasourdie lorsque la porte s'ouvre sur un homme au regard aussi bleu que celui de Thaddeus. Putain ! Je suis vraiment face au connard qui a entraîné sa famille au cœur d'une secte de merde ? Je réprime un cri de rage, des larmes de colère débordant de mes yeux.

– Papa ! Tu as dit que je pourrais rentrer dès que tu

l'aurais. C'est fait, maintenant. Est-ce que tu peux me ramener ?

– Pas encore, ma chérie ! lui murmure l'homme en venant lui caresser la joue. Et, puis, le Chevalier du Taureau va vouloir te remercier en personne pour ton excellent travail.

Je vomirais bien devant son ton sirupeux, mais j'ai la gorge nouée d'une violente appréhension. L'enfoiré ne me jette même pas un coup d'œil, comme si je n'étais qu'un insecte dans le tableau de ses projets. En vérité, je me fous de lui. C'est May qui retient toute mon attention. Et, pour le moment, elle ne brille plus au firmament de sa colère. Non, elle est pâle et tremble de tous ses membres.

– Je… Tu es sûr ? réagit-elle d'un timbre haché.

– Ma chérie, tu es une élue ! Une bénie des astres ! Il ne t'arrivera rien. Absolument rien ! Mais tu mérites des félicitations pour avoir fourni à notre Maître bien-aimé une nouvelle étoile.

– Papa…

Elle bafouille, l'hésitation colorant sa voix d'éclats de désespoir. Le regard de son père devient glacial, un condensé de malveillance à l'état pur. Sa tête s'abaisse spontanément face à cette agressivité. Ce salopard la terrorise !

– Tu sais que tu serais parfaite comme concubine…

Elle sursaute à ce mot, les yeux écarquillés d'une incompréhension mâtinée de peur. Son père lui caresse de nouveau la joue, mais, à la grimace de May, je devine que son geste n'a rien de doux ni d'affectueux.

– Papa ! Je dois rentrer, gémit-elle.

– Ce serait du gâchis, ma jolie. Tu as un tel potentiel… Ta naissance te rend si spéciale ! Et, puis, pense à moi !

Votre fuite m'a renvoyé au rang de subalterne, mais si tu revenais…

– Papa…

– Chut ! dit-il en appuyant un doigt sur ses lèvres. Tu as oublié à qui tu devais obéissance, petite ? Ta destinée est déjà liée à la Maison du Cancer… Le moment est venu que tu rejoignes ton maître.

– Papa, non…

La gifle part d'un coup. La tête de May bascule vers l'arrière sous le choc. J'ai juste le temps d'apercevoir son regard ahuri avant qu'elle s'écroule sur le sol. Un gémissement fuse de ses lèvres, mélange de terreur et de douleur. Lorsqu'elle se redresse, son père lui balance une autre claque, plus violente. Cette fois, elle ne se relève pas.

La panique déferle sur moi comme un tsunami, balayant toute pensée cohérente. J'ouvre la bouche pour hurler, priant pour que ma voix ne me trahisse pas. Priant, surtout, pour que quelqu'un, n'importe qui, débarque et nous sauve des griffes de ce malade.

La peur m'explose le crâne lorsque l'enfoiré me saute dessus et me retourne comme une crêpe, de sorte que mon visage s'enfonce dans un édredon nauséabond. Je m'arrête de crier, tous mes efforts cristallisés sur mon besoin d'engloutir assez d'air pour ne pas tomber dans les pommes.

– La ferme ! me crache-t-il à l'oreille. Personne peut t'entendre, ici !

Sa respiration effleure ma nuque. Lourde. Chaude. Désagréable. Je ne cherche pas à lui échapper, il m'écrase de tout son poids, rendant chacun de mes gestes difficiles.

– Tu es une rebelle, pas vrai ? ricane-t-il d'un ton si

joyeux que je me crispe un peu plus. Le maître va adorer te dresser ! Dès demain matin, tu seras à lui, mais, en attendant, t'as plutôt intérêt à rester tranquille, sinon je pourrais bien commencer ton éducation… Compris ?

Sa main s'enroule autour de mon cou et le serre juste assez pour que des éclats de lumière tapissent mes paupières closes. Je suffoque, luttant désespérément pour me libérer de mes chaînes. Ce salut surgit brutalement, me laissant aussi transie qu'un pantin désarticulé.

– Compris ? me répète-t-il.

J'acquiesce sans un mot, le goût de mes larmes se frayant un passage entre mes lèvres.

Seigneur ! Aidez-moi !

35

Thaddeus

– Bon, maman n'est plus très loin de Moscow et papa atterrit dans une heure, m'annonce Détroit. Tu ne crois pas qu'on devrait appeler les flics, maintenant ?

– Pour leur dire quoi ? On ne sait pas où sont les filles, mais elles n'ont pas disparu depuis plus de vingt-quatre heures. En plus, on a aucune preuve avérée que le temple du zodiaque soit derrière leur kidnapping. D'ailleurs, l'existence de cette secte n'est même pas reconnue par les autorités.

– Sérieux ?

– Turner Ascott a réussi à étouffer l'affaire.

– Turner Ascott ? Le magnat de la presse ? s'étonne Détroit. Pourquoi ?

– C'était lui le Chevalier de la Maison du Taureau. Le problème, c'est que Joe ne possédait rien de plus que nos dépositions contre cet enfoiré. Ça n'a pas suffi à sa hiérarchie ni pour le soupçonner ni pour justifier une enquête plus poussée. La version officielle a retenu que mon père nous avait brutalisés et séquestrés. Il a été condamné à une peine de prison de deux ans, probablement d'accord pour porter le chapeau.

– Ascott n'a donc pas été inquiété, et l'existence de la secte a été proprement enterrée ! Putain ! Bande d'enfoirés !

– Joe n'a pas lâché l'affaire, tu l'imagines bien. Il a continué son enquête en douce, ce qui lui a valu d'être réprimandé par sa hiérarchie. Et c'est devenu pire quand Ascott a utilisé ses contacts pour lui pourrir la vie.

À l'époque, Joe n'était qu'un protecteur discret pour ma mère, ma sœur, North et moi. Pendant un an, il a veillé sur nous de loin, aidant ma mère à se réinsérer dans la société, tout en restant à l'abri de l'influence de la secte. Je n'ai donc pas été témoin de la cabale d'Ascott. De ses efforts pour détruire la carrière d'un homme qui était comme une épine dans son pied.

– C'est pour ça que papa a perdu son poste au sein de la police de Détroit ? réagit mon frère, les traits durcis de colère. Il n'a jamais voulu m'expliquer pourquoi on a déménagé pour Cascade.

– Il n'a pas eu le choix. Personne ne l'a soutenu. Personne n'a voulu croire à l'existence du temple du zodiaque. C'était démissionner, ou se faire limoger.

Il n'est pas parti seul avec Détroit. Tombé amoureux de ma mère, il lui a proposé de le suivre. Leur histoire a commencé à ce moment-là, quasiment un an après notre libération. Joe ne s'est jamais plaint d'avoir dû renoncer à sa carrière. Jamais plaint de devoir se contenter d'un poste largement en deçà de ses compétences. Non, il s'est concentré sur notre famille, devenant le soutien dont nous avions tous besoin pour engager notre reconstruction.

– La pièce dans le garage, note soudain mon frère, celle dans laquelle nous n'avions pas le droit d'entrer, tu crois que…

– Qu'il continuait son enquête en off ? terminé-je avec une grimace ironique. Tu connais Joe aussi bien que moi, non ?

– Quantico… C'est pour ça qu'il a contacté le FBI, tu penses ? Merde ! Faut vraiment qu'on le chope dès son atterrissage.

Une heure à tenir ! Une heure d'éternité !

– Allons vérifier comment va North ! suggéré-je avant de péter un plomb.

Notre frère est toujours installé sur le canapé du salon, moins hagard, même s'il paraît encore un peu sonné. Madison lui a collé une tasse de thé entre les mains et jacasse comme une pie, dans son dos. Si North n'a pas l'air franchement intéressé par sa discussion, il ne s'insurge pas contre cette avalanche de banalités. Il me faut une seconde pour comprendre qu'elle n'a pas opté pour ce bavardage inepte sans une idée derrière la tête. Un sourire rusé se peint sur sa bouche à la seconde où elle croise mon regard.

J'arrondis les yeux lorsqu'elle pose les mains sur les épaules de mon frangin pour le masser. Indifférente à la règle qui stipule qu'il n'aime pas être touché, elle met dans ses gestes non seulement toute son ardeur, mais aussi une certaine sensualité. Sans surprise, North se raidit, avant de se relever dans un bond.

– Hey ! râle-t-il, le regard assassin.

– Bah quoi ! ricane-t-elle, la bouche ourlée d'une satisfaction jubilatoire. Tu es revenu du monde des zombies, remercie-moi plutôt !

– Contente-toi de… contente-toi de rester à distance ! bafouille-t-il, mal à l'aise.

Je cache mon rictus narquois derrière un toussotement nerveux, puis comble l'espace qui nous sépare.

– Ça va ? lui demandé-je sans masquer mon inquiétude.

– Je… j'ai été… le pendentif…

– Ouais, je l'ai vu, terminé-je pour lui épargner de

fournir plus de détails. Ainsi que les deux autres, dans sa chambre.

– On n'a pas été assez vigilants ! intervient Détroit. May n'allait pas bien.

– Toujours pas de nouvelles de Julia ? nous questionne Madison avec anxiété. May est aux abonnés absents, elle aussi, c'est ça ? C'est quoi, ce bordel ?

– Écoute, ma grande, formule Détroit d'un ton sévère, on a des problèmes et là…

– Je suis en trop, c'est ça ? le coupe-t-elle, les poings sur les hanches. Julia est mon amie, et c'est ton frangin qui m'a invitée, ici ! Donc, à un moment…

– Stop ! les arrêté-je, excédé. On n'a pas le temps pour ça ! Madison, tu restes ici jusqu'à ce que l'on ait compris pourquoi tu as été cambriolée. Ça n'a peut-être rien à voir avec toute cette merde, mais dans le doute… Tu peux t'installer dans la chambre de Julia, si ça te va et, tout à l'heure, on ira récupérer quelques-unes de tes affaires. Là, ce serait sympa si tu voulais bien aller nourrir Ryo et Crock.

– OK !

Pas dupe de ma manœuvre pour l'éloigner, Madison s'élance vers l'étage, nous abandonnant à un silence abyssal. C'est la sonnerie de mon téléphone qui nous arrache à cette léthargie fallacieuse. Je m'arrête devant le numéro inconnu qui s'affiche. Je décroche, prêt à envoyer bouler mon interlocuteur si ce n'est pas important.

– Thad ? s'élève une voix affolée.

– May ? Merde ! Où es-tu ?

Détroit, la bouche étirée de tension, se rapproche de moi, soudain tous les sens en alerte. North lui emboîte le pas, les traits figés d'une angoisse patente. Je mets le haut-parleur en marche, de façon qu'ils suivent la conversation avec moi.

– Je… je suis désolée… j'ai fait une bêtise et…

– May ! Où es-tu ? répète Détroit d'un ton enroué.

Des sanglots s'élèvent à travers mon téléphone, si déchirants que ma colère s'évapore d'un coup. La peur, elle, en revanche, me retourne l'estomac. Je la remise dans la boîte qui m'a permis, autrefois, de survivre et redresse la tête, déterminé.

– Dans un motel, dit-elle entre deux reniflements. Je… j'ai cru… que c'était ce qu'il fallait faire… Papa… papa m'a promis… il m'a promis que tout s'arrangerait… Que tout reviendrait comme avant !

– Papa ? Joe ? dis-je pour être sûr d'avoir bien cerné le problème.

– Non, pas Joe…

Cet aveu engendre de nouvelles larmes, alors qu'il me paralyse d'effroi. Notre géniteur, cet enfoiré de malade ! On est bien sur le pire scénario qui soit ! Et merde !

– Julia est avec toi ?

– Oui, je… Papa doit la confier au Chevalier du Taureau.

– Putain ! feulé-je entre mes dents. C'est une blague…

– Je voulais juste que tout redevienne comme avant, insiste May d'une voix plaintive. Je voulais juste… qu'on soit de nouveau heureux.

Mes poings se crispent de colère. Sur ce coup, ma sœur a été d'une naïveté confondante, mais je me rappelle cet hier où nous avons décidé de l'épargner. De lui cacher l'envers d'un décor qu'elle voyait encore au travers de ses yeux d'enfant. May avait beau avoir 10 ans quand nous avons quitté la secte, elle n'a assisté à aucun supplice. Aucune torture.

– Tu ne peux pas retourner là-bas ! lui dis-je avec

toute l'autorité dont je suis capable. Ni toi ni Julia. Oublie tout ce que tu crois savoir sur le temple ! Merde, May, ils vont vous soumettre à leurs exigences... à leurs désirs... Ne deviens pas leur proie comme maman l'a été ! Nom de Dieu ! TU. NE. DOIS. PAS. Y. ALLER !

– Je... je devais rentrer, chevrote-t-elle, mais papa... il veut que je devienne l'une des concubines du Chevalier du Cancer... Je... J'ai peur, Thad !

– Où es-tu ? répète Détroit, un masque mortel sur le visage. On vient vous chercher !

May bafouille l'adresse d'un motel situé dans l'État de Washington. En quelques secondes, North fait apparaître les lieux sur son portable. Des chalets sont éparpillés au milieu d'une épaisse forêt, à des kilomètres de toute civilisation, dans les environs de Pasco. Pas étonnant que mon père ait opté pour ce lieu. Pour avoir déjà assisté à des « livraisons », les cavaliers choisissent toujours des sites isolés et difficiles d'accès. Leur devise : ni vu ni connu !

– Julia, demandé-je, la gorge nouée, elle va bien ?

– Oui, dit-elle d'un ton si fragile que je doute de la fiabilité de sa réponse.

Non, ce n'est pas le moment de me perdre en conjecture. Nous sommes à plus de deux heures de moto de la planque de mon père, nous n'avons pas le temps de ruminer !

– OK, raccroche et ne dis pas à... papa que tu nous as contactés. Si besoin, appelle sur le portable de North. Détroit et moi, nous, on se met en route direct !

– Fais vite, me supplie-t-elle entre deux sanglots.

Les battements de mon cœur s'accélèrent d'un mélange d'adrénaline et d'angoisse. Si May et Julia disparaissent du motel avant notre arrivée, nous perdons quasiment toutes nos chances de les retrouver, un jour. Et cette conscience me vrille le dos d'une terreur insoutenable.

– Détroit, rappelle Joe, exigé-je. Laisse-lui un message pour l'informer qu'on part pour Pasco. Explique-lui tout, qu'il puisse nous filer un coup de main dès qu'il débarquera à Quantico.

– Et s'il ne peut rien faire ? m'oppose mon frangin.

Un silence de plomb s'abat sur nous. Sans l'aide du FBI ou des autorités…

– On devra se débrouiller par nous-mêmes ! décrété-je. S'il n'y a que mon père, ça va se jouer à deux contre un. Il faut juste qu'on arrive là-bas avant ces enfoirés de cavaliers.

– Alors, en route !

– Et moi, qu'est-ce que je peux faire ? intervient North. Putain ! C'est la merde, ce bras cassé.

– Reste à l'écoute si May rappelle. Essaie d'en apprendre plus et, s'il y a urgence, transmets-nous les infos. Joe aussi voudra des détails. Ah ! Et appelle régulièrement maman, histoire d'être sûr que tout va bien pour elle ! On a besoin de toi pour tout coordonner !

– Écrasez-les ! m'ordonne North, la haine remplaçant l'angoisse sur son visage.

J'y compte bien ! Oh oui, putain, il est temps de refermer définitivement les portes de cet enfer ! Et pas question que ces enfoirés me volent plus qu'ils ne l'ont déjà fait ! Qu'ils me ravissent ce que j'ai de plus cher à mon cœur ! Ma famille ! Mon amour !

Alors, même si je dois perdre les derniers lambeaux de mon âme, je compte bien me battre jusqu'à mon ultime souffle !

36

Thaddeus

Le Black Wolf Motel s'est installé au détour d'un chemin creusé dans les bois. De la route, il est presque impossible de repérer la pancarte d'accueil, sauf à savoir qu'une résidence crèche au milieu de la végétation épaisse. Vu les informations recueillies par North, l'endroit est pourtant bien connu des randonneurs et amateurs de nature. J'examine le parking à moitié rempli, au pied d'une énorme bâtisse qui possède tous les attributs d'un chalet un peu rustique.

Un bureau d'accueil et un restaurant occupent une partie du rez-de-chaussée, alors que les lieux offrent la jouissance d'une trentaine de chambres. Mais ce qui nous intéresse, ce sont les constructions disséminées sous l'épaisse canopée. Quinze cabanes se répartissent ainsi sur le domaine, isolées les unes des autres pour le plus grand plaisir de touristes avides de tranquillité. On y accède en empruntant une allée qui serpente au milieu des bois et permet également d'atteindre le terrain de camping situé à moins d'un *mile* du motel.

Vu le monde alentour, c'est une sacrément bonne nouvelle, puisque nous n'attirerons pas plus l'attention que ça ! La mauvaise, c'est que l'équipe d'agents du FBI promise par Joe n'est pas encore dans les parages.

– Papa voulait qu'on laisse les renforts gérer la situation, me glisse Détroit, pas convaincu du tout par cette idée. Mais, merde, on ne va pas rester ici à se tourner les pouces !

– Je le rappelle. Mais, non, je suis d'accord avec toi, il n'est pas question qu'on patiente sans rien faire !

– Attends ! m'arrête-t-il en me désignant discrètement la voiture qui descend le chemin.

Je comprends ce qui l'interpelle à la minute où j'aperçois le conducteur et son passager avant. Sanglés dans des costumes noirs, les mecs arborent des lunettes de soleil, version *Men in Black*. Rien qui ne fasse très touristes ou randonneurs dans un coin aussi bucolique !

– Putain ! C'est May, beugle mon frère à l'instant où je repère la silhouette à l'arrière de la berline. C'est May ! Ils l'emmènent, ces enfoirés !

Mon sang ne fait qu'un tour dans mes veines. Nous sommes arrivés trop tard ! Si cette voiture disparaît dans la nature, c'est ma sœur que je perds. Définitivement !

– Je les prends en chasse ! me crie Détroit en rabaissant la visière de son casque.

Je n'ai pas le temps de lui répondre qu'il a déjà démarré sa moto. Il s'éloigne sous le jour tombant, le vrombissement de sa bécane faisant écho au tumulte de mes émotions. Si May est aux mains des cavaliers… J'examine le chemin boisé, le cœur animé d'une rage froide. Putain ! Je refuse que Julia soit déjà hors de portée !

Je m'élance le long de l'allée, dévoré par un besoin si prégnant que mes dents s'entrechoquent de fureur. Je devrais me montrer prudent, ne pas remonter à moto les sentiers privés, mais l'urgence m'empêche de réfléchir avec lucidité. Une dernière pulsion de mon instinct de survie me retient de foncer dans le tas quand je repère une silhouette familière au travers du rideau des arbres. Je ravale mon envie de tout exploser et poursuis mon chemin en faisant pétarader ma moto, histoire de laisser penser, si jamais l'enfoiré m'a entendu, que je me dirige vers le camping.

En vérité, j'ai besoin de ce temps pour calmer le rugissement dans mes oreilles. Mon père… mon géniteur, plutôt… J'ai longtemps éprouvé une honte sans borne à l'idée d'être son fils. C'est Joe qui m'a aidé à comprendre que l'hérédité ne valait rien. Que les actes et les choix, seuls, constituaient le mérite d'un homme.

Pourtant, savoir que ce salopard est là, plus proche de moi qu'il ne l'a été depuis huit ans, ça me perturbe assez pour que mon esprit se bloque pendant une seconde. Sauf que je n'ai pas ce temps ! Je me ressaisis en visualisant le visage éblouissant de Julia. En m'imprégnant de ses éclats de rire.

Julia n'a pas seulement ramené la lumière dans ma vie, elle a rempli l'abysse glacial qui perdurait au creux de mon âme, sans que j'en aie conscience.

Fort d'une détermination brûlante, j'abandonne ma moto dans les fourrés et cours à perdre haleine à travers les bois pour rejoindre le chalet où j'ai aperçu mon père. C'est bien lui, aucun doute ! Même s'il a vieilli et que sa chevelure de jais a viré au poivre et sel, il garde cette expression dure que je lui ai toujours connue. Une expression qui se marie avec ses traits ciselés à la serpe.

Lorsque j'aperçois son pick-up, je carre les poings avec encore plus de ressentiment. Un pick-up qui réveille ma mémoire… Merde ! Ce fameux soir à Mesa Verde, c'était déjà cet enfoiré qui m'espionnait ! Qui me traquait !

Installé sur le perron, mon géniteur discute au téléphone, un sourire radieux sur les lèvres. Putain de connard ! Il doit se réjouir d'avoir offert deux recrues de choix à ses maîtres. C'est ainsi que ça fonctionne au sein du temple du zodiaque. Plus on se montre zélés à satisfaire les Chevaliers, plus on a de chance d'être admis parmi le cercle prisé des cavaliers. *La puissance des astres, mon cul, ouais !* Le pouvoir ne s'encombre pas de hasard, il ne reconnaît que les plus arrivistes et les plus intrigants.

Ma poitrine résonne douloureusement de cet air que j'avale avec difficulté. Je m'arrête une seconde pour m'obliger à calmer les pulsations erratiques de ma colère. S'il y a une leçon que j'ai retenue de mon entraînement parmi ces enfoirés, c'est que lucidité et contrôle sont les bases de tout combat. Et, aujourd'hui, je dois me souvenir de chaque enseignement appris entre leurs mains. Je redeviens l'animal focalisé sur sa survie, exposé aux seuls diktats de son instinct primaire.

L'homme se croit supérieur aux animaux ? Il suffit d'être dévoré par l'ambition, l'angoisse ou la passion pour découvrir que nous ne sommes pas prémunis contre la pire des bestialités. Et si les animaux attaquent généralement pour se défendre ou par peur, l'homme, lui, détruit et ravage pour le simple plaisir d'écraser les autres et d'infliger de la souffrance.

Mes idées froidement recentrées, je file vers l'arrière du chalet. Les deux fenêtres du bas sont parfaitement scellées, ainsi que la porte de la cuisine. Julia n'est nulle part en vue… La panique menace de me submerger, mais l'urgence me ramène mon bon sens à la surface. Si elle n'est pas dans le salon, elle est forcément à l'étage !

Je lève les yeux et examine les fenêtres, elles aussi certainement fermées. Néanmoins, il y a plus de risque d'être surpris en pénétrant dans la maison par le rez-de-chaussée que par le haut. Ma décision prise, je me dirige vers la gouttière, espérant pouvoir m'en servir pour escalader la façade. Le tuyau est solidement harnaché aux rondins de bois. Assez pour que ça vaille le coup de tenter ce défi !

Mais avant… c'est là que mon plan risque bien de tourner court, même si le vent souffle assez fort pour étouffer une partie du bruit. Je déglutis nerveusement, puis m'empare d'une lourde pierre et la balance avec autant de puissance que possible dans la vitre au-dessus de moi.

Mon corps entier se raidit d'appréhension lorsque le verre pleut sur le sol meuble. Je compte les secondes, conscient que ma poitrine se soulève avec plus de régularité à mesure que le silence répond à mes prières.

Bouge-toi le cul ! m'ordonné-je mentalement.

Rabattant la mèche rebelle qui me barre le front, je réalise que ma peau est déjà couverte d'un voile de sueur. Je m'essuie les mains sur mon jean, puis m'élance en contractant les muscles de mes bras et de mes cuisses. Les rondins sont assez épais pour m'aider dans cet exercice périlleux, mais ce sont bien les heures passées sur le mur d'escalade de l'université qui me sauvent la mise. C'est en exultant que je m'accroche au rebord de la fenêtre d'une chambre. Une chambre vide…

Sans tergiverser plus longtemps, je glisse ma main par le trou étoilé qui perce la vitre et déclipse le système de verrouillage. La fenêtre se soulève difficilement, le verre enrayant la fluidité du mécanisme, mais je parviens à la hisser assez haut pour me faufiler à l'intérieur.

J'atterris souplement sur un tapis épais. La porte de la chambre est ouverte et dévoile, au-delà du seuil, une mezzanine embellie d'une charpente solide. Je m'accorde le temps de tendre l'oreille et de guetter le moindre bruit. Rien…

Mes pas me guident vers ce qui est certainement une seconde chambre. Là aussi, la porte n'est pas fermée. Mon cœur s'emballe lorsque j'aperçois Julia, allongée sur le lit, pieds et poings liés. Apparemment indemne… Mais tout mon être a besoin de s'en assurer. Je me précipite vers elle, les mains moites d'appréhension.

Putain ! L'enfoiré l'a bâillonnée ! Ma gorge libère un sifflement lorsque je croise son regard, vif et bien éveillé. Le soulagement qu'elle exprime dans la foulée ressemble à un appel au secours. J'essuie la larme qui roule sur sa joue, le cœur déchiré d'une émotion acide : mes ténèbres n'ont pas leur place dans ses yeux ! Jamais !

– Attends ! lui murmuré-je en détachant le tissu devant sa bouche. Tu vas bien ?

– Je…, bafouille-t-elle avant de s'humecter les lèvres et de déglutir. Oui… May ?

– Plus tard ! lui intimé-je. On doit sortir d'ici le plus vite possible ! Putain ! Il a serré tes liens comme un fou, cet enfoiré !

Je parviens pourtant à la libérer et l'aide à se redresser. Julia vacille, un gémissement de douleur fusant de sa bouche, et atterrit dans mes bras, aussi molle qu'une poupée. Je sens sa poitrine se soulever contre mon torse, tel un appel d'air qui résonne d'angoisse.

– J'ai les jambes engourdies, s'excuse-t-elle.

– Assieds-toi deux minutes, et prends le temps de récupérer. Je vais vérifier si tout est OK en bas.

Sa main se referme sur mon bras, puisant dans une force insoupçonnée. Je croise son regard affolé, les questions muettes qui s'y reflètent et l'écho de cette peur qui s'accroche à sa peau. Face aux tremblements qui la secouent, je dépose ma veste sur ses épaules, conscient que le cuir ne suffira pas à la réchauffer. Elle s'en drape pourtant comme si je lui offrais une couverture bien chaude, le nez enfoui contre le col de mon blouson.

– Ne me laisse pas ! me supplie-t-elle en relevant légèrement les yeux.

– Il n'en est pas question, mais je dois vérifier que mon père est toujours occupé ailleurs. Je reviens, bébé, promis !

Je dépose un rapide baiser sur ses lèvres, éperonné par le besoin de la savoir définitivement en sécurité. Une pensée fugace me ramène à ma sœur. Je crispe les poings, espérant de tout cœur que Détroit ne la perdra pas de vue.

Après un dernier coup d'œil rassurant à Julia, je me dirige vers la porte à pas de loups. Le choc me cueille à l'instant où je m'apprête à inspecter le couloir pour vérifier que la voie est libre. Je suis projeté en arrière, violemment. Sonné, je roule sur le sol, juste à temps pour voir une ombre surgir dans la chambre. Une ombre ? Non !

– Putain ! Regardez qui voilà ! crache mon père avec une insolence mordante. Le fils prodigue est de retour ! T'as de sacrées couilles pour oser te pointer devant moi, sale petit bâtard ! Remarque, je vais enfin pouvoir t'apprendre qu'on ne trahit pas la main qui te nourrit.

L'éclat d'une matraque attire mon regard. Ouais, cet enfoiré n'a pas perdu les bonnes vieilles habitudes. Putain ! Je me relève dans un bond, tassé de façon à pouvoir esquiver le moindre geste d'agression. Et ça viendra, forcément ! Mon père est fou ! Il l'a toujours été. Je n'en prends pourtant conscience qu'à cette seconde où, d'adulte à adulte, je plonge dans son regard enfiévré.

– Julia, derrière moi ! ordonné-je.

– Parce que tu crois que ça va m'empêcher de dérouiller ta petite copine ? me nargue-t-il. T'inquiète, je vais bien m'occuper d'elle, mais avant…

D'un geste volontairement agressif, il plaque sa matraque contre sa paume, plusieurs fois, entérinant le sens de sa menace.

Enfoiré !

Dans un hurlement de fureur, je fonce vers ce monstre. Plus jamais je ne me sentirai impuissant devant ses tentatives d'intimidation. Plus jamais je ne le laisserai me dicter qui je dois être. Et, surtout, plus jamais je ne serai une victime face à lui. Plus jamais !

37

Thaddeus

Un sourire vicieux s'inscrit sur le visage de mon père à l'instant où j'engage les hostilités. Son bras se lève, prêt à m'asséner un violent coup de matraque. Comme si je pouvais être aussi idiot pour attaquer en aveugle. Mais, la vérité, c'est ce que je veux qu'il le pense. Que je ne suis pas capable d'enrayer ma rage et mon ressentiment. C'est l'une des choses que m'ont apprises les cavaliers : pour vaincre, la fourberie appartient à la catégorie des outils à privilégier.

Je plonge sur le parquet lisse, tout en me retournant au dernier moment pour balancer mes jambes en avant, comme je peux le faire sur le terrain lorsque je dois toucher la base en urgence. Mes bottes percutent les chevilles de mon père une seconde plus tard, durement.

Un sourire sournois barre mon visage lorsqu'un cri jaillit de sa bouche. Un cri qui ne l'empêche pas de s'écrouler sur le sol, comme la merde qu'il est ! Je me relève rapidement, mais pas assez vite pour prendre l'avantage sur mon père. Cet enfoiré se redresse avec l'agilité des combattants bien entraînés. Mais je sais qu'il n'a jamais brillé sur les rings au corps-à-corps. Lui, c'est avec une arme à la main qu'il s'éclate.

Une vérité qui n'a pas changé si je me fie à sa frustration

lorsqu'il repère sa matraque à plusieurs mètres de nous, à moitié coincée sous une commode. Son regard se fixe sur moi, plein de haine.

– Tu crois réellement pouvoir me mettre à terre ? gronde-t-il entre ses lèvres.

– Ce n'est pas ce que je viens de faire ? le nargué-je. C'est moins facile de tabasser un mec de ta taille, pas vrai ?

Dans un rugissement de fureur, mon père plonge vers son arme. Pas question qu'il la récupère ! Je le télescope dans son élan, l'épaule gauche en avant. Je ne suis peut-être pas un fan de football américain, je ne me débrouille pas trop mal sur un terrain !

Mon père se fracasse contre le mur dans un nouveau beuglement de douleur. À demi sonné, il s'avachit sur le sol, mais je ne commets pas l'erreur de penser qu'il est K.-O. ou hors course. La rage borde ma vue de rouge tandis que je lui jette un coup d'œil méprisant. Cet enfoiré mérite de mourir ! Il mérite de savoir ce que cela fait d'être une victime offerte au bon vouloir de la fureur d'un ennemi plus fort que lui ! Le gamin que j'ai été, celui qui a été obligé de tuer pour survivre, approuve cette sanction dans un hurlement de joie.

Mon attention se porte sur la matraque, abandonnée sur le sol. Il me suffirait d'un coup ou deux… Un air de liberté chante à mon oreille, à cette idée. Oui, je serai enfin libre et vengé !

– Thaddeus, souffle une voix étouffée dans mon dos.

Je cligne des yeux, ramené à la réalité par une paume fraîche sur ma joue. Julia… Je plante mon regard dans le sien et m'ancre dans un monde de lumière. Des lumières qui éloignent mes ténèbres et mon besoin de revanche. J'ai été un gosse acculé, prisonnier des méthodes meurtrières de fous sectaires, mais l'adulte a grandi loin de leur perversité ! Il s'est construit à l'ombre d'un homme droit et loyal ! Grâce à lui, je me suis affranchi de mes chaînes. Des lois ineptes du temple du zodiaque et sa violence intrinsèque.

Et cette vérité est inscrite dans le regard de Julia. Cette femme me ramène aux fondamentaux de mon être, à celui que je suis au-delà de l'obscurité. Et j'aime ce sentiment d'être, grâce à elle, meilleur que tout ce que j'ai jamais espéré.

– Partons ! dis-je en lui saisissant la main.

– Certainement pas ! beugle mon père, encore trop sonné pour se remettre d'aplomb.

Pas question d'attendre qu'il ait recouvré ses esprits ! J'entraîne Julia avec moi, en dehors de la chambre. Nous descendons les escaliers au pas de course. Traversons le salon sans ralentir. Par chance, la porte n'est pas fermée à clé. Nous franchissons le seuil de la maison, à l'instant où un cri retentit dans notre dos. Un bref coup d'œil en arrière, et je repère mon père en haut des marches, sa matraque à la main. Il a surtout l'air plus remonté que jamais.

– Par-là ! indiqué-je à Julia en désignant le chemin.

L'écho de sa respiration, une inspiration profonde et sonore, m'incite à l'examiner. Son teint est toujours un peu brouillé, mais moins que tout à l'heure. Ce qui n'occulte pas les marques sombres sous ses yeux et les tremblements qui parcourent son corps menu. Julia encaisse encore le choc de toute cette merde.

– Ça va aller ? lui demandé-je, inquiet.

L'éclat d'acier dans son regard est une réponse en soi. La preuve qu'en dépit de son épuisement et de son état de stress, elle a vaincu bien d'autres monstres. Comme pour me le confirmer, elle me serre la main, les lèvres pincées de détermination.

– Oui !

Nous nous élançons, main dans la main. Hors de question que je la lâche ! Tout ce que nous devons faire, c'est rejoindre le motel principal. Mon père ne pourra plus rien contre nous, une fois que nous serons à l'abri dans un lieu public.

J'accélère la cadence, avant de ralentir lorsque je réalise que Julia n'arrive pas à me suivre. Un bref coup d'œil derrière nous m'indique que mon père est en train de rattraper son retard. Julia s'en rend compte, elle aussi. La bouche tordue de douleur, elle tire sur ses muscles jusqu'à pouvoir revenir à mon niveau. Je l'encourage d'un sourire fugace, rempli de toute la fierté qu'elle m'inspire.

Un cri de victoire prématuré ! Julia est restée longtemps les jambes ankylosées. Probablement trop, vu l'effort exigé. Elle finit par trébucher et tombe sur les genoux.

– Merde ! feule-t-elle en réprimant un gémissement de souffrance.

Je l'aide à se relever, le plus vite possible, mais le mal est fait ! Mon père n'est plus qu'à quelques mètres derrière nous et Julia n'est plus en mesure d'avancer sans boiter. Pourtant, elle ne lâche rien et recommence à courir.

– Trop tard ! crie mon père dans notre dos. Arrêtez-vous avant que je ne me mette vraiment en colère !

– Putain ! grogné-je en avisant la voiture qui pénètre sur le chemin privé, nous bloquant cette issue.

Je m'immobilise, à une vingtaine de mètres de la berline noire, pour constater que mon père marche désormais tranquillement derrière nous. Julia s'appuie contre moi, complètement lessivée et la respiration sifflante. Je referme la main sur sa taille et l'attire contre moi.

– Ce n'est pas bon signe, hein ? me murmure-t-elle en détaillant les hommes qui nous encadrent.

Pendant une seconde, je me persuade que les renforts sont enfin là, mais je reconnais l'un des trois types sortis de la bagnole. Putain ! Ashton Fuller…

– Tiens ! Tiens ! Tiens ! Mais que voilà le petit Thad, ricane-t-il. Tu n'avais pas mentionné ce bonus, Barnett !

Barnett… Un nom honni que j'ai abandonné sans scrupule lorsque ma mère a épousé Joe. Si ce dernier n'a pu nous adopter May et moi, au risque sinon de révéler notre lieu de vie à la secte, porter le même nom que tout le reste de ma famille était important à mes yeux. Comme une renaissance nécessaire à ma reconstruction.

– Mon fils m'a fait la surprise, répond mon père.

– Une heureuse surprise ! Tu nous as beaucoup manqué, Thad ! Beaucoup déçu, aussi !

Son regard de prédateur s'anime d'une jouissance qui n'a jamais exhalé autre chose que la plus pure dépravation. Cet enfoiré était l'un de ceux qui adoraient s'occuper des gamines les plus jeunes. Et, avec lui, le voyage s'accompagnait toujours des pires sévices possibles.

– Il sait qu'il doit être puni, scande mon crétin de géniteur.

– Dans tes rêves, connard ! répliqué-je. Je ne veux plus rien avoir à faire avec votre bande de dégénérés !

Je repousse Julia derrière moi, alors que je me tiens de biais, de façon à pouvoir surveiller mon père et ses enfoirés de potes. La forêt reste notre seule chance de leur échapper, mais avec les blessures de Julia, notre tentative de fuir risque vite de tourner court. À moins que…

– Quand je te le dirai, tu te mettras à courir vers les bois, lui murmuré-je.

– Pas question de te laisser !

– On n'aura pas d'autre opportunité, bébé. Tu cours et tu vas demander de l'aide au motel, en bas.

– Mais…

– C'est quoi ces messes basses, les enfants ? nous réprimande Ashton. Tu m'as l'air très proche de notre nouveau jouet, Thad ! C'est ta petite copine ?

Mon sang se glace dans mes veines. C'est l'une des premières leçons que j'ai apprises au sein de la secte : tenir à quelqu'un ou montrer un intérêt pour quoi que ce soit, c'est s'exposer. Donner une emprise à ces connards vicieux.

– Ouais, ils couchent ensemble, répond mon père.

– Vraiment ? Remarque, elle est plutôt mignonne ! Tu voudrais pas te pousser qu'on évalue un peu mieux la marchandise ?

Je me contracte d'instinct, mais m'oblige à demeurer stoïque. Ashton se repaît de la moindre marque de faiblesse ou de vulnérabilité. Et c'est exactement ce qu'est Julia pour moi ! Pourtant, si elle creuse ce puits de fragilité en moi, elle me rend aussi plus fort ! Plus déterminé !

– Non, tu ne veux pas partager ? ricane l'enfoiré. Petit ! Ce n'est pas très sympa ça ! D'autant que ça ne va pas nous empêcher de la baiser.

Ses potes entérinent ses propos de leurs rires gras. Salaces. Ma mâchoire est si contractée que je suis surpris de ne pas me fêler une dent. Mon esprit, lui, me ramène à ces corps nus, violentés, malmenés qui peuplent encore mes cauchemars. Je refuse que Julia devienne l'une de leurs proies ! Jamais !

– Et je me demande si elle aimera que tu regardes pendant qu'on la baise, ajoute-t-il, provocateur.

– Cours ! ordonné-je en la repoussant vers l'orée du bois.

Julia hoquette de contrariété, mais elle m'obéit sur-le-champ. Détale comme le vent alors que je sais qu'elle est à bout de forces et blessée. Mon père ne bouge pas. Ce n'est pas vraiment une surprise : je l'ai humilié en lui échappant, il rêve de me filer une leçon. Julia a cessé de représenter le moindre intérêt pour lui à la seconde où je suis apparu dans le paysage.

Ashton, en revanche… il fait signe à ses potes de s'élancer à la poursuite de Julia. Je me concentre sur eux et me dresse sur leur route, conscient que j'ai peu de chance de les retenir longtemps. Peu importe ! Julia a une opportunité de s'en sortir, ce qui est toujours mieux que nos options d'il y a une minute.

– Sérieux ? ricane le plus costaud des deux lorsque je me plante devant eux.

– Le petit minet veut peut-être jouer au grand méchant, suggère son pote. Première leçon, mec : tu n'es rien ! Et, nous, les « riens », on les écrase comme de la merde ! Dégage !

– Pas question ! objecté-je, conscient qu'Ashton nous mate en se frottant les mains.

J'évite les premiers coups en utilisant mon sens de l'agilité. Un état de grâce qui ne dure pas longtemps. Contrairement à mon père, ces gars sont des tueurs professionnels. Des soldats entraînés à mettre K.-O. n'importe quelle cible. J'ai beau être un sportif émérite, j'ai perdu mes réflexes de combattants. En tout cas, ceux qui me sauveraient la peau face à ces machines à hacher menu.

J'encaisse un premier coup alors que l'un des mecs tente de me feinter sur la gauche. Son collègue en profite pour m'asséner une droite en pleine mâchoire. Le choc m'envoie valser la tête en arrière. Putain ! Je me redresse, le ventre crispé d'une rage qui me permet de rendre la pareille à monsieur armoire à glace. Une maigre victoire puisque les deux enfoirés décident d'attaquer sur un front commun.

Je me défends du mieux que je peux, mais, face à cet équilibre des forces, je n'ai aucune chance. Sauf celle de laisser assez de temps à Julia pour leur échapper et appeler des secours. Cette pensée m'aide à tenir bon… quelques minutes interminables. Je finis par m'écrouler, le corps parcouru de douleurs si violentes que je suis incapable de mesurer l'ampleur des dégâts. Seule certitude, j'ai des côtes de cassées, et du sang s'écoule de ma lèvre fendue. Pour le reste, je suis à deux doigts de sombrer dans l'inconscience.

– Ça suffit ! hurle Ashton quelque part derrière moi. Barnett, occupe-toi de ton rejeton. Lloyd, Barnes, ramenez-moi la fille.

Mon père se plante au-dessus de moi, sa matraque bien en vue. Mes forces m'abandonnent. Je me retourne sur le dos, essayant pourtant de lui échapper, mais il est déjà trop tard. Un gourdin apparaît dans mon champ de vision, une seconde avant qu'une douleur acérée m'explose la tête. Je sombre d'un coup, emporté par des ténèbres au goût de sang.

38

Julia

Courir pour vivre…

Aveuglée par les larmes, je me force à accélérer. À ignorer la douleur qui me transperce la cheville droite. À étouffer la peur qui me hurle de me rouler en boule, comme autrefois, lorsque j'affrontais les ténèbres de la cave de ma mère.

À endiguer, surtout, le sentiment insidieux que j'abandonne derrière moi Thaddeus.

Thaddeus… Courir pour le sauver !

Je redouble d'ardeur, les oreilles bourdonnant d'un malaise qui me coupe le souffle. Je suis au bord de la combustion, à deux doigts de rendre les armes et de m'effondrer de douleur sur le sol. Mes muscles, chacun de mes ligaments, hurlent sous cet effort insensé. Insensé ? Non ! Je lutte pour ma vie et celle de Thaddeus, une vérité qui suffit à me propulser encore un mètre de plus en avant. Juste un mètre de plus… Puis un autre…

Les poumons en feu, j'oblique vers la légère rumeur qui perce le silence des bois. Là-bas, par-delà les fourrés et les sapins, des voitures circulent, preuve que la civilisation n'a pas complètement déserté ce coin perdu. Je me raccroche à cette promesse pour faire un pas de plus.

Ma seule volonté ne suffit pas, pourtant. Je trébuche et me rattrape in extremis en plaquant les paumes contre l'écorce rugueuse d'un tronc massif. Le choc se répercute jusque dans mes os, m'indiquant que j'ai trop tiré sur mes réserves. Je reste en apnée devant mes mains en sang, comme si ce détail cristallisait toutes mes douleurs. Mais pas question de capituler si près du but ! Pas alors que Thaddeus est aux mains de ces enfoirés de cavaliers.

Les dents serrées, je frotte mes doigts contre la toile de mon jean, puis reprends ma course. Une ombre se matérialise sur ma droite. Une ombre en costume noir, comme les hommes qui nous ont barré la route. Mon cœur s'emballe au rythme de la peur qui me paralyse. Je ralentis, pantelante, et scrute l'épaisse végétation autour de moi. Le soir est en train de tomber, de quoi renforcer mon impression que je suis cernée. Je m'arrête complètement lorsque des bruits m'enveloppent dans une brume de cauchemar. Ils sont là… Partout…

Je tourne sur moi-même, perdue et terrorisée. Parce que s'ils m'ont rattrapée, ça implique que Thad est… à terre ! Je secoue la tête, refusant d'enregistrer cette information. Je ne connais peut-être pas grand-chose au sujet de cette secte à la con, mais j'ai vécu toute ma vie avec une perverse : ces enfoirés ne le tueront pas ! Non, pas sans l'avoir torturé, au préalable !

« Et je me demande si elle aimera que tu mates pendant qu'on la baise. » C'est ce que ce connard lui a lancé, sans aucun état d'âme. Thaddeus avait beau me dissimuler derrière lui, j'ai aperçu la lueur de débauche dans le regard du cavalier. Il en pensait chaque mot. Pire, il se réjouissait à l'avance…

Un frisson d'horreur serpente le long de ma colonne vertébrale. Je déglutis nerveusement, lorsqu'une nausée me soulève l'estomac. À l'idée de ce qui aurait pu survenir si Thaddeus n'était pas arrivé… Je me renfrogne : ce cauchemar n'est pas encore derrière moi…

Je sonde de nouveau les ombres autour de moi. L'anxiété me raidit un peu plus le dos. J'ai déjà éprouvé ce genre de peur qui glace de la tête aux pieds, mais, cette fois, je la ressens avec toute la clarté d'esprit d'un adulte. Et le résultat n'est pas beau à voir…

Un cri involontaire fuse de mes lèvres quand une brindille se brise quelque part devant moi, me poussant à reculer d'un pas prudent. Deux hommes surgissent presque aussitôt de la pénombre, leurs armes bien en évidence. J'enfonce un poing dans ma bouche, complètement pétrifiée. Un puissant sentiment d'échec me propulse sur le sol meuble. Cette fois, c'est terminé ! Je n'ai plus d'option !

Faux ! me hurle mon esprit rebelle. *Fais entendre ta voix ! Crie ! Crie jusqu'à ce qu'on t'entende !*

Ce sursaut me redresse la tête. Les mains enfouies dans la mousse comme si je souhaitais me nourrir de la force de la forêt, j'ouvre la bouche et libère mon appel au secours. Donne tout ce qu'il me reste dans ce chant du cygne. Je m'arrache la gorge, me brise les cordes vocales, mais je m'en contrefiche. Je ne capitulerai jamais !

Un homme se dresse au-dessus de moi. Je n'aperçois qu'une ombre floue au travers de mes larmes, mais je repère son acolyte qui se glisse à ses côtés, avant de s'accroupir devant moi. Je ferme les yeux, refusant de leur accorder la moindre importance ! Personne ne me fera plus taire ! Plus jamais !

– Julia ! s'élève une voix puissante. Julia Hartman ! Je suis l'agent Bennett, du FBI. Julia ! Vous m'écoutez ? C'est votre père qui nous envoie. Julia ?

Les mots me pénètrent à la manière d'une lame de couteau: c'est brutal, choquant, et il me faut quelques secondes pour les enregistrer pour ce qu'ils sont. Je referme la bouche, comme si, soudain, quelqu'un avait appuyé sur le bouton pause.

– Mon père? bégayé-je, du feu ravageant ce qu'il reste de ma gorge.

– Votre père!

– Thad... Thad...

Ma voix me trahit au pire moment qui soit. J'émets un feulement rageur, sorte de gargouillis qui distille des éclats de douleur le long de ma trachée. Je désigne les bois, incapable de refouler des larmes de frustration et d'impuissance.

– Nos hommes parcourent la forêt, m'explique patiemment le grand type agenouillé devant moi. Ils étaient combien?

Je lève quatre doigts, avant d'essuyer mes yeux pour mieux scruter son expression.

– OK! me répond-il avec douceur. Nous allons le retrouver, Julia. Le secteur est bouclé, personne ne partira d'ici sans qu'on le sache.

J'acquiesce, pas complètement rassurée. De toute façon, pas moyen que je le sois tant que Thaddeus ne sera pas, là, devant moi, sain et sauf. Parce que j'ai lu de la rancœur dans le regard du type qui l'a provoqué. Quant à la haine de son père...

– Nous avons appelé une ambulance, continue l'agent Bennett. Mon collègue et moi allons vous y conduire.

– N... non... Tha... Thad...

– Vous avez besoin de soins, me coupe-t-il. Et je vous préviendrai dès que j'aurai...

Il se tait lorsque son partenaire toussote, et lève le

visage vers lui. L'homme hoche la tête, une seule fois, avant de s'éloigner de quelques pas, la manche de son costume portée à ses lèvres.

– On les a retrouvés, me signale Bennett. On y va !

– Thad… Co… Comment…

– Je n'ai pas plus d'infos pour le moment. Giles ?

– On vient d'arrêter deux des quatre enfoirés, répond-il en laissant son bras retombé le long de son corps. Et on a récupéré Thaddeus Ellis. Une équipe médicale vient de le prendre en charge.

– C'est… grave ?

– Il a été salement tabassé, mais son pronostic vital n'est a priori pas engagé.

Mes poumons se remplissent d'un coup, bannissant pendant une infime seconde la souffrance et la peur. Une pause bienvenue, mais trop brève à mon goût. Des éclairs de douleurs sinuent le long de ma cheville, ce qui n'a rien de surprenant vu qu'elle a doublé de volume. Du sang macule mes paumes, mais c'est toujours mieux que les échardes qui se sont enfoncées dans ma peau. Et j'ai la gorge tellement en feu que je suis à deux doigts de pouvoir cracher des gerbes de flammes. Quant aux brûlures autour de mes poignets, dues à mes liens en plastique, elles me semblent presque anodines, dans l'histoire.

– Perkins a établi un cordon de sécurité autour du motel. Il nous envoie une équipe médicale pour rapatrier la fille ! Il demande qu'on les attende.

Moins de deux minutes plus tard, des secouristes surgissent entre les arbres, équipées d'une civière.

– Je dois vraiment m'allonger là-dessus ? bougonné-je.

– Je ne pense pas que votre cheville soit cassée, mais tant qu'on n'aura pas la confirmation par radio, on va éviter de prendre des risques, me répond l'un des ambulanciers.

De toute façon, je suis incapable de marcher. L'épuisement me durcit la ligne des épaules, alors que je lutte encore pour ne pas m'effondrer totalement. Je suis, surtout, pressée de rejoindre Thaddeus !

Le FBI a envahi le parking du motel. Entre les gyrophares, les ambulances et la foule massée au-delà du périmètre établi par les forces de l'ordre, les lieux grouillent d'une faune clairement en alerte.

– Thaddeus, exigé-je en cramponnant la main de l'agent Bennett.

– Ton frère est là, m'indique-t-il en me désignant l'une des ambulances.

Je tressaille, alarmée de constater qu'une équipe s'active autour de lui. Un masque à oxygène a été posé sur son visage et des tubes sortent de ses veines. En fait, il a l'air gravement amoché…

– Tout va bien, me chuchote l'infirmier derrière moi. On l'a légèrement sédaté à cause de la douleur, mais l'examen de ses blessures s'est révélé plutôt rassurant.

Mon nez se plisse de contrariété. J'ai besoin de vérifier par moi-même que Thaddeus va bien. Les belles promesses, les paroles réconfortantes, je suis comme saint Thomas, je n'y crois qu'avec les preuves sous les yeux.

– Je… Je monte… avec lui ?

– Non, ce n'est pas possible, mais on vous conduit dans le même hôpital.

– Non… Je…

Mon cœur s'emballe lorsque Thaddeus se redresse légèrement, une main sur son masque pour l'écarter de son visage. Nos regards s'accrochent l'un à l'autre, à l'unisson d'une émotion qui nous réunit dans une bulle d'éternité n'appartenant qu'à nous. Tout mon être décompense, se libérant d'une partie de mon angoisse, même si j'enrage de le voir couvert de bleus et d'ecchymoses. Quant à la traînée de sang qui plaque une mèche de ses cheveux sur son front, elle m'arrache un grondement furieux.

Thaddeus doit lire l'inquiétude sur mon visage, car il m'offre un rictus qui n'est pas vraiment un sourire. Ce dernier agit pourtant sur moi comme un baume apaisant. Je me détends, de nouvelles larmes agglutinées au coin de mes yeux. Merde ! Je n'ai quasiment jamais pleuré devant ma mère, mais, aujourd'hui, j'ai l'impression d'être prête pour un rôle dans *Bob l'éponge* !

– Bébé, me souffle-t-il d'un ton caverneux.

– Vous vous retrouverez à l'hôpital, les amoureux, nous lance mon ambulancier.

– Votre père est en route, il vous rejoindra là-bas, m'informe l'agent Bennett. Quant à moi, je viendrai prendre vos dépositions d'ici quelques heures…

Il se détourne à demi, le temps d'échanger quelques regards avec ses collègues, un air de frustration sur le visage. Je me rappelle que son partenaire a mentionné qu'il avait arrêté deux cavaliers. Deux ont donc réussi à leur échapper pour le moment… Ma main se met à trembloter d'une appréhension que j'écrase en refermant les doigts autour de mon poignet. Je suis en sécurité, désormais, tout comme Thaddeus !

– À tout à l'heure, conclut-il en s'éloignant.

– Allez, en route ! me lance l'ambulancier.

39

Thaddeus

– Viens là ! ordonné-je d'un ton abrupt.

La patience n'a jamais été mon fort, mais après cette journée de merde, j'ai les nerfs salement en pelote. Durant mon passage aux urgences, j'ai serré les dents à chaque fois que les médecins m'ont tenu éloigné de Julia. Ce n'est qu'une fois installé dans une chambre privée, avec elle, que j'ai recommencé à respirer. Des respirations que je ne peux empêcher d'être erratiques et pleines de colère.

Parce ma sœur est aux mains de ces enfoirés du temple du zodiaque !

Parce que Détroit n'a pas donné de nouvelles depuis qu'il m'a quitté devant le motel de Pasco !

Parce que Julia a goûté à mes putains de ténèbres !

Pourtant, au lieu de me fuir ou d'avoir l'air effrayé, elle est encore là, à me regarder avec une confiance absolue. Comme si ce n'était pas mon père qui l'avait enlevée. Comme si je l'avais sauvée.

La vérité, c'est que sans Joe et ses potes du FBI, nous serions tous les deux en enfer…

Est-ce pour cette raison que j'ai besoin de la serrer contre moi ? Ou ai-je besoin de vérifier, une fois de plus, que son sourire n'est pas qu'un masque pour me rassurer ?

– Je vais te faire mal ! me réprimande-t-elle, l'œil noir.

– Là, c'est d'être loin de toi qui me fait mal.

Une simple vérité. J'ai failli perdre Julia, et cette idée me transperce la peau de flèches empoisonnées. Je n'oublierai jamais la vision de son corps étroitement ligoté ; ni les menaces de cet enfoiré d'Ashton…

Julia sourcille, la bouche légèrement entrouverte, puis esquisse un sourire tremblant. Elle quitte son lit en clopinant pour s'approcher du mien. Je lis la réticence dans ses yeux. Une réticence qui a tout à voir avec la multitude de mes plaies et hématomes. Ouais, je fais peur à voir avec ma gueule plus cassée que d'habitude, mais ça ne change rien au besoin que j'ai de la tenir contre moi !

Veillant à protéger mes côtes, elle se glisse prudemment sur le rebord de mon lit.

– Plus près ! ordonné-je en refermant un bras autour de sa taille pour l'attirer contre moi.

Malgré son grondement ronchon, elle se love contre mon corps et pose délicatement ses mains sur mon torse. Un soupir de béatitude fuse de mes lèvres, effaçant un peu de la douleur qui perdure en dépit des analgésiques.

– Si je te fais mal, me rouspète-t-elle, tu me le dis !

– Jamais tu ne pourras me blesser.

Je fourre le nez dans ses cheveux. Respire son odeur. M'imprègne de sa chaleur. La pression dans mes veines se lénifie, jusqu'à redevenir un courant paisible. Oui, la tenir dans mes bras me comble à un niveau primaire.

– Je suis tellement désolé, lui chuchoté-je à l'oreille.

– Tu n'es pas responsable de la folie de ces malades, m'oppose-t-elle en appuyant chacun de ses mots d'une détermination farouche. Et tu es venu me sauver !

– Je n'ai pas été très efficace…

Julia redresse la tête, de façon à enraciner nos regards.

– Tu as tout changé ! Je t'aime, Thaddeus Ellis !

Du bout des doigts, je dessine le contour de son visage, m'arrêtant sur la douceur de sa bouche. Incapable de m'en empêcher, j'effleure ses lèvres des miennes, ravi qu'elle se pende à mon cou pour approfondir notre baiser. Nous ne sommes pas assez en forme pour nous autoriser plus, mais, là, blotti contre elle, à me repaître d'elle, je me sens en paix. Presque totalement en paix.

– Pas autant que je t'aime, mon petit écureuil !

– Hum ! Hum ! nous interrompt une voix bourrue.

– Papa ! s'exclame Julia en se redressant d'un coup.

Son mouvement brusque réactive la douleur dans mes côtes. Elle sursaute, prête à s'arracher à mes bras, mais je la retiens fermement contre moi.

– Désolée ! Je…

– Ne bouge pas, lui ordonne Joe. Il… Il n'y a pas de problèmes pour moi.

Il nous observe pendant quelques secondes, la bouche étirée d'un pli dur, puis il s'avance vers nous pour saisir la barre en métal au bout de mon lit. Ses phalanges blanchissent, écho des ténèbres qui se reflètent sur son visage sombre.

– Putain ! J'ai eu tellement peur, nous avoue-t-il, sa grande carcasse se ratatinant sous nos yeux.

Julia me serre la main, déroutée par l'image que nous renvoie son père. Joe n'a jamais paru aussi fragile, aussi déstabilisé. Le pilier de notre famille chancelle, laminé par une frayeur qui s'inscrit brutalement dans son regard d'ordinaire invulnérable. Je ne veux pas le voir ainsi ! Cet homme m'a trop offert pour que j'apprécie ce spectacle.

– Papa !

Cette fois-ci, je n'empêche pas Julia de s'extirper du lit. Elle fonce vers lui et l'entoure de ses bras. Joe se laisse étreindre, avant de l'enlacer lui aussi avec fermeté, des larmes coulant sur son visage buriné.

– J'ai eu tellement peur de vous perdre, répète-t-il, la bouche plaquée contre ses cheveux. Plus jamais je ne veux ressentir ça ! Plus jamais je ne veux avoir l'impression qu'on m'arrache la poitrine ! Je…

– Nous sommes là, papa ! Regarde, nous allons bien ! Et…

– Je n'étais pas là ! la coupe-t-il, intransigeant envers lui-même. Quand tu étais avec ta mère… Quand tu as été harcelée… Quand ce connard t'a enlevée…

– Papa ! Merde ! Tu n'as pas le droit de te reprocher ça ! Tu es intervenu dès que tu as su que quelqu'un avait essayé de me tuer et…

– C'était Tommy Monroe, la coupe-t-il.

– Le frère de Scott ? noté-je.

– Oui. Hayes a craché le morceau quand il a compris qu'il risquait d'être inculpé pour complicité de tentative de meurtre. Tommy travaille dans un garage, il n'a eu aucun mal à trafiquer tes freins.

– Merde ! Et pour le blog, c'était lui aussi ? demande Julia.

– Non, cette fois, l'inspecteur est remonté jusqu'à un geek du nom de Yolas Kola.

Je sursaute, ce nom m'étant familier.

– Putain ! C'est un pote de Chantrelle. Nom de Dieu ! Si elle est derrière ça…

– Elle va être interrogée, nous confirme Joe. Tu vas enfin pouvoir respirer, Julia.

C'est un sacrément soulagement, mais je note à son air renfrogné qu'elle se moque, pour l'instant, comme d'une guigne de Chantrelle ou de Tommy Monroe. Elle se rapproche de son père en se mordillant les lèvres, la tête baissée.

– Papa, je suis désolée de t'avoir déçue... Je ne...

– Tu ne m'as jamais déçue ! s'insurge-t-il, avant de me scruter. Ni toi, Thad. Je vous aime, tous les deux, et...

Il ravale sa peine, son visage s'animant d'une dureté létale.

– J'ai perdu deux de mes enfants, aujourd'hui. Il n'est pas question que j'en perde deux de plus parce que... je refuse qu'ils s'aiment ! C'est moi qui me suis comporté comme un crétin.

Il inspire une profonde bouffée d'air, puis se frotte le front. Lorsqu'il regarde de nouveau sa fille, c'est avec tant d'amour que je le ressens dans mes tripes. Je lis, surtout, sur le visage de Julia un immense soulagement.

– Julia, ma chérie, ne t'excuse jamais d'être ce que tu es ! continue-t-il. Toi et Thaddeus n'avez rien fait de mal. J'ai réagi comme ça parce que... je n'étais pas préparé à ça. L'amour, ça peut être douloureux parfois et... vous êtes mes enfants adorés, je ne veux pas que vous souffriez. Là, je me suis senti impuissant. Bêtement impuissant ! Mais ça ne me donne pas le droit de juger ou de condamner ce qu'il y a entre vous. Ça... ça vous appartient !

Un bras toujours enroulé autour de la taille de Julia, Joe contourne le lit pour venir s'asseoir près de moi. Il m'attire contre lui, entérinant une vérité toute simple : notre famille va se relever ! Peu importe ce que nous traversons, nous allons nous relever !

Nous nous empoignons avec une force primaire, animés par le même besoin de réconfort et de communion. D'homme à homme ! De père à fils !

Joe finit par apposer une main puissante sur ma nuque, de façon à arrimer nos regards.

– Tu te sens comment ?

– Ça va ! Vraiment, ajouté-je devant son air perplexe. Ils appartiennent à un passé révolu et tout ce qui m'importe, c'est qu'ils terminent leur vie en taule !

– On en a eu deux. Et, à la suite de ta déposition, un mandat a été lancé contre les deux autres.

Mon père et Ashton… Les plus dangereux… Les plus dévoués au Chevalier du Taureau… Ouep, j'aurais préféré les savoir à l'abri derrière des barreaux, mais ce n'est pas la priorité ! Oh, non !

– Des nouvelles de Détroit ou de May ? exigé-je d'un ton pressant.

– Non, mais on ne laisse pas tomber, me répond-il, farouche. Mon contact au FBI a réuni d'autres éléments concordant sur le temple du zodiaque. Il accepte de relancer l'enquête. Notre objectif, c'est de coincer ce salopard d'Ascott pour remonter ensuite vers ses potes Chevaliers.

– C'est le seul moyen de les retrouver, c'est ça ? bougonne Julia.

– Nous ne possédons aucune information fiable sur les autres Chevaliers, donc… oui, conclut Joe, que l'idée irrite visiblement autant que moi.

– Détroit va nous contacter ! aboyé-je.

Il ne peut en être autrement ! Je refuse tout simplement d'imaginer que May devienne le jouet de ces enfoirés ! Peu importe ce que ça lui coûtera, Détroit la protégera ! Il l'a toujours protégée… même de lui ! Une vérité qui me saute au visage à l'instant où elle jaillit dans mon esprit. Oui, Détroit fera tout pour nous la ramener !

La main de Julia s'enroule autour de la mienne, comme si elle avait perçu mon désarroi. Joe observe nos doigts joints pendant une seconde, puis croise de nouveau mon regard. La promesse muette qui transite entre nous parle d'acceptation, mais aussi de confiance.

– Je vous ramène à la maison, nous informe-t-il. Notre famille a besoin de nous !

ÉPILOGUE

Julia
Quatre ans plus tard

Une boule de nervosité dans la gorge, je lisse les plis pourtant impeccables de ma robe de cérémonie. Assise près de mes camarades de promotion, j'écoute religieusement le doyen de l'université nous abreuver de conseils, bien consciente que je ne suis pas en état d'en retenir la moitié. Mon cœur tambourine trop fort dans ma poitrine.

J'ai réalisé mon rêve ! Malgré la fatigue ! Malgré les difficultés ! Malgré les doutes !

Aujourd'hui, je vais enfin recevoir mon diplôme de vétérinaire, précieux sésame qui va me permettre de commencer cette vie à laquelle j'aspire depuis si longtemps.

Au milieu des familles installées au bas de l'estrade, j'aperçois mon père et Kate. Leur fierté me télescope avec un plaisir qui nourrit un peu plus mon cœur ravagé de bonheur. Je leur souris lorsqu'ils agitent la main, débordant de reconnaissance envers eux.

Parce que c'est grâce à eux que je me tiens, ici, prête à célébrer l'obtention de mon diplôme. Et j'espère bien que le petit cadeau que je leur réserve leur rendra un peu de ce qu'ils m'ont offert.

– Julia Ellis ! s'élève la voix du recteur.

Je me lève, radieuse, mais ne perds pas de vue mon père. Joe s'est figé sur place, comme foudroyé à l'énoncé de mon nom. Je ne l'ai pas prévenu que j'entamais des démarches pour porter son nom, mais c'était aussi important à mes yeux qu'aux siens, même s'il ne l'a jamais formulé à haute voix.

Le sourire qui barre son visage tandis que j'avance vers le pupitre illumine la moindre parcelle de son être. Kate, à ses côtés, est tout aussi rayonnante. Je leur accorde un clin d'œil de connivence avant de me focaliser sur le doyen.

– Félicitations, mademoiselle Ellis, déclare-t-il en me remettant mon diplôme. Vous êtes désormais titulaire d'un doctorat en médecine vétérinaire. En tant que major de votre promotion, je vais vous laisser le micro pour nous expliquer ce que ces dernières années ont représenté dans votre vie et l'enseignement que vous en retirez.

Mon sourire vacille légèrement, le temps de répondre à la corvée des photos. Joe est au premier rang, évidemment, plus extatique que jamais. Je le serai à mon tour dès que je rejoindrai ma famille. Mais il me reste une dernière corvée, celle du discours.

J'ai beau être fière d'être arrivée major de ma promotion, je me serais bien passé de cet exercice périlleux. Je me force à respirer calmement, puis me glisse derrière le pupitre.

Moscow flamboie sous de riches nuances de vert en ce beau mois de mai. Malgré un petit vent sec, le soleil brille à son firmament, comme s'il voulait fêter avec nous la fin de nos études. Ses fins rayons réchauffent ma peau, tandis que j'humidifie mes lèvres sèches.

– Si je suis particulièrement honorée, aujourd'hui, d'être devant vous, je me suis longtemps demandé ce que je pourrais partager avec vous, sans que cela tienne du déballage intime ou mélodramatique, commencé-je avec cette sincérité que je refuse de renier. J'ai interrogé mes camarades pour leur demander ce qu'ils diraient à ma place et une chose m'a profondément interpellée dans leurs réponses. Tous, nous sommes ici pour une seule raison : notre amour des animaux.

Je marque une pause, le temps d'esquisser un sourire amusé.

– Alors vous allez me dire : ouf, étant donné que nous allons passer de longues, très longues années à nous occuper de leur bien-être et de leur santé. Mais, à mes yeux, c'est bien plus que ça. Peu importe pourquoi, tous, nous avons à un moment de notre vie trouvé du réconfort auprès d'un animal. Un chien, un chat, un lapin, un oiseau, même un crocodile, hein Théo ?

Au milieu des rires, je lui adresse un clin d'œil, auquel il répond avec un poing levé de fierté.

– Bref, ce que je veux vous dire, continué-je, c'est que les animaux sont au cœur de notre engagement. Pour certains, ils ont égayé nos moments de tristesse, séché nos larmes, contribué à nous tenir droits alors que nous vacillions, mais ils nous ont aussi parfois sauvé la vie.

Je redresse la tête, au souvenir de la cave humide et froide qui aurait pu me voler une partie de mon âme. Un chat de gouttière, que j'ai fini par prénommer Grisou, se glissait à mes côtés par un petit soupirail. Lové contre moi, il ronronnait si fort qu'il chassait une partie de mes angoisses.

– C'est mon cas, avoué-je sans fard. Au cœur des ténèbres, mes animaux m'ont aidée à toujours voir la lumière, et c'est cette lumière qui m'a empêchée de me détourner du monde des humains, alors que ce dernier peut parfois être terriblement désespérant. L'une des plus grandes leçons que je n'ai jamais apprises, donc, c'est que les animaux sont un formidable vecteur relationnel, même pour les plus timides, les plus solitaires ou les plus abîmés. Et c'est en ça qu'ils sont précieux ! Irremplaçables !

Je me tais, le temps que des applaudissements d'encouragements se tarissent.

– Et cette vérité m'amène à dire que je n'ai pas suivi ce cursus universitaire parce qu'ils ont besoin de personnes pour les soigner. Non, je suis ici parce qu'ils méritent notre dévouement. Pendant ces trois dernières années, j'ai appris comment m'y employer. Comment trouver la meilleure voie pour atteindre cet objectif, et j'ai rencontré des camarades tout aussi motivés que moi.

Je leur décoche un nouveau regard, comme un dernier signe de ralliement. Dans quelques heures, certains disparaîtront de ma vie pour de bon, mais je n'en oublierai aucun !

– L'animal n'est pas seulement le meilleur ami de l'homme, il nous sert de boussole et de guide, quand on sait voir au-delà des apparences. Mon défi pour l'avenir, c'est de partager cette vision avec le plus grand nombre, au-delà de vous rassurer si votre chien commence à boiter ou si votre oiseau perd quelques plumes. Pas de panique, ce n'est pas forcément grave !

Des rires jaillissent des sièges devant nous.

– Et c'est pour cette raison que je vais tous vous

inviter à la fin de la remise des diplômes sous la tente du refuge des Mille Pattes, installée juste derrière vous. Une trentaine d'animaux attendent une maison et seront ravis de vous montrer leurs nombreuses qualités. Mais n'oubliez pas : une adoption vous engage sur plusieurs années ! Merci à tous.

Je descends de l'estrade sous un tonnerre d'applaudissements, soulagée de pouvoir rejoindre Thaddeus pendant que le doyen appelle le reste de mes camarades pour leur remettre leurs diplômes.

– Tu as été parfaite ! s'exclame-t-il en m'enlaçant étroitement. Absolument parfaite !

– Disons surtout que j'en ai fini avec cette corvée !

Il dépose un baiser fugace sur mes lèvres, avant d'éclater de rire.

– Une corvée qui va te permettre de placer au moins quelques pensionnaires de Manuel.

– Bah ! Autant profiter de cette occasion, non !

– Julia Ellis ! m'apostrophe mon père, les larmes aux yeux.

– Il était temps que je prenne ton nom, non ? lui soufflé-je en l'enlaçant étroitement.

Mon père, solide et costaud, tremble dans mes bras d'une émotion qui me réchauffe l'âme. J'ai pris l'une des meilleures décisions de ma vie, le jour où j'ai accepté sa main tendue après la mort de ma mère. En quatre ans, notre lien n'a fait que grandir, jusqu'à devenir aussi solide que de l'acier.

– Je suis si fier de toi, me chuchote-t-il en retour. Tellement fier !

– Bravo, ma petite Jul, me déclare à son tour Kate lorsqu'elle m'étreint pour me féliciter.

– Arrêtez, ou je vais finir par pleurer ! dis-je en

reniflant et en essuyant le coin de mes yeux.

Kate me tend un mouchoir en papier, un sourire bienveillant sur les lèvres, puis prend ma joue en coupe dans un geste de tendresse maternelle.

– Pas question que tu gâches ton magnifique maquillage avant ta photo de promo, ma chérie, plaisante-t-elle d'un ton faussement intransigeant. On va retourner sur nos sièges et attendre tranquillement la fin de la cérémonie. Ton père pourra alors te mitrailler sous toutes les coutures ! Et on se retrouve ensuite près du bar.

Ils s'éloignent, mains nouées comme de jeunes amoureux. Mon cœur tambourine d'un bonheur admiratif. Peu importe les crises ou les obstacles, mon père et Kate n'ont jamais ployé sous leur poids. Au contraire, ils me semblent plus unis que jamais. En tout cas, ils dansent toujours au beau milieu de leur cuisine, quels que soient l'heure ou le jour.

Alors qu'un sourire ravi fleurit sur mes lèvres, Thaddeus m'attire un peu à l'écart de la foule, histoire de nous dissimuler des regards indiscrets. Sa bouche se colle sur la mienne, l'instant suivant, possessive et ardente. Je m'abandonne dans un soupir de plaisir, les mains refermées sur les revers de sa veste.

Ces quatre dernières années, nous aussi avons traversé notre lot d'épreuves, mais notre relation n'a jamais été aussi solide. Parce que peu importe les aléas, notre amour est fort et ancré dans des ténèbres qui nous rappellent que le bonheur n'est jamais acquis. Qu'il faut parfois lutter pour surmonter les coups durs de la vie. Et, surtout, qu'il ne faut jamais remettre au lendemain les choses essentielles comme s'avouer son amour.

Notre baiser s'approfondit, devient brûlant. Quand Thaddeus s'écarte de ma bouche, je me retrouve haletante et surtout avide d'en obtenir davantage. Je lui mordille la lèvre inférieure, exigeant que sa langue joue encore avec la mienne.

– Hum ! finit-il par gronder. Tu vas finir par manquer la fin de ta cérémonie.

– J'ai déjà fait mon discours…

– Mais il est hors de question que tu manques le jeter de chapeau ! C'est un moment important qui sanctionne tous les efforts que tu as faits pendant tes études ! Et tu mérites de vivre pleinement cette journée. Donc pas de discussion, tu rejoins ta promo ! Mais après, me promet-il avec un sourire taquin, je te kidnappe.

Je passe mes mains autour de son cou, pas encore prête à le lâcher, et me liquéfie lorsque sa bouche dérive dans mon cou. Incline la tête pour lui donner un meilleur accès à ma peau. Soupire sous la chaleur de son souffle et la douceur de ses lèvres.

– Et le restaurant réservé par papa ?

– Nous y serons à temps, m'affirme-t-il, mais j'ai un truc à te montrer, avant.

Moins de cinq minutes plus tard, j'ai rejoint mes camarades de promo. Debout sur l'estrade, nous brandissons nos diplômes avec fierté, puis lançons dans un même mouvement nos chapeaux vers le ciel dans un cri victorieux.

J'incline la tête pour admirer ce ballet chatoyant, le visage offert à la douce brise. Mon rire s'élève, soulevant ma poitrine d'une légèreté bienvenue. Parce qu'à cette seconde, ce n'est pas la fin d'une époque que je contemple, mais le début d'une nouvelle, pleine de promesses !

***

Thaddeus

La cérémonie de remise des diplômes terminée, je guide Julia vers ma voiture, mon excitation au firmament. Si cela fait plusieurs semaines que je prépare ma surprise, je ne me suis décidé qu'il y a quelques jours pour la mettre en œuvre ce soir. Mais ça m'a semblé le moment idéal, alors que notre famille est présente à nos côtés et que nous sommes à l'orée d'une nouvelle vie !

Une nouvelle vie qui implique pour tous les deux un changement de job. Après avoir obtenu mon diplôme d'architecte, il y a deux ans, j'ai été recruté par un cabinet sur Lewiston, à une cinquantaine de kilomètres de Moscow. Une expérience qui m'a conforté dans mon désir de monter ma propre boîte. Et ce moment est venu puisque Julia a obtenu un poste dans un clinique vétérinaire à Cascade.

– Alors ? me demande-t-elle tout en déboutonnant sa tenue de cérémonie. Où m'emmènes-tu ?

– Tu sais que tu es absolument canon ? éludé-je en la dévorant des yeux.

Elle porte une robe noire courte, qui pourrait s'apparenter à une chemise pour homme si le tissu n'était pas aussi soyeux. Une ceinture large, dont seule la boucle dorée est visible, lui marque la taille alors que le décolleté en V révèle assez de peau pour que l'ensemble soit sexy sans être vulgaire.

Avec son épiderme laiteux et ses longs cheveux roux, elle est tout simplement sublime !

– Tu ne vas pas me le dire, c'est ça ?

Pour toute réponse, je lui ravis un baiser avant qu'elle

ne s'installe sur le siège passager. Je conduis en silence, après avoir allumé la radio. Au son de la musique « Starlight » des Muse, nous traversons le campus jusqu'à notre maison. Julia me jette un coup d'œil interrogatif, mais ne pipe mot tandis que je la guide vers la porte.

Paillette nous accueille comme à l'accoutumée en tortillant des fesses. Je lui caresse la tête, plus concentré sur mon objectif du jour.

– Comme on est ici, me signale Julia, je vais en profiter pour nourrir notre petite ménagerie. Ça leur évitera d'attendre qu'on revienne du restaurant.

– North s'en est chargé. Viens plutôt par-là !

Dans un silence presque religieux, en grande partie dû à mon stress, je l'entraîne vers le jardin. Un hoquet de stupeur fuse de ses lèvres lorsqu'elle repère l'arche plantée en plein milieu du jardin et auréolée de leds blanches. Je m'en suis remis à Madison pour ce travail et je ne le regrette pas. Avec les grappes de lilas disséminées le long des montants en bois, le résultat est à la hauteur de mes attentes.

– Du champagne ? s'étonne Julia en avisant la bouteille sur la table en fer forgé.

– C'est un grand jour, aujourd'hui, rappelé-je.

Julia étrécit les yeux, suspicieuse, puis me désigne le livre de dessin posé à côté des flûtes.

– Qu'est-ce que c'est ?

– Une surprise ! Vas-y, regarde.

Les battements de mon cœur s'accélèrent tandis qu'elle soulève l'épaisse couverture. Sur la première page, apparaissent trois photos en noir et blanc. Chacune d'entre elles a été prise sous un plein soleil, de quoi renforcer l'effet d'ombre et de lumière des arbres majestueux qui s'étirent au-delà d'un terrain à la pelouse épaisse.

– C'est Cascade, n'est-ce pas ?

Je viens enlacer Julia en me glissant dans son dos et cale mon menton sur son épaule. Elle se blottit sans hésitation contre moi, sans se rendre compte que mes mains tremblent légèrement. Je ne sais pas pourquoi je me mets à douter, alors que nous nous aimons et que notre amour n'a fait que se consolider ces dernières années, mais je n'ai jamais été aussi fébrile.

Parce que nous n'avons pas évité notre lot d'épreuves et que je sais que rien n'est jamais acquis ?

Je m'éclaircis la gorge et l'incite à tourner les pages. Julia cesse de respirer pendant une fraction de seconde tandis qu'elle admire mes esquisses griffonnées au crayon à papier. Les façades des modèles de maison sont toutes différentes, mais toutes s'insèrent parfaitement au milieu de la nature luxuriante.

– Je ne rêve pas ? bredouille-t-elle. Je suis bien en train de regarder notre future maison ? Et ce terrain, c'est celui qu'on a repéré à la sortie de Cascade ?

Elle tourne la tête vers moi, l'œil incertain, rempli d'espoir surtout. Parce que ce petit coin de paradis nous a plu dès l'instant où nous y avons mis les pieds.

– Mais il n'était plus à vendre… ajoute-t-elle, perplexe.

Je l'embrasse parce que je suis incapable de résister au besoin qui cavale dans mes veines. Notre baiser s'approfondit à mesure que nos souffles se font plus haletants. Je suis toujours aussi affamé de la passion qui couve entre nous, mais je suis tout aussi avide de la tendresse et de la douceur qui se sont progressivement mêlées à nos sentiments les plus virulents.

Julia n'est pas seulement mon amante et la femme que j'aime, elle est aussi ma meilleure amie et mon plus fidèle soutien. Le phare qui me guide dans la nuit.

– La famille qui s'est portée acquéreur avant nous n'a pas obtenu son financement et a choisi de se retirer, lui avoué-je. J'ai donc fait une offre et… elle a été acceptée !

Julia écarquille les yeux avant de m'offrir un sourire si lumineux que j'en oublie de respirer. J'ignore si un jour je cesserai d'être ainsi captif de ce qui émane d'elle, mais ça me va très bien comme ça. Parce que les ténèbres, toutes mes ténèbres, sont incapables de lutter contre cette force !

– Oh, merde ! On va vraiment pouvoir construire notre maison là-bas ?

– J'ai dessiné quelques modèles inspirés des lieux, mais l'idée, c'est qu'ils nous servent de base pour qu'on décide ensemble de ce qu'on veut.

Les yeux brillants de larmes, Julia se jette à mon cou et m'embrasse avec une ardeur qui vibre de passion. Ce baiser se révèle si enfiévré et sensuel que mon corps réagit illico. Et Julia n'arrange rien en ondulant contre moi.

– Bébé ! Stop ! dis-je d'un ton ferme en m'écartant d'elle avant d'être complètement submergé par le désir. J'ai un autre cadeau pour toi qui nécessite que nous gardions les idées claires !

– Ouais, et j'imagine que papa ne nous le pardonnera pas si on arrive en retard au restaurant, ajoute-t-elle d'un ton mutin.

Mon sourire en retour est un poil fébrile. Je pose ma main sur sa joue, caresse sa peau douce, puis pose un genou à terre devant elle. Évidemment, elle comprend tout de suite ce que je m'apprête à faire et se fige, le visage éclairé par une joie intérieure qui ne peut concurrencer toutes les lumières baignant sa silhouette.

Mon cœur tambourine contre mes tempes, de quoi raviver l'excitation qui m'a tenu en haleine ces derniers jours. J'aime cette femme si profondément que je ne peux envisager ma vie sans elle. Et, surtout, je veux que nous soyons liés de toutes les façons possibles. Alors, cet instant, ouais, putain, cet instant compte plus que tout !

– Julia, veux-tu m'épouser ? demandé-je, la voix plus rauque qu'à l'ordinaire.

– Oui ! Oh ! Oui !

Je me relève juste à temps pour la recevoir dans mes bras. L'embrasse avec cette conviction absolue que je touche les étoiles du doigt.

– Attends ! lâche-t-elle soudain, raide comme un bâton. Et papa ?

Joe a totalement accepté notre couple et n'a jamais remis en question les paroles qu'il a prononcées sur notre lit d'hôpital. Néanmoins, il reste à cheval sur certaines traditions.

– Je lui ai demandé ta main en bonne et due forme, bébé. On a un peu précipité les choses au début, je ne voulais pas le prendre par surprise cette fois. Tu sais ce qu'il m'a répondu ?

– Qu'il était temps ? s'exclame-t-elle, amusée.

– Exactement !

Au milieu de nos éclats de rire, nos bouches se scellent de nouveau. Nous ne sommes pas seulement heureux, nous sommes ivres d'un bonheur que les ténèbres ont failli nous ravir. Sauf qu'elles n'ont jamais eu la moindre chance ! Pas contre ma Julia !

– Je t'aime, bébé, lui murmuré-je au creux de l'oreille.

Extrait

Arielle Héra

L'ÉQUATION

PROLOGUE

Kelly
Le jour des retrouvailles

Le vent bataille avec mes cheveux bouclés, que je sens planer tels des cerfs-volants dans mon dos. J'aurais dû porter un casque, comme il est obligatoire de le faire. Mais je ne suis pas bonne à ça : faire ce qui est recommandé. Non seulement j'aime désobéir, mais j'ai aussi le goût du risque. Et puis, franchement, à quoi bon avoir une moto si on ne peut pas profiter de la sensation incroyable de sentir le vent dans ses cheveux ? Chaque fois que je prends la route sans casque, l'air qui frappe mon corps me donne l'impression d'être un oiseau en totale liberté.

Je sais, j'aurais pu prendre une décapotable. J'en ai les moyens. Mais, avouons-le-nous, une Street Twin 900 est quand même beaucoup plus cool. En plus, je suis certaine de l'impressionner avec ce petit bébé.

Je continue de longer la route côtière jusqu'à Santa Barbara, m'émerveillant des imposants palmiers et de l'immensité du ciel surplombant la ville. Mes lunettes de soleil m'offrent un filtre sans pour autant ternir la beauté du paysage. Je devine aisément la couleur bleu azur du ciel, le vert de la végétation et le jaune du soleil, assorti au sable chaud. Je ralentis pour aspirer l'air frais et souris en imaginant ce que sera ma vie ici.

J'adore déjà cette ville. Elle est sublime. Parfaite. Je comprends pourquoi il est venu s'y installer.

Je me demande la tête qu'il fera lorsqu'il me verra. J'imagine déjà ses yeux se remplir de surprise, sa bouche se tordre en cette moue irrésistible que j'affectionne tant. Il va encore me traiter d'entêtée. Je vais encore lui dire qu'il est un froussard.

Si j'étais dans une romance moderne un peu classique, je serais considérée comme la meilleure amie. Vous voyez de qui je parle ? Celle qui a été créée juste pour venir en soutien à l'héroïne. Celle qui lui conseille de faire des trucs qu'elle n'oserait pas faire toute seule, celle qui lui dit qu'elle devrait se décoincer un peu, qui lui lance des défis qui vont changer sa vie, qui lui dit que, s'envoyer en l'air de temps à autre, c'est génial, et même conseillé par les médecins. Celle qu'on aime bien parce que sa différence de point de vue avec notre personnage principal nous fait éclater de rire.

Si j'étais dans une *dark romance*, je serais le type qui garde un œil sur la nana fragile qu'il veut posséder et qui serait prêt à tuer pour la garder rien que pour lui. Façon de parler, bien sûr. Je n'irai jamais jusqu'au meurtre.

En gros, je serais celle qui n'a pas peur de dire ce qu'elle pense et qui fait clairement bouger un peu les choses dans l'histoire. Ma foi, c'est exactement ce que je compte faire avec la mienne.

Je gare ma moto, devant l'entrée de l'immeuble dans lequel il travaille, en sachant qu'il va bientôt sortir du boulot. D'après ma source d'information, il a rendez-vous avec un magazine pour une interview. Ils veulent écrire un article sur les meilleurs entrepreneurs de l'année, et il a été nommé dans cette catégorie pour la deuxième année consécutive.

Rien que ça !

Mon cœur tambourine de joie. Une délicieuse chaleur coule dans mes veines. Je suis tellement fière de lui que j'ai moi-même hâte de lire cet article, même si je connais très bien son parcours. J'ai peut-être été forcée de rester éloignée pendant des années, mais j'ai continué à m'informer à son sujet.

Quand je le vois franchir les portes de l'énorme bâtiment cylindrique, j'ai l'impression que mon sourire n'a jamais été aussi large. Il a exactement l'allure que je lui imaginais : belle, assurée, déterminée. Sa démarche est encore plus sexy que dans mes souvenirs. Il fait encore plus homme qu'à l'époque du lycée. Téléphone à l'oreille, il déboutonne sa veste, le visage sérieux, et se dirige droit sur… moi.

– Salut, Tyler ! crié-je pour attirer son attention.

Mon ex se fige. J'ai l'impression que le sang quitte peu à peu son visage à mesure que je me rapproche de lui. Chacun de mes pas pèse une tonne. J'ai la sensation que chaque mètre que mes pieds avalent me rapproche à la fois du paradis et d'un échafaud.

– Tu te souviens de moi ? demandé-je à quelques enjambées de son corps.

Je hume le parfum qui l'entoure. Il est différent, mais toujours aussi délicieusement envoûtant.

– Pas besoin de répondre à cette question, ajouté-je devant son visage de glace.

Évidemment que tu te souviens de moi.

Je l'entends mettre fin à sa communication téléphonique. Puis il me regarde comme s'il avait envie de m'étriper. Bon, ce n'est pas vraiment l'accueil que j'espérais, je dois le reconnaître. Mais je ne me laisse pas abattre aussi facilement.

– Kelly Moore, dit-il d'un ton amer.

Ses yeux couleur chocolat me déshabillent. J'ai l'impression qu'il se pose un millier de questions… dont il croit peut-être trouver les réponses dans mon décolleté, qu'il ne lâche pas du regard. Tant mieux pour moi s'il prend mes seins pour une encyclopédie. Je bombe la poitrine pour lui montrer à quel point celle-ci regorge de connaissances dont il n'a pas idée.

– Je parie que tu diras mon nom d'une façon totalement différente dans quelques jours. Tu es libre pour un café ?

Son visage est tellement fermé que je me demande si mon plan n'est pas juste une grossière erreur. Ma meilleure amie avait peut-être raison quand elle m'a dit que c'était une mauvaise idée.

– Qu'est-ce que tu fais ici ? crache-t-il.

Je prends mon courage à deux mains et me rappelle mon mantra : je suis celle qui fait bouger les choses, je suis déterminée, forte, je n'accepterai pas de recevoir un non pour réponse.

– Je veux que tu honores la promesse que tu m'as faite il y a cinq ans, énoncé-je sérieusement.

Il fronce les sourcils.

– Quelle promesse ?

Je sors très fièrement un bout de papier de la poche de ma veste en cuir et le lui montre.

Je le vois contracter ses mâchoires alors qu'il le lit. Puis il noue ses yeux mécontents aux miens et déchire la feuille lentement, sans états d'âme.

Aïe !

Autrice : Laura Black

Edisource – Éditions Addictives
100, rue Petit, 75019 Paris
Imprimé par FINIDR – Lipova cp. 1965 – 73 701 Cesky Tesin,
République tchèque
Dépôt légal : novembre 2023 – Achevé d'imprimer : octobre 2023
ISBN : 978-2-37126-605-6
Réf. contrat : ZEUS_001